Née en 1973, Nina George a travaillé comme journaliste et chroniqueuse. Elle est également l'auteur de thrillers scientifiques, de romans et de nouvelles. Son roman *The Moon Player* a remporté en 2010 le prix DeLiA, qui récompense le meilleur roman d'amour. Nina George a également reçu le Glauser Prize en 2012 pour son roman policier *The Game of Her Life*.

La Lettre oubliée est son premier roman signé sous son vrai nom. Devenu best-seller en Allemagne dès sa sortie, il est resté 18 semaines dans la liste des meilleures ventes. Il est à présent publié dans 18 pays.

Nina George

LA LETTRE OUBLIÉE

ROMAN

*Traduit de l'allemand
par Amélie de Maupeou*

Charleston

TEXTE INTÉGRAL

TITRE ORIGINAL
Das Lavendelzimmer
ÉDITEUR ORIGINAL
Knaur, Munich, 2013
© Nina George, 2013

ISBN 978-2-7578-5134-0
(ISBN 978-2-36812-025-5, 1re publication)

© Charleston, une marque des éditions Leduc.s, 2014,
pour l'édition française

Je dédie ce roman à mon père, Joachim Albert Wolfgang George, surnommé Jo der Breite.

20 mars 1938 à Sawade, Eichwaldau – 4 avril 2011 à Hamelin.

Papa, avec toi disparaît le seul être qui a lu tout ce que j'ai écrit depuis que je sais tenir un crayon. Tu me manqueras, toujours.

Je te vois dans chaque lumière du soir, dans chaque mouvement de la mer. Tu avançais au cœur de la parole.

Nina George, janvier 2013

1

Mais comment ai-je bien pu me laisser convaincre ?
Les deux intendantes générales du 27, rue Montagnard
– Mme Bernard, la propriétaire, et Mme Rosalette, la
concierge – avaient coincé ce pauvre M. Perdu entre
leurs deux appartements qui se faisaient face, au rez-
de-chaussée de l'immeuble.

– Ce type, là, vous voyez de qui je parle : Le P. Eh
bien, qu'est-ce qu'il traitait mal sa femme !

– Une honte ! Il l'a réduite en miettes, ma parole.

– Il y en a, on ne peut pas leur en vouloir quand
on voit leurs femmes : des reines des glaces en tailleur
Chanel. M'enfin, ça n'empêche que les hommes sont
tous des monstres, si vous voulez mon avis !

– Mesdames, je ne sais pas ce qui vous…

– Ah, mais non ! Pas vous, monsieur Perdu. Si les
hommes étaient du tissu, vous seriez sûrement un beau
cachemire, vous !

– Enfin, en tout cas, nous allons avoir une nouvelle
locataire. Au quatrième, d'ailleurs, votre étage.

– Il faut que vous sachiez que cette dame a tout
perdu. Il ne lui reste plus que le souvenir de ses illusions passées. En gros, elle manque de tout.

– Oui, alors un petit coup de main de votre part

9

serait bienvenu, monsieur. Peu importe ce que vous lui donnez, de toute manière elle n'a rien.

– Avec plaisir ! Une bonne lecture, par exemple…

– Oui, enfin, on pensait plutôt à quelque chose d'utile. Une table, du mobilier. Vous voyez, elle n'a vraiment…

– … plus rien. J'ai bien compris.

Le libraire se demanda ce qui pouvait être plus utile qu'un livre, mais promit tout de même de faire quelque chose pour la nouvelle locataire. Après tout, il avait une table dont il ne se servait pas.

M. Perdu enfila sa cravate entre les deux premiers boutons de la chemise blanche qu'il venait de repasser et commença à en retrousser les manches en les repliant soigneusement vers l'extérieur, pli après pli, jusqu'au coude. Son regard était rivé sur l'étagère chargée de livres, dans le couloir. Derrière celle-ci se cachait une pièce qu'il n'avait pas ouverte depuis vingt et un ans.

Vingt et une années, vingt et un étés, vingt et un matins du Nouvel An.

C'était dans cette chambre que se trouvait la fameuse table.

Il laissa échapper un profond soupir, attrapa du bout des doigts un livre au hasard dans le rayonnage, et découvrit que c'était *1984*, d'Orwell. L'ouvrage ne se décomposa pas, ne lui griffa pas la main comme un chat vexé. Il en saisit alors un autre, puis deux, et enfin des blocs entiers, qu'il empila à ses pieds.

Les tas se multiplièrent, se firent arbres, tours, montagnes magiques.

Quand il eut terminé, il contempla le dernier ouvrage qu'il tenait à la main : *Tom et le jardin de minuit*. Un conte sur le voyage dans le temps.

S'il avait cru aux présages, il se serait dit que ce titre ne pouvait être le fruit du hasard.

Il frappa quelques coups sous les planches de bois pour les détacher de leur support. Puis fit un pas en arrière.

Elle était bien là. Elle se révélait peu à peu derrière le mur de mots, cette porte qui ouvrait sur la chambre dans laquelle…

Je pourrais aussi bien aller acheter une table, cela dit…

Il posa une main sur sa bouche. Ce n'était pas une mauvaise idée. Débarrasser tous ces livres de leur poussière, les remettre sagement à leur place et oublier cette porte. Acheter une table et continuer exactement comme il l'avait fait durant ces deux dernières décennies. Dans vingt ans, il aurait soixante-dix ans. Une fois tout ce chemin parcouru, il viendrait bien à bout de ce qu'il lui resterait à vivre ! S'il avait de la chance, il ne mourrait pas vieux.

Lâche.

Il referma son poing tremblant sur la poignée de la porte.

Lentement, très lentement, l'homme à la haute stature ouvrit la porte, la poussa lentement vers l'intérieur, ferma les paupières et…

Il fut accueilli par le clair de lune et de l'air sec, rien de plus. Il inspira profondément, scrutant la pièce comme s'il cherchait quelque chose, mais ne trouva rien.

Le parfum de *** avait disparu.

Durant les vingt et un derniers étés, M. Perdu avait développé une habileté à contourner toute évocation de *** comme il aurait évité une bouche d'égout béante au milieu d'un trottoir.

Il avait pris l'habitude de remplacer son prénom par ***. Un silence dans le murmure continu de ses pensées, un espace blanc dans les images de son passé, une zone d'ombre dans l'éventail de ses sentiments. Il avait appris à penser l'absence de mille manières différentes.

Il regarda autour de lui. Comme cette chambre était silencieuse ! Si pâle et terne, malgré le papier peint lavande. Les années qui s'étaient écoulées derrière cette porte fermée avaient lavé la couleur des murs.

La lumière venant du couloir ne rencontrait que peu de résistance, aucune ombre ne se projetait sur les murs hormis celle d'une chaise de bistrot. De la table de cuisine. D'un vase garni d'un bouquet de lavande cueillie à la dérobée deux décennies plus tôt sur le plateau de Valensole. L'ombre d'un quinquagénaire qui s'assied lentement sur la chaise, les bras croisés comme pour se réchauffer.

Il y avait des rideaux aux fenêtres, autrefois. Et des tableaux aux murs, des fleurs et des livres, un peu partout, un chat répondant au nom de Castor, dormant sur le canapé. Il y avait des chandeliers et des chuchotements, des verres emplis de vin rouge, et de la musique. Des silhouettes qui dansaient sur les murs, l'une grande, l'autre ravissante.

Cette chambre avait connu l'amour.

Et maintenant, il n'y a plus que moi.

Il leva les poings et les pressa contre ses paupières brûlantes.

M. Perdu avala sa salive une première fois, puis une deuxième pour refouler ses larmes. Sa gorge serrée ne laissait plus passer son souffle, son dos semblait s'embraser de douleur et de chaleur.

Quand enfin il fut de nouveau en mesure de déglutir sans souffrir, il se leva et alla ouvrir les portes-fenêtres.

Des odeurs vinrent chatouiller ses narines depuis la cour intérieure de l'immeuble.

Les herbes aromatiques du jardinet de M. Goldenberg, du thym, du romarin. À ces senteurs se mêlait celle des huiles de massage de Che, le podologue aveugle qui « chuchotait à la plante des pieds » de ses clients. Un parfum de crêpes, aussi, qui se mélangeait au fumet épicé de viande grillée du barbecue africain de Kofi. Et, dominant toutes les autres, celle, plus douce, de Paris au mois de juin, Paris qui, à cette époque, fleure bon le tilleul en fleurs et l'attente heureuse.

M. Perdu se ferma aussitôt à tout ce que ces odeurs éveillaient en lui. Il était hors de question qu'il cède à leur charme. Il avait toujours été doué pour cela – pour ignorer tout ce qui pouvait susciter en lui un sentiment de nostalgie, quel qu'il soit. Les odeurs. Les mélodies. La beauté des choses.

Il alla chercher un seau d'eau et du savon vert dans le cagibi jouxtant la cuisine austère, et entreprit de nettoyer la table de bois.

Il chassa de sa tête une vision de lui jadis, assis à cette même table – pas seul, non. Avec ***.

Il frotta, gratta et rinça en ignorant soigneusement la question obsédante de l'après. Qu'allait-il faire, maintenant qu'il avait ouvert cette porte donnant sur la chambre où son amour, ses rêves et son passé avaient été enterrés ?

Les souvenirs sont comme des loups. Tu ne peux pas les chasser, tu ne peux pas espérer qu'ils t'oublieront.

M. Perdu souleva la table étroite et se dirigea vers la porte, puis il la passa par-dessus la muraille de livres et la transporta de l'autre côté du palier, jusqu'à l'appartement d'en face.

Au moment où il s'apprêtait à frapper, un son triste lui parvint.

Un sanglot étouffé, comme enfoui dans un coussin.

Quelqu'un pleurait derrière la porte verte.

Une femme, qui sanglotait comme si elle espérait que personne, personne ne l'entende jamais.

2

– C'était la femme de ce type, vous savez bien de qui je parle : ce Le P., là…

Non, il n'en savait rien. Perdu ne suivait pas les rumeurs parisiennes. Un jeudi soir, Catherine Le P. – vous savez bien de qui je parle – avait voulu rentrer chez elle après une longue journée de travail de presse à l'agence de son mari, un artiste de renom. Curieusement, elle n'avait pu insérer sa clé dans la serrure. Une valise trônait sur le paillasson, et sur celle-ci, les papiers du divorce. Son mari avait déménagé sans laisser d'adresse, avec leurs vieux meubles et sa nouvelle femme.

La future ex-femme de ce sale type, Catherine, se retrouva donc avec pour uniques possessions les vêtements qu'elle avait accumulés tout au long de ses années de mariage et le constat de sa propre naïveté. Comment avait-elle pu croire que l'amour qu'ils avaient partagé par le passé suffirait à leur garantir, au-delà de leur séparation, des relations bienveillantes, ou simplement humaines ? Et comment avait-elle pu penser connaître suffisamment son époux pour ne plus pouvoir se laisser surprendre par lui ?

– Ah, ça, avait asséné Mme Bernard, la propriétaire, entre deux bouffées de pipe. C'est une erreur très répandue. On ne découvre vraiment son mari qu'au moment où il nous quitte, c'est bien connu.

M. Perdu n'avait pas encore croisé cette mystérieuse femme mise à la porte de sa propre vie par un mari sans cœur.

Mais voilà qu'il était témoin des sanglots solitaires qu'elle essayait désespérément d'étouffer avec ses mains ou un torchon de cuisine. Quelle attitude adopter ? Devait-il se manifester et la plonger dans l'embarras ? Il décida de commencer par aller chercher le vase et la chaise.

Sur la pointe des pieds, il effectua quelques allers-retours entre son appartement et celui de sa nouvelle voisine. Il savait parfaitement à quel point ce fier et vieil immeuble pouvait se révéler traître, avec son plancher qui grinçait de partout, ses murs aussi fins que du carton et ses conduits d'aération cachés qui faisaient office de caisses de résonance.

Quand il se tenait agenouillé à côté de son puzzle de dix-huit mille pièces représentant une carte du monde, au milieu de la grande pièce vide, l'immeuble lui retransmettait en direct la vie quotidienne des autres.

Les éternelles chamailleries des Goldenberg (Lui : – Mais tu ne pourrais pas… ? Pourquoi es-tu… ? Est-ce que je ne t'avais pas… ? Elle : – Il faut toujours que tu… Tu ne penses jamais à… J'aimerais que tu…) Ces deux-là, il les connaissait déjà quand ils n'étaient qu'un tout jeune couple fraîchement marié. À l'époque, ils riaient beaucoup, ensemble. Puis les enfants étaient arrivés et les parents s'étaient progressivement éloignés l'un de l'autre, comme des continents.

Il entendait la chaise roulante de Clara Violette se déplacer sur les épais tapis, entre les planches du parquet et par-dessus les pas-de-porte. Autrefois, il lui était arrivé de voir la pianiste effectuer joyeusement quelques pas de danse.

Il entendait Che et le jeune Kofi s'affairer devant les fourneaux. Che remuait toujours plus longuement les aliments dans les casseroles. Il avait toujours été aveugle, mais il affirmait qu'il voyait le monde à travers ses odeurs, l'écho des pensées et des sentiments des hommes. Che n'avait aucune peine à deviner si on s'aimait, si on se disputait ou si on se contentait de vivre dans une pièce.

Tous les dimanches, Perdu écoutait Mme Bomme ricaner comme une adolescente avec son club de veuves, lâchant quelque commentaire salé sur les ouvrages coquins qu'elle avait acheté en cachette de sa famille – des gens plutôt coincés.

Le 27, rue Montagnard était un océan de signes de vie qui déferlaient sur l'île silencieuse qu'était M. Perdu.

Il les écoutait depuis vingt ans. Il connaissait si bien ses voisins qu'il s'étonnait parfois de réaliser le peu que ceux-ci savaient de lui (mais il s'en félicitait secrètement). Ils ne se doutaient pas que Perdu ne possédait quasiment pas de meubles, hormis son lit, sa chaise et sa penderie sommaire. Pas de bibelots, pas de musique, pas de tableaux ni d'albums photo, pas de coin canapé ni de vaisselle pour plus d'une personne. Ils ne savaient pas, non plus, que leur voisin avait délibérément choisi cette austérité. Les deux pièces qu'il habitait encore étaient si vides que cela résonnait quand il toussait. Le seul élément qui meublait son salon était le puzzle immense qui gisait au sol. Dans sa chambre à coucher, un matelas, la planche à repasser, une lampe de lecture et une tringle à rideaux sur roulettes comportant trois jeux de tenues identiques : un pantalon gris, une chemise blanche, un pull en V marron. La cuisine comptait une plaque de cuisson, une boîte métallique contenant du café et une étagère avec quelques vivres. Rangés par ordre alphabétique. Il était peut-être préférable, à bien y réfléchir, que personne ne voie cela.

Pourtant, il nourrissait un attachement étrange envers les habitants de l'immeuble. C'était difficile à expliquer, mais il se sentait mieux quand il savait que ses voisins allaient bien. Il s'efforçait d'ailleurs, aussi discrètement que possible, de contribuer à leur bien-être – et pour cela, les livres lui étaient d'une grande aide. Le reste du temps, il se déplaçait toujours en arrière-plan, comme un élément de la toile de fond d'une peinture sur le devant de laquelle toute la vie se déroule.

Le nouveau locataire du troisième, Maximilian Jordan, lui donnait cependant du fil à retordre. Jordan portait toujours des protège-oreilles taillés sur mesure. En dessous, quand la température se faisait fraîche, il n'hésitait pas à ajouter un bonnet de laine. Ce jeune auteur avait accédé à la célébrité d'un coup de baguette magique, aurait-on dit, dès sa première publication, et passait depuis la majeure partie de son temps à fuir les fans qui l'assaillaient au point de vouloir s'installer chez lui. Or, Jordan semblait avoir développé un étrange intérêt pour Perdu.

Quand enfin ce dernier eut terminé d'arranger la table, les chaises et le vase devant la porte de l'appartement d'en face, les pleurs avaient cessé.

Il entendit cette fois grincer une planche du parquet, exactement comme si quelqu'un s'efforçait de marcher en évitant de faire du bruit, justement.

Il scruta le verre dépoli de la porte verte puis frappa doucement, deux coups.

18

Un visage se dessina alors derrière la vitre. Un ovale clair, aux contours imprécis.

– Oui ? chuchota l'ovale.

– Je vous ai apporté une table et une chaise.

Pas de réponse.

Il faut que je lui parle doucement. Elle a tellement pleuré qu'elle doit être toute desséchée. Elle va se briser si je parle trop fort.

– Et un vase. Pour des fleurs. Les fleurs rouges, par exemple, vont très bien sur cette table blanche.

Il écrasait presque sa joue contre le verre dépoli.

Il murmura presque :

– Mais je peux aussi vous donner un livre.

La minuterie s'éteignit dans le couloir.

– Quel genre de livre ? murmura l'ovale.

– Un de ceux qui consolent.

– Mais il faut que je pleure encore un peu, sinon je vais me noyer. Vous comprenez ?

– Bien sûr. Parfois, on arrive à nager dans les larmes qu'on n'a pas versées, mais quand il y en a trop, on risque de se noyer.

Et moi, je me trouve au fond d'une mer de larmes.

– Eh bien, je vais vous apporter un livre pour pleurer, alors.

– Quand ?

– Demain. Vous me promettez de manger et de boire quelque chose avant de continuer à pleurer ?

Il ne savait pas pourquoi il se permettait d'exiger d'elle de telles promesses. Cela ne pouvait s'expliquer que parce qu'une porte les séparait.

Le verre de la porte s'était peu à peu couvert de la buée de leur haleine.

– Bon, fit-elle, d'accord.

Quand la lumière du couloir se ralluma, l'ovale eut un sursaut et s'éloigna de la porte.

M. Perdu posa un instant sa main sur la vitre. Précisément à l'endroit où le mystérieux visage s'était trouvé un instant plus tôt.

S'il lui faut autre chose, une commode, un économe ou quoi que ce soit, je l'achèterai et je dirai que ça vient de chez moi.

Il rentra dans son appartement vide et verrouilla derrière lui. La porte qui menait à la chambre cachée derrière la muraille de livres était encore grande ouverte. Plus M. Perdu regardait dans cette pièce, plus il lui semblait être revenu à cet été 1992. Le chat aux pattes semblables à des pantoufles de velours bondit du canapé et s'étira. Le soleil caressa un dos nu, qui, quand il se retourna, se révéla être ***. Elle sourit à M. Perdu et abandonna sa posture de liseuse pour venir le rejoindre, nue, un livre à la main.

– T'es enfin prêt ? demanda-t-elle.

M. Perdu referma bruyamment la porte.

Non.

3

– Non, répéta-t-il le matin suivant. Je préfère ne pas vous vendre ce livre.

Il reprit doucement *La Nuit* des mains de sa cliente. Parmi les innombrables romans que l'on trouvait sur sa péniche-librairie appelée *La pharmacie littéraire*, elle avait réussi à jeter son dévolu sur le fameux best-seller de Maximilian, *alias* Max Jordan. Le type aux protège-oreilles du troisième étage du 27, rue Montagnard.

La cliente considéra le libraire d'un air consterné.

– Pardon ? Et pourquoi pas ?

– Parce que Max Jordan ne vous va pas.

– Max Jordan ne me va pas ?

– Oui, c'est ça. Ce n'est pas votre genre.

– Mon genre. Tiens donc ! Excusez-moi, mais puis-je vous rappeler que je suis venue dans votre librairie pour choisir un livre et non un mari, *cher monsieur* ?

– Si vous permettez, *chère madame* : à long terme, ce que vous lisez aura beaucoup plus d'impact sur vous que l'homme que vous épouserez.

Elle le détailla derrière ses paupières plissées.

– Donnez-moi ce livre, prenez mon argent et faisons tous les deux comme si une belle journée nous attendait.

– Pourquoi *comme si* ? La journée est belle, l'été arrive à grands pas, mais vous n'aurez pas ce livre.

En tout cas pas chez moi. M'autorisez-vous à vous en proposer d'autres ?

– Il ne manquerait plus que ça ! Vous allez me refourguer un vieux classique que vous n'avez pas le courage de balancer par-dessus bord par peur d'empoisonner les poissons ?

Elle avait commencé à voix basse mais son ton avait pris de l'ampleur au fil de sa phrase.

– Les livres ne sont pas des œufs, enfin ! Ce n'est pas parce qu'un livre prend de l'âge qu'il devient forcément mauvais.

M. Perdu aussi avait élevé le ton.

– Et puis qu'entendez-vous par vieux, d'abord ? L'âge n'est pas une maladie, que je sache ! Tout le monde vieillit, et les livres aussi. Et vous, alors, est-ce que vous perdez de la valeur parce que vous êtes sur Terre depuis un moment ?

– Mais enfin, c'est parfaitement ridicule ! Vous tournez toute cette histoire à votre avantage, juste parce que vous ne voulez pas me vendre cette fichue *Nuit* !

La cliente – ou plutôt la non-cliente – jeta son porte-monnaie dans l'élégant sac qu'elle portait en bandoulière et voulut en tirer la fermeture Éclair d'un coup sec mais celle-ci se bloqua.

Perdu sentit quelque chose monter en lui. Une émotion sauvage, un mélange de colère et de tension qui n'avait rien à voir avec cette femme. Pourtant, il fut incapable de se contenir et la poursuivit alors qu'elle parcourait le ventre du bateau d'un pas rageur. Dans la lumière du matin, il lui lança à travers les interminables rangées d'ouvrages :

– Vous avez le choix, madame ! Vous pouvez partir et cracher sur ce que je vous propose. Vous pouvez aussi vous épargner dès maintenant des heures de souffrances inutiles à venir.

– Merci, c'est précisément ce que je suis en train de faire.

– Ce que je vous offre, c'est de trouver le réconfort dans les livres au lieu de vous jeter dans d'inutiles relations avec des hommes qui vous traiteront mal de toute manière, ou bien dans des régimes absurdes parce que vous n'êtes pas assez maigre pour tel homme – et pas assez bête pour tel autre.

Elle s'immobilisa soudain près de la grande baie vitrée donnant sur la Seine, et foudroya Perdu du regard.

– Vous ne manquez pas de toupet !

– Les livres protègent de la bêtise. Des faux espoirs. Des mauvais hommes. Ils vous revêtent d'amour, de force, de savoir. C'est la vie depuis l'intérieur. Choisissez. Un livre, ou…

L'un de ces énormes promène-touristes circulant sur la Seine l'interrompit en plein milieu de sa phrase. Un groupe de Chinoises protégées par des parapluies se tenait à la balustrade. Dès qu'elles aperçurent la célèbre péniche-librairie parisienne, elles se mirent à brandir fébrilement leurs appareils photos.

Le paquebot déplaçait d'énormes dunes d'eau d'un brun verdâtre, qui venaient s'écraser contre le quai et firent trembler la librairie.

La cliente vacilla sur ses talons distingués. Au lieu de la soutenir, cependant, Perdu se contenta de lui tendre *L'Élégance du hérisson*.

Dans un mouvement de réflexe, la cliente s'agrippa au roman pour retrouver son équilibre et ne le lâcha plus.

Perdu ne le lâcha pas davantage et commença à s'adresser à mi-voix à sa cliente, d'un ton apaisant, presque tendre :

– Il vous faut une chambre pour vous seule. Pas trop claire, avec un jeune chat qui vous tienne compagnie. Et puis ce livre, que je vous prierais de lire lentement. Prenez le temps de vous reposer pendant la lecture. Vous allez être amenée à réfléchir beaucoup, peut-être même à pleurer. Sur votre sort. Sur toutes ces années écoulées. Mais après, vous vous sentirez mieux. Vous allez comprendre qu'il n'est pas nécessaire de mourir tout de suite, même si ce type qui vous traite mal vous en donne parfois l'envie. Vous allez réaliser que vous vous aimez, que vous n'êtes ni laide, ni naïve.

Il ne lâcha l'ouvrage qu'après avoir terminé cette déclaration.

La cliente le fixa d'un air atterré. Elle semblait si profondément choquée que Perdu comprit qu'il l'avait touchée. Il avait visé juste.

Puis elle laissa tomber le livre.

– Non mais, vous êtes complètement dingue ! aboya-t-elle avant de tourner les talons et de traverser le bateau-livre d'un pas mal assuré, la tête basse.

M. Perdu ramassa le *Hérisson*. La couverture s'était abîmée lors de la chute. Il serait sans doute obligé de céder l'ouvrage de Muriel Barbery pour un ou deux euros à un bouquiniste, il finirait sa course dans une des caisses des quais de Seine.

Puis il leva les yeux et regarda s'éloigner sa cliente. Elle se frayait péniblement un chemin dans la foule des flâneurs. Il remarqua que ses épaules tressautaient dans son tailleur.

Elle pleurait. Elle pleurait comme quelqu'un qui sait, évidemment, qu'il ne succombera pas à ce petit drame anodin, mais qui n'en est pas moins touché. Quelqu'un qui trouve injuste que cela lui arrive précisément à lui, précisément maintenant. Après tout, elle avait déjà encaissé un gros coup, est-ce que cela ne suffisait pas ? Était-il nécessaire qu'un méchant libraire en rajoute une couche ?

M. Perdu imagina tout le mal que cette inconnue devait penser de lui. Elle ne remettrait certainement jamais les pieds dans cette stupide librairie littéraire, tenue par un sinistre imbécile.

Il ne pouvait pas le lui reprocher. Son mouvement d'humeur incontrôlable, son besoin d'avoir raison en dépit de tout tact et de toute sensibilité avait forcément quelque chose à voir avec la chambre cachée, et tout ce qui s'était passé la nuit précédente. Il était plus patient, d'ordinaire.

En principe, il savait rester imperturbable face aux souhaits, aux colères et aux lubies de ses clients. Il avait pris l'habitude de les classer en trois catégories. Les premiers étaient ceux pour qui les livres constituaient le seul courant d'air frais dans la réalité étouffante de leur quotidien. C'étaient ses clients préférés. Ils lui faisaient confiance pour découvrir de quoi ils avaient besoin. Parfois, aussi, ils lui confiaient leurs points faibles, comme par exemple « Pas de roman qui se passe dans la montagne ou qui comporte un ascenseur, une vue plongeante, s'il vous plaît – vous savez, j'ai le vertige. » Certains fredonnaient des comptines d'enfants à M. Perdu, ou plutôt marmonnaient vaguement un « mmhmm, mmh, lalala – ça vous dit quelque chose, non ? » à son oreille en espérant que le grand libraire s'en souviendrait et leur dénicherait un quelconque ouvrage qui mettrait en scène les mélodies de leur enfance. La plupart du temps, d'ailleurs, c'était en effet ce qu'il se produisait. Perdu avait beaucoup chanté, à une époque.

La deuxième catégorie de clients ne franchissait

les portes de *Lulu*, la librairie sur l'eau du port des Champs-Élysées, que par curiosité : pour découvrir ce qu'il se cachait sous le nom indiqué sur l'enseigne : *La pharmacie littéraire*.

Ils achetaient un lot de cartes postales amusantes (« La lecture nuit aux préjugés » ou « Qui lit ne ment pas – tout au moins pas en même temps ») ou quelques livres miniatures dans leurs flacons médicaux bruns, quand ils ne se contentaient pas de faire quelques photos des lieux.

Ces visiteurs-là constituaient une véritable partie de plaisir, comparés à la troisième catégorie : des clients qui se prenaient pour des seigneurs mais en avaient manifestement oublié les manières. Sans regarder Perdu, sans même un bonjour, ils lui demandaient d'un ton de reproche tout en tripotant chaque ouvrage de leurs doigts graisseux puant la mayonnaise et les frites : « Comment, vous ne vendez pas de pansements ornés de poèmes ? Pas de papier toilette avec des romans policiers en épisodes ? Vous devriez tout au moins proposer des coussins de voyage gonflables, c'est la moindre des choses dans une pharmacie littéraire ! »

La mère de Perdu, Lirabelle Bernier, ex-Perdu, lui avait suggéré du camphre et des collants anti-thrombose. À partir d'un certain âge, les femmes pouvaient avoir les jambes lourdes à force de rester assises dans un fauteuil à bouquiner.

Certains jours, les collants se vendaient mieux que la littérature.

Il soupira.

Pour quelle obscure raison cette femme aux nerfs fragiles tenait-elle tant à lire *La Nuit* ?

Il était vrai que cette lecture ne lui aurait pas fait de mal.

Pas beaucoup, en tout cas.

Le journal *Le Monde* avait célébré le roman et son auteur en le qualifiant de « nouvelle voix de la jeunesse en colère ». La presse féminine s'était consumée pour « le garçon au cœur affamé » et avait publié de grands portraits de l'auteur, bien plus grands que la couverture de l'ouvrage. Sur ces clichés, Max Jordan arborait toujours un air légèrement surpris.

Et meurtri, trouvait Perdu.

Le premier roman de Jordan était peuplé d'hommes qui, par peur de se perdre, ne ressentaient que haine et indifférence cynique à l'égard de l'amour. Un critique littéraire avait élevé *La Nuit* au rang de « manifeste du nouveau masculinisme ».

Perdu trouvait ça un peu exagéré. C'était plutôt l'état des lieux désespéré de la vie intérieure d'un jeune homme qui aimait pour la première fois. Qui ne comprenait pas comment, alors qu'il n'avait plus aucun contrôle de soi, il pouvait néanmoins aimer et, un peu plus tard, cesser d'aimer, toujours sans rien en avoir décidé. Un jeune homme que le fait de ne pas pouvoir choisir qui il aimait et de qui il était aimé perturbait au plus haut point, tout comme le fait de ne pas savoir où tout cela commençait, où cela se terminait, et puis toute cette zone terriblement imprévisible qui se situait entre les deux.

L'amour, le dictateur tant redouté des hommes. Ce n'était pas étonnant qu'il réagisse par la fuite devant un tel tyran. Des millions de femmes lisaient ce roman pour comprendre pourquoi les hommes se comportaient de manière si cruelle à leur égard. Pourquoi ils changeaient les verrous de l'appartement, pourquoi ils quittaient par SMS et couchaient avec la meilleure amie. Tout ça pour faire un pied de nez au dictateur : Tu n'auras pas ma peau, mon vieux. Pas la mienne.

Est-ce que ce constat rassérénait vraiment les femmes ?

La Nuit avait été traduit en vingt-neuf langues.

Max Jordan avait emménagé au 27, rue Montagnard sept semaines plus tôt, dans l'appartement situé en face de celui des Goldenberg, au troisième. Jusqu'à présent, aucun des fans qui le harcelaient avec leurs lettres d'amour, leurs appels et leurs confessions n'avait retrouvé sa trace. Ils allaient même jusqu'à s'échanger des informations sur un forum spécialement consacré à *La Nuit*. On y parlait de ses ex-petites amies (inconnues au bataillon, grande question : Jordan est-il puceau ?) et on s'interrogeait sur ses lieux de résidence potentiels (Paris, Antibes, Londres).

Ce n'était pas la première fois que des addicts à *La Nuit* assaillaient la *pharmacie littéraire*. Ils portaient des protège-oreilles et suppliaient M. Perdu d'organiser une rencontre-signature avec leur idole sur la péniche. Quand Perdu avait retransmis ce souhait à son nouveau voisin, le jeune homme de vingt et un an était devenu livide. Le trac, s'était dit Perdu.

Pour lui, Jordan était un jeune en cavale. Un enfant qui n'avait jamais demandé à être élevé au rang d'homme de lettres. Nombreux étaient sans doute ses congénères qui lui reprochaient d'avoir trahi les combats intérieurs, les émotions secrètes des hommes. Il existait même des forums haineux sur la Toile, dans lesquels des rédacteurs anonymes étripaient le roman, se moquaient de lui et suggéraient à l'auteur de suivre l'exemple de son narrateur désespéré d'avoir compris qu'il ne pourrait jamais contrôler l'amour : se jeter d'une falaise corse.

Ce qui fascinait, dans *La Nuit*, était précisément ce

qui mettait son auteur en danger : aucun auteur, avant lui, n'avait parlé du monde intime des hommes avec une telle franchise, une telle sincérité. Il piétinait les idéaux, les éternelles figures masculines de la littérature. Celle de l'« homme, le vrai », celle de l'homme « dépourvu d'émotions, » celle du « vieil étourdi » ou du « loup solitaire ». « En fin de compte, les hommes ne sont que des êtres humains », avait publié un magazine féministe, résumant le premier roman de Jordan par cette conclusion désenchantée.

Perdu était impressionné par le courage de Jordan, mais le roman lui faisait l'effet d'une soupe qui débordait sans cesse de la casserole. Et son auteur était tout aussi sentimental et dépourvu de toute carapace protectrice que son narrateur. Il était l'exact opposé de Perdu.

Perdu se demanda l'effet que cela faisait de ressentir des émotions aussi vives et d'y survivre.

4

Perdu s'occupa ensuite d'un Anglais qui lui demanda : « J'ai vu un livre avec une jaquette rayée verte et blanche la dernière fois que je suis passé. Est-ce qu'il est déjà traduit ? » Perdu découvrit qu'il s'agissait d'un classique paru dix-sept ans plus tôt et lui vendit à la place un recueil de poèmes. Puis il aida le coursier à transporter les cartons de livres qu'il avait commandés depuis son diable jusqu'au bateau. Enfin, il donna quelques conseils à l'institutrice toujours stressée de l'école du quai d'en face, qui voulait se composer un petit stock de parutions récentes pour les enfants. Il moucha une petite fille qui avait fourré son nez dans *À la croisée des mondes* et rédigea un certificat de restitution de la TVA pour sa mère, une femme perpétuellement débordée qui offrait à sa fille un dictionnaire en trois tomes payable en plusieurs fois.

La femme débordée montra sa fille du doigt.

– Cette drôle de petite fille s'est mis en tête de lire le dictionnaire en entier avant d'avoir vingt et un ans. Très bien, j'ai dit, tu auras ton encyplé… ton encyco… Enfin bref, tu auras ton bouquin. Mais du coup, tu ne recevras plus de cadeaux d'anniversaire. Et rien, non plus, à Noël.

Perdu regarda la fillette de sept ans et lui adressa un petit signe de connivence. La gamine hocha la tête, très sérieuse.

– Vous trouvez ça normal ? demanda la mère d'un air inquiet. À cet âge-là ?

– Eh bien, je trouve que c'est courageux, intelligent et tout à fait raisonnable.

– Elle va faire peur aux hommes si elle devient trop maligne.

– Ah, elle fera sûrement peur aux imbéciles, madame. Mais quelle femme voudrait d'un imbécile ? Ils n'apportent que des ennuis.

La mère, qui ne cessait de tordre ses mains rouges, le regarda d'un air étonné.

– Pourquoi est-ce que personne ne m'a dit ça plus tôt ? interrogea-t-elle avec un petit sourire.

– Vous savez quoi ? dit Perdu. J'ai une idée. Choisissez un livre que vous aimeriez offrir à votre fille pour son anniversaire. C'est jour de soldes aujourd'hui dans la pharmacie : achetez un dictionnaire et recevez un roman en cadeau.

La cliente avala sans hésiter son mensonge et soupira :

– Mais ma mère nous attend dehors... Elle veut aller dans une maison de retraite. Elle veut que j'arrête de m'occuper d'elle. Je ne peux pas, moi ! Vous pourriez faire une chose pareille, vous ?

– Je vais aller dire bonjour à votre mère. Pendant ce temps, choisissez un cadeau, d'accord ?

La femme obéit avec un sourire reconnaissant.

Perdu sortit saluer la grand-mère qui n'osait pas s'aventurer sur la passerelle, et lui apporta un verre d'eau.

Il était habitué à la méfiance des personnes âgées vis-à-vis de sa passerelle. Nombre de ses clients comptaient plus de soixante-dix ans. Il se rendait donc à terre pour leur recommander des ouvrages, précisément sur ce banc où la vieille dame s'était installée. Plus ils gagnaient en âge, plus les vieux veillaient sur leurs précieux jours. Rien ne devait compromettre le temps qu'il leur restait. C'était la raison pour laquelle ils rechignaient à s'absenter de chez eux et se mettaient à abattre les arbres devant leur domicile pour éviter qu'ils ne tombent sur la maison, et aussi celle pour laquelle ils refusaient de s'aventurer sur les cinq millimètres d'acier d'une passerelle au-dessus de l'eau. Perdu lui apporta également le plus grand des prospectus qu'il possédait afin qu'elle s'en serve d'éventail. La chaleur de l'été était éprouvante. Reconnaissante, la vieille dame tapota le banc, à côté d'elle, pour l'inviter à s'asseoir.

Elle lui rappelait sa mère, Lirabelle. Peut-être que c'était les yeux, son regard vif et intelligent. Perdu s'assit. La Seine étincelait, le ciel formait une voûte bleue et estivale au-dessus d'eux. Des vrombissements et des Klaxon leur parvenaient depuis la place de la Concorde, il était impossible d'avoir un peu de silence. Après le 14 juillet, la ville se viderait quelque peu, les Parisiens iraient peupler les côtes et les montagnes pour les vacances d'été. Mais même à cette période calme de l'année, la ville resterait bruyante et affamée.

– Est-ce que vous faites ça, vous aussi, de temps en temps ? demanda soudain la vieille dame. Est-ce que vous scrutez le visage des gens sur vos vieilles photographies pour essayer de comprendre si, à cet instant, ils savaient qu'ils n'auraient plus longtemps à vivre ?

M. Perdu secoua la tête.

– Non.

De ses doigts tremblants couverts de taches brunes, elle ouvrit le médaillon qu'elle portait autour du cou.

– Là. C'est mon mari. Cette photo a été prise deux semaines avant qu'il tombe. On se retrouve toute seule du jour au lendemain, toute jeune, avec une chambre vide.

Elle caressa le portrait de son mari du bout de l'index et lui donna tendrement une petite pichenette sur le nez.

– Il a l'air tellement sûr de lui. Comme si tous ses projets allaient se réaliser. On regarde l'objectif et on se dit que tout va continuer comme ça, et puis… Bonjour, l'éternité.

Elle se tut un instant.

– En tout cas, je ne laisse plus personne me prendre en photo, moi.

Elle tendit son visage dans le soleil.

– Est-ce que vous avez des livres sur la mort ?

– Oh, j'en ai beaucoup, oui, dit Perdu. Sur le fait de vieillir, sur le fait d'être atteint d'une maladie incurable, sur la mort lente et la mort rapide, sur la mort dans la solitude, quelque part, dans une chambre d'hôpital.

– Je me suis souvent demandé pourquoi il n'existait pas davantage de livres sur la vie. Après tout, tout le monde peut mourir. Mais vivre ?

– Vous avez bien raison, madame. Il y aurait beaucoup à dire sur la vie. La vie avec les livres, la vie avec des enfants, la vie pour les débutants.

– Écrivez-en un, vous.

Comme si j'étais en mesure de donner des conseils à qui que ce soit dans ce domaine.

– Je préférerais écrire une encyclopédie sur les sentiments universels, concéda-t-il. Partir de A pour « angoisse des auto-stoppeurs » jusqu'à T pour « timidité des orteils ou peur que la vue de nos pieds n'anéantisse d'un coup les sentiments amoureux de l'autre », en passant par F pour « fierté de celui qui s'est levé tôt ».

Perdu se demanda pourquoi il racontait tout cela à cette étrangère.

Décidément, il aurait mieux fait de ne pas ouvrir cette porte.

La grand-mère lui serra le genou et il sursauta brièvement. Les contacts physiques étaient dangereux.

– Une encyclopédie des sentiments, répéta-t-elle en souriant. En tout cas, je connais très bien ce truc avec les orteils. Une encyclopédie des sentiments universels... Est-ce que vous avez lu cet auteur allemand, Erich Kästner ?

Perdu hocha la tête. En 1936, peu avant que l'Europe ne sombre dans cette obscurité brune, Kästner avait publié une pharmacie domestique lyrique tirée de ses propres écrits poétiques. « Cet ouvrage est destiné à améliorer votre vie intérieure, écrivait cet auteur dans sa préface. Tout au moins en doses homéopathiques, il est censé aider à combattre les petites et les grandes difficultés de l'existence et à soigner les maux de l'âme. »

– C'est en partie grâce à Erich Kästner que j'ai appelé ma péniche *La pharmacie littéraire*, dit Perdu. Je voulais soigner des sentiments qui ne sont pas reconnus comme maux en soi et n'ont jamais été diagnostiqués par des médecins. Tous ces petits sentiments, ces mouvements d'humeur auxquels aucun médecin ne s'intéresse parce qu'ils sont apparemment trop insignifiants, trop impalpables. Ce sentiment qui nous envahit quand un nouvel été tire à sa fin. Quand on réalise qu'on n'a plus toute la vie devant soi pour trouver sa place. Ou encore ce petit deuil que l'on doit faire quand on s'aperçoit qu'une amitié n'ira finalement pas plus en profondeur, et qu'il nous faut chercher encore celui qui méritera notre confiance. Ou, aussi, cette tristesse qui nous envahit le matin de notre anniversaire. La nostalgie de l'air qu'on respirait pendant notre enfance. Des choses comme ça.

Il se rappela soudain que sa mère lui avait parlé, un jour, d'un mal dont elle souffrait et contre lequel il n'existait pas de remède : « Certaines femmes ne regardent jamais que les chaussures des autres femmes, jamais leur visage. Et puis d'autres femmes regardent toujours votre visage, et rarement vos chaussures. » Elle-même préférait ce second type de femmes, les premières l'humiliaient, lui donnait l'impression d'être méconnue.

Atténuer ce type de souffrances inexplicables et pourtant réelles, voilà pourquoi il avait acheté son bateau. À cette époque, c'était encore une péniche de transport de marchandises appelée *Lulu*, qu'il avait retapée lui-même avant de la remplir de ces livres qu'il considérait comme l'unique traitement contre une multitude de maux indéfinis.

– Écrivez donc ça. L'encyclopédie des sentiments pour les pharmaciens littéraires.

La vieille dame s'était redressée et s'exprimait maintenant avec animation et vivacité.

– Ajoutez-y « l'inconnu confident », à la lettre I. Ce sentiment étrange que l'on ressent quand on se livre plus aisément à un inconnu qu'à sa propre famille. Et puis aussi « consolation des petits-enfants », à la lettre C. Cette impression que la vie continue…

Elle observa un silence rêveur.

– La timidité des orteils. Je l'ai toujours eue, moi aussi. Et puis, en fin de compte… En fin de compte, il les a aimés, mes pieds.

C'est une fausse rumeur, se dit Perdu quand la grand-mère, la mère et la petite-fille prirent congé de lui, c'est une fausse rumeur de dire que les libraires s'occupent de livres.

Ils s'occupent des êtres humains.

Quand la clientèle commença à se faire plus rare, autour de midi – les Français vénéraient davantage leur nourriture que l'État, la religion et l'argent réunis, Perdu nettoya la passerelle avec son balai aux poils épais et bouscula par inadvertance un nid d'araignées, des épeires des ponts. Bientôt, il vit Kafka et Lindgren approcher paisiblement dans l'ombre des arbres du quai. Il avait baptisé ainsi ces deux chats des rues sûrement cultivés, puisqu'ils lui rendaient visite tous les après-midi et avaient développé certaines préférences dans sa librairie. Le gros matou gris avec son col romain de prêtre aiguisait volontiers ses griffes sur les *Recherches d'un chien* de Franz Kafka, une fable dans laquelle le monde des humains est vu à travers l'œil d'un chien. Quant à Lindgren, une chatte rousse et blanche aux longues oreilles, elle s'installait toujours dans le coin consacré à Fifi Brindacier. C'était un beau chat au regard aimable, qui scrutait avec attention les visiteurs depuis les profondeurs des étagères. Parfois, Lindgren ou Kafka offrait à Perdu le plaisir de bondir sans préavis sur l'un des clients de la troisième catégorie, ceux aux doigts graisseux, depuis l'étagère supérieure.

Les deux chats d'égouts attendirent de pouvoir se glisser à bord sans être heurtés par de grands pieds aveugles. Une fois sur place, ils commencèrent à se frotter aux jambes du libraire en ronronnant tendrement.

Perdu s'immobilisa. Brièvement, juste un instant, il s'autorisa à entrouvrir sa carapace : il savoura la chaleur des deux félins. Leur douceur. Pendant quelques secondes, il ferma les yeux et s'abandonna à cette sensation infiniment délicate qui envahissait ses mollets.

Ces simili-échanges de tendresse étaient les seuls contacts physiques que M. Perdu s'autorisait.

Les seuls qu'il avait dans sa vie.

Ce précieux moment s'interrompit brusquement quand une toux épouvantable s'éleva depuis l'étagère dans laquelle Perdu avait rangé les livres soignant les cinq maux de la grande ville (le stress, l'indifférence, la chaleur, le vacarme et le – bien entendu, d'un point de vue général – chauffeur de bus sadique).

5

Les chats se réfugièrent aussitôt dans la pénombre et cherchèrent dans la cambuse la boîte de thon que Perdu avait déjà préparée à leur intention.

– Il y a quelqu'un ? lança Perdu. Est-ce que je peux vous aider ?

– Je ne cherche rien, lui répondit Max Jordan d'une voix enrouée.

Le jeune auteur à succès s'avança prudemment. Il portait un melon dans chaque main et ses inévitables protections sur les oreilles.

– Ça fait longtemps que vous êtes là, tous les trois, monsieur Jordan ? demanda Perdu d'un ton sévère.

Jordan hocha la tête et une rougeur embarrassée envahit son visage, remontant jusqu'à la pointe de ses cheveux.

– Je suis arrivé au moment où vous avez refusé de vendre mon livre à cette femme, reprit-il d'un air malheureux.

Oh, oh. Il n'aurait pas pu tomber plus mal.

– Est-ce que vous le trouvez si mauvais que ça ?

– Non, répondit aussitôt Perdu.

Jordan aurait certainement perçu la moindre hésitation comme un « oui ». Il n'était pas nécessaire de lui infliger cela. Et puis d'ailleurs, Perdu ne trouvait pas le livre si mauvais que ça.

– Mais pourquoi avez-vous dit que je ne lui convenais pas ?

– Monsieur, je… Euh…

– Appelez-moi Max, s'il vous plaît.

Ce garçon va vouloir m'appeler par mon prénom, du coup.

La dernière personne qui l'avait appelé par son prénom, de sa voix chaude et veloutée, était ***.

– Restons-en au vouvoiement dans un premier temps, si vous le voulez bien. Écoutez, je vends des livres comme on prescrirait des médicaments. Il existe des livres qui conviennent à un million de lecteurs, mais il y en a d'autres qui ne conviennent qu'à cent lecteurs. Je connais même des remèdes – des livres, pardon – des livres qui n'ont été écrits que pour une seule personne.

– Mon Dieu. Un lecteur ? Un seul ? Des années de travail pour ça ?

– Mais oui, si cela peut sauver une vie ! Cette cliente, elle n'avait pas besoin de *La Nuit* maintenant. Elle ne l'aurait pas supporté. Les effets secondaires sont trop forts.

Jordan réfléchit. Il considéra les milliers d'ouvrages accumulés dans le bateau, sur les étagères, sur les fauteuils, en d'innombrables piles.

– Mais comment pouvez-vous connaître les problèmes de tous ces gens et les effets secondaires qui s'ensuivront ?

Voilà, on y était. Comment pouvait-il expliquer à Jordan qu'il ne savait pas très bien comment il s'y prenait ?

Perdu se servait de ses oreilles, de ses yeux et de son instinct. Au cours d'une conversation, il était capable de comprendre ce qui manquait à chaque âme. Il décryptait dans chaque corps, jusqu'à un certain degré, quels sentiments l'animaient ou l'oppressaient. En fin de compte, il possédait ce que son père appelait « l'ultra-ouïsion ». « Tu entends et tu vois au-delà de ce que la plupart des gens montrent pour se camoufler. Tu vois tout ce qui tourmente ces gens derrière cette façade, tout ce dont ils rêvent et ce qui leur manque. »

Chaque être humain possédait quelque talent, et l'ultra-ouïsion en était un.

L'un de ses clients réguliers, le thérapeute Éric Lanson, dont le cabinet situé non loin du palais de l'Élysée accueillait bon nombre de fonctionnaires du gouvernement, lui avait un jour confessé sa jalousie : il lui enviait sa « capacité psychométrique à mesurer l'âme de manière plus sûre qu'un thérapeute après trente années d'écoute attentive et d'acouphènes chroniques ».

Lanson passait tous ses vendredis après-midi dans la pharmacie littéraire. Il avait un penchant prononcé pour les ouvrages de science-fiction peuplés de dragons et d'épées, et s'était donné pour mission d'arracher un sourire à Perdu avec ses analyses psychologiques des personnages.

Lanson envoyait également les hommes politiques et leurs employés surmenés dans la librairie de Perdu – avec des « ordonnances » sur lesquelles le thérapeute notait les névroses de ses clients enrobées dans un code littéraire : « Kafkaïen, avec une pointe de Pynchon », ou « Sherlock, complètement irrationnel », ou encore « Magnifique syndrome de Potter-dans-le-placard. »

Perdu voyait cela comme un défi d'ouvrir le monde des livres à ceux (c'étaient souvent des hommes) qui souffraient de cupidité ou d'abus de pouvoir, ou plus simplement du stupide travail de Sisyphe qui était leur pain quotidien. Combien il était satisfaisant de voir, parfois, l'une de ces machines à dire oui lâcher le poste qui l'avait jusqu'alors privée de toute son individualité ! Il n'était pas rare qu'une lecture adéquate les amène à cette libération.

— Écoutez, Jordan, reprit Perdu en changeant de stratégie. Un livre est à la fois le médecin et le médicament. Il établit des diagnostics et propose une thérapie. Associer les bons romans aux maux correspondants : voilà comment j'essaie de vendre mes livres.

— Je vois. Et mon roman était le dentiste, alors que cette cliente avait besoin d'un gynécologue.

— Euh… non.

— Non ?

— Bien entendu, les livres ne sont pas seulement des médecins. Il existe des romans qui constituent de merveilleux et tendres compagnons de vie. D'autres peuvent faire l'effet d'une gifle. D'autres, encore, celui d'une couverture chaude dont votre petite amie vous enveloppe quand vous êtes pris de mélancolie, à l'automne. Et d'autres… comment dire. D'autres sont comme de la barbe-à-papa rose, ils picotent pendant quelques secondes dans le cerveau et laissent dans leur sillage une sorte de néant bienheureux. Comme une aventure amoureuse brûlante, mais éphémère.

— Vous êtes en train de me dire que *La Nuit* fait partie des coups d'un soir de la littérature, c'est ça ? Une fille facile, quoi.

Bon sang. Décidément, il vaut mieux éviter de parler d'autres livres avec des écrivains. C'était une règle immuable, valable pour tous les libraires.

— Non. Les livres sont comme les êtres humains, les êtres humains sont comme les livres. Je vais vous dire comment je fais. Face à une femme, je me demande :

est-elle le personnage principal de sa vie ? Qu'est-ce qui la motive ? Est-ce qu'elle ne tiendrait pas, plutôt, un rôle secondaire dans sa propre histoire ? Est-ce qu'elle se coupe volontairement de son histoire parce que son mari, son métier, ses enfants ou son travail prennent le dessus ?

Les yeux de Max Jordan s'agrandirent.

– J'ai à peu près trente mille histoires dans la tête. Ce n'est pas beaucoup, vous savez, quand on pense qu'il y a plus d'un million de titres disponibles, ne serait-ce qu'en France. Je possède les huit mille titres les plus utiles ici, comme dans une pharmacie d'urgence, mais il m'arrive aussi de mettre au point une cure. Dans ce cas, je crée, en quelque sorte, un traitement à base de lettres : une espèce de livre de cuisine, composé de textes qui se lisent comme on passe un merveilleux dimanche en famille. Un roman dans lequel l'héroïne ressemble à la lectrice, des écrits lyriques capables de vous arracher ces larmes qui vous empoisonnent de l'intérieur si vous les ravalez. J'écoute avec…

Perdu indiqua son plexus solaire.

– Et j'écoute aussi ce qui se passe là.

Il frotta sa nuque.

– Et là.

Il désignait maintenant le petit périmètre de peau tendre, au-dessus de la bouche. Quand cela le chatouillait là…

– Mais, on ne peut tout de même pas…

– Ah, mais si ! Et comment !

Cela fonctionnait avec quatre-vingt-dix-neuf virgule quatre-vingt-dix-neuf pour cent des individus.

Il existait cependant, aussi, des personnes que Perdu n'arrivait pas à percevoir si aisément.

Lui-même, par exemple.

Mais Jordan n'avait pas besoin de savoir ça, pour le moment.

Tout au long de son petit exposé à son voisin, Perdu avait senti une pensée dangereuse se former dans son esprit, comme par hasard.

J'aurais aimé avoir un fils. Avec ***. Avec elle, j'aurais aimé tout partager.

Perdu eut soudain l'impression de manquer d'air.

Quelque chose s'était déplacé en lui depuis qu'il avait ouvert la porte de la chambre interdite. Une fissure parcourait son armure blindée, plusieurs fêlures s'étaient formées et, si fines fussent-elles, elles n'en menaçaient pas moins de faire exploser toutes ses digues intérieures, s'il ne se ressaisissait pas dans les plus brefs délais.

La voix de Jordan lui parvint comme de très loin.

— Vous me semblez très… ventilé, tout d'un coup. Je ne voulais pas vous blesser. J'aurais simplement aimé savoir comment les gens réagissaient quand vous leur disiez : je ne vous le vends pas, il ne vous va pas.

— Ah, ceux-là ? Eh bien, ils s'en vont. Mais parlons un peu de vous. Qu'en est-il de votre prochain manuscrit, monsieur Jordan ?

Sans lâcher ses deux melons, le jeune romancier s'affala dans l'un des fauteuils cernés de piles de livres.

— Rien. Pas une ligne.

— Oh. Quand devez-vous le rendre ?

— Il y a six mois.

— Oh. Et que dit votre éditeur ?

— Mon éditrice ne sait pas où je suis. Personne ne le sait. Personne ne doit l'apprendre. Je n'en peux plus, moi. Je ne peux plus écrire.

— Oh…

Jordan appuya son front contre ses melons.

44

– Qu'est-ce que vous faites, vous, quand vous n'avancez plus, monsieur Perdu ? demanda-t-il d'une voix lasse.

– Moi ? Rien.

Presque rien.

J'arpente Paris pendant la nuit, jusqu'à ce que je tombe de fatigue. Je nettoie le moteur de Lulu, sa coque, ses hublots, je fais ce qu'il faut pour que le bateau reste en état de naviguer, je vérifie jusqu'au plus petit boulon alors qu'il n'a pas bougé d'un iota depuis deux décennies.

Je lis des livres, par vingtaine, tous en même temps. Partout. Aux toilettes, dans la cuisine, au bistrot, dans le métro. Je compose des puzzles aussi grands que des parquets, je les détruis dès qu'ils sont terminés et je les recommence aussitôt. Je nourris des chats errants. Je range mes aliments par ordre alphabétique. Je prends parfois des comprimés pour dormir. Je prends du Rilke pour me réveiller. Je ne lis jamais de livres avec des personnages qui me rappellent ***. Je me pétrifie. Je continue. Je fais tous les jours la même chose. C'est le seul moyen que j'ai trouvé pour survivre.

Mais sinon... Non, sinon je ne fais rien.

Perdu se secoua. Ce jeune homme lui avait demandé de l'aide. Les états d'âme de Perdu ne l'intéressaient pas. Allons, un peu de nerf.

Le libraire sortit son trésor du petit coffre d'antan qu'il gardait derrière son comptoir.

Lumières du Sud, de Sanary.

L'unique livre que cet auteur ait écrit. Tout au moins sous ce nom-là. « Sanary » – ce nom, un hommage à l'exil des écrivains et des écrivaines à Sanary-sur-Mer, sur la côte provençale – était un pseudonyme opaque.

L'éditeur de Sanary, Duprés, se trouvait désormais

dans une maison de retraite lointaine, avec sa bonne humeur et son Alzheimer avancé. Lors des visites de Perdu, le vieillard lui avait servi douze scénarios différents sur l'identité supposée de Sanary et la manière dont le manuscrit était entré en sa possession.

M. Perdu poursuivait donc ses recherches.

Depuis deux décennies, déjà, il analysait le tempo de la langue, le choix des mots et le rythme des phrases de cet auteur, il comparait son style et son sujet avec ceux d'autres écrivains. Perdu avait réduit le champ des possibilités à onze noms : sept femmes et cinq hommes.

Il aurait tant aimé remercier l'un de ces individus.

Car *Lumières du Sud* était le seul ouvrage qui le touchait complètement, sans jamais le blesser. Lire *Lumières du Sud*, c'était prendre une dose homéopathique de bonheur. C'était la seule douceur qui atténuait les souffrances de Perdu, un petit ruisseau frais sur la terre brûlée de son âme.

Ce n'était pas un roman dans le sens classique du terme, c'était un petit récit déclinant les différentes manières d'aimer. Un récit truffé d'étranges mots inventés et pénétré d'une grande joie de vivre. La mélancolie avec laquelle on y décrivait l'incapacité à vivre pleinement chaque jour, à prendre chaque nouvelle journée pour ce qu'elle était : unique, non reproductible et infiniment précieuse – oh, cette douce nostalgie lui était si familière !

Il confia à Jordan sa dernière édition de l'ouvrage.

– Lisez cela. Trois pages le matin, en position allongée, avant le petit déjeuner. Il faut que ce soit la première chose qui s'introduise dans votre esprit au lever. Après quelques semaines, vous vous sentirez moins à vif. Vous n'aurez plus l'impression que votre blocage est une sorte de punition pour votre succès.

La tête coincée entre ses deux melons, Jordan le regarda avec stupéfaction. Puis il laissa échapper :

– Comment vous le savez ? Je ne supporte pas cet argent, ni cette vague de célébrité ! J'aurais voulu que ça n'arrive jamais. De toute manière, les gens qui savent faire des choses sont généralement haïs.

– Max Jordan, si j'étais votre père, je vous donnerais une bonne raclée. Quels mots stupides. C'est formidable que votre livre ait été écrit et il a mérité tout son succès, chaque cent a été gagné à la sueur de votre front.

Tout d'un coup, Jordan se mit à rayonner de joie, de fierté et d'embarras mêlés.

Quoi ? Qu'est-ce que j'ai dit ? « Si j'étais votre père ? »

Max Jordan tendit solennellement ses melons à Perdu. Ils laissaient échapper un parfum délicieux, dangereux. Tout à fait susceptible de lui rappeler son été avec ***.

– On déjeune ? demanda le jeune écrivain.

Ce garçon avec ses protège-oreilles lui tapait sur le système, d'accord, mais cela faisait un moment qu'il n'avait plus déjeuné avec quelqu'un.

Et puis *** l'aurait apprécié.

Au moment où ils découpaient les melons en tranches, le claquement de talons élégants résonna sur la passerelle.

Peu après, la cliente que le libraire avait fait fuir pendant la matinée apparut dans l'encadrement de la cambuse. Ses yeux gardaient les traces de larmes mais son regard était clair.

– D'accord, dit-elle. Donnez-moi ces livres qui font du bien et merde au sale type qui se fiche de moi.

Max en resta bouche bée.

6

Perdu remonta les manches de sa chemise blanche, vérifia que sa cravate noire était bien ajustée, se munit des lunettes de vue qu'il portait depuis peu et invita d'un geste poli sa cliente à le suivre jusqu'au cœur de son univers : le fauteuil de lecture avec son repose-pieds. Faisant face à une baie vitrée de deux mètres de hauteur et quatre mètres de largeur, il offrait une vue panoramique sur la tour Eiffel. Le fauteuil était flanqué de l'incontournable petite table pour déposer un sac à main – une donation de la mère de Perdu, Lirabelle. Sans oublier, bien sûr, le piano que le libraire faisait accorder deux fois par an, bien qu'il ne sache pas en jouer lui-même.

Perdu posa quelques questions à sa cliente, qui répondait au nom d'Anna.

Il l'interrogea sur son métier, ses rituels matinaux, l'animal qu'elle avait préféré dans son enfance, ses cauchemars au cours des dernières années, les précédents ouvrages qu'elle avait lus… Il lui demanda également si sa mère avait décidé de ce qu'elle devait porter quand elle était petite.

Des questions intimes sans être indiscrètes, qui invitaient à observer un silence religieux pour mieux entendre les réponses.

L'écoute silencieuse était la condition essentielle pour une bonne estimation de l'état d'âme de quelqu'un.

Anna lui expliqua qu'elle travaillait dans la publicité télévisée.

— ... dans une agence truffée de types qui ont largement dépassé la date limite de péremption, et qui confondent les femmes avec un croisement de canapé et de machine à café.

Tous les matins, Anna mettait trois réveils pour sortir de son sommeil profond et entrecoupé. Elle filait alors sous la douche, qu'elle aimait bien chaude pour se prémunir contre la froideur de la journée.

Petite, elle s'était prise de passion pour le Loris Lent du Bengale, une espèce de primate particulièrement paresseux à la truffe toujours humide.

Elle aimait porter de courtes culottes de cuir rouge, ce qui épouvantait sa mère. Elle rêvait souvent qu'elle s'enfonçait dans des sables mouvants, au milieu de notables et de célébrités. Dans son rêve, elle n'était vêtue que d'une chemise de corps que tous ces hommes se disputaient sans songer une seconde à l'aider à s'extraire des sables.

— Personne ne m'a jamais aidée, répéta-t-elle comme pour elle-même, d'une voix grave, amère.

Une fois qu'elle eut terminé, elle leva vers Perdu un regard brouillé de larmes.

— Alors ? dit-elle. Est-ce que je suis complètement débile ?

— Pas complètement, répondit Perdu.

Le dernier livre qu'elle avait vraiment lu était *L'Aveuglement* de José Saramago, qui l'avait laissée perplexe.

— Ce n'est pas très étonnant, lui avait fait remarquer Perdu. Ce n'est pas un livre pour quelqu'un qui entre dans la vie, mais plutôt pour une personne qui serait dans la fleur de l'âge. Ceux qui se demandent où diable a bien pu passer la première moitié de leur vie. Ceux qui se sont donné tant de mal à poser un pied l'un devant l'autre sans songer à lever les yeux pour voir vers quoi ils avançaient avec tant d'empressement et de zèle. Un jour, ils relèvent les yeux de la pointe de leurs pieds et réalisent qu'ils sont aveugles, tout en étant voyants. Voilà, cette fable de Saramago s'adresse aux personnes incapables de voir la vie. Vous, Anna, vous n'avez pas perdu la vue.

Après cette lecture, Anna avait tourné le dos aux livres pour se consacrer entièrement à son métier. Trop de travail, trop longtemps… au fil des années, elle avait accumulé les couches d'épuisement. Sans compter que jusqu'à ce jour, elle n'avait jamais réussi à enrôler un homme pour une publicité sur les produits ménagers ou les couches pour bébé.

– La publicité est le dernier bastion des patriarches, confia-t-elle à Perdu et à Max, qui les écoutait religieusement. Elle passe même avant l'armée, figurez-vous. Le seul endroit où le monde tourne encore en rond, c'est la pub.

Une fois toutes ces confessions faites, elle s'enfonça dans le fauteuil. Son visage exprimait un grand questionnement.

– Alors ? Est-ce qu'il reste un peu d'espoir pour moi, ou est-ce que je suis irrécupérable ? Dites-moi la vérité, sans détour.

Ce qu'elle ne savait pas, c'était que ses réponses n'auraient aucune incidence sur les recommandations littéraires de Perdu. Elles ne servaient qu'à le familiariser avec la voix d'Anna, sa tonalité et ses tics de langage.

Perdu repérait les quelques mots qui se détachaient du flot continu de lieux communs. Ces mots lumineux qui révélaient la manière dont cette femme concevait sa vie, comment elle la sentait et la ressentait. Les choses qui avaient une importance réelle à ses yeux, ses préoccupations et son humeur du moment. Ce qu'elle voulait cacher sous ce nuage de paroles. Ses douleurs, ses aspirations.

M. Perdu savait comment pêcher ces mots-là. Anna répétait souvent : « Ce n'était pas prévu », ou : « Je ne pensais pas que cela se passerait comme ça. » Elle parlait d'« innombrables tentatives » et de « cauchemars pires que des cauchemars ». Elle vivait dans les mathématiques, une bonne technique pour refouler l'irrationnel et les estimations hasardeuses. Elle s'interdisait de juger de manière intuitive et de croire à l'impossible.

Mais ce n'était là qu'une partie de ce que Perdu entendait et remarquait : ce qui torturait son âme. L'autre partie de ce qu'il recherchait était plus positive : elle révélait ce qui rendait son âme heureuse. M. Perdu savait que les choses qu'une personne aimait coloraient également sa manière de parler.

Mme Bernard par exemple, la propriétaire du numéro 27, projetait son amour des tissus sur les maisons et les personnes : « Les manières, répétait-elle avec délectation, sont comme une chemise en polyester mal repassée. » Quant à la pianiste, Clara Violette, elle s'exprimait essentiellement en termes musicaux – « Vous savez, dans la vie de sa mère, la petite Goldenberg n'est rien de plus qu'un troisième violon. » L'épicier Goldenberg, lui, voyait le monde en saveurs et parlait d'un caractère « moisi » ou d'une promotion « blette ». La petite Brigitte, le fameux « troisième violon », aimait la mer, cette mer qui attirait tous les sentimentaux. Sa grande sœur de quatorze ans, une jeune beauté, avait comparé Max Jordan avec « la vue sur la mer depuis les hauteurs de Cassis, un garçon profond et lointain ». Bien entendu, le troisième violon était amoureux de l'écrivain. Jusqu'à très récemment, Brigitte aurait préféré être un garçon. Depuis qu'elle l'avait rencontré, cependant, elle n'avait qu'une hâte, c'était de devenir femme.

Perdu se promit d'apporter bientôt à Brigitte un livre qui lui tiendrait lieu de refuge salvateur dans la tempête de ce premier amour.

– Est-ce que vous demandez souvent pardon ? questionna enfin Perdu.

Les femmes se sentaient toujours plus fautives qu'elles ne l'étaient.

– Vous voulez dire des phrases du genre : « Excusez-moi, mais je n'avais pas fini ma phrase ? » Ou plutôt : « Pardonne-moi, je suis désolée d'être amoureuse de toi et de t'apporter tous ces ennuis. »

– L'un comme l'autre. Toutes sortes d'excuses. Il est possible que vous vous soyez habituée à vous sentir coupable de tout ce que vous êtes. Souvent, ce ne sont pas nous qui influençons les mots que nous utilisons mais les mots que nous utilisons qui nous influencent.

– Vous êtes tout de même un drôle de libraire, vous savez ?

– J'en suis conscient, mademoiselle.

Aidé de Max Jordan, M. Perdu choisit et rapporta de la « Bibliothèque des sentiments » plusieurs tas de livres.

– Tenez, ma chère. Des romans pour l'obstination, des romans pour changer de mode de pensée, des poèmes pour la dignité.

Des livres sur les rêves, la mort, l'amour et la vie en tant qu'artiste. Il déposa à ses pieds des ballades mystiques, de vieux et rudes récits d'abîmes, de chutes, de dangers et de trahisons. Anna ne tarda pas à être cernée de piles d'ouvrages, comme d'autres femmes aimaient s'entourer de cartons de chaussures dans les magasins.

Perdu voulait qu'Anna se sente comme dans un nid. Qu'elle prenne conscience de cet infini que l'on trouvait dans les livres. Il y en aurait toujours assez. Les livres ne cesseraient jamais de donner de l'amour à un lecteur ou à une lectrice. Ils étaient un pôle sécurisant dans tout ce qu'il y avait d'imprévisible. Dans la vie. Dans l'amour. Dans la mort.

Quand, pour couronner le tout, la téméraire Lindgren atterrit sur les genoux d'Anna et entreprit de s'y aménager un lit en la palpant de ses coussinets, la publiciste surmenée, malheureuse et tourmentée par sa conscience, laissa tomber ses dernières résistances. Ses épaules tendues s'affaissèrent, ses pouces enfouis dans ses paumes sortirent de leur cachette. Son visage se détendit.

Elle commença à lire.

M. Perdu observa la manière dont ce qu'elle lisait se reflétait peu à peu sur son apparence. Petit à petit, les contours de son corps se précisaient. Il vit qu'Anna découvrait en elle un espace de résonance qui réagissait aux mots. Elle était le violon qui apprenait à jouer de ses propres cordes.

M. Perdu reconnut le petit bonheur qu'Anna entrevoyait en cet instant, et quelque chose se serra dans sa poitrine.

N'existe-t-il aucun ouvrage qui puisse m'enseigner, à moi, comment jouer la mélodie de la vie ?

7

En s'engageant dans la rue Montagnard, Perdu se
demanda ce que Catherine pouvait bien penser de ce
passage à la fois silencieux et riant, caché au beau
milieu de la frénésie du Marais. « Catherine, murmura
Perdu. Ca-the-rine. » C'était tellement facile de prononcer son prénom.

Comme c'était curieux.

Est-ce que le numéro 27 était pour elle un exil douloureux ? Voyait-elle le monde à travers la souillure
que son mari lui avait infligée, à travers son « Je ne
veux plus de toi ? »

Il était rare de croiser ici un promeneur égaré,
quelqu'un qui n'habitait pas dans la rue. Les immeubles
comptaient cinq étages tout au plus, et chacun possédait
une façade peinte en un ton pastel différent.

Un peu plus loin, toujours dans la rue Montagnard,
un coiffeur, un boulanger, un marchand de vin et un
vendeur de tabac algérien se partageaient le trottoir.
Le reste de la voie était entièrement dominé par des
habitations, jusqu'au rond-point.

Et puis ici, il y avait le *Ti Breizh*, un bistrot breton
surmonté d'un auvent rouge dont le menu proposait
des galettes tendres et savoureuses.

Perdu déposa devant le serveur, Thierry, une liseuse

qu'un représentant de maison d'édition quelque peu stressé lui avait confiée. Thierry ne ratait pas une occasion d'enfouir son nez dans un livre entre deux commandes, et il avait le dos voûté à force de trimballer des livres (« Il n'y a que quand je lis que j'arrive à respirer, Perdu »). Pour les gros lecteurs comme lui, ces appareils représentaient l'invention du siècle. Pour les libraires, en revanche, c'était un clou supplémentaire à leur cercueil.

Thierry invita Perdu à partager un lambig, la fameuse eau-de-vie de cidre bretonne.

— Pas ce soir, se défendit Perdu comme à l'accoutumée.

Il ne buvait pas d'alcool. Plus maintenant. Car quand il buvait, chaque gorgée était une secousse contre le barrage intérieur qu'il s'était construit, et derrière lequel se pressait une mer bouillonnante de pensées et d'émotions. Il le savait. Il avait essayé l'alcool, à l'époque. Pendant la période des meubles cassés.

Aujourd'hui cependant, il avait une raison exceptionnelle de refuser l'invitation de Thierry : il était pressé d'apporter à sa voisine Catherine, ex-Le P., ses « ouvrages pour pleurer ».

Juste à côté du *Ti Breizh*, on apercevait le store rayé vert et blanc de l'épicier Joshua Goldenberg. Quand ce dernier vit arriver Perdu, il se plaça carrément en travers de son chemin.

— Dites-moi, monsieur Perdu…, commença-t-il d'un air embarrassé.

Aïe.

— C'est au sujet de Brigitte. Je crois bien que ma petite fille est en train de devenir, euh… Enfin, une femme, quoi. Ça peut être un peu compliqué, pour elle.

56

Vous voyez bien de quoi je parle ? Est-ce que vous avez un livre contre ça ?

Ah, tant mieux. À son air mystérieux, Perdu avait craint qu'il ne lui demande de la littérature inavouable. Mais il ne s'agissait que de l'angoisse d'un père face à une adolescente, un père qui s'interrogeait sur la meilleure manière de prémunir sa fille contre les hommes avant qu'elle ne tombe sur le mauvais garçon.

— Ah ! Eh bien, venez donc à l'une de nos rencontres de parents.

— Je ne sais pas trop… vous croyez que c'est une bonne idée ? Peut-être que ce serait mieux si ma femme…

— Eh bien, venez ensemble, alors. C'est tous les premiers mercredis du mois, à vingt heures. Ce sera l'occasion d'aller dîner tous les deux !

— Moi ? Avec ma femme ? Pourquoi est-ce que je devrais faire ça ?

— Pour lui faire plaisir, peut-être.

M. Perdu poursuivit son chemin avant que Goldenberg ne puisse se défiler.

Il le fera de toutes manières.

Bien entendu, il finirait par ne voir arriver que des mères, et la discussion passerait très vite d'ouvrages sur la meilleure manière d'expliquer la sexualité à leur progéniture pubère aux manuels consacrés à la sexualité masculine. Manifestement, il fallait aider certains jeunes messieurs à mieux connaître le corps de la femme.

Perdu composa le code de la porte cochère et entra. Il n'avait pas parcouru un mètre que Mme Rosalette se glissait hors de sa loge, son carlin Édith sous le bras. Coincé contre sa volumineuse poitrine, ce dernier arborait une mine sombre.

— Ah, vous voilà.

— Vous vous êtes offert une nouvelle couleur, madame ? demanda Perdu tout en actionnant le bouton de l'ascenseur.

La main rougie par les travaux ménagers de la concierge s'envola vers sa touffe de cheveux.

— Rosé espagnol. C'est à peine une nuance plus foncé que Sherry brut, mais ça fait toute la différence. C'est plus élégant, non ? Vous remarquez tout, vous, hein ? Écoutez, il faut que je vous avoue quelque chose.

Elle esquissa quelques battements de cils pendant que son carlin se mettait à haleter.

— Si c'est un secret, comptez sur moi pour l'oublier dès que vous l'aurez dit, madame.

Mme Rosalette avait un penchant : elle adorait observer les névroses, les détails intimes et les habitudes de ses congénères avant de les cartographier sur l'échelle de la bienséance et de transmettre ensuite ses conclusions à son entourage. En cela, elle était vraiment généreuse.

— Oh, vous alors ! D'ailleurs, que Mme Gulliver soit heureuse ou pas avec ce jeunot, cela ne me regarde absolument pas. Ce ne sont pas mes oignons. C'est juste que… Eh bien, il y avait ce… livre…

Perdu appuya une seconde fois sur le bouton de l'ascenseur.

— Vous avez acheté un livre chez un autre libraire ? Je vous pardonne, madame Rosalette, je vous pardonne.

— Non, pire. Je l'ai déniché dans une caisse de bouquiniste, à Montmartre. Il m'a coûté la somme rondelette de cinquante cents. Mais c'est bien vous qui m'avez dit que quand un livre a plus de vingt ans, je ne dois pas l'acheter pour plus de quelques centimes et le sortir d'un carton avant qu'il ne finisse dans la cheminée, n'est-ce pas ?

– Vous avez absolument raison. C'est exactement ce que j'ai dit.

Mais qu'est-ce qui se passe avec ce lâcheur d'ascenseur ?

Tout d'un coup, la concierge se pencha en avant, et son haleine de café et cognac se mêla à celle de son chien.

– Eh bien, j'aurais mieux fait de m'abstenir. Cette histoire de cafards, une abomination ! Cette mère qui chasse son propre fils à coups de balai, c'est affreux. J'ai été prise d'une frénésie de nettoyage qui a duré plusieurs jours. Est-ce que c'est normal, chez ce Kafka ?

– Vous avez tout saisi, madame. Il y a des gens qui étudient pendant des années pour en arriver à la même conclusion.

Le visage de Mme Rosalette se fendit d'un grand sourire perplexe, mais heureux.

– Ah, oui ! Au fait, l'ascenseur est en panne. Il s'est de nouveau bloqué entre les Goldenberg et Mme Gulliver.

Décidément, tout annonçait l'arrivée de l'été. Il s'installait toujours au moment où l'ascenseur était cassé.

Perdu gravit deux par deux les marches de l'escalier recouvertes d'un mélange de carreaux bretons, mexicains et portugais.

Mme Bernard, la propriétaire, adorait les ornements : pour elle, c'étaient les « chaussures d'une maison », et comme pour une dame, c'était aux chaussures qu'on devinait son caractère selon elle. De ce point de vue, un cambrioleur qui se glisserait dans la cage d'escalier du 27, rue Montagnard ne pourrait que conclure à un immeuble aux humeurs spectaculaires.

Perdu était sur le point d'arriver sans encombre au premier étage quand une paire de claquettes jaune maïs à lanières rehaussées de plumes s'avança résolument dans son champ de vision.

Au premier étage, juste au-dessus de Mme Rosalette, habitait le podologue aveugle, Che. Il accompagnait souvent Mme Bomme (premier étage également, en face) quand elle faisait ses courses chez le commerçant juif Goldenberg (deuxième étage) et portait les sacoches de sa voisine. Mme Bomme avait été la secrétaire d'un célèbre cartomancien. Les deux voisins formaient un couple étrange sur le trottoir : un aveugle au bras d'une vieille dame avec un déambulateur. En général, ils étaient également accompagnés de Kofi.

Kofi – qui signifie « Vendredi » en ghanéen – avait un jour débarqué d'une banlieue. D'un noir d'ébène, il portait des colliers d'or sur son sweat-shirt à capuche de hip-hop et une créole ornait son oreille. Un beau garçon, disait Mme Bomme, « un mélange de Grace Jones et de jeune jaguar ». Kofi l'aidait souvent à porter son sac à main blanc Chanel, et s'attirait invariablement des regards méfiants. Quand il ne se chargeait pas de travaux de maintien dans l'immeuble, il réalisait des petites figurines en cuir qu'il recouvrait de symboles qu'aucun de ses voisins ne comprenait.

Mais ce n'était pas Che, ni Kofi et encore moins le déambulateur de Mme Bomme qui barrait le chemin de Perdu.

– Ah, monsieur ! Je suis tellement contente de vous voir ! Écoutez, cette histoire de Dorian Gray m'a complètement passionnée. C'était vraiment sympa de votre part de me le recommander alors que je venais de terminer *Cinquante nuances de Grey*.

– J'en suis ravi, madame Gulliver.

– Quand est-ce que vous allez enfin m'appeler Claudine ? Ou tout au moins mademoiselle, je ne me formalise pas pour ces choses-là, moi. Enfin, en tout cas, il m'a suffi de deux heures pour terminer le Gray, tellement je me suis amusée. Mais à la place de Dorian, je n'aurais jamais regardé ce tableau, c'est vraiment déprimant. Et je suppose que le Botox n'existait pas, à cette époque.

– Mademoiselle Gulliver, Oscar Wilde a mis plus de six ans à rédiger ce texte qui lui a valu une condamnation, et il est mort à peine quelques années plus tard. Est-ce qu'il n'a pas mérité un peu plus de deux heures de votre temps ?

– Balivernes ! Ça lui ferait une belle jambe.

Claudine Gulliver. Une quadragénaire célibataire aux mensurations qui auraient plu à Rubens, documentaliste dans une grande maison de vente aux enchères. Elle côtoyait quotidiennement des collectionneurs beaucoup trop riches et trop gourmands. Un genre humain à part. Mlle Gulliver collectionnait également des œuvres d'art très particulières, de préférence des exemplaires à talons hauts, déclinés dans toutes les couleurs de l'arc-en-ciel. Sa collection de claquettes comptait cent soixante-seize paires. Elle leur avait dédié une chambre de son appartement.

L'un des passe-temps favoris de Mlle Gulliver consistait à traquer M. Perdu et à l'inviter à l'une de ses excursions, à lui raconter en détail sa dernière formation ou à lui décrire par le menu l'ouverture de tel ou tel nouveau restaurant parisien. Le second passe-temps favori de Mlle Gulliver était les romans dans lesquels les héroïnes se pressaient contre la large poitrine d'une quelconque canaille et se refusaient à lui jusqu'à ce que le larron réussisse à imposer sa virilité – dans tous les sens du terme.

Cette fois, elle gazouilla :

– Dites-moi, est-ce que vous m'accompagneriez, ce soir, au…

– Non, je ne préfère pas, merci.

– Mais écoutez d'abord de quoi il s'agit ! Il y a un vide-grenier à la Sorbonne. Il y aura des tas d'étudiantes en art aux jambes interminables. Quand elles quittent leurs colocations, à la fin de leurs études, elles revendent leurs livres, leurs meubles et qui sait, peut-être leurs amants…

Elle releva ensuite les sourcils avec coquetterie avant de poursuivre :

– Alors, qu'est-ce que vous en dites ?

Il s'imagina ces jeunes hommes recroquevillés à côté d'horloges et de caisses débordant de livres de poche, une étiquette collée sur le front : « N'a servi qu'une fois, comme neuf, peu abîmé. Légers travaux de rénovation à prévoir sur le cœur. » Ou bien : « De troisième main, fonctions de base intactes. »

– Ah non, cela ne me tente pas du tout.

Sa voisine lâcha un profond soupir.

– Bon Dieu, mais vous ne voulez jamais rien faire, vous le savez ?

– C'est…

Vrai.

– … pas contre vous. Vraiment pas. Vous êtes charmante, courageuse et… euh…

Oui, il aimait vraiment Mlle Gulliver, d'une certaine manière. Elle avalait la vie à pleines bouchées. Plus, sans doute, qu'elle n'en avait vraiment besoin.

– … et vous avez un sens du voisinage très développé.

Ciel. Il avait vraiment perdu l'habitude de faire des compliments aux femmes ! Mlle Gulliver commença à descendre l'escalier en balançant ses hanches de droite à gauche. À chaque pas, ses claquettes jaune maïs faisaient *clac-pfft*, *clac-pfft*. Une fois arrivée à sa hauteur, elle leva une main. Elle remarqua le mouvement de recul de Perdu quand elle s'apprêta à effleurer son bras solide, et reposa sa main sur la rampe d'un air résigné.

– Vous savez, nous ne rajeunissons pas, tous les deux, dit-elle d'une voix rauque et basse. Nous avons déjà bien entamé la seconde moitié de notre vie.

Clac-pfft, *clac-pfft*.

Perdu porta involontairement une main sur le haut de son crâne, à l'endroit où de nombreux hommes voyaient un jour apparaître une tonsure humiliante. Ce n'était pas encore son cas. Oui, il avait cinquante ans. Pas trente. Sa chevelure sombre était striée de mèches argentées. Son visage était plus émacié. Son ventre… il le rentra. Ça passait encore. Ses hanches en revanche l'inquiétaient un peu. Chaque année, elles prenaient quelques millimètres de plus. Il ne parvenait plus, non plus, à porter deux cargaisons de livres d'un coup. Bon sang. Mais tout cela était sans importance. Les femmes ne le regardaient plus – hormis Mlle Gulliver, mais celle-ci regardait tous les hommes comme des amants potentiels.

Il loucha vers le haut de l'escalier pour s'assurer que Mme Bomme ne l'attendait pas à l'étage. Elle adorait l'embrigader dans des conversations sur Anaïs Nin et ses obsessions sexuelles, toujours en hurlant puisqu'elle égarait sans cesse son appareil auditif dans une boîte de pralines ou quelque autre coin improbable de l'appartement.

Si Perdu avait mis en place un club de lecture, c'était surtout pour Mme Bomme et les veuves de la rue Montagnard. Ces dames ne recevaient presque jamais la visite de leurs enfants et petits-enfants, et se desséchaient littéralement devant leur télévision. Elles adoraient les livres, mais la littérature était surtout pour elles un bon prétexte pour sortir de leur appartement et s'adonner à la dégustation de liqueurs de dames colorées.

La plupart du temps, ces dames votaient pour de la littérature érotique. Au moment de la livraison, Perdu prenait soin d'envelopper les ouvrages choisis de discrets protège-cahiers. *Flore des Alpes* pour *La Vie sexuelle de Catherine M.*, *Motifs provençaux pour vos tricots* à la place de *L'Amant* de Duras, *Les Meilleures Confitures d'York* pour Anaïs Nin et son *Delta de Vénus*. Ces expertes en liqueurs appréciaient ses camouflages inventifs – elles connaissaient bien leurs proches. Leurs enfants considéraient la lecture comme un passe-temps excentrique un peu snob, pratiqué par ceux qui se croyaient trop bien pour la télévision. Et tous estimaient que l'érotisme était contre-nature chez la femme de plus de soixante ans.

Mais il n'aperçut aucun déambulateur.

La pianiste Clara Violette vivait au deuxième. Perdu l'entendit réviser des partitions de Czerny. Sous ses doigts de fée, même les gammes étaient douces à l'oreille.

Elle comptait parmi les cinq pianistes les plus talentueuses du monde, mais comme elle ne supportait pas de jouer devant quiconque, la célébrité lui était passée sous le nez. En été, elle donnait régulièrement des concerts de balcon. Elle ouvrait toutes ses portes-fenêtres, Perdu plaçait son piano Pleyel à côté du balcon et déposait un micro sous l'instrument. Clara s'y installait et jouait deux heures d'affilée. L'un après l'autre, les habitants du 27 s'asseyaient sur les marches, devant l'immeuble, ou dépliaient des chaises sur le trottoir, tandis que la clientèle se pressait à la terrasse du *Ti Breizh*. Quand

Clara s'avançait ensuite jusqu'à son balcon pour esquisser une révérence timide, c'était l'équivalent d'une petite ville qui l'applaudissait.

Perdu accéda au quatrième étage sans rencontrer âme qui vive. En arrivant à son appartement, il vit que la table avait disparu. Peut-être que Kofi avait donné un coup de main à Catherine.

Il frappa à la porte verte et remarqua au même moment qu'il s'était réjoui à la perspective de le faire.

– Bonsoir, chuchota-t-il. Je vous ai apporté les livres.

Il posa le sac en papier contre la porte.

Catherine ouvrit la porte au moment où il se redressait.

Une chevelure blonde, coupée court, des yeux gris perle nichés sous de fins sourcils, un regard à la fois méfiant et doux. Elle était pieds nus et portait une robe dont le décolleté ne laissait entrevoir que ses clavicules. Elle tenait une enveloppe à la main.

– Monsieur, j'ai trouvé cette lettre.

8

Perdu se sentit soudain submergé par des émotions contradictoires. Catherine – ses yeux, surtout ! –, cette enveloppe couverte d'une écriture vert pâle, la proximité de Catherine, son parfum, sa clavicule, la vie, la...

Lettre ?

– J'ai l'impression qu'elle n'a jamais été ouverte. Je l'ai trouvée dans le tiroir de la petite table. Vous l'aviez recouvert de peinture blanche, mais j'ai quand même réussi à l'ouvrir. Cette lettre se trouvait sous le tire-bouchon.

– Mais non, intervint poliment Perdu, il n'y avait pas de tire-bouchon.

– Mais, j'ai...

– Ne dites pas de bêtises !

Il n'avait pas eu l'intention de parler si fort. Il n'arrivait pas, non plus, à regarder la lettre qu'elle tenait à la main.

– Excusez-moi d'avoir crié, s'il vous plaît.

Elle lui tendait toujours l'enveloppe.

– En tout cas, ceci ne m'appartient pas.

Perdu s'éloigna à reculons vers son appartement.

– Vous n'avez qu'à la brûler. C'est sûrement la meilleure solution.

Catherine lui emboîta le pas. Elle planta son regard dans le sien et une vague de chaleur envahit son visage.

– Ou jetez-la.

– Dans ce cas, je pourrais tout aussi bien la lire, répliqua-t-elle.

– Ça m'est égal. Puisque je vous dis qu'elle ne m'appartient pas.

Elle le fixait encore quand il ferma sa porte, laissant Catherine et l'enveloppe plantées au beau milieu du couloir.

– Monsieur ? Monsieur Perdu !

Catherine frappa à sa porte.

– Monsieur, votre nom est inscrit sur cette enveloppe.

– Laissez-moi tranquille. S'il vous plaît !

Il avait reconnu la lettre. Son écriture.

Quelque chose en lui explosa.

Une femme aux boucles brunes qui ouvre la porte d'un compartiment. Elle regarde dehors pendant un long moment avant de se retourner vers lui, les yeux pleins de larmes. Elle traverse la Provence, Paris, puis la rue Montagnard, avant d'entrer enfin dans son appartement. Elle prend une douche, se déplace nue entre ses murs. Une bouche qui s'approche de la sienne, dans la pénombre.

Cette peau encore humide, ses lèvres sur lesquelles perlent encore quelques gouttes, ces lèvres qui lui coupent le souffle, qui boivent sa bouche.

Longtemps. La lune sur son petit ventre doux. Deux ombres dansant dans l'encadrement rouge de la fenêtre.

La manière dont elle se glissait sous son corps, comme sous une couverture.

*** *dort sur le divan, dans la chambre bleu lavande. C'est elle qui a donné ce nom à cette pièce. Enroulée*

dans la courtepointe provençale qu'elle avait confec-
tionnée pendant la période de ses fiançailles.

Avant qu'elle n'épouse son Vigneron, et avant que...

Qu'elle ne m'abandonne.

Une fois, puis deux.

*** avait donné un nom à toutes les pièces qui les avaient accueillis pendant ces cinq années trop brèves. La chambre ensoleillée, la chambre couleur miel, la chambre du jardin. Pendant cette période, ces chambres avaient tout représenté pour lui – lui, l'amant caché, le deuxième homme. Elle avait baptisé la sienne « la chambre bleu lavande, » car c'était là qu'elle se sentait chez elle quand elle était loin.

Elle y avait dormi pour la dernière fois en 1992. C'était au moins d'août, la nuit était chaude.

Ils avaient pris une douche ensemble, ils étaient mouillés et nus.

Elle avait caressé Perdu de sa main encore fraîchie par l'eau, puis elle s'était glissée sur lui et avait posé ses mains sur les siennes, de part et d'autre de sa tête, et les avait pressées contre le drap du divan. Puis elle lui avait murmuré en lui lançant un regard sauvage :

– J'aimerais que tu meures avant moi. Tu me le promets ?

Son corps avait pris le sien, plus déchaîné que jamais, pendant qu'elle râlait :

– Promets-le. Promets-le-moi !

Il le lui avait promis.

Plus tard dans la nuit, quand il n'arrivait plus à distinguer le blanc de ses yeux dans l'obscurité, il lui avait demandé pourquoi.

– Je ne veux pas te voir parcourir seul le trajet du parking jusqu'à ma tombe. Je ne veux pas te savoir en deuil. Je préfère que tu me manques pendant le restant de mes jours.

– Pourquoi est-ce que je ne t'ai jamais dit que je t'aimais ? chuchota le libraire. Pourquoi, Manon ? Manon !

Il ne lui avait jamais avoué. Il ne voulait pas la mettre dans l'embarras. Il ne voulait pas sentir ses doigts se poser sur ses lèvres pendant qu'elle lâcherait un : « Chuuut... »

Il n'était rien de plus qu'un carreau dans la mosaïque de sa vie, se disait-il à l'époque. Un beau carreau rutilant, peut-être, mais rien de plus néanmoins qu'une partie d'un tout. Voilà ce qu'il voulait être pour elle.

Manon. La Provençale au fort caractère, jamais mignonne, jamais parfaite. Cette femme qui s'exprimait avec des mots qu'il lui semblait pouvoir toucher. Elle ne faisait jamais de projets, elle était toujours entièrement présente. Elle ne parlait pas du dessert quand on en était au plat principal, elle ne parlait pas du matin au moment de sombrer dans le sommeil, elle ne parlait pas de retrouvailles au moment des adieux. Elle était toujours dans le moment.

Cette nuit-là, sept mille deux cent seize nuits plus tôt, Perdu avait dormi d'un sommeil profond pour la dernière fois. Quand il s'était réveillé, Manon était partie.

Il ne l'avait pas senti venir. Il y avait réfléchi des centaines et des centaines de fois, mille fois repassé dans sa mémoire les gestes, regards et mots de Manon – il n'avait rien trouvé qui puisse trahir le fait qu'elle se préparait déjà au départ.

Elle ne revint pas.

Quelques jours plus tard, il avait reçu sa lettre.

Cette lettre.

Il avait laissé l'enveloppe sur la table pendant deux

jours, sans la toucher. Il l'avait regardée en prenant ses repas seul, en buvant seul, en fumant seul. Il avait pleuré. Chaque larme s'était frayée un passage sur sa joue avant de tomber sur le papier.

Il n'avait pas ouvert la lettre.

Il avait été si épouvantablement fatigué, à cette époque, si épuisé d'avoir tant pleuré, et puis aussi parce qu'il n'arrivait plus à dormir dans ce lit, si grand et si vide sans elle. Il s'était épuisé à espérer son retour.

Furieux et résigné à la fois, il avait fini par enfouir rageusement la lettre dans le tiroir de la table de la cuisine. Sans l'ouvrir. Avec le tire-bouchon qu'elle avait « emprunté » à la brasserie de Ménerbes avant de l'emporter à Paris. Ils revenaient tout juste de Camargue, les yeux clairs, encore brillants de la lumière du Sud, et en chemin ils s'étaient arrêtés dans une pension du Luberon qui s'accrochait à la falaise comme une ruche au-dessus d'un précipice abrupt, la salle de bains à mi-chemin entre deux étages, du miel de lavande pour le petit déjeuner.

Manon voulait tout lui montrer d'elle. D'où elle venait, quel pays coulait dans ses veines. Oui, elle avait même tenu à lui présenter son futur mari, Luc. Il l'avait aperçu de loin, perché sur son haut tracteur entre les vignes, dans la vallée, juste en dessous de Bonnieux. Luc Basset, le vigneron.

Comme si elle nourrissait l'espoir qu'ils deviennent amis, tous les trois. Et que chacun accepte l'amour et le désir de l'autre.

Perdu s'était rebiffé, ils étaient restés enfermés dans la chambre couleur miel.

Ses forces l'avaient quitté, comme une hémorragie, comme s'il ne pouvait plus rien faire d'autre que de se terrer là, dans le noir, derrière la porte.

C'était surtout le corps de Manon qui lui manquait. Sa main qui se glissait sous ses fesses pendant qu'il dormait. Son souffle, ses ronronnements enfantins, au réveil, parce qu'il la sortait trop tôt du sommeil, toujours trop tôt, peu importait l'heure. Ses yeux qui le considéraient avec amour, ses cheveux fins aux courtes boucles soyeuses, quand elle se frottait contre lui – tout cela lui manquait tellement que son corps se tordait, comme pris de crampes, quand il s'allongeait dans son lit vide. Et chaque jour, quand il se réveillait. Comme il haïssait revenir à une vie sans elle, le matin !

Il avait alors commencé par s'attaquer au lit, puis il était passé aux étagères, au petit repose-pied ; il avait découpé les tapis en lamelles, brûlé les tableaux, dévasté sa propre chambre. Il avait donné tous ses vêtements, offert tous ses disques.

Il n'avait conservé que les livres qu'il avait coutume de lui lire à voix haute. Quand elle était encore là, il lui faisait la lecture tous les soirs. Des vers, des saynètes, des nouvelles, des colonnes, des fragments de biographies et de livres pratiques, les petits poèmes pour enfants, pour qu'elle trouve le sommeil dans ce monde si effrayant, si austère, ce vieux Nord et ses Nordiques refroidis. Il n'avait pu se résoudre à les jeter aussi, ces livres. Il s'en était servi pour murer la chambre bleu lavande.

Mais la souffrance n'avait pas cessé pour autant.

Le sentiment de manque ne voulait pas refluer, bon dieu.

Il n'avait supporté son absence qu'en choisissant d'éviter la vie. L'amour, le manque, il avait enfoui tout cela au plus profond de lui. Mais voilà que toutes ces émotions se réveillaient et le submergeaient avec une force décuplée.

M. Perdu se rendit à la salle de bains d'un pas chancelant et se passa la tête sous l'eau glaciale. Il haïssait Catherine, il haïssait son maudit mari, infidèle et cruel !

Pourquoi est-ce que ce connard de Le P. la lâchait précisément maintenant, sans lui laisser ne serait-ce qu'une table de cuisine ? Quel imbécile !

Il haïssait la concierge et Mme Bernard et Max Jordan – tous, oui, il les détestait tous.

Il détestait Manon.

Les cheveux encore dégoulinants, il ouvrit brusquement la porte d'entrée. Très bien. Si cette fichue Catherine le voulait, il le ferait. Il dirait : « D'accord, bon sang, cette lettre m'appartient ! Je n'ai pas voulu l'ouvrir. Par fierté. Par conviction. »

Toute erreur avait un sens quand on la commettait par conviction.

Il s'était dit qu'il lirait la lettre quand il serait prêt. Dans un an. Ou deux. Il n'avait pas prévu d'attendre vingt ans pour cela, pas plus qu'il n'avait pensé devenir un quinquagénaire un peu bizarre.

À l'époque, ne pas ouvrir la lettre de Manon avait représenté pour lui la seule défense possible. Refuser ses excuses, ses justifications lui avait semblé la seule arme qu'il possédait encore.

Oui. L'être abandonné devait répondre par le silence. Il ne devait rien donner de plus à celui qui lui tournait le dos, il devait se fermer exactement comme l'autre se fermait à un avenir commun. Oui, c'était ça.

– Non, non, non ! s'écria Perdu.

Quelque chose clochait dans son raisonnement, il le sentait désormais. Mais quoi ? Cela le rendait fou.

M. Perdu marcha jusqu'à la porte d'en face et sonna. Puis il frappa quelques coups, et attendit un moment avant de sonner encore une fois, le temps qu'il fallait à un être normalement constitué pour sortir de la douche et ôter l'eau de ses oreilles. Où Catherine pouvait-elle être ? Elle était là, à peine un instant plus tôt !

Il regagna précipitamment son appartement et arracha la première page du premier ouvrage qui lui tomba sous la main, dans la pile. Il écrivit :

J'aimerais que vous me rapportiez cette lettre, peu importe l'heure qu'il est. Ne la lisez pas, s'il vous plaît. Pardonnez les circonstances. Sincères salutations, Perdu.

Il regarda sa signature et se demanda s'il serait jamais en mesure de formuler de nouveau son prénom, ne serait-ce qu'en son for intérieur. Car quand il pensait à son prénom, c'était la voix de Manon qu'il entendait. Elle savait si bien le soupirer. Ou le rire ! Le murmurer, oh, le murmurer…

Il coinça son initiale entre ses salutations et « Perdu » : J.

J, comme Jean.

Il plia le papier en son milieu et le fixa à la porte de Catherine, à hauteur d'yeux, avec un morceau de Scotch.

La lettre. De toute manière, ce ne pouvait rien être d'autre qu'une de ces explications maladroites que les femmes donnent à leurs amants quand elles en ont assez. Il n'avait aucune raison de s'agiter pour cela. Sûrement pas. Il retourna dans son appartement vide et se mit à attendre.

M. Perdu se sentit soudain infiniment seul, comme un petit radeau stupide sur la mer moqueuse, railleuse – sans voile, sans rames, sans nom.

9

Quand la nuit s'en alla, cédant sa place au samedi matin, M. Perdu se redressa, le dos ankylosé, ôta ses lunettes de vue et massa son nez endolori. Il avait passé des heures agenouillé au-dessus de son puzzle, à assembler en silence la mosaïque de carton pour ne pas manquer le moment où Catherine se ferait entendre, dans l'appartement d'en face. Mais tout était resté silencieux.

Le buste de Perdu, sa colonne vertébrale, sa nuque, chacun de ses membres cria quand il enleva sa chemise. Il resta sous la douche jusqu'à ce que sa peau soit bleue de froid, puis rouge comme un homard quand il se rinça à l'eau brûlante. Fumant de vapeur, il se posta devant la fenêtre de la cuisine, l'une de ses serviettes de bain préférées nouée autour des hanches. Il s'attela à ses pompes et à ses abdominaux pendant que la bouilloire ronronnait, puis il rinça son unique tasse et se servit un café noir.

L'été s'était emparé de Paris pendant la nuit. L'air était tiède comme une tasse de thé.

Avait-elle glissé l'enveloppe dans sa boîte aux lettres ? Vu comme il s'était comporté, il y avait fort à parier qu'elle ne veuille plus le voir du tout. Pieds nus, une main sur le nœud de sa serviette de bain,

Perdu traversa le couloir silencieux pour rejoindre les boîtes aux lettres.

– Dites donc, vous vous croyez où, mon... Ah, c'est *vous* ?

Emmitouflée dans une robe de chambre, Mme Rosalette pointait le bout de son nez hors de sa loge. Il sentit son regard parcourir sa peau, ses muscles, sa serviette de bain qui lui sembla tout à coup minuscule. Il trouva que la concierge le détaillait un peu trop longuement. Qu'est-ce que c'était que ce hochement de tête satisfait qu'il venait de surprendre ? Les joues brûlantes, il détala aussi vite que possible.

En approchant de sa porte, il aperçut quelque chose qui ne s'y trouvait pas auparavant.

Un message.

Il déplia la feuille de papier avec des gestes impatients. Le nœud de sa serviette se défit, elle dégringola à terre. Tout absorbé par les mots qu'il lisait avec un agacement croissant, Perdu ne réalisa pas qu'il livrait sa nudité à qui voudrait bien s'aventurer sur son palier.

Cher J.,

Venez donc dîner chez moi ce soir. Vous allez lire la lettre, n'est-ce pas ? Promettez-le-moi, sinon je ne vous la rends pas. Désolée, mais c'est comme ça.

Catherine.

PS : apportez une assiette. Savez-vous cuisiner ? Je n'y connais rien.

Pendant qu'il s'énervait, quelque chose d'incroyable se produisit. Le coin gauche de sa bouche commença à le titiller, trembla de plus en plus fort, et brusquement il se prit à rire. À moitié hilare, à moitié stupéfait, il murmura : « Apportez une assiette. Lisez la lettre. Vous ne voulez jamais rien, Perdu. Promettez-le moi. Meurs avant moi. Promets-le ! »

Des promesses, les femmes voulaient toutes des promesses.

– Je ne promettrai plus rien, plus jamais !

Ses mots résonnèrent dans la cage d'escalier vide où il se tenait, nu, soudain furieux.

Un silence impassible lui répondit.

Très en colère, il claqua la porte derrière lui et se réjouit du vacarme qu'il occasionna. Il espéra même avoir fait suffisamment de bruit pour tirer tous ses voisins de leurs édredons douillets.

Puis il rouvrit la porte, un tantinet penaud, et ramassa sa serviette de bain.

Vlam ! Deuxième claquement de porte.

Maintenant, ils devaient tous être droits comme des i dans leur lit.

Quand M. Perdu remonta la rue Montagnard d'un pas rapide, il lui sembla que les immeubles n'avaient plus de façade, comme les maisons de poupée miniatures de son enfance. Il connaissait la bibliothèque de chaque maison. Après tout, c'était lui qui les avait constituées au fil des ans.

Au numéro 14 : Clarissa Menepeche. Quelle âme fragile dans ce corps lourd ! Elle adorait la guerrière Brienne du *Trône de fer*.

Derrière le rideau du numéro 2 : Arnaud Silette, qui aurait tant aimé vivre dans les années vingt. À Berlin, en tant que femme, et artiste.

En face de lui, au numéro 5, assis devant son ordinateur, le dos droit comme un double-décimètre, la traductrice Nadira del Pappas. Elle raffolait de romans historiques dans lesquels les femmes se déguisaient en hommes et dépassaient leurs propres limites. Au-dessus ?

Ce locataire-là ne possédait plus un seul livre. Il les avait tous offerts.

Perdu s'arrêta et leva les yeux vers la façade du numéro 5.

La veuve Margot, quatre-vingt-trois ans. Elle avait été amoureuse d'un soldat allemand. Avant que la guerre ne leur vole leur jeunesse, il avait eu le même âge qu'elle – seize ans. Il avait tant voulu l'aimer avant de regagner les tranchées ! Il savait qu'il n'y survivrait pas. Elle avait été embarrassée de se déshabiller devant lui… comme elle regrettait aujourd'hui cette gêne idiote ! Cela faisait soixante-six ans désormais que Margot s'attristait d'avoir laissé passer sa chance. Plus elle gagnait en âge, plus le souvenir de cette unique après-midi allongée à côté de ce garçon, tous deux tremblants, main dans la main, pâlissait.

J'ai vieilli sans même m'en apercevoir. Comme le temps passe. Ce satané temps perdu.

J'ai peur, Manon, j'ai peur d'avoir fait une énorme bêtise.

J'ai pris tant d'années en l'espace d'une seule nuit, et tu me manques.

Je me manque aussi, moi.

Je ne sais plus qui je suis.

M. Perdu poursuivit lentement son chemin. Il resta debout devant la vitrine de la caviste Liona. Là, dans le reflet de la vitre, qui était-ce ? Lui-même ? Ce grand homme aux vêtements un peu ringards, au corps intact, inutilisé, et qui pourtant marchait voûté comme s'il espérait passer inaperçu ?

Quand il vit Liona surgir depuis le fond de la boutique pour lui confier son habituel baluchon du samedi, Perdu se rappela combien de fois il était passé ici et combien de fois il avait refusé de s'attarder pour un petit verre. Échanger deux mots avec elle, ou avec qui que ce soit d'autre – avec des gens normaux, aimables. Combien de fois, au cours des vingt et une dernières années, avait-il préféré passer quelque part plutôt que de s'y arrêter, de se chercher des amis, de s'approcher d'une femme ?

Une demi-heure plus tard, Perdu se plantait près d'une table du *Bar Ourcq*, encore fermé à cette heure matinale, tout près du bassin de La Villette. C'était ici que les joueurs de pétanque déposaient leurs bouteilles d'eau et leurs jambon-beurre. Un petit homme trapu leva vers lui un regard surpris.

– Qu'est-ce que tu fais là si tôt ? Il est arrivé quelque chose à Mme Bernier ? Qu'est-ce qui se passe avec Lirab…

– Non, Maman va bien. Elle commande un régiment d'Allemands en ce moment, des visiteurs qui veulent voir ce que c'est qu'une vraie intellectuelle parisienne. Ne t'inquiète pas.

– Des Allemands, tu dis ? Eh bien, c'est pas demain que Mme Bernier s'arrêtera de faire la leçon à qui veut bien l'écouter, hein ? Comme avec nous autrefois, tu te souviens ?

Le père et le fils se turent, unis dans le souvenir de Lirabelle Bernier leur expliquant dès le petit déjeuner ce qui différenciait l'élégance discrète d'un conjonctif et l'émotivité d'un subjonctif. Perdu n'était qu'un gamin à cette époque, mais il gardait en mémoire l'index dressé de sa mère, avec ce vernis doré qui conférait toujours à ses propos un poids supplémentaire.

– Le subjonctif, c'est la langue du cœur. Souviens-t'en.

Lirabelle Bernier. Son père avait pris l'habitude de l'appeler par son nom de jeune fille, après l'avoir surnommée Madame Chacoquin puis Madame Perdu pendant les années de leur mariage, qui avait duré huit ans.

— Alors, qu'est-ce qu'elle te charge de me dire, cette fois ? demanda Joaquin Perdu.

— Elle dit que tu dois aller consulter un urologue.

— Dis-lui que je vais y aller. Elle n'a pas besoin de me le rappeler tous les six mois.

Ils s'étaient mariés alors qu'ils n'avaient que vingt et un ans, pour faire enrager leurs parents respectifs. Elle, l'intellectuelle, fille d'économiste et de philosophe, qui sortait avec un tourneur de fer – vraiment dégoûtant ! Lui, le fils de prolétaires, d'un policier de patrouille et d'une couturière en usine profondément pieuse, qui osait s'acoquiner d'une femme de la haute – un traître aux yeux de la classe dont il était issu.

— Quoi d'autre ? demanda Joaquin en sortant le muscat du sac en papier que son fils avait déposé là à son intention.

— Il lui faut une nouvelle voiture d'occasion, ce serait bien que tu lui en trouves une. Mais elle ne veut pas de cette couleur bizarre que tu avais dénichée la dernière fois.

— Bizarre ? Elle était blanche ! Ah, ta mère, décidément…

— Alors, tu vas t'en occuper ?

— Bien sûr. Le concessionnaire a encore refusé de lui parler ?

— Oui. Il lui demande toujours d'envoyer son mari. Ça la rend folle.

— Je sais bien, Jeannot. C'est un bon copain, Coco. Il joue avec nous quand on fait des triplettes, c'est un assez bon pointeur.

Joaquin sourit.

– Maman demande si ta nouvelle petite amie sait cuisiner ou si tu as prévu de dîner chez elle, le 14 juillet ?

– Tu peux dire à ta mère que ma soi-disant nouvelle petite amie sait très bien cuisiner mais que de toute manière, nous avons autre chose à faire quand nous nous voyons.

– Je pense que ce serait une meilleure idée si tu lui disais ça toi-même, Papa.

– Eh bien, je le lui dirai le 14 juillet, alors, à Mme Bernier. Après tout, elle fait quand même de bons petits plats. Je parie qu'on aura droit au cervelet et à la langue de bœuf.

Joaquin s'étouffa presque de rire.

Depuis le divorce précoce de ses parents, Jean Perdu rendait visite à son père tous les samedis, muni d'une bouteille de muscat et d'une cargaison de questions émanant de sa mère. Tous les dimanches, il se rendait chez sa mère avec les réponses de son ex-mari, augmentées d'un rapport – largement censuré – sur son état de santé et sa vie sentimentale.

– Mon cher fiston, quand tu es une femme et que tu te maries, tu entres de manière irrévocable dans un système d'observation et de suivi. Tu veilles sur tout – ce que fait ton homme, comment il se porte. Plus tard, quand les enfants arrivent, tu fais pareil avec eux. Tu es à la fois surveillante, servante et diplomate. Et ne crois pas que cela se termine avec un simple divorce ! Oh, non – l'amour s'en va, mais l'inquiétude reste.

Perdu et son père longèrent le canal sur quelques mètres. Joaquin, le plus petit des deux, droit et large d'épaules dans sa chemise à carreaux lilas et blancs, dont le regard de braise se posait sur chaque femme qui croisait leur chemin. Le soleil dansait sur les poils blonds de ses avant-bras de tourneur d'acier. Du haut de ses soixante-quinze ans, il se comportait comme s'il en avait cinquante de moins, sifflotait des tubes d'aujourd'hui et buvait sans se soucier de sa santé.

À côté de lui, Perdu marchait le regard rivé au sol.

— Bon, Jeannot, lança son père à brûle-pourpoint. Comment elle s'appelle ?

— Quoi ? Pourquoi tu dis ça ? Est-ce qu'il faut toujours que tout tourne autour des femmes, Papa ?

— Il y a toujours une femme dans le coup, Jeannot. Qu'est-ce qui peut mettre un homme dans tous ses états, si ce n'est une femme ? Et toi, tu m'as l'air sacrément perturbé.

— Parle pour toi. D'ailleurs, chez toi, c'en n'est pas une, mais plusieurs…

Joaquin sourit d'un air rêveur.

— J'aime les femmes, concéda-t-il en sortant des cigarettes de la poche de sa chemise. Pas toi ?

— Si, si, d'une certaine manière…

— D'une certaine manière ? Comme tu aimerais les éléphants, par exemple ? À moins que tu ne préfères les messieurs ?

— Oh, allez. Tu sais très bien que je ne suis pas homosexuel. Parlons plutôt de chevaux.

— Très bien, fiston. Comme tu veux. Les femmes et les canassons ont beaucoup de points communs, de toute manière. Tu veux savoir quoi ?

— Non.

— D'accord. Eh bien, quand un cheval te dit non, c'est juste parce que tu as mal posé ta question. C'est pareil pour les dames. Ne lui demande pas : tu viens dîner chez moi ? Mais : est-ce que tu me permettrais de cuisiner pour toi ? Est-ce qu'elle peut refuser une proposition pareille ? Non, elle ne peut pas.

Perdu se sentit comme un petit garçon. Voilà que son père lui faisait la leçon sur les femmes, maintenant. On aurait tout vu.

Et qu'est-ce que je vais préparer pour Catherine, ce soir ?

– Au lieu de chuchoter à leur oreille, comme pour les chevaux, on devrait les écouter. Écouter ce qu'elles veulent. En réalité, tout ce qu'elles veulent, c'est être libres et suivre leur petit bout de chemin sous le soleil.

Catherine en a sûrement ras-le-bol des cavaliers qui veulent la dresser avant de la reléguer en seconde garde.

– Il suffit d'un mot, d'une poignée de secondes pour les blesser, d'un stupide coup de fouet impatient. Et après, pour regagner leur confiance, ça peut prendre des années. Parfois, d'ailleurs, on n'y arrive plus à temps.

C'est tout de même étonnant le nombre de personnes qui s'en fichent d'être aimées si l'amour ne fait pas partie de leurs projets immédiats. L'amour les encombre tellement qu'elles font changer leurs verrous ou s'en vont sans prévenir.

– Mais quand un cheval aime, Jeannot… Dans ces cas-là, on mérite aussi peu leur amour que celui d'une femme. Ce sont des êtres plus grands que nous. Quand elles aiment, c'est une grâce. Nous ne leur donnons que rarement des raisons de nous aimer. J'ai appris ça de ta mère, d'ailleurs, et hélas, hélas, elle avait bien raison.

Et c'est pour ça que ça fait aussi mal. Quand les femmes cessent d'aimer, les hommes tombent dans leur propre néant.

– Jeannot, tu sais, les femmes peuvent être tellement plus intelligentes que nous ! Elles n'aimeraient jamais un homme juste pour son corps. Même si celui-ci peut leur plaire, bien sûr, et pas qu'un peu…

Joaquin soupira avec contentement.

– Mais les femmes t'aiment pour ta personnalité. Ta force. Ton intelligence. Ou alors parce que tu es en mesure de protéger un enfant. Parce que tu es quelqu'un de bien, que tu as une certaine dignité, une noblesse. Elles ne t'aiment jamais aussi bêtement qu'un bonhomme aime une femme. Elles ne t'aiment pas pour tes jolis mollets, ou parce que tu as une allure d'enfer en costard, et que toutes leurs collègues de travail sont jalouses quand elles te sortent. Bien sûr, ce genre de femmes existe aussi, mais elles ne sont que l'exception qui confirme la règle.

J'aime les jambes de Catherine. Est-ce qu'elle prendrait plaisir à m'exhiber devant d'autres ? Est-ce que je suis assez... malin pour ça ? Est-ce que j'ai le sens de l'honneur ? Est-ce que j'ai quoi que ce soit qui puisse sembler précieux à une femme ?

– Un cheval admire tout simplement l'ensemble de ta personnalité.

– Un cheval ? Pourquoi tu me parles de cheval ? demanda Perdu, sincèrement déboussolé – il n'avait écouté que d'une oreille.

Ils avaient fait le tour du pâté de maisons et se trouvaient de nouveau tout près des joueurs de pétanque, sur les bords du canal de l'Ourcq. Joaquin fut accueilli avec force serrements de mains, Jean d'un bref hochement de tête. Il observa la manière dont son père entrait dans le périmètre de lancement. Cette façon qu'il avait de balancer son bras, comme un pendule, à moitié agenouillé.

Un baril hilare, doté d'un bras. J'ai eu de la chance d'avoir ce père-là. Il n'était pas parfait, mais il m'a toujours aimé.

Le fer percuta le fer. Joaquin Perdu avait habilement

évincé une boule de l'équipe adverse. Un murmure approbateur se fit entendre.

Je pourrais rester assis ici, me mettre à pleurer et ne plus jamais m'arrêter. Pourquoi ai-je perdu tous mes amis ? Je suis vraiment un imbécile. Est-ce que j'ai eu peur qu'ils s'en aillent à leur tour, comme mon meilleur ami Vijaya ? Est-ce que j'ai eu peur qu'ils se moquent du fait que je ne me sois jamais remis du départ de Manon ?

Il se tourna vers son père et s'apprêta à dire : « Manon t'aimait bien, tu sais. Tu te souviens de Manon ? » Mais au même moment, son père s'adressa à lui :

– Dis à ta mère, Jeannot… Ah, à quoi bon. Dis-lui que je n'en connais pas d'autre comme elle. Aucune autre.

Dans le regard de Joaquin, il vit briller un profond regret. L'amour n'avait pas suffi à empêcher qu'elle le mette au placard, pour la simple raison qu'il était terriblement agaçant.

10

Catherine avait déposé sur la table les mulets, les herbes aromatiques fraîchement cueillies et la crème provenant de généreuses vaches normandes, puis elle avait sorti d'un panier de petites pommes de terre nouvelles, du fromage et enfin des poires odorantes et du vin.

– Vous croyez qu'on peut en faire quelque chose ?

– Oui, mais l'un après l'autre, pas tout en même temps, avait-il répondu.

– Je me suis réjouie toute la journée, avoua-t-elle. J'avais un peu la trouille, aussi. Et vous ?

– Pour moi c'était le contraire. J'étais mort de trouille, mais je me suis un peu réjoui, aussi. Il faut que je vous présente mes excuses.

– Non, non. Ne vous inquiétez pas. Quelque chose vous tourmente en ce moment, pourquoi devriez-vous vous faire comme s'il n'y avait rien ?

Tout en prononçant ces mots, elle lui avait lancé un torchon à carreaux bleus et gris. Il ferait office de tablier. Elle portait une robe d'été bleue avec une ceinture rouge, à laquelle elle fixa son propre tablier de cuisine. Aujourd'hui, il aperçut parmi ses cheveux blonds quelques mèches argentées, et remarqua que son regard n'était plus empreint de ce constat d'impuissance qu'il y avait décelé la veille.

Les vitres ne tardèrent pas à se couvrir de buée. Les flammes vacillaient sous les casseroles et les poêles. La sauce au vin blanc, aux échalotes et à la crème mijotait. Dans une lourde poêle, l'huile d'olive brunissait doucement les pommes de terre au romarin et au gros sel.

Ils papotaient comme s'ils s'étaient toujours connus et ne s'étaient que très brièvement perdus de vue. Ils parlèrent de Carla Bruni et des hippocampes mâles, qui portaient leur bébé dans une poche, sur leur ventre. Ils parlèrent de mode, de sel aromatisé et bien entendu des habitants de l'immeuble.

Ces sujets, certains lourds et d'autres plus légers, leur vinrent spontanément, entre le vin et le poisson. Il sembla à Perdu que chacune des phrases qu'ils échangeaient révélait un peu plus une affinité secrète.

Il peaufinait sa sauce tandis que Catherine pochait l'un après l'autre de petits morceaux de poisson. Ils dînèrent à même les poêles, debout, car Catherine n'avait qu'une chaise. Elle leur avait servi du vin, un léger tapie de Gascogne, et Perdu s'était même risqué à le boire, à toutes petites gorgées prudentes.

Voilà ce qu'il y avait de plus surprenant à son premier rendez-vous galant depuis 1992 : dès qu'il avait mis un pas dans l'appartement de Catherine, il s'était senti en sécurité. Les pensées qui l'envahissaient habituellement semblaient être restées sur le pas de la porte, comme si un sort leur en interdisait l'accès.

— À quoi consacrez-vous votre vie, actuellement ? demanda Perdu quand ils eurent fini de parler de tout et de rien.

— Moi ? Je cherche.

Elle attrapa un morceau de baguette.

— Je *me* cherche, en réalité. Avant… avant ce qui s'est passé, j'étais l'assistante, la secrétaire, l'attachée de presse et l'admiratrice dévouée de mon mari. Maintenant, j'essaie de me souvenir de ce que je savais faire avant de le rencontrer. Pour être plus précise, je suis en train de vérifier si j'en suis encore capable. Voilà à quoi je consacre ma vie en ce moment. À essayer.

Elle détacha un peu de mie de pain et commença à la malaxer entre ses doigts fins. Le libraire déchiffrait Catherine comme on lit un roman, et celle-ci le laissait de bonne grâce tourner les pages, entrer dans son histoire.

— Aujourd'hui, à quarante-huit ans, il me semble en avoir huit. À l'époque, je détestais qu'on m'ignore, j'étais folle de joie quand quelqu'un manifestait de l'intérêt pour moi. Surtout quand c'était les « bonnes personnes » qui me remarquaient ! La jeune fille fortunée aux cheveux lissés qui faisait de moi son amie, le gentil professeur qui constatait toute l'étendue de mes connaissances, que je gardais modestement pour moi. Et ma mère. Oh, ma mère…

Catherine observa un bref silence pendant que ses mains continuaient de modeler quelque chose à partir de la mie de pain.

— J'ai toujours cherché l'appréciation des plus grands égoïstes. Les autres m'étaient indifférents – mon gentil père, la grosse Olga tout en sueur du rez-de-chaussée. Pourtant, c'étaient eux les plus gentils. Mais quand je plaisais aux gentils, je trouvais cela embarrassant, presque honteux. C'est idiot, n'est-ce pas ? J'ai été cette même petite fille stupide tout au long de mon mariage. Je voulais que mon mari, cet imbécile, me considère, quitte à sacrifier tous mes amis. Mais maintenant, je suis prête à changer la donne. Vous pourriez me passer le poivre, s'il vous plaît ?

Elle avait terminé de modeler une petite figurine dans la mie de pain : un hippocampe apparut, auquel elle ajouta deux yeux en grains de poivre avant de le tendre à Perdu.

– J'ai été sculptrice. Dans une autre vie. J'ai quarante-huit ans et je recommence à tout apprendre depuis le début. Je ne sais pas combien d'années se sont écoulées depuis que j'ai couché avec mon mari pour la dernière fois. J'étais fidèle, stupide et si désespérément seule que je risque fort de vous dévorer tout cru si vous êtes trop gentil avec moi. À moins que je ne vous assassine, tellement ce sera insupportable.

Perdu était ébahi : qu'avait-il fait pour mériter de se retrouver avec une pareille femme, en tête à tête, derrière une porte fermée ? Il se laissa aller à contempler Catherine, sa tête, comme s'il pouvait s'y insérer et regarder ce qu'il s'y cachait, quels secrets passionnants se nichaient dans les recoins de son âme.

Catherine avait les lobes percés mais elle ne portait pas de boucles d'oreilles. (« Les rubis, c'est la nouvelle qui les porte, maintenant. C'est vraiment dommage, j'aurais tellement aimé les lui faire avaler. ») De temps à autre, elle portait une main à sa clavicule, comme pour y chercher une présence familière, peut-être un collier que l'autre portait aussi, désormais.

– Et vous, qu'est-ce que vous faites en ce moment ?

Perdu lui décrivit sa pharmacie littéraire.

– Une péniche avec une grosse bedaine, une cambuse, deux banquettes pour dormir et huit mille livres. Un monde à part, en quelque sorte.

Et la promesse d'une aventure, bridée comme chaque navire tenu à quai. Mais ça, il ne le dit pas à haute voix.

– Et le roi de ce petit monde est donc M. Perdu, l'homme qui prescrit des remèdes au mal d'amour, le pharmacien littéraire. C'est efficace, en tout cas.

Catherine désigna du doigt le paquet de livres qu'il lui avait apportés la veille.

– Qu'est-ce que vous vouliez devenir, quand vous étiez jeune fille ? interrogea alors Perdu pour cacher son embarras.

– Oh. Je voulais devenir bibliothécaire. Et pirate, aussi. Votre librairie-bateau aurait sans doute répondu à tous mes désirs. J'aurais passé mes journées à lire pour élucider les mille secrets du monde.

Plus Perdu l'écoutait, plus il s'attachait à elle.

– La nuit, j'aurais volé à tous les méchants menteurs de cette terre ce qu'ils ont pris aux gentils. Je ne leur aurais laissé qu'un seul livre. Un ouvrage pour les purifier, les forcer au repentir, les transformer en quelqu'un de bien, tout ça – bien sûr.

Elle éclata de rire.

– Évidemment, renchérit-il sur le même ton ironique.

Car c'était là le seul aspect tragique des livres : ils avaient le pouvoir de changer les gens de bonne volonté, certes, mais ils étaient impuissants contre les personnes foncièrement méchantes. Celles-là ne devenaient ni de meilleurs pères, ni de tendres époux, ni des petites amies attentionnées. Elles restaient des tyrans, continuaient de martyriser leurs employés, leurs enfants et leurs chiens, étaient haineuses à petite échelle et lâches dans les grandes lignes, et elles se réjouissaient quand leurs victimes avaient honte.

– Les livres étaient mes amis, dit Catherine en pressant son verre de vin frais contre ses joues échauffées par la chaleur de la cuisine. Je crois que j'ai découvert toute la gamme des sentiments à travers les livres. J'ai davantage aimé, ri et appris grâce à mes lectures que dans toute ma vie non lue.

– Moi aussi, murmura Perdu.

Ils se regardèrent et le déclic se fit sans tambour ni fanfare.

– Le J, c'est pour quoi ? demanda Catherine d'une voix plus grave.

Il dut s'éclaircir la voix avant de répondre.

– Jean, chuchota-t-il, après une hésitation tant ce mot lui était devenu étranger. Je m'appelle Jean. Jean Albert Victor Perdu. Albert, d'après mon grand-père paternel. Victor, d'après mon grand-père maternel. Ma mère enseigne à l'université, son père Victor Bernier était toxicologue, socialiste et maire. J'ai cinquante ans, Catherine, et je n'ai pas connu beaucoup de femmes, et encore moins au sens biblique du terme. J'en ai aimé une, et elle m'a quitté.

Catherine l'observa attentivement.

– C'était hier. Hier, il y a vingt et un ans de cela. Cette fameuse lettre, c'est elle qui l'a écrite. Et pour tout vous dire, je suis terrifié à l'idée de la lire.

Il s'attendit à ce qu'elle le mette à la porte ou qu'elle lui envoie une belle gifle. Qu'elle détourne le regard, au moins. Elle ne fit rien de tout cela.

– Ah, Jean, murmura-t-elle au contraire, la voie chargée de compassion.

Il ressentit de nouveau cette étrange sensation. Cette douceur qui l'envahissait quand quelqu'un prononçait son prénom.

Ils se regardèrent et il remarqua comme un frémissement dans son regard. Il sentit qu'il faiblissait à son tour, qu'il la laissait entrer en lui – oui, ils s'ouvraient l'un à l'autre, par leurs regards et ces mots qu'ils ne prononçaient pas. Deux petits bateaux sur la mer, qui pensaient voguer seuls depuis qu'ils avaient perdu leur ancrage, et qui soudain...

Elle passa rapidement une main sur la joue de son voisin de palier.

Sa tendresse le percuta comme une gifle, une gifle merveilleuse, fabuleuse.

Encore. Encore !

Leurs avant-bras nus se frôlèrent quand elle reposa son verre de vin.

La peau. Son léger duvet. Sa chaleur.

Aucun n'aurait été en mesure de dire lequel des deux fut le plus surpris face à cette intimité inattendue.

C'était si merveilleux.

11

Jean fit un premier pas et se retrouva juste derrière elle. Il huma l'odeur de ses cheveux, sentit ses épaules contre son torse. Son cœur battait la chamade. Il déposa lentement, très calmement, ses mains sur les hanches de Catherine. Il l'entoura de ses bras, tendrement, et remonta en direction de ses épaules, son index et son pouce formant un cercle de chaleur.

Elle haleta brièvement, lâchant son nom dans un souffle. Jean Perdu perçut le tremblement qui la parcourait. La secousse semblait partir de son ventre, sous son nombril, et se prolonger en une onde qui allait en s'élargissant, comme un cercle de vagues. Son corps était parcouru de frissons. Il l'enferma dans ses bras pour la retenir. Cela faisait visiblement très, très longtemps que personne ne l'avait touchée.

Si seule. Si solitaire. Catherine s'adossa légèrement à lui. Ses cheveux courts sentaient bon. Il l'effleura encore plus doucement, caressa juste la pointe de ses poils fins, l'air au-dessus de ses bras nus.

C'est merveilleux.

Encore, suppliait le corps de Catherine, oh, je t'en prie, encore, encore, cela fait si longtemps, je suis assoiffée. C'est insupportable ! Cela m'a tellement manqué. J'ai supporté le manque jusqu'à maintenant, j'ai été si dure avec moi-même – mais maintenant je craque, je me dissous, je disparais, aide-moi, continue.

Est-ce que j'entends ses sentiments ?

De sa bouche s'échappaient mille déclinaisons de son prénom. Jean. Jean ! Jean ? Catherine se laissa aller contre lui, s'abandonna au contact de ses mains. La chaleur envahit ses doigts et soudain il ne fut plus qu'émotions, corps et âme, homme et muscle, tout cela à la fois, tout cela concentré au bout de ses doigts.

Il ne toucha que les périmètres de peau nue qu'il pouvait atteindre sans toucher à sa robe. Ses bras, qu'elle avait fermes et bruns, jusqu'à l'ourlet de sa robe ; il la touchait et la touchait encore, comme pour modeler son corps. Il caressa sa nuque d'un brun plus sombre, son cou tendre et doux, le galbe merveilleux et fascinant de sa clavicule. Il retraça les contours de ses muscles les plus durs, puis ceux qui étaient plus tendres, du bout de son pouce.

La peau de Catherine devenait de plus en plus chaude. Il sentait son corps entier se tendre, gagner en vivacité, en souplesse et en chaleur. Une fleur lourde au parfum intense, qui se libérait de son bourgeon. Une reine de la nuit.

Des sentiments oubliés de longue date refirent surface. Perdu sentit quelque chose bouger dans son bas-ventre. Ses mains ne sentaient plus seulement ce qu'elles faisaient à Catherine mais aussi la manière dont la peau de celle-ci répondait, comme son corps dispensait à son tour des caresses à ses mains. La chair de Catherine embrassait la paume de ses mains, le bout de ses doigts.

Comment s'y prend-elle ? Qu'est-ce qui m'arrive ?

Catherine se retourna, ses yeux gris comme un ciel orageux, grands ouverts, sauvages, mouvants. Il la souleva. Elle se lova contre lui. Il la porta jusqu'à sa chambre à coucher en la berçant doucement. La pièce était l'exacte réplique de son intérieur à lui. Un matelas jeté au sol, une penderie nue dans un coin de la pièce, quelques livres, une lampe et… un tourne-disque.

Son regard rencontra son propre reflet dans les hautes fenêtres, une silhouette sans visage. Mais droite. Forte. Et qui tenait dans ses bras une femme – *cette femme.*

Je suis un homme… je suis redevenu un homme.

Il déposa Catherine sur sa couche modeste, sur ses simples draps blancs. Elle resta allongée là, droite, les bras le long du corps. Il s'étendit à côté d'elle et la regarda respirer, étudiant la manière dont son corps se soulevait à certains endroits et réagissait à sa présence. Là, par exemple, dans le creux de son cou. Les pulsations de son corps. Ses battements de cœur. Sa chaleur.

Quand ses doigts touchèrent sa peau, un très vieux sentiment s'éleva en lui et s'étendit à travers ses membres, à travers chaque pore, chaque cellule de son corps, jusqu'à ce que ce sentiment atteigne sa gorge et lui coupe la respiration. Sans bouger par crainte de chasser cette émotion merveilleuse, terrible et si envahissante, il retint son souffle.

Ce désir. Cette envie. Et plus encore…

L'amour.

Le mot s'éleva en lui et, avec celui-ci, le souvenir du sentiment ; il sentit les larmes lui monter aux yeux.

Elle me manque tellement.

Une larme se fraya également un chemin au coin de la paupière de Catherine – pleurait-elle pour elle ? Ou bien pour lui ?

Elle commença à déboutonner lentement sa chemise, et il se pencha à moitié au-dessus d'elle. Puis elle posa doucement ses mains sur sa nuque. Ses lèvres s'ouvrirent juste assez pour murmurer :

– Embrasse-moi.

Il parcourut les contours de sa bouche du bout du doigt, palpant le relief de sa chair tendre.

Cela aurait été si facile de continuer ainsi. De franchir la dernière barrière, d'un simple mouvement vers le bas. D'embrasser Catherine. Laisser la nouveauté se muer en familiarité à travers le jeu des langues, transformer la curiosité en envie, s'ouvrir au bonheur…

La honte ? Le malheur ? L'excitation ?

Passer une main sous sa robe, la déshabiller petit à petit, d'abord les sous-vêtements puis la robe – oui, c'est ainsi qu'il voulait s'y prendre. Il voulait la savoir nue sous ses vêtements.

Mais il ne le fit pas.

Pour la première fois depuis qu'ils s'étaient touchés, Catherine avait fermé les yeux. Au moment où leurs lèvres s'étaient effleurées, ses paupières s'étaient closes.

Elle avait exclu Perdu. Il ne pouvait plus lire ce qu'elle voulait vraiment.

Il sentit que quelque chose s'était passé. Quelque chose qui menaçait de lui faire du mal. Était-ce le souvenir des baisers de son mari ? (Mais est-ce que cela ne remontait pas à une éternité, déjà ?) Est-ce que le corps de Catherine se souvenait à quel point il avait été négligé, privé de tendresse, de caresses, d'explorations ? Le souvenir d'être possédée par son mari ? Le souvenir de ces nuits au cours desquelles elle avait douté de redevenir femme un jour, de sentir encore une fois des mains sur sa peau, de se retrouver seule derrière une porte fermée, en compagnie d'un homme ?

Les fantômes de Catherine étaient là, et non contents d'envahir le terrain, ils avaient également invité ceux de Perdu.

– Nous ne sommes plus seuls, Catherine.

L'interpellée ouvrit les yeux. La tempête d'un éclat argenté qui les troublait un instant plus tôt avait laissé la place à une pâle image de dévotion. Elle hocha la tête. Des larmes inondèrent ses pupilles.

– Oui. Ah, Jean. Cet imbécile est revenu juste au moment où je me disais : enfin ! Enfin un homme me touche comme je l'ai toujours souhaité. Et non pas comme… eh bien, comme cet imbécile, justement.

Elle se tourna de côté, s'éloigna de Jean.

– Mon ancien moi est là, lui aussi. La bonne vieille Cati, soumise et idiote, qui a toujours cherché la faute chez elle quand son mari la traitait si mal, ou quand sa mère l'ignorait pendant des journées entières. J'étais sûre d'avoir omis quelque chose… je n'avais jamais été assez silencieuse. Jamais assez heureuse. Je ne les avais pas assez aimé, tous les deux, sinon ils ne seraient pas…

Catherine pleurait, désormais.

Elle pleura d'abord en silence, mais quand il l'entoura de la couverture et la serra dans ses bras, une main doucement pressée contre sa nuque, elle hoqueta plus fort. C'était déchirant.

Il sentit les affres qu'elle traversait, ces tourments qu'elle avait déjà parcourus tant de fois en pensée, toujours terrifiée à l'idée de tomber, de perdre son sang-froid, de se noyer dans sa douleur – ce qu'elle était en train de faire.

Elle tomba. Terrassée par le deuil et l'humiliation, Catherine touchait le fond.

– J'ai perdu tous mes amis… Mon mari disait tout le temps qu'ils ne cherchaient qu'à profiter de sa gloire. *La sienne*. Il ne pouvait pas imaginer que ce puisse être *moi* qu'ils trouvaient intéressante. Il disait qu'il avait besoin de moi, mais ce n'était pas vrai, il n'avait aucun

besoin de moi. D'ailleurs, il ne me voulait même pas…
Il voulait l'art, pour lui tout seul… J'ai abandonné mon
art par amour pour lui, mais ce n'était pas suffisant à
ses yeux. Est-ce que j'aurais dû mourir pour lui prouver
qu'il représentait tout pour moi ? Qu'il était immense
à mes yeux, et que je ne serais jamais rien ?

Elle ajouta finalement d'une voix rauque :

– Vingt ans, Jean. J'ai cessé de vivre pendant vingt
ans… J'ai craché sur ma propre vie et j'ai laissé les
autres la mépriser tout autant que moi.

Enfin, elle commença à respirer plus librement.

Puis elle s'endormit.

Elle aussi, alors. Vingt ans. Manifestement, il existe
mille façons de gâcher sa vie.

M. Perdu savait que c'était son tour, désormais. Il
allait devoir toucher le fond, lui aussi.

Dans le salon, sur sa vieille table de cuisine blanche,
reposait la lettre de Manon. D'une triste manière, il
se sentait rassuré de ne pas être la seule personne à
avoir gâché sa vie. Un bref instant il se demanda ce
qu'il se serait passé si Catherine n'avait pas rencontré
ce Le P., mais lui.

Puis il se demanda s'il était prêt à lire cette lettre.

Bien sûr que non.

Il brisa le sceau, huma longuement le papier. Il ferma
les yeux et baissa la tête. Puis il s'assit sur la chaise
et commença à lire la lettre que Manon lui avait écrite
vingt et un ans plus tôt.

12

Bonnieux, 30 août 1992

Mille fois déjà je t'ai écrit, Jean, et chaque fois le même mot m'est venu en premier, parce que c'est le plus vrai de tous : « Aimé ». Mon aimé, mon tant aimé Jean, qui es si loin de moi.

J'ai fait une bêtise. Je ne t'ai pas dit pourquoi je t'ai quitté. Je le regrette maintenant – je regrette deux choses : d'être partie et de ne pas t'avoir expliqué pourquoi.

Je t'en prie, continue de lire, ne me brûle pas – je ne t'ai pas quitté parce que je ne voulais pas rester auprès de toi.

Au contraire, c'est ce que je voulais. Bien plus que ce qui m'arrive maintenant.

Jean, je vais mourir, très bientôt. Ils me donnent jusqu'à Noël.

J'aurais tellement aimé que tu me haïsses quand je suis partie.

Je te vois secouer la tête, mon amour, mais je voulais faire ce qui convient à l'amour. Et celui-ci ne dit-il pas : veille au bien-être de l'autre ? Je me suis dit que ce serait plus facile de m'oublier si tu es en colère. Si tu n'es pas ni endeuillé ni inquiet, si tu ne sais rien de la mort. La coupure, la colère, l'oubli – et le nouveau départ.

Je me suis trompée. Cela ne marche pas comme ça, il faut quand même que je te dise ce qui m'est arrivé, ce qui t'es arrivé, ce qui nous est arrivé. C'est beau et terrible à la fois, c'est trop grand pour une petite lettre. Quand tu seras ici, nous reparlerons de tout ça.

Voilà, tu sais maintenant ce que je te demande, Jean : Viens me voir.

J'ai tellement peur de mourir.

J'attendrai que tu sois là pour le faire.

Je t'aime

Manon

PS : Si tu ne souhaites pas venir, parce que tes sentiments ne sont pas assez forts pour cela, je respecterai ta décision. Tu ne me dois rien, et surtout pas de la pitié.

PPS : Les médecins ne veulent plus que je voyage. Luc t'attend.

Assis dans la pénombre, Perdu se sentit comme foudroyé.

Tout se contractait dans sa poitrine.

Non. Ce n'est pas possible.

À chaque battement de paupières il se voyait lui-même, ou plutôt l'homme qu'il avait été vingt et un ans plus tôt. Il se revoyait assis à cette même table, comme pétrifié, refusant d'ouvrir cette lettre.

C'est impossible.

Elle ne pouvait tout de même pas… ?

Elle l'avait trahi deux fois. Il en avait été si sûr, à l'époque. Il avait construit toute sa vie sur cette certitude.

Il se sentit soudain nauséeux.

Voilà qu'il découvrait que c'était lui qui l'avait trahie, elle. Manon avait vainement attendu qu'il vienne la voir avant de…

Non. Je vous en supplie – non.

Il s'était trompé sur toute la ligne.

Cette lettre, ce PS – elle avait dû en conclure que ses sentiments ne suffisaient pas. Comme si Jean Perdu n'avait pas suffisamment aimé Manon pour répondre à son souhait – son dernier rêve ardent et profond.

Une honte infinie le submergea.

Il la vit lever les yeux à chaque bruit, durant les heures qui avaient suivi l'envoi de sa lettre. Il la vit s'attendre, à chaque instant, à voir une voiture s'arrêter devant sa maison et Jean sonner à sa porte.

L'été avait passé, l'automne avait recouvert les feuilles mortes de givre, l'hiver avait fouetté les arbres jusqu'à ce qu'ils perdent leurs dernières feuilles.

Il n'était pas venu.

Il enfouit son visage dans ses mains jointes. Il aurait voulu s'assommer lui-même.

C'est trop tard maintenant.

M. Perdu replia de ses mains tremblantes la lettre abîmée qui avait miraculeusement gardé son parfum, et la glissa dans son enveloppe. Puis il boutonna sa chemise avec une concentration obstinée et chercha nerveusement ses chaussures. Enfin, il remit de l'ordre dans ses cheveux en regardant son reflet dans la fenêtre sombre.

Saute, immonde crétin. C'est tout ce que tu mérites.

Quand il releva les yeux, il vit Catherine qui se tenait dans l'embrasure de la porte.

– Elle m'a…, commença-t-il en désignant la lettre. Je l'ai…

Quel mot pouvait exprimer ce qu'il ressentait ?

– Ce n'était pas du tout ce que je pensais, finit-il par dire.

– Aimé ? demanda Catherine au bout d'un moment.

Il hocha la tête. Oui. C'était exactement ça.

– Eh bien, c'est plutôt une bonne nouvelle.

103

– C'est trop tard, répondit-il.

Cela détruit tout. Cela me détruit.

– Je crois qu'elle m'a...

Dis-le.

– ... je crois qu'elle m'a quitté par amour. Oui, par amour.

– Est-ce que vous allez vous revoir ?

– Non. Elle est morte. Manon est morte depuis long-temps, maintenant.

Il ferma les yeux pour ne pas voir Catherine, pour ne pas voir comme il allait la blesser.

– Et moi aussi je l'ai aimée. Tellement, d'ailleurs, que j'ai cessé de vivre quand elle est partie. Elle est morte, mais moi, je n'avais rien d'autre en tête que le mal qu'elle m'avait infligé. J'étais un homme stupide. Et pardonne-moi, Catherine, mais je le suis encore. Je n'arrive même pas à en parler normalement. Je vais m'en aller avant de te blesser encore davantage, d'accord ?

– Bien sûr que tu peux t'en aller. Et puis, tu ne me fais pas mal. La vie est ainsi faite, que veux-tu, et nous n'avons plus vingt ans. On devient un peu bizarre quand on n'a plus personne à aimer, et chaque nouveau sentiment charrie un peu du sentiment précédent, tout au moins pendant un moment. Nous sommes comme ça, nous les humains, dit Catherine d'un ton calme et réfléchi.

Son regard se posa sur la table de la cuisine, l'élément déclencheur de toutes ces émotions.

– J'aurais aimé que mon mari me quitte par amour. C'est sûrement la plus belle manière d'être quitté.

Perdu s'approcha de Catherine d'un pas raide et l'embrassa gauchement. Elle lui semblait si étrangère, tout d'un coup.

13

Il fit cent pompes pendant que la bouilloire frémissait. Après une première gorgée de café, il s'obligea à faire deux cents abdominaux, s'entêtant jusqu'à ce que ses muscles en tremblent. Il prit une douche froide, puis brûlante, et se coupa plusieurs fois, profondément, en se rasant. Il attendit que les saignements cessent, puis il repassa une chemise blanche et noua une cravate autour de son cou. Il enfouit quelques billets dans la poche de son pantalon et attrapa sa veste.

En sortant, il évita de regarder la porte de Catherine. Son corps la désirait tant ! Et après ? Je me consolerai, elle se consolera, et à la fin nous ne serons rien de plus que deux mouchoirs usagés.

Il récupéra sa boîte aux lettres les commandes de livres de ses voisins et sortit. Peu après, il salua Thierry qui passait une éponge sur les tables pour en ôter la rosée nocturne. Il mangea son omelette au fromage sans y prêter attention ni en sentir le goût et fit mine de se concentrer sur son journal.

– Alors, quoi de neuf ? demanda Thierry en posant une main sur l'épaule de Perdu.

Un geste léger et amical – et pourtant, Perdu dut se faire violence pour ne pas envoyer le jeune homme sur les roses.

Comment est-elle morte, et de quoi ? Est-ce qu'elle a souffert, est-ce qu'elle m'a appelé ? Est-ce qu'elle a guetté la porte jusqu'à mon arrivée ? Pourquoi ai-je été si orgueilleux ? Pourquoi les choses devaient-elles se passer ainsi ? Quelle punition ai-je méritée ? Est-ce que je ferais mieux de me suicider, de faire ce qu'il faut, une seule fois dans ma vie ?

Perdu regarda les critiques de livres. Il les lut avec une attention toute particulière, une attention presque maniaque. Pas un mot, pas une opinion, pas une information ne devait lui échapper. Il soulignait des passages, faisait des annotations et oubliait instantanément ce qu'il avait lu. Puis il reprenait l'article depuis le début...

Il ne leva même pas les yeux quand Thierry lui dit :

— Cette voiture, là. Elle est restée garée là la moitié de la nuit. On dirait presque que des gens ont dormi dedans. Vous croyez que c'est de nouveau à cause de cet auteur, là ?

— Max Jordan ? demanda Perdu.

J'espère que ce garçon ne fera jamais ce genre de bêtises.

Quand Thierry s'approcha de la voiture, celle-ci démarra en trombe et disparut.

Elle a eu peur en voyant arriver la mort. Elle a souhaité que je vienne la protéger, mais je n'ai pas répondu à son appel. J'étais trop occupé à m'apitoyer sur mon sort.

Perdu sentit la nausée le gagner à nouveau.

Manon. Ses mains. Sa lettre, son parfum, son écriture, tout était si vivant, chez elle. Elle me manque tellement.

Je me hais ! Je la hais ! Pourquoi a-t-elle accepté de mourir ? Il doit y avoir un malentendu. Elle est sûrement en vie, quelque part.

Il se précipita aux toilettes et vomit.

Ce n'était pas un dimanche paisible.

Jean Perdu balaya le bordage du bateau-librairie et remit à leur place tous les livres qu'il avait refusé de vendre au cours des derniers jours. Il les rangea à leur emplacement en vérifiant bien qu'ils ne dépassent pas d'un millimètre, puis il inséra un nouveau rouleau de papier dans la caisse. Il ne savait que faire de ses mains.

Si je survis à cette journée, je survivrai au restant de mes jours.

Il servit un Italien, il accepta de se faire photographier avec un couple de touristes, enregistra une commande de documents sur l'Islam provenant de Syrie, vendit des chaussettes anti-thrombose à une Espagnole et emplit les coupelles de Kafka et de Lindgren.

Pendant que les chats rôdaient sur le navire, Perdu feuilleta le magazine de fournitures de bureau. On n'y trouvait pas seulement des sets de table sur lesquels étaient imprimés les plus célèbres histoires en six mots d'Ernest Hemingway à Murakami, mais aussi des salières, des poivrières et des moulins à épices à l'effigie de Schiller, Goethe, Colette, Balzac ou Virginia Woolf. Il suffisait de retourner leur tête pour voir s'écouler le sel, le poivre ou le sucre.

Ils se fichent du monde ?

« Best-seller absolu dans le monde de la non-fiction : les nouveaux marque-page qui font fureur dans toutes les librairies. Et dans un supplément exclusif : les *Étapes* d'Hermann Hesse – un serre-livres idéal pour votre section poésie ! »

Perdu fixa la page du catalogue d'un air incrédule.

Vous savez quoi ? Ça suffit comme ça. Vos salières à l'image de Goethe et vos polars imprimés sur des rouleaux de papier de toilette, vous pouvez vous les

mettre où je pense. Quant au poème d'Hermann Hesse
– « À chaque début est inhérent un charme... » – en
déco pour une étagère, c'est un comble ! Arrêtez le
massacre, bon dieu !

Le libraire regarda la Seine à travers la fenêtre. La
manière dont l'eau scintillait, la courbe du ciel. Comme
c'est joli, quand on prend la peine de voir tout cela.

Est-ce que Manon m'en a voulu d'avoir dû me
quitter de cette manière ? Avec mon caractère, je ne
lui en ai sans doute pas laissé le choix. Elle aurait pu
me parler, par exemple. Elle aurait pu m'expliquer,
simplement. Elle aurait pu me demander de l'aide, ou
me dire la vérité.

« Est-ce que je ne suis pas le genre d'homme avec
lequel on fait ce genre de choses ? Quel genre de type
est-ce que je suis, en fin de compte ? » s'interrogea-t-il
à voix haute. Jean Perdu referma le catalogue d'un
coup sec, le roula et l'inséra dans la poche intérieure
de son veston gris.

Tout d'un coup, il lui sembla qu'il n'avait laissé
filer les vingt et une dernières années que pour vivre
cet instant précis. Pour connaître cette brève minute
au cours de laquelle il réalisait enfin ce qu'il avait
à faire. Ce qu'il aurait dû faire toute sa vie, avec ou
sans la lettre de Manon.

Il ouvrit la boîte à outils minutieusement ordonnée
qu'il gardait dans la salle des machines, en sortit le
tournevis électrique, glissa son embout dans la poche
de sa chemise et se rendit sur le pont. Là, il déposa
le catalogue sur la planche de métal, posa un genou
sur le magazine aux pages colorées et brillantes, fixa
l'embout sur le tournevis et commença à dévisser les
grosses vis qui arrimaient la passerelle au quai. L'une
après l'autre.

Une fois qu'il eut terminé, il défit également le tuyau qui menait au réservoir d'eau potable du port, retira la prise du bloc de sorties électriques et libéra la corde qui reliait *La pharmacie littéraire* au quai depuis deux décennies.

Perdu donna quelques vigoureux coups de pied à la passerelle pour la détacher définitivement de la terre ferme. Il souleva la planche, la poussa dans le couloir menant à la librairie, sauta à son tour sur le bateau et referma la trappe. Il se rendit ensuite dans la cabine de contrôle, à l'arrière de l'embarcation, et adressa une dernière pensée à la rue Montagnard – *Catherine, pardonne-moi* – avant de tourner d'un cran la clé de contact.

Après dix secondes que Perdu égrena avec un plaisir croissant, il poussa la clé un cran plus loin. Le moteur démarra sans hésitation.

– Monsieur Perdu ! Monsieur Perdu ! Hé, attendez-moi !

Il jeta un coup d'œil par-dessus son épaule.

Jordan ? Mais oui, c'était bien lui ! Outre ses protège-oreilles, il portait des lunettes de soleil que Perdu reconnut aussitôt : c'était celles de Mme Bomme, des lunettes en forme d'œil de mouche, constellées de faux diamants.

Un sac de voyage vert tressautant sur l'épaule, plusieurs paquets au bout des bras, Jordan courait en direction du bateau-littéraire, suivi de près par un couple armé d'un appareil photo.

– Vous allez où ? lança Jordan d'un ton paniqué.

– Je m'en vais ! lui répondit Perdu sur le même ton.

– Génial, c'est exactement là que j'ai envie d'aller, moi aussi !

D'un geste ample, Jordan balança ses bagages sur

le pont du bateau qui se trouvait déjà à un mètre du rivage. La moitié de ses affaires tombèrent à l'eau, notamment sa sacoche renfermant son téléphone portable et son porte-monnaie.

Lulu tremblait et grondait, engourdie de n'avoir pas navigué depuis si longtemps. Le moteur piaffait, le diesel qui se consumait formait une épaisse fumée noire. La moitié du fleuve était déjà recouverte d'une brume bleuâtre. M. Perdu vit le capitaine de port s'approcher du quai en courant, visiblement très en colère.

Il passa à la vitesse maximale.

Au même instant, le jeune écrivain prit son élan.

– Non ! cria Perdu. Monsieur Jordan ! C'est absolument hors de question ! Je vous en…

Max Jordan décolla du sol.

– ... conjure !

Jean Perdu regarda Max Jordan se relever en se frottant le genou. Le jeune homme observa un instant ses affaires qui tournoyaient à la surface de l'eau. Une fois qu'elles eurent sombré, il se dirigea vers la barre, sur le pont arrière. Bien entendu, ses protège-oreilles avaient survécu au grand saut.

– Bonjour ! lança joyeusement le jeune écrivain. Alors comme ça, vous vous en servez aussi pour voyager ?

Perdu leva les yeux au ciel. Il ne manquerait pas de lui passer un sermon, tout à l'heure, avant de le jeter poliment par-dessus bord. Pour l'instant, cependant, il fallait qu'il se concentre. Toutes ces embarcations qui venaient à sa rencontre ! Des navires de plaisance, des barges de transport, des péniches habitables, des volatiles de toutes sortes, des mouches, des embruns... Comment faire, déjà ? Qui avait la priorité ? Et puis, à quelle vitesse avait-il le droit de naviguer, d'ailleurs ? Et ces carrés jaunes, au-dessus des ponts, qu'est-ce qu'ils signalisaient ?

Max le fixait, comme s'il attendait quelque chose.

– Écoutez, Jordan. Allez jeter un coup d'œil aux chats et aux livres. Et puis préparez-nous un café, pendant que vous y êtes. Pendant ce temps, je vais essayer de ne tuer personne avec ce truc.

– Pardon ? Vous voulez tuer vos chats ? demanda l'écrivain, perplexe.

– Commencez par enlever ces machins de vos oreilles, dit Perdu en désignant les protège-oreilles du jeune homme. Et puis préparez-nous un café.

Quand Max Jordan revint, quelques instants plus tard, Perdu s'était un peu accoutumé aux vibrations et à la navigation à contre-courant. Le jeune homme plaça un gobelet métallique rempli d'un puissant café dans le porte-tasse fixé près du gouvernail, un engin de la taille d'un pneu de voiture.

Cela faisait belle lurette qu'il n'avait pas dirigé cette péniche. Il suffisait de regarder ce museau qu'il poussait devant lui ! Aussi long que trois remorques de camion, et pourtant si discret – le bateau-librairie fendait l'eau sans faire un bruit. Il était à la fois terrifié et terriblement excité. Il avait envie de chanter et de hurler. Ses doigts étaient crispés sur le gouvernail. Ce qu'il faisait était fou, stupide et… *merveilleux* !

– Où est-ce que vous avez appris à piloter un cargo, et tout le reste ? demanda l'écrivain en désignant respectueusement les instruments de navigation.

– C'est mon père qui me l'a montré. J'avais douze ans. J'ai passé mon permis de navigation côtière parce que je pensais qu'un jour, je transporterais du charbon vers le nord.

… et que je deviendrais un grand bonhomme serein, qui n'aurait jamais besoin d'arriver pour être heureux. Mon Dieu, comme la vie passe vite.

– Vraiment ? Mon père ne m'a même pas appris à faire des bateaux en papier.

Paris défilait devant leurs yeux comme sur une bande de film. Le Pont-Neuf, Notre-Dame, le port de l'Arsenal.

– Alors là, vous avez vraiment réussi votre sortie !
C'est digne d'un vrai James Bond. Est-ce que vous
prendrez du lait et du sucre dans votre café, monsieur
Bond ? s'enquit Jordan. Et puis, pourquoi vous faites ça ?

– Quoi donc ? Ah, et non, pas de sucre, Moneypenny.

– Eh bien, envoyer valser votre vie. Vous faire la
malle. Jouer à Huckleberry Finn sur son radeau. À Ford
Prefect, à…

– À cause d'une femme.

– D'une femme ? Je croyais que vous ne vous inté-
ressiez pas tellement aux femmes ?

– Pas aux femmes au pluriel, non. Une seule m'a
suffi. Mais celle-là, alors là, totalement. C'est elle que
je veux rejoindre.

– Ah, très bien. Et pourquoi vous ne prenez pas le
bus ?

– À votre avis, il n'y a que dans les livres que les
gens font des choses insensées ?

– Non. Je me dis juste que je ne sais pas nager, et
que la dernière fois que vous avez piloté un monstre
pareil, vous étiez un gamin. Et puis je pense au fait que
vous avez rangé les conserves de nourriture pour chat
par ordre alphabétique. Il est donc fort probable que
vous soyez fou. Mon Dieu ! Vous avez vraiment eu
douze ans, dans votre vie ? Vous avez été un vrai petit
garçon ? C'est incroyable ! À vous regarder, on pourrait
croire que vous avez toujours été comme ça.

– Comme ça ?

– Eh bien, adulte… Maîtrisé. Très sûr de vous.

S'il savait quel dilettante je suis.

– Je ne serais jamais arrivé à la gare. J'aurais eu
trop de temps pour réfléchir en route, monsieur Jordan.
J'aurais trouvé mille bonnes raisons de ne pas partir. Je ne
l'aurais pas fait. Je serais resté debout là-haut – il montra

du doigt un pont du haut duquel deux filles juchées sur des bicyclettes hollandaises leur adressaient des signes de la main –, précisément là où j'ai passé toutes ces dernières années. Je n'aurais pas pu m'extraire de ma petite vie tranquille. C'est naze, mais c'est la vérité.

– Vous venez de dire *naze*.

– Oui, et alors ?

– Super. Je m'inquiète beaucoup moins au sujet de cette histoire de rangement par ordre alphabétique, maintenant.

Perdu prit son café. Qu'est-ce que Jordan allait penser quand il apprendrait que la femme pour laquelle Perdu avait largué les amarres aussi brutalement était morte depuis vingt et un ans ? Perdu se demanda comment il le dirait à Jordan. Il ferait peut-être bien de le lui expliquer tout de suite. Si seulement il savait comment s'y prendre !

– Et vous ? interrogea-t-il. Qu'est-ce qui vous pousse à fuir ?

– Je veux… chercher une histoire, expliqua le jeune homme d'une voix hésitante. Parce que dans ma tête… il n'y a plus rien. Je ne veux pas rentrer à la maison avant de l'avoir trouvée. En fait, j'étais sur le quai parce que je voulais passer vous dire au revoir, et c'est là que vous avez largué les amarres… Est-ce que je peux venir avec vous, s'il vous plaît ? Vous êtes d'accord ?

Il regarda Perdu d'un air si chargé d'espoir que celui-ci décida de reporter quelque peu son intention de débarquer poliment le jeune homme. Devant lui le monde, derrière lui cette vie qu'il n'avait pas aimée, voilà qu'il sentait revivre ce garçon qu'il avait – effectivement – été un jour, même si Max Jordan peinait à le croire.

Il lui semblait avoir à nouveau douze ans. Il se souvint de cette époque où il ne souffrait pas de solitude mais appréciait d'être seul ou en compagnie de Vijaya, le garçon maigrelet de la famille d'à côté, des mathématiciens indiens. Ce temps où il était encore suffisamment jeune pour croire que ses rêves étaient un monde parallèle tout aussi réel que celui dans lequel il vivait. Une sorte de terrain d'essai. Oui, il avait cru autrefois que les taches qu'il accomplissait dans ses rêves le feraient avancer d'une étape dans la vraie vie.

Trouve la sortie du labyrinthe ! Donne-toi la chance de voler ! Fais-toi violence, domine ta force d'inertie ! Et quand tu te réveilleras, l'un de tes rêves se sera réalisé.

Il croyait encore au pouvoir de ses désirs. Bien entendu, ceux-ci ne pouvaient se réaliser qu'à l'unique condition de renoncer à quelque chose d'aimé ou de très important pour lui.

Fais que mes parents recommencent à se regarder quand ils prennent leur petit déjeuner ! Je sacrifie un œil pour ça. L'œil gauche. J'ai besoin du droit pour diriger mon bateau.

Oui, voilà comme il avait invoqué les choses quand il n'était pas encore aussi… qu'est-ce que Jordan avait dit ? Maîtrisé ? Il avait également écrit des lettres à Dieu, qu'il avait scellées avec du sang de son pouce. Et voilà qu'avec des millénaires de retard, il se retrouvait à la barre d'un bateau gigantesque et découvrait avec stupéfaction qu'il avait encore des désirs. Perdu laissa échapper un « Ha ! » et se redressa légèrement.

Jordan tripotait les boutons de la radio. Enfin il trouva le signal de VNF Seine, la station de navigation qui réglementait le trafic fluvial.

« … nouvel appel aux deux rigolos qui ont enfumé les Champs-Élysées : le capitaine du port vous salue et vous signale que le tribord se trouve là où le pouce est à gauche ! »

– Vous croyez qu'ils parlent de nous ? demanda Jordan.

115

– Mais non, nia Perdu avec légèreté.

Les deux hommes se regardèrent et échangèrent un sourire moqueur.

– Qu'est-ce que vous vouliez devenir quand vous étiez jeune, monsieur… euh, Jordan ?

– Jeune ? Vous voulez dire hier ?

Max éclata d'un rire pétulant. Puis il se fit silencieux.

– Je voulais surtout être quelqu'un que mon père prendrait au sérieux. Et puis je voulais être onirologue, ce qui n'allait pas vraiment en ce sens, ajouta-t-il.

Perdu s'éclaircit la voix.

– Commencez donc par nous dénicher la meilleure route qui mène en Avignon. Choisissez un beau trajet, par les canaux, en direction du sud. Un chemin qui nous inspire des rêves… importants.

Il lui désigna un tas de cartes couvertes d'un réseau dense de routes navigables bleues, de canaux, de marinas et d'écluses. Puis il fit prendre de la vitesse à la péniche. Jordan observait le libraire d'un air interrogateur. Le regard rivé sur l'eau, Perdu ajouta :

– Dans la région de Sanary, la légende dit qu'il faut se rendre au sud par voie maritime si on veut trouver la réponse à ses rêves. Elle dit qu'on ne peut se retrouver qu'à condition de se perdre en route, de se perdre complètement. Par amour. Par désir. Par peur. Dans le Sud, c'est la mer qu'on écoute pour comprendre que les rires et les pleurs ont exactement la même sonorité, et que l'âme doit parfois pleurer pour trouver le bonheur.

Un oiseau s'éveilla dans sa poitrine et déploya prudemment ses ailes, surpris d'être encore en vie. Il voulait sortir. Il voulait ouvrir sa cage thoracique et emmener son cœur, il voulait s'élever dans le ciel.

– J'arrive, murmura Perdu. J'arrive, Manon.

Journal de Manon

En route vers ma vie, entre Avignon et Lyon
Le 30 juillet 1986

C'est un miracle qu'ils ne soient pas tous montés dans le train avec moi. C'est déjà suffisamment énervant qu'ils (les parents, tante Julia et sa manie de me dire que les femmes n'ont pas besoin des hommes, les cousines Daphné-Je-suis-trop-grosse et Nicolette-Je-suis-crevée) soient descendus de leur montagne couverte de thym pour m'accompagner en Avignon. Ils voulaient me voir monter dans le TGV Marseille-Paris. Je suppose qu'ils voulaient aussi profiter de cette occasion pour se balader un peu dans une vraie ville, aller au cinéma et acheter quelques CD de Prince.

Luc n'est pas venu. Il avait peur que je ne parte pas s'il était là. Il n'a pas tort. Je suis capable de distinguer à cent mètres de distance comment il va, il me suffit de regarder la manière dont il se tient, la position de ses épaules ou de sa tête. C'est un homme du Sud, pur et dur, son âme est faite de feu et de vin, il n'a pas de sang-froid, il ne sait rien faire sans y mettre toutes ses émotions, rien ne lui est jamais indifférent. Il paraît qu'à Paris, tout le monde est indifférent à la plupart des choses.

Je suis debout devant la fenêtre du TGV et je me sens à la fois jeune et adulte. Pour la première fois, je prends vraiment congé de mon chez-moi. C'est comme si je le voyais pour la première fois, maintenant que je m'en éloigne kilomètre après kilomètre. Le ciel baigné de lumière, l'appel des cigales dans les arbres séculaires, les vents qui se disputent la moindre feuille d'amandier. La chaleur, comme une fièvre. Le frémissement et les reflets dorés dans l'air, quand le soleil brille et que les montagnes abruptes, couronnées de minuscules villages, prennent des teintes de rose et de miel. Ce pays donne tant ! Le romarin et le thym jaillissent littéralement de ses pierres, les cerises explosent sous leur fine peau, les graines de tilleul rebondies fleurent bon les rires des jeunes filles, quand les gars des vendanges viennent les retrouver à l'ombre des platanes, après la récolte. Les fleuves étincellent tels des rubans étroits et turquoise entre les falaises brutes. Plus au sud, la mer brille d'un bleu si lumineux ! C'est le bleu que les olives noires laissent sur la peau, quand on a fait l'amour sous les oliviers... Le pays se frotte sans cesse aux hommes qui l'habitent, il est là, tout près, sans pitié. Les épines. Les rochers. Les odeurs. Papa dit que la Provence a taillé ses hommes dans les arbres, les falaises multicolores et les sources vives, et qu'elle les a baptisés Français. Ils sont ligneux et flexibles, pétrifiés et forts, ils s'expriment depuis les profondeurs de leurs différentes couches de sédiments et s'enflamment aussi vite qu'une brindille au contact du feu.

Je sens déjà la chaleur faiblir. Le ciel est plus bas et perd son rayonnement de cobalt... je vois les formes du pays se faire plus douces, plus vacillantes à mesure que nous avançons vers le nord. Le nord, si froid, si cynique ! Nord, est-ce que tu sais aimer ?

Bien entendu, Maman craint qu'il ne m'arrive quelque chose à Paris. Elle ne craint pas ces bombes libanaises qui ont explosé sur les Champs-Élysées et dans les Galeries Lafayette depuis février, non, c'est d'un homme qu'elle a peur. Ou, bien pire, d'une femme. L'une de ces intellectuelles de Saint-Germain qui ont tout dans la tête et rien dans le cœur, et qui pourraient éveiller en moi un penchant pour les maisons d'artistes pleines de courants d'air, où l'on finit invariablement par ne servir à rien d'autre qu'à nettoyer le pinceau du mari créatif. Je crois que Maman s'inquiète de ce que je découvre, loin de Bonnieux, de ses cèdres de l'Atlas, de ses vignes de vermentino et de ses couchers de soleil roses, quelque chose qui puisse mettre ma vie en danger. La nuit dernière, je l'ai entendue sangloter de désespoir dans la cuisine d'été ; elle s'inquiète pour moi.

On dit qu'à Paris, tout le monde ne pense qu'à vaincre, sur tous les terrains. Il paraît que les hommes séduisent les femmes par la froideur. Chaque femme veut apprivoiser un homme, transformer sa croûte de glace en passion… chaque femme. Surtout celles du Sud. C'est en tout cas ce que dit Daphné, mais je crois qu'elle raconte n'importe quoi. Décidément, l'excès de régimes donne des hallucinations.

Papa est le Provençal typique, toujours maître de ses émotions. Qu'est-ce que les gens de la ville peuvent bien avoir à te prouver, à toi ? dit-il. Je l'aime tout particulièrement pendant ses cinq minutes d'humanisme quotidiennes, quand il compare la Provence à l'ensemble de la culture nationale. Il marmonne ses phrases occitanes et s'émerveille de ce que le dernier des oléiculteurs ou le cultivateur de tomates couvert de terre maîtrise la langue des artistes, des philosophes, des musiciens et des adolescents depuis quatre cents ans. Pas comme les Parisiens, qui croient que la créativité et l'amour du monde sont l'apanage de la classe moyenne... Ah, Papa ! Un Platon muni d'une bêche, et si intolérant vis-à-vis des intolérants !

Son odeur épicée va me manquer, la chaleur de sa poitrine. Et puis sa voix, le grondement de l'orage à l'horizon.

Je sais que les hauteurs me manqueront aussi, le bleu, le mistral qui balaie et nettoie les vignes... J'ai emporté dans ma valise un petit sac de terre et une botte d'herbes aromatiques. Et puis aussi un noyau de nectarine que j'ai nettoyé dans ma bouche, et un gravillon que je poserai sous ma langue, comme Pagnol, quand j'aurai la nostalgie des sources de mon pays.

Est-ce que Luc me manquera ? Il a toujours été là, il ne m'a jamais manqué. Je crois que cela me plairait qu'il me manque un peu. Je ne connais pas ce sentiment de tension intérieure dont m'a parlé Daphné-Je-suis-trop-grosse, en passant certains mots sous silence, avec des airs mystérieux : « C'est comme si un homme jetait l'ancre dans ton cœur, dans ton ventre, entre tes jambes ; et quand il n'est pas là, les chaînes se tendent et tirent. » À l'entendre, cela semblait plutôt désagréable. Pourtant, elle souriait en en parlant.

Qu'est-ce que ce doit être de désirer un homme de cette manière... Et puis, est-ce que nous aussi nous jetons une telle ancre en eux, ou est-ce que les hommes oublient plus facilement ? Est-ce que Daphné a lu ça dans un de ces horribles romans ?

Je sais tout sur les humains, mais rien sur l'homme. Comment se comporte un homme quand il est avec une femme ? Sait-il à l'âge de vingt ans comment il l'aimera quand il en aura soixante, comme pour sa carrière, quand il est censé savoir précisément comment il pensera, comment il agira et comment il vivra plus tard ?

Dans un an je rentrerai, et on se mariera, Luc et moi. On fera du vin et des bébés, chaque année.

Je suis libre pour cette année et pour toutes les autres aussi. Luc ne posera pas de questions quand je rentrerai tard le soir, si je me rends à Paris ou ailleurs, que ce soit aujourd'hui ou dans des années. C'est ce qu'il m'a offert pour nos fiançailles : une union en toute liberté. Il est comme ça.

Papa ne le comprendrait pas – libérer quelqu'un de la fidélité, par amour ? « La pluie ne suffit même pas à irriguer tout le pays », dirait-il. La pluie, c'est l'amour et le pays, c'est l'homme. Et nous, les femmes, que sommes-nous ? « Vous commandez l'homme, il s'épanouit entre vos mains, voilà le pouvoir des femmes. »

Je ne sais pas encore si je veux accepter le cadeau de la pluie que m'a fait Luc. Il est vaste, peut-être que je suis trop petite pour cela. Et si je veux le lui rendre ? Luc a dit qu'il n'y tenait pas tant que ça, et que ce n'était pas une condition. Je suis la fille d'un grand arbre, d'un arbre fort. Mon bois se fait bateau mais il n'a ni ancrage, ni bannière. Je m'en vais chercher l'ombre et la lumière ; je bois le vent et j'oublie tous les ports. Condamnée à la liberté, qu'on me l'offre ou que je me l'octroie moi-même. Dans le doute, je la porterai toujours seule.

Oh, et il y a une chose encore que je devrais évoquer avant que ma Jeanne d'Arc intérieure n'arrache de nouveau sa chemise et continue d'ânonner des vers : j'ai en effet fait la connaissance de l'homme qui m'a vue pleurer et écrire mon journal intime. Dans le wagon du train. Il a vu les larmes que je cachais et ce désir enfantin de possession qui m'assaille dès que je m'éloigne de ma petite vallée…

Il m'a demandé si le mal du pays était si douloureux.

– Cela pourrait aussi être un chagrin d'amour, vous ne croyez pas ? lui ai-je demandé.

– Le mal du pays n'est qu'une forme de chagrin d'amour, mais plus grave.

Il est grand pour un Français. C'est un libraire, ses dents sont blanches et aimables, ses yeux verts, de la couleur des herbes aromatiques. Il me rappelle le cèdre devant ma chambre à coucher, à Bonnieux. La bouche rouge comme du raisin, sa chevelure épaisse et dense comme des branches de romarin.

Il s'appelle Jean. Il est en train de reconstruire une vieille péniche hollandaise. Il dit qu'il veut y planter des livres. « Des bateaux en papier pour l'âme », dit-il. Il m'a expliqué que c'était censé devenir une pharmacie, une pharmacie littéraire, destinée à guérir tous les sentiments pour lesquels il n'existe pas d'autre remède. Par exemple le mal du pays. Il dit qu'il y en a différentes sortes. Le besoin de sécurité, la nostalgie de la famille, la peur des adieux ou le désir d'aimer.

« Le désir d'aimer bientôt quelque chose de bon, de bien : un lieu, un être humain ou même un lit. »

Quand il me raconte tout ça, cela ne me semble pas idiot, mais logique.

Jean m'a proposé de me donner des livres pour atténuer mon mal du pays – « Je peux vous aider, si vous souhaitez pleurer davantage ou si, au contraire, vous voulez arrêter de pleurer. Ou alors si vous voulez rire, pour moins pleurer : je peux vous aider. » Il m'a dit ça comme s'il parlait d'un médicament à moitié magique, mais néanmoins en vente dans le commerce.

Il me fait penser à un corbeau blanc, il est fort et

intelligent, il plane au-dessus des choses. Il est compa-
rable à un fier et grand oiseau qui veille sur l'ensemble
de la voûte céleste. J'ai envie de l'embrasser pour voir
s'il ne sait pas seulement parler et réfléchir, mais s'il
sait aussi ressentir et croire.

Et à quelle hauteur il sait voler, ce grand corbeau
blanc qui voit tout ce qui se passe en moi.

15

– J'ai faim, dit Max. Est-ce qu'on a assez d'eau potable ? demanda-t-il un instant plus tard, puis : J'ai assez envie de tenir la barre, moi aussi. Je me sens un peu castré, sans téléphone et sans carte bleue, pas vous ?

– Non. Vous pouvez nettoyer le bateau, répondit Perdu. Ça s'appelle de la méditation de mouvement.

– Le nettoyage, vraiment ? Regardez, voilà un nouvel arrivage de voiliers suédois, répliqua l'écrivain. Ils naviguent toujours en plein milieu du fleuve, comme si c'étaient eux qui l'avaient inventé. Les Anglais sont différents, ils vous donnent l'impression qu'ils sont les seuls à leur place ici, et que tous les autres feraient mieux de rester sur le rivage pour les applaudir en agitant de petits fanions. Trafalgar les travaille encore, ma parole !

Il baissa ses jumelles.

– D'ailleurs, est-ce qu'on a un drapeau aux fesses, nous aussi ?

– La poupe, Max. L'arrière du bateau s'appelle la poupe.

Max semblait de plus en plus nerveux à mesure qu'ils remontaient la Seine, et Jean Perdu de plus en plus calme.

Le fleuve dessinait de larges boucles, douces et paisibles, entre les bois et les forêts. Sur la berge se succédaient de vastes terrains dominés par les maisons de maître qui évoquaient de vieilles fortunes et de lourds secrets de famille.

– Regardez donc dans le coffre du bateau, près des outils, il doit y avoir un drapeau et un fanion tricolores, fit Perdu. Et puis sortez les chevilles et le maillet en caoutchouc, vous allez en avoir besoin pour les fixer, si on ne trouve pas de port.

– Ah, d'accord. Et comment on fait ?

– Eh bien… C'est écrit dans un livre sur les vacances en péniche.

– Et la pêche à la ligne, elle est expliquée où ?

– Dans le rayon « Survivre en province quand on est citadin ».

– Et le seau, pour le ménage, où est-ce qu'il est rangé ? Dans un livre, lui aussi ?

Max émit un petit ricanement moqueur et remit ses protège-oreilles en place.

Perdu aperçut un groupe de canoës devant lui et actionna résolument la sirène pour les avertir de leur présence. Le son, grave et puissant, parcourut sa poitrine et son estomac – juste en dessous du nombril, et un peu plus en profondeur.

– Oh, chuchota M. Perdu.

Il tira une nouvelle fois le levier de l'alarme.

Il n'y a vraiment que l'homme pour inventer une chose pareille.

Les répercussions de la sirène éveillèrent en lui le souvenir de la peau de Catherine sous ses doigts. Il se rappela comment cette peau enveloppait son muscle deltoïde, en haut, sur son épaule. Tendre, chaud et lisse

126

à la fois. Et rond. Cette évocation de Catherine le mit pendant quelques instants dans un état second.

Toucher des femmes, conduire des bateaux, mettre les voiles.

Des milliards de cellules semblaient s'être éveillées en lui. Encore étourdies de sommeil, elles clignaient des yeux et se dégourdissaient les membres en s'exclamant : *Hé ! Cela nous a manqué. Encore, s'il te plaît. Allez, appuie sur l'accélérateur !*

Tribord à droite, bâbord à gauche, le chenal était délimité par des balises colorées. Ses mains avaient gardé les réflexes.

Les femmes sont plus intelligentes, elles n'opposent pas les sentiments et la pensée, elles aiment sans limites. Leur ventre sait faire cela.

Oh là, attention aux tourbillons qui se forment avant une écluse.

Prendre garde aux femmes qui désirent rester faibles. Elles ne laissent passer aucune faiblesse aux hommes.

Mais le skipper a toujours le dernier mot.

Ou sa femme.

Est-ce qu'ils n'auraient pas intérêt à jeter l'ancre dès que possible ? Accoster avec ce mastodonte était à peu près aussi facile que d'arrêter de rêver la nuit.

Oh, et puis à quoi bon s'inquiéter ? Une fois la nuit tombée, il se rangerait le long d'un large quai, un quai accueillant et indulgent. Il actionnerait doucement les rames latérales, s'il les trouvait, et… Et puis quoi ?

Peut-être qu'il ferait mieux de viser une berge.

Ou alors, je continue de naviguer jusqu'à la fin de ma vie.

Sur la rive, un groupe de femmes se tenait dans un jardin très soigné. Elles tournèrent la tête pour le regarder passer, et l'une d'elles lui adressa même un petit signe de la main. De temps en temps, il croisait une autre péniche ou un cargo flamand, ancêtre éloigné de *Lulu*. À leur gouvernail, des capitaines paisibles, les pieds calés sur le tableau de bord, tenant la barre d'un seul pouce.

Bientôt, ils dépassèrent les limites de la civilisation. Après Melun, ils s'enfoncèrent dans une verdure estivale. Ces odeurs ! De la pureté, de la fraîcheur, de la propreté. Un autre élément cependant était très différent de Paris. Il manquait quelque chose de bien particulier. Quelque chose auquel Perdu s'était si bien accoutumé que son absence soudaine faisait tourner sa tête et bourdonner ses oreilles.

Quand il comprit de quoi il s'agissait, un soulagement intense se propagea en lui.

Ce qui manquait, c'était le grondement des voitures, le vrombissement du métro, le ronronnement des climatisations. Le chuintement et le murmure de millions de machines, de moteurs, d'ascenseurs et d'escaliers roulants. Il n'y avait aucun bruit de camions faisant marche arrière, de trains qui freinaient, de talons sur les graviers ou l'asphalte. Les battements sourds de la basse du mufle qui habitait deux numéros plus loin, le claquement des skateboards, les pétarades des mobylettes.

Ce calme dominical était le même que celui qu'il avait perçu pour la première fois quand ses parents l'avaient emmené chez des proches, en Bretagne. Là-bas, entre Pont-Aven et Kerdruc, le silence lui avait semblé être la vraie vie, celle qui se cachait au bout du monde, dans le Finistère, pour se protéger des citadins. Paris lui était soudain apparue sous les traits d'une gigantesque machine, qui produisait en grondant un monde d'illusions destiné à amadouer ses habitants. Elle les engourdissait avec des odeurs sorties de laboratoires qui imitaient la nature, elle les berçait de sons, de lumières artificielles et de faux oxygène. Exactement comme chez E. M. Forster, qu'il avait tant aimé quand il était enfant. Quand sa « machine littéraire » s'arrêtait, comme ça, sans prévenir, les personnes qui jusque-là s'étaient entretenues à travers des écrans d'ordinateur mouraient. Ce silence soudain, ce soleil trop pur et l'intensité de leurs perceptions non filtrées étaient trop intenses pour eux. Ils mouraient d'un trop-plein de vie.

C'était exactement ce que ressentait Perdu en cet instant : il était dépassé par ces sensations extrêmes qu'il ne goûtait jamais en ville. Comme ses poumons lui faisaient mal quand il inspirait trop profondément ! Comme ses oreilles bourdonnaient dans cette liberté nouvelle que leur offrait le calme ! Comme ses yeux lui piquaient de voir des formes vivantes !

L'odeur du fleuve, l'air soyeux, toute cette étendue au-dessus de sa tête. La dernière fois qu'il avait éprouvé cette sérénité, c'était à cheval, en Camargue, avec Manon. C'était la fin d'un été aux couleurs pastel. Les journées étaient encore aussi claires et brûlantes qu'une fournaise. La nuit, pourtant, l'herbe des pelouses et les forêts qui bordaient les lacs marécageux s'humectaient de rosée. L'air était chargé d'odeurs automnales, du sel des marais. Cela sentait les feux de camp des gitans dans leurs campements d'été, cachés entre les champs de taureaux, les colonies de flamands roses et les vieux vergers délaissés.

Jean et Manon étaient juchés sur des chevaux blancs, pommelés, élancés, dont le pas assuré les guidait entre des sentiers lacustres et de petites routes qui serpentaient avant de disparaître dans les forêts d'arbustes, jusqu'à une plage oubliée. Seuls ces camarguais pur-sang, qui savaient se nourrir tout en gardant le museau sous l'eau, trouvaient encore le chemin jusqu'ici, dans la solitude infinie balayée par les eaux.

Une étendue désertée par toute vie humaine. Un silence si total qu'il était étranger à l'homme.

« Tu te souviens, Jean ? Toi et moi, comme Adam et Ève, au bout du monde ? »

Comme la voix de Manon pouvait être rieuse ! Une voix chocolatée, fondante et joyeuse. Oui, c'était comme s'ils avaient découvert un monde nouveau tout au bout de celui qu'ils connaissaient déjà, un monde resté intouché au cours des deux derniers millénaires, vierge des hommes et de leur rage de transformer la nature en villes, en routes et en supermarchés.

Pas de hauts arbres en vue, pas de montagnes, pas de maisons. Juste le ciel, et leur perception comme unique limite. Ils avaient vu filer des hordes de chevaux sauvages. Des hérons et des oies en quête de poissons, des serpents poursuivant des lézards verts. Ils avaient senti les prières des milliers de voyageurs qui avaient remonté le Rhône depuis sa source, sous le glacier, jusqu'à ce delta impressionnant, et qui erraient désormais entre les ajoncs, les herbes hautes et les arbustes, comme autant de feux follets.

Les matins étaient d'une fraîcheur et d'une innocence qui le laissaient sans voix, submergé de gratitude d'être en vie. Chaque jour, il avait nagé dans la Méditerranée, éclairée par la lumière du petit matin. Nu et hurlant de joie, il avait arpenté en courant les plages au sable fin et blanc, et il lui avait semblé faire corps avec cette solitude sauvage. Il s'était senti fort.

Manon s'était montrée sincèrement admirative de l'aisance avec laquelle il avait nagé et attrapé quelques petits poissons à mains nues. Ils avaient commencé à se défaire des traces de la civilisation. Jean s'était laissé pousser la barbe, Manon avait laissé ses cheveux recouvrir sa poitrine tandis qu'elle chevauchait sa monture bienveillante et docile. Leurs corps avaient bruni au point de ressembler à des marrons, et quand ils s'étaient aimés, le soir, sur le sable encore chaud, tout près du feu de camp qui crépitait, Jean avait savouré la saveur salée-sucrée de sa peau. Il avait senti le sel de la mer et celui de sa sueur, celui des pelouses du delta dans lesquelles le fleuve et la mer s'unissaient comme des amants.

Quand il s'était approché de sa toison noire, entre ses cuisses, l'odeur hypnotisante de sa féminité, cette odeur de vie brute l'avait frappé. Manon sentait la jument qu'elle montait avec tant de dextérité, elle sentait la liberté. Elle sentait un mélange d'épices orientales et de douceur venue des fleurs et du miel – elle sentait la femme !

Elle n'avait cessé de chuchoter son prénom, de le soupirer, elle avait enveloppé ces quatre lettres de son souffle rauque, chargé de désir. Jamais, auparavant, il ne s'était senti aussi homme. Elle s'était entièrement ouverte à lui, elle s'était offerte à sa bouche, à son être, à sa virilité. Dans ses yeux grands ouverts qui engloutissaient son regard, il avait vu la lune se refléter. D'abord une faux, puis une demi-lune et enfin un disque complet et rougeoyant.

Ils étaient restés là presque un mois, comme deux sauvages, comme Adam et Ève, dans leur hutte en roseau. Ils étaient fuyards et explorateurs à la fois. Il n'avait jamais demandé à Manon à qui elle avait dû mentir pour venir rêver avec lui au bout du monde, au beau milieu des taureaux, des flamands roses et des chevaux.

La nuit, sous la voûte céleste constellée d'étoiles,

seul son souffle avait percé le silence absolu. Le souffle doux, profond et calme de Manon.

Elle était le souffle du monde.

Lentement, Perdu avait appris à se détacher de cette image de Manon dormant et respirant dans ce Sud sauvage et étranger – très lentement, comme on dépose un bateau en papier sur l'eau.

Alors, seulement, il s'aperçut qu'il avait passé tout ce temps comme hébété, les yeux ouverts, fixés sur le vide qui s'étendait devant lui, à perte de vue. Tout d'un coup, il réalisa qu'il était capable d'évoquer le souvenir de son amante sans fléchir.

16

– Bon sang, mais enlevez-moi donc ces protège-oreilles, Jordan ! Écoutez ce silence.

– Chut, pas si fort ! Et ne m'appelez pas Jordan. Il vaudrait mieux que je me trouve un pseudonyme.

– Tiens donc. Et lequel ?

– À partir de maintenant, appelez-moi Perdu.

– Petit rigolo ! Perdu, c'est moi.

– Justement, c'est une idée géniale, non ? Vous ne voulez pas qu'on se tutoie ?

– Non, je ne veux pas.

Jordan repoussa ses protège-oreilles en arrière et huma l'air.

– Ça sent le frai de poisson.

– Vous reniflez avec les oreilles ?

– Qu'est-ce que vous feriez si je tombais dans le frai de poisson et que je me faisais dévorer par des tas de silures sous-développées ?

– Monsieur Jordan, la plupart des gens qui passent par-dessus bord le font parce qu'ils sont ivres et qu'ils essaient de pisser dans l'eau. Si vous vous servez des toilettes, il y a de fortes chances pour que vous redescendiez de ce bateau en vous servant de vos deux jambes. Sans compter que les silures ne mangent pas les hommes.

– Ah oui ? Et c'est écrit où, ça ? Dans un livre, aussi ? Vous savez aussi bien que moi que ce qui est écrit dans les livres n'est rien d'autre que la réalité telle que leurs auteurs la perçoivent en un instant T, depuis leur bureau. Après tout, le monde a déjà été un disque qui se baladait dans l'univers comme un plateau de cantine oublié.

Max Jordan s'étira. Au même moment, son estomac émit un grognement retentissant, comme chargé de reproche.

– On ferait bien de se procurer de quoi manger.

– Dans le réfrigérateur, vous trouverez...

– ... de la nourriture pour chats. Du cœur et du poulet, non merci.

– Mais il y a aussi une boîte de flageolets.

Il fallait vraiment qu'ils fassent les courses. Mais avec quoi ? Perdu avait à peine quelques sous dans sa caisse et les cartes de crédit de Jordan se trouvaient au fond de la Seine. Un point était rassurant, cependant : le niveau d'eau des réservoirs subviendrait à leurs besoins sanitaires pendant un moment. Il lui restait également deux caisses d'eau minérale. Mais cela ne suffirait pas pour couvrir tout le trajet vers le sud. Perdu soupira. À peine un instant plus tôt, il s'était senti pirate, et voilà qu'il lui semblait être un petit mousse.

– Je suis un découvreur de choses ! lança Jordan d'un air triomphant en émergeant quelques instants plus tard du ventre de *Lulu*, une pile de livres et un gros rouleau en carton sous le bras. Alors, nous avons là : un ouvrage de tests sur la navigation. On y trouve tous les panneaux de signalisation qu'un fonctionnaire de l'Union européenne a dû imaginer dans un moment d'ennui sans fond.

Il jeta l'ouvrage près de la barre, puis poursuivit son inventaire :

– ... un livre de nœuds. Je le prends, celui-là. Ah, et regardez ça : un fanion pour nos fesses – pardon, notre poupe. Et puis, le clou du spectacle, préparez-vous, mesdames et messieurs : un drapeau !

Il brandit fièrement le rouleau en carton et en extirpa le fameux drapeau roulé.

Un grand oiseau noir et or, aux ailes déployées, y était représenté. Si on l'étudiait de plus près, on s'apercevait que le volatile n'était autre qu'un livre stylisé. Le corps était composé du dos du livre, la couverture et les pages formaient les ailes. L'oiseau de papier avait une tête d'aigle et portait un bandeau sur l'œil, comme un pirate. L'ensemble était brodé sur un tissu couleur sang de bœuf.

– Qu'est-ce que vous en dites ? C'est notre drapeau ou pas ?

Perdu ressentit une piqûre violente à gauche de son sternum et se recroquevilla brusquement.

– Qu'est-ce qu'il y a ? demanda Jordan, alarmé. Est-ce que vous êtes en train de faire un infarctus ? Si c'est le cas, ne me dites pas qu'il faut que je trouve le livre qui me permettra de vous sauver !

Bien malgré lui, Perdu éclata de rire.

– Ça va aller, dit-il dans un souffle. J'ai juste été un peu... surpris. Laissez-moi respirer un instant.

Jean essaya de ravaler sa douleur. Il caressa les fines piqûres de fil, le tissu, le bec de l'oiseau-livre et enfin son œil unique.

Manon avait brodé ce drapeau pour l'inauguration du bateau-livre, au moment où elle travaillait également à sa couverture provençale en vue de son mariage. Ses doigts, ses yeux s'étaient posés sur ce tissu, ce tissu...

135

Manon. Est-ce la seule chose qui me reste de toi ?

— Pourquoi est-ce que tu l'épouses, ce viticulteur, en fin de compte ?

— Il s'appelle Luc. C'est mon meilleur ami.

— Mon meilleur ami à moi, c'est Vijaya, et je n'ai pas envie de me marier avec lui pour autant…

— J'aime Luc. Et puis ce sera merveilleux quand nous serons mariés. Il me prend comme je suis. Il ne pose aucune condition.

— Tu pourrais m'épouser, *moi*, et ce serait tout aussi merveilleux.

Manon avait levé les yeux de son travail de broderie. L'œil de l'oiseau était à moitié comblé.

— Je faisais déjà partie de l'avenir de Luc à une époque où tu ne savais même pas que te trouverais dans le même train que moi.

— Et tu ne veux pas lui faire de mal, c'est ça ? Tu ne veux pas l'obliger à changer ses plans ?

— Non, Jean. Non. C'est à moi que je ne veux pas faire de mal. Luc me manquerait. Sa générosité sans conditions. Je le veux. Je te veux. Je veux le nord et le sud. Je veux vivre avec tout ce qui est vivant ! Je fais le choix du *Et*, pas du *Ou*. Luc me laisse la liberté de tous les *Et*. Est-ce que tu en serais capable, toi, si nous étions mari et femme ? S'il y avait quelqu'un d'autre dans ma vie, un deuxième Jean, un Luc, ou deux, ou…

— Je préférerais t'avoir pour moi seul.

— Ah, Jean. Ce que je souhaite est égoïste. Je le sais. Je ne peux rien faire d'autre que te demander de rester auprès de moi. J'ai besoin de toi pour survivre.

— Toute ta vie, Manon ?

— Toute ma vie, Jean.

— Ça me suffit tout juste.

Comme pour prêter serment, elle avait piqué l'aiguille dans la peau de son pouce avant de continuer à broder, et le tissu s'était imprégné de son sang.

Mais peut-être n'étais-ce rien d'autre qu'une aventure. C'était ce qu'il avait redouté : qu'elle ne tienne à lui que pour le sexe. Pourtant, il n'était pas question que de sexe quand ils avaient couché ensemble. Il était question de conquérir le monde. De formuler une prière venue du fond du cœur. De reconnaître ce qu'ils étaient, leur âme, leur corps, leur désir de vivre, leur peur de mourir. C'était une célébration de la vie.

Enfin, Perdu parvint à respirer plus librement.

– Oui. C'est bien notre drapeau, Jordan. Il est parfait. Hissez-le à la proue, pour que tout le monde puisse le voir. Devant. Et le fanion tricolore, il va ici, à la poupe. Dépêchez-vous.

Aussitôt, Max se rendit à la poupe. Perdu le vit se pencher pour tenter de comprendre lequel des câbles qui claquaient au vent servait à hisser les couleurs nationales, puis le jeune homme traversa la librairie pour rejoindre la proue. Perdu sentait ses paupières brûler. Il n'avait pas le droit de pleurer, il le savait.

Max fixa le drapeau et le hissa de plus en plus haut.

À chaque avancée de l'oiseau noir et or, le cœur de Perdu se serrait un peu plus. Le drapeau claquait fièrement, désormais, dans le vent. L'oiseau-livre volait.

Pardonne-moi, Manon. Pardonne-moi. J'étais jeune, stupide et vaniteux.

– Oh, oh. Voilà les flics ! lança Max Jordan.

17

Le bateau de la gendarmerie fluviale se rapprochait rapidement. Perdu ralentit pour que les gendarmes puissent arrimer leur embarcation à moteur contre le flanc de *Lulu*.

– Vous croyez qu'on aura droit à une cellule double ? questionna Max. Je vais demander un programme de protection des témoins. Vous croyez que c'est mon éditrice qui les a envoyés ? s'inquiéta encore Max.

– Décidément, vous feriez mieux d'aller nettoyer les fenêtres ou vous entraîner à faire des nœuds, murmura Perdu.

Un gendarme fringant portant des lunettes d'aviateur sauta à bord et s'empara de la barre d'un geste vif.

– *Bonjour, messieurs. Service de navigation de la Seine, arrondissement Champagne*[1], brigadier Levec, lança-t-il avec panache, trahissant toute l'importance qu'il accordait à son titre.

Perdu s'attendait presque à le voir brandir une plainte pour absentéisme non autorisé de sa propre vie.

– Je regrette, mais votre vignette *Voies navigables de France* n'est pas suffisamment visible. Et pendant

1. En français dans le texte. (NdT)

que nous y sommes, j'aimerais que vous me montriez vos gilets de sauvetage, s'il vous plaît.

– Je vais nettoyer les fenêtres, dit Jordan.

Un quart d'heure, un avertissement et une amende plus tard, Perdu avait rassemblé sur la table tout l'argent qu'il avait pu trouver dans la caisse et dans les poches de son pantalon. Malheureusement, la somme réunie ne suffisait pas à couvrir la taxe de navigation des eaux françaises, l'achat d'un lot de vestes de sauvetage fluorescentes, obligatoires lors des passages d'écluses sur le Rhône, ainsi qu'une copie certifiée des conventions de VNF. Ils n'avaient pas assez d'argent.

– Bon, dit le brigadier Levec. Et maintenant, qu'est-ce qu'on fait ?

Percevait-on une lueur de satisfaction dans son regard ?

– Est-ce que… euh, est-ce que vous aimez lire, par hasard ? bredouilla Perdu, affreusement embarrassé.

– Bien entendu. Je ne suis pas de ceux qui considèrent les hommes qui lisent comme des faiblards ou des petites natures, répondit le gendarme tout en gratouillant le crâne de Kafka qui se déroba aussitôt, la queue raide.

– Est-ce que vous me permettriez de vous offrir un livre ou deux pour compléter la somme que nous vous devons ?

– S'il n'en tenait qu'à moi, je les prendrais bien, pour les vestes. Mais qu'est-ce qu'on fait de l'amende ? Et puis, comment voulez-vous payer les frais d'amarrage ? Je ne suis pas sûr que les propriétaires de la marina soient de gros lecteurs…

Le brigadier Levec réfléchit.

– Si vous voyez des Hollandais, suivez-les. Ils ont

140

du flair pour tout ce qui est à l'œil. Ils savent toujours où on peut mouiller gratuitement.

Perdu précéda le brigadier dans le ventre de *Lulu* et le long des étagères de livres. En passant devant Max qui astiquait les vitres, près du fauteuil, et évitait de croiser le regard du gendarme, ce dernier se retourna :

– Dites donc, vous ne seriez pas cet auteur dont tout le monde parle, par hasard ?

– Moi ? Oh, non. Sûrement pas. Je suis… euh… – Jordan jeta un bref coup d'œil à Perdu – … je suis son fils. Le reste du temps, je vends des chaussettes de sport.

Perdu le regarda, l'air consterné. Est-ce que Jordan venait de se faire adopter, sans lui demander son avis ?

Levec prit *La Nuit* sur l'une des piles d'ouvrages et étudia soigneusement la photo de Max qui figurait sur la jaquette.

– Vous en êtes bien certain ?

– Eh bien… Pas complètement, non.

Levec haussa les épaules d'un air compréhensif.

– J'en étais sûr. Vous devez avoir un sacré nombre de midinettes qui vous courent après, hein ?

Max tripota les protège-oreilles qu'il avait accrochés autour de son cou.

– Je sais pas, murmura-t-il. Peut-être, oui.

– En tout cas, mon ex-fiancée, elle a adoré votre livre. Elle m'a rebattu les oreilles avec ce bouquin, je vous jure ! Enfin, je veux dire, avec le bouquin du type qui vous ressemble étrangement. Peut-être que vous pourriez écrire… son nom ici, par exemple ?

Max hocha la tête.

– Pour Frédérique, lui dicta Levec, en signe de profonde amitié.

Les dents serrées, Max s'exécuta.

– Magnifique, s'exclama Levec en regardant Perdu d'un air heureux. Est-ce que votre fils va aussi payer l'amende ?

Jean Perdu hocha la tête.

– Mais bien entendu. C'est un brave garçon.

Une fois que Max eut retourné ses poches et déniché quelques billets et pièces, ils étaient tous deux complètement à sec. Avec un soupir, Levec entreprit donc de se payer en nouveautés littéraires – pour les collègues – et d'un livre de cuisine, *Plaisirs gustatifs pour célibataires*.

– Attendez, lui demanda Perdu.

Quelques instants plus tard, il lui rapportait de la section « L'amour pour les Nuls » l'autobiographie de Romain Gary.

– Pourquoi voulez-vous que je lise ça ?

– *Contre* quoi, vous voulez dire, brigadier, rétorqua Perdu doucement. Eh bien, c'est un ouvrage contre la déception que l'on ressent quand on se dit qu'aucune femme ne nous aimera jamais autant que celle qui nous a mis au monde.

Levec rougit et s'empressa de quitter le bateau-livre.

– Merci, chuchota Max.

Quand l'embarcation de la gendarmerie redémarra, Perdu s'agaça du fait que les ouvrages parlant de marginaux et de pirates d'eau douce passaient sournoisement sous silence les détails aussi triviaux que les vignettes de contribution et les amendes pour non-possession de gilets de secours.

– Vous croyez qu'il va rester discret quant à ma présence sur ce bateau ? s'enquit Jordan tandis que le brigadier s'éloignait.

– Je vous en prie, Jordan. Qu'est-ce qu'il peut bien

y avoir de si affreux à s'entretenir quelques instants avec des fans ou avec la presse ?

– Ils risquent de me demander à quoi je travaille en ce moment.

– Et alors ? Dites la vérité. Dites que vous réfléchissez encore, que vous prenez le temps, que vous cherchez une histoire, et que vous les tiendrez au courant dès que le moment sera venu.

Jordan le regarda comme s'il n'avait jamais évoqué cette possibilité.

– J'ai appelé mon père, avant-hier. Il ne lit pas beaucoup, vous savez. Hormis la presse sportive, bien sûr. Je lui ai raconté que mon livre allait être traduit, je lui ai parlé des droits d'auteur et du fait que j'avais presque atteint les cinq cent mille exemplaires vendus. Je lui ai dit que si tout se passait bien, j'allais bientôt pouvoir l'aider, parce que sa retraite n'est pas vraiment réjouissante. Vous savez ce qu'il m'a demandé ?

Perdu attendit sans répondre.

– Il m'a demandé quand je me consacrerais enfin à un métier sérieux. Il m'a dit que des rumeurs lui étaient parvenues, qu'apparemment j'avais écrit une histoire perverse. Que la moitié du quartier ne faisait plus que raconter des potins et des ragots derrière son dos. Il m'a demandé si je me rendais compte de tout le mal que je lui faisais, avec mes conneries.

Max semblait infiniment blessé, déboussolé, et Perdu ressentit le désir involontaire de le serrer contre lui. Il lui fallut s'y prendre à deux fois, il ne savait pas où placer ses bras. Finalement, il prit doucement Max par les épaules et ils restèrent plantés là, raides, gauches et curieusement penchés en avant.

· Puis Perdu chuchota près du protège-oreilles de Max :

– Votre père est un ignare au cœur sec.

Max sursauta, choqué, mais Perdu le serrait fermement. Il s'exprima lentement, comme s'il confiait un secret au jeune homme :

– Il a mérité de croire que les gens disaient des choses dans son dos. La vérité, si vous voulez mon avis, c'est que ces gens parlent de vous. Ils se demandent comment un type comme votre père a pu mettre au monde un garçon aussi étonnant, aussi talentueux. Car vous êtes sans aucun doute ce qu'il a réussi de mieux dans sa vie.

Max déglutit péniblement. Sa voix n'était plus qu'un fil quand il répondit, chuchotant lui aussi :

– Ma mère dit qu'il ne pense pas ce qu'il dit. Qu'il ne sait pas exprimer son amour. Elle dit que chaque fois qu'il m'a hurlé ou tapé dessus, c'était sa manière de me dire qu'il m'aimait beaucoup.

Cette fois, Perdu attrapa solidement le jeune homme par les deux épaules, le regarda droit dans les yeux et déclara, d'une voix plus forte :

– Monsieur Jordan. *Max*. Votre mère vous a menti parce qu'elle voulait vous consoler. Vous voulez que je vous dise ? C'est une aberration d'associer les mauvais traitements et l'amour. Vous voulez savoir ce que *ma* mère disait ?

– Ne joue pas avec les enfants sales ?

– Oh, non. Elle n'a jamais été snob. Elle disait que beaucoup trop de femmes se faisaient les complices d'hommes cruels et indifférents. Ces femmes qui mentent pour leur mari. Ces femmes capables de mentir à leurs propres enfants parce qu'elles ont été traitées exactement de la même manière par leur père. Ces femmes qui veulent encore croire que la cruauté de leur mari cache de l'amour. Si elles veulent tant y croire, c'est pour ne pas devenir folles de douleur.

Seulement voilà, Max : la vérité, c'est qu'il n'y a pas d'amour.

Max essuya une larme du coin de son œil.

– Certains pères ne savent pas aimer leurs enfants. Ils les perçoivent comme un poids. Ou alors ils leur sont indifférents. Ou alors ils ont peur d'eux. Ils sont agacés par eux parce qu'ils sont différents de ce qu'ils avaient espéré. Ils sont en colère parce que l'enfant était un souhait de leur femme, parce que celle-ci espérait ainsi réparer un couple qui n'était plus réparable. Parce qu'elles avaient espéré pousser les choses, créer de force un couple aimant alors qu'il n'y avait pas ou plus d'amour. Ce genre de pères se défoule sur ses enfants. Quoi que les enfants fassent, les pères ne cesseront pas de les traiter avec méchanceté et mesquinerie.

– Arrêtez, s'il vous plaît.

– Et les enfants, ces gamins fragiles et en mal d'amour, poursuivit Perdu d'une voix plus douce, parce que la souffrance intérieure de Max le touchait profondément, ces enfants feraient n'importe quoi pour être aimés. N'importe quoi. Ils se disent qu'ils y a forcément quelque chose, en eux, qui fait que leur père ne peut pas les aimer. Mais la vérité, Max – et cette fois, Perdu souleva le menton de Max –, c'est qu'ils n'y peuvent rien. D'ailleurs, vous l'avez déjà constaté dans votre magnifique roman. On ne peut pas décider d'aimer. On ne peut forcer personne à nous aimer. Il n'existe aucune recette. Il n'existe que l'amour en soi, et nous lui sommes entièrement livrés. Nous ne pouvons rien y faire.

Max pleurait franchement, maintenant, sans la moindre retenue. Il se laissa glisser à terre et s'appuya contre les jambes de Perdu.

— Allons, allons, murmura celui-ci. Ça va aller. Vous voulez tenir la barre, un peu ?

Max attrapa les jambes de son pantalon :

— Non ! Je veux fumer ! Je veux picoler ! Je veux enfin me retrouver ! Je veux écrire ! Je veux décider de qui m'aime et qui ne m'aime pas, je veux décider si l'amour fait mal, je veux embrasser des femmes, je veux…

— Oui, Max. Chuuut. Ça va aller. Allez, on va accoster, on va aller s'acheter de quoi boire et fumer. Et pour les femmes… on verra bien ce qui nous attend.

Perdu hissa le jeune homme sur ses pieds. Max prit appui contre lui et imprégna au passage sa chemise fraîchement repassée de larmes et de salive.

— Tout ça me fait gerber ! hoqueta-t-il.

— Oui, vous avez raison. Mais ça m'arrangerait si vous vomissiez dans l'eau plutôt que sur le pont, sinon vous serez obligé de passer la serpillère.

Un rire se mêla aux hoquets de Max. Toujours soutenu par Perdu, il pleura et rit.

Tout d'un coup, le bateau-livre fut parcouru d'un tremblement. Le pont arrière cogna violemment contre le rivage, les deux hommes perdirent l'équilibre et tombèrent d'abord contre le piano, puis à terre. Les livres dégringolèrent des étagères.

— Aïe ! s'exclama Max quand un lourd volume atterrit sur son estomac.

— Fi vous fouviez enlever votre fenou de ma bouche, demanda Perdu.

Puis il regarda par la fenêtre et le spectacle qu'il découvrit ne lui plut pas du tout.

— On a dérivé !

18

Perdu redressa courageusement la péniche que le courant avait poussée contre la berge. Malheureusement, la poupe du bateau n'en sortit pas indemne, et le bateau s'immobilisa bientôt en travers du fleuve, comme un bouchon dans le goulot d'une bouteille. Les sirènes furieuses des embarcations auxquelles ils bloquaient le passage ne tardèrent pas à se faire entendre. Un *narrowboat*, une de ces péniches britanniques basses et très étroites – elles mesuraient à peine deux mètres de largeur – mais d'autant plus longues, évita de peu de s'enfoncer dans le ventre de *Lulu*.

– Bande de chauffards ! Débutants ! Hurluberlus ! crièrent les Anglais depuis leur embarcation d'un vert sombre.

– Monarchistes ! Mécréants ! Coupeurs de croûte de pain ! leur répondit Max sur le même ton, mais d'une voix légèrement nasale d'avoir tant pleuré ; puis il éternua plusieurs fois, comme pour souligner son propos.

Quand Perdu réussit enfin à redresser sa pharmacie littéraire de manière qu'elle soit non pas perpendiculaire au passage, mais parallèle à celui-ci, ils entendirent des applaudissements. Trois femmes en marinière rayée les observaient depuis une péniche de location.

– Bonjour, les médecins urgentistes littéraires. Vous nous avez concocté un beau spectacle, dites donc !

Perdu les salua poliment à coups de sirène et elles leur répondirent par de grands gestes, avant de les dépasser tranquillement.

– Suivez ces dames, mon capitaine. À Saint-Mammès, on tournera à droite. Ou plutôt à tribord, comme qui dirait, ajouta Max, ses yeux rouges dissimulés derrière la paire de lunettes à strass de Mme Bomme. Une fois arrivés là, on cherchera ma banque et on ira faire des courses. Même une souris mourrait de faim dans votre placard à lettres.

– C'est dimanche, aujourd'hui.

– Aïe. Bon. Dommage pour les souris.

Respectant un accord tacite, ils se comportèrent tous deux comme si l'accès de désespoir de Max n'avait jamais eu lieu. Plus le jour s'approchait de la nuit, plus les oiseaux se faisaient nombreux dans le ciel – des oies grises, des canards, des huîtriers qui se dirigeaient en babillant vers leurs aires de repos, sur les bancs de sable et les bords de rivière. Perdu était fasciné par les milliers de nuances de vert qui se déployaient sous ses yeux. Et tout cela était resté caché, à deux pas de Paris, pendant tout ce temps ?

Les deux hommes arrivèrent à Saint-Mammès.

– Eh bien, murmura Perdu. Il s'en passe des choses ici.

Des dizaines de bateaux de toute taille se pressaient les uns contre les autres dans le port fluvial, arborant des drapeaux bigarrés de toutes origines. Sur les ponts, tout le monde était assis à table et chacun, sans exception, regardait la grande péniche-librairie. L'espace d'un instant, Perdu fut tenté d'appuyer sur le champignon.

Max Jordan étudia la carte.

– À partir d'ici, on peut aller dans toutes les directions : si on prend le nord, on se retrouve en Scandinavie, au sud on rejoint la Méditerranée, à l'est on peut aller jusqu'en Allemagne.

Il jeta un œil à la marina avant d'ajouter :

– C'est un peu comme de faire un créneau arrière devant le seul café de la ville en plein mois d'août. Tout le monde nous regarde. Même la reine du bal, avec son riche fiancé et sa bande.

– Merci, me voilà beaucoup plus détendu.

Choisissant l'allure la plus faible, Perdu engagea doucement *Lulu* dans le port. La seule chose dont il avait besoin, c'était de la place. Beaucoup de place.

Il la trouva. Tout au bout du port, où mouillait un seul bateau isolé, un *narrow* britannique de couleur vert sombre. Ils réussirent à se ranger dès la deuxième tentative et ne cognèrent presque pas le bateau britannique, et assez doucement par-dessus le marché.

Un homme manifestement très agacé émergea de la cabine, un verre de vin à demi vide à la main. L'autre moitié du verre s'était visiblement déversée sur son peignoir. Juste à côté des pommes de terre. Et de la sauce.

– Mais qu'est-ce que nous vous avons fait, bon Dieu, pour que vous vous acharniez sur nous ?

– Toutes nos excuses, lança Perdu. Nous... euh... Vous aimez lire ?

Max emporta le manuel de nœuds sur le ponton et entreprit d'attacher le bateau aux bittes d'amarrage avec force nœuds en huit et nœuds de cabestan, exactement comme c'était décrit dans l'ouvrage. Il lui fallut beaucoup de temps pour y arriver, mais il refusa catégoriquement toute aide.

De con côté, Perdu dénicha une poignée d'ouvrages de langue anglaise qu'il céda à leur voisin britannique.

Après les avoir feuilletés, celui-ci serra brièvement la main de Perdu.

– Qu'est-ce que vous lui avez donné ? chuchota Max.

– De la littérature de détente, j'ai trouvé ça dans le rayon des émotions modérées, répondit Perdu. Pour calmer la colère, il n'y a rien de plus refroidissant qu'un polar bien sanguinolent.

En traversant le ponton en direction de la capitainerie, Perdu et Jordan se sentirent comme deux garçons qui viennent d'embrasser une fille pour la première fois : heureux de s'en être sortis indemnes, et enrichis d'une expérience inoubliable.

Le capitaine du port, un homme à la peau de lézard tannée par le soleil, leur montra où se trouvaient les bornes électriques, l'approvisionnement en eau potable et le réservoir des eaux usées. Il exigea également quinze euros d'avance, comme taxe de mouillage. Ils n'avaient plus le choix : Perdu cassa le petit chat en porcelaine. Certains clients aimaient à glisser un pourboire dans la fente aménagée entre ses deux oreilles pointues.

– Votre fils peut vider la cuve si vous voulez, c'est gratuit, ici.

Perdu émit un profond soupir.

– Certainement. Mon... fils adore s'occuper des toilettes.

Jordan lui jeta un regard noir.

Max emboîta néanmoins le pas au capitaine pour poser les tuyaux sur la cuve des eaux usagées, et Perdu le regarda s'éloigner. Comme sa démarche était aérienne ! Et puis, il avait encore tous ses cheveux. Il y avait fort à parier qu'il pouvait manger tout ce qu'il voulait sans se poser de questions sur son ventre ou ses hanches. Mais savait-il qu'il lui restait encore toute une vie pour faire d'épouvantables erreurs ?

Oh non, je n'aurais pas vraiment envie d'avoir à nouveau vingt et un ans, se dit Jean. Ou alors, uniquement si je peux garder mon savoir actuel.

Ah, bon sang. Personne ne peut devenir intelligent s'il ne commence pas par être jeune et idiot.

Mais plus il pensait à tout ce qu'il ne possédait plus, contrairement à Jordan, plus il était agacé. Il lui semblait que les années avaient filé comme de l'eau entre ses doigts – de plus en plus vite à mesure qu'il prenait de l'âge. Il ne s'en fallait plus de beaucoup avant qu'il ne prenne des médicaments pour faire baisser sa tension et qu'il envisage d'emménager dans un rez-de-chaussée.

Il repensa à Vijaya, son ami d'enfance. Sa vie avait été très similaire à celle de Perdu – jusqu'à ce que l'un perde son grand amour, et que l'autre le trouve.

L'été où Manon avait quitté Perdu, Vijaya avait rencontré sa future femme Kiraii – dans un accident de voiture. Il avait contourné la place de la Concorde à une allure d'escargot pendant des heures, tellement il était effrayé à l'idée de s'aventurer hors du rond-point, dans les files rapides et denses de véhicules.

C'était une femme pleine de bon sens, chaleureuse et décidée, qui savait très exactement ce qu'elle attendait de la vie. Vijaya n'avait eu aucune peine à se faire une place dans son projet de vie. Pour ses plans à lui, la petite pièce où il passait ses journées de neuf heures à dix-huit heures suffisait amplement : il resta directeur de recherches scientifiques, se spécialisa dans le développement et la réactivité des cellules humaines et leurs récepteurs sensoriels. Il voulait savoir pourquoi l'homme ressentait de l'amour quand il mangeait un aliment particulier et pourquoi les odeurs réveillaient des souvenirs d'enfance oubliés depuis longtemps. Pourquoi on pouvait avoir peur de certains sentiments.

Pourquoi les substances gluantes et les araignées nous dégoûtaient. Comment les cellules corporelles se comportaient quand un homme ressentait des émotions.

– C'est donc l'âme que tu cherches, avait remarqué Perdu, pendant l'une de leurs conversations téléphoniques nocturnes.

– *No, Sir.* Je cherche la mécanique. Tout est action et réaction. Le vieillissement, la peur, le sexe – tout ça est réglé par les capacités de perception. Quand tu bois un café, je peux t'expliquer pourquoi tu le trouves bon. Si tu tombes amoureux, je peux te dire pourquoi ton cerveau se comporte comme celui d'un névrosé obsessionnel, avait expliqué Vijaya à son ami.

C'est Kiraii qui s'était chargée de demander en mariage le timide biologiste, et celui-ci était tout juste parvenu à murmurer un « oui » étranglé, bouleversé par son propre bonheur. À cet instant, il avait sûrement eu une pensée pour ses récepteurs, qui tournaient comme des boules à facettes.

Plus tard, il emmena sa femme enceinte aux États-Unis, mais ne manqua jamais d'envoyer des photos de ses jumeaux à Perdu – d'abord des clichés imprimés, puis des pièces jointes à ses e-mails. C'étaient aujourd'hui des hommes d'apparence sportive et ouverte, qui regardaient l'objectif avec un sourire malicieux et ressemblaient fort à leur mère, Kiraii. Ils avaient l'âge de Max.

Comme ces vingt dernières années s'étaient déroulées différemment pour Vijaya et lui !

Max, écrivain, porteur de protège-oreilles, futur onirologue. Mon « fils » imposé. Est-ce que j'ai l'air suffisamment vieux pour passer pour un père ? Et puis d'ailleurs, qu'est-ce qu'il y aurait de grave à cela ?

Ici, au beau milieu de la marina, Perdu se sentit soudain submergé par une violente nostalgie. Il avait envie d'une famille. De quelqu'un qui chérirait son souvenir. De la possibilité de remonter le temps jusqu'au moment où il avait décidé de ne pas lire la lettre.

Tu as privé Manon de ce qui te manque aujourd'hui – tu as refusé son souvenir. Tu as refusé de prononcer son nom. Tu as refusé de lui rendre hommage, de lui vouer ta compassion, ton amour. Au lieu de cela, tu l'as bannie. Ah, Jean Perdu, tu me dégoûtes. Tu me dégoûtes d'avoir choisi la peur.

La voix de Vijaya résonnait encore en lui :

– La peur modifie ton corps, comme un sculpteur maladroit qui s'attaquerait à une pierre parfaite. À la différence qu'elle te creuse depuis l'intérieur, si bien que personne ne voit combien de couches d'éclats de roche et de couches de pierre te sont enlevées. Intérieurement, tu deviens de plus en plus mince, de plus en plus instable, jusqu'à ce que la plus insignifiante des émotions parvienne à te renverser. Il suffit que quelqu'un t'embrasse pour que tu croies te briser, te perdre à jamais.

Si d'aventure, Jordan demandait conseil à Perdu, celui-ci lui dirait : « N'écoute jamais la peur ! Elle rend idiot. »

19

– Qu'est-ce qu'on fait, maintenant ? demanda Max Jordan après qu'ils eurent fait un petit tour de repérage.

La petite épicerie de la marina et le bistrot-crêperie du camping avaient refusé un paiement en livres. Eh, quoi, leurs fournisseurs avaient plus urgent à faire que de lire, non ?

– Des flageolets, du cœur et du poulet, proposa Perdu.

– Sans façon. Il faudrait entièrement reprogrammer mon cerveau pour que je puisse aimer les flageolets.

Max laissa son regard glisser sur la marina. Sur chaque pont, des gens déjeunaient, buvaient et bavardaient joyeusement.

– Eh bien, on va bien pouvoir se faire inviter quelque part, suggéra-t-il. Je nous invite quelque part. Qu'est-ce que vous pensez de ce gentleman britannique, il était sympa, non ?

– Il n'en est pas question ! On n'est pas des pique-assiette, quand même !

Mais Max n'avait pas attendu sa réponse pour se diriger d'un pas résolu vers l'un des bateaux.

– Bonjour mesdames ! lança-t-il avec entrain. Malheureusement, nos provisions sont passées par-dessus bord et ont été dévorées par des poissons-chats. Est-ce qu'il vous resterait un bout de fromage pour deux voyageurs solitaires ?

S'il avait pu, Perdu se serait caché sous terre. Tout de même ! Cela ne se faisait pas d'aborder des femmes ainsi ! Surtout pas quand on avait besoin d'aide. Ce n'était vraiment pas… *convenable*.

— Jordan, siffla-t-il en retenant le jeune homme par la manche de sa chemise bleue, je vous en prie ! Je trouve ça très gênant. On ne peut pas déranger ces dames comme ça.

Max le gratifia d'un regard qui lui rappela des souvenirs. Quand ils étaient encore adolescents, c'était comme ça que les autres jeunes les regardaient, Vijaya et lui. À cette époque, les deux garçons se sentaient comme deux poissons dans l'eau dès lors qu'ils étaient entourés de livres. En compagnie d'autres humains, en revanche, et en particulier des filles ou des femmes, ils étaient timides au point d'en devenir mutiques. Les boums représentaient pour eux le summum de la torture. Quant à adresser la parole à une fille, cela équivalait à se donner la mort par hara-kiri.

— Écoutez, Perdu. Nous avons besoin de nous mettre quelque chose sous la dent. En contrepartie, nous allons leur offrir un divertissement de qualité doublé d'un flirt innocent.

Il sonda l'expression du visage de Perdu.

— Vous vous souvenez de ce que c'est, non ? À moins que vous ne chargiez également les bouquins de s'occuper de ça ? ajouta-t-il avec un large sourire.

Jean ne répondit pas. Les jeunes gens ne doutaient vraiment de rien. Ils semblaient trouver invraisemblable que l'on puisse désespérer à cause d'une femme. Sans compter que ça ne s'arrangeait pas avec l'âge. Plus on en savait sur les femmes, plus on était conscient de toutes les erreurs qu'on pouvait faire… Cela commençait par le choix des chaussures et cela allait bien au-delà de la façon d'écouter.

Qu'est-ce qu'il n'avait pas entendu, en tant que témoin invisible des rencontres pour les parents dans sa librairie ! Les femmes étaient capables de se moquer durant des années de la manière dont quelqu'un avait dit « salut » ou du pantalon que l'un ou l'autre avait porté. De la dentition d'un autre encore. D'une demande en mariage un peu maladroite.

– Moi, j'aime beaucoup les flageolets, dit Perdu.

– Oh, je vous en prie ! À quand remonte votre dernier rendez-vous avec une femme, dites-moi ?

– 1992. Ou peut-être avant-hier – mais Perdu n'était pas certain que ce dîner avec Catherine puisse vraiment passer pour un rendez-vous galant ; peut-être que c'était davantage que cela – ou beaucoup moins.

– 1992 ? C'est l'année de ma naissance ! C'est vraiment… incroyable.

Jordan réfléchit.

– D'accord. Je vous promets que ce ne sera pas un plan drague. On se contente de dîner avec des femmes intéressantes. Il faut juste que vous ayez quelques compliments et quelques sujets de conversation sous la main, des choses qui plaisent aux femmes. En tant que libraire, ça ne devrait pas vous poser trop de difficultés, si ? Trouvez une ou deux bonnes citations, ça fera l'affaire.

– Bon, très bien, concéda Perdu, puis il se retourna et enjamba la palissade d'une pelouse avoisinante.

Il revint quelques instants plus tard les mains chargées de fleurs d'été.

– C'est presque mieux qu'une citation, affirma-t-il.

Les trois femmes en marinière s'appelaient Anke,

Corinna et Ida et venaient d'Allemagne. Toutes quadra-génaires, elles adoraient les livres, parlaient un français pour le moins douteux et parcouraient les fleuves « pour oublier », comme le leur précisa Corinna.

– Ah bon, mais qu'est-ce que vous voulez donc oublier ? Quand même pas les hommes ? demanda Max.

– Pas tous, bien sûr. Un seul, ça suffit, intervint Ida.

Sa bouche était rieuse, et son visage couvert de taches de rousseur semblait tout droit sorti d'un film des années vingt. Mais son sourire ne dura pas. Sous sa frange bouclée couleur de cuivre, son regard trahissait autant d'inquiétude que d'espoir.

Anke était justement en train de préparer un risotto à la provençale. Une odeur de champignon emplit peu à peu la minuscule cambuse. Assis sur le pont arrière du *Baluu*, les deux hommes entamèrent une conversation avec Ida et Corinna en savourant un auxerrois local à la saveur minérale, tiré d'un cubitainer.

Jean leur avoua qu'il comprenait l'allemand, selon lui la première langue étrangère apprise par les libraires. Ils poursuivirent donc leur conversation dans un joyeux mélange de langues, il leur répondait en français et posait ses questions dans un idiome qui avait, en effet, une lointaine ressemblance avec la langue de Goethe.

C'était comme s'il avait franchi les portes de la peur. À sa propre surprise, il comprit que ce n'était plus les abysses qui l'attendait derrière ces portes, mais d'autres portes encore, des couloirs lumineux et des pièces accueillantes.

Il pencha la tête en arrière et découvrit au-dessus de lui quelque chose de profondément émouvant – le ciel. Un ciel non délimité par des maisons, des poteaux et autres éclairages artificiels, mais parsemé d'une mul-titude dense d'étoiles de toutes tailles, d'une intensité

158

variable. Leur scintillement était si magnifique qu'on aurait pu croire qu'une pluie d'étoiles s'était abattue sur la voûte céleste. Une vision étrangère à tout Parisien, se dit-il, à moins de quitter la ville.

Et là, la Voie lactée. La première fois que Perdu avait aperçu cette traînée d'étoiles, il n'était qu'un enfant emmitouflé dans un gilet de laine et une couverture, posé sur une pelouse fleurie de la côte bretonne. Il avait longuement observé le ciel noir constellé de lueurs – des heures durant, tandis que ses parents essayaient une dernière fois de sauver leur mariage au fest-noz de Pont-Aven. Chaque fois qu'une étoile filante avait dégringolé de la voûte céleste, Jean avait formulé le souhait que Lirabelle Bernier et Joaquin Perdu retrouvent la faculté de rire ensemble au lieu de rire l'un de l'autre. Qu'ils dansent la gavotte au son des cornemuses, des violons et des bandonéons au lieu de restés plantés, bras croisés, au bord de la piste.

Émerveillé de constater que le ciel continuait de s'illuminer, le jeune Jean s'était abandonné à la contemplation de l'obscurité infinie. Dans la profondeur de cette interminable nuit d'été, il s'était senti en sécurité.

Autrefois, c'était pendant ces moments-là que Jean Perdu avait compris les secrets et les rouages du monde. Un grand calme s'était installé au fond de lui, et il s'était senti à sa place. Il avait su que les choses ne se terminaient pas ainsi. Que chaque chose en générait une autre. Qu'il ne pouvait pas faire d'erreur. Il n'avait ressenti cela qu'une autre fois au cours de sa vie, en présence de Manon.

En quête d'étoiles, Manon et lui s'étaient progressivement éloignés des villes pour dénicher le coin le plus sombre de la Provence. C'est dans les montagnes, non loin de Sault, qu'ils avaient découvert ces fermes isolées cachées entre la pierre, le ravin et la roche à laquelle s'agrippait le thym. Là, seulement, le ciel nocturne et estival s'était déployé dans toute sa clarté et son intensité.

– Sais-tu que nous sommes tous des enfants des étoiles ? avait demandé Manon tout près de son oreille, pour ne pas rompre le silence de la montagne. Quand les étoiles ont implosé, il y a de cela des milliards d'années, une pluie de fer et d'argent, d'or et de charbon s'est abattue sur la Terre. Aujourd'hui, chacun de nous porte un peu de métal, de poussière d'étoiles. Il se niche dans nos mitochondries. Les mères transmettent le fer, la poussière d'étoiles à leurs enfants. Toi et moi, Jean – qui sait ? –, nous portons peut-être la poussière d'une même étoile, et nous nous sommes peut-être reconnus grâce à sa lueur. Nous nous sommes cherchés. Nous sommes des chercheurs d'étoiles.

Il avait levé les yeux et s'était demandé si on pouvait encore voir briller l'étoile morte qui vivait en eux.

Manon et lui avaient choisi une perle scintillante dans le ciel. Une étoile qui brillait encore alors qu'elle avait sans doute disparu depuis longtemps.

– La mort ne veut rien dire, Jean. Nous restons toujours ce que nous avons été l'un pour l'autre.

Les perles de lumière se reflétaient dans l'Yonne. Les étoiles dansaient sur le fleuve, bercées par le remous, et ne s'effleuraient que quand les vaguelettes se brisaient les unes contre les autres. Alors, l'espace d'un battement de paupières, deux perles de lumière se superposaient.

Jean eut beau scruter le ciel, il ne retrouva pas l'étoile qu'ils avaient choisie ensemble. Soudain il sentit le regard d'Ida peser sur lui, il la fixa à son tour. Ce n'était pas un de ces regards que s'échangent un homme et une femme, mais de ceux que partagent deux humains parcourant les fleuves parce qu'ils sont en quête de quelque chose. Quelque chose de précis.

Perdu vit la détresse d'Ida qui dansait dans ses pupilles. Jean vit que cette femme à la chevelure rousse luttait pour apprivoiser la perspective d'un avenir différent de celui qu'elle avait envisagé, un avenir qui ressemblait encore trop à un second choix. Elle avait été quittée, ou alors elle avait quitté juste avant d'être repoussée. La personne qui avait été le pôle de sa vie et pour laquelle elle avait sans doute accepté quelque sacrifice, cette personne pesait encore comme un voile sur ses sourires.

Nous gardons tous le temps en nous. Nous gardons l'empreinte des personnes qui nous ont quittées. Nous nous constituons de leurs stigmates et des nôtres aussi. Sous notre peau, sous la couche de rides et d'expérience et de rires. Juste en dessous, nous sommes encore ce que nous avons été. L'ancien enfant, l'ancien amant, l'ancien rejeton.

Ce n'était pas la consolation qu'Ida cherchait sur ce fleuve – c'était elle-même. Sa place dans cet avenir neuf, inconnu et encore de second choix. Elle seule. « Et toi ? interrogeaient ses yeux. Et toi, étranger ? »

Perdu ne savait qu'une seule chose : il voulait voir Manon et lui demander pardon pour sa vaniteuse bêtise.

Tout d'un coup, Ida lâcha :

– Je ne voulais pas être libre. Je ne voulais pas avoir à me préoccuper d'une nouvelle vie. Cela me convenait parfaitement comme c'était. Peut-être que je n'aimais pas mon mari comme on aime dans les livres, c'est vrai, mais ce n'était pas mal pour autant. Pas mal, c'est déjà mieux que rien, non ? Cela me suffisait pour vivre. Pour ne pas se tromper. Pour ne rien regretter. Non, je ne le regrette pas, ce petit amour de ma vie.

Anke et Corinna lancèrent à leur amie un regard plein d'affection, et Corinna dit :

– Est-ce que c'est la réponse à ma question d'hier ? Est-ce que c'est la raison pour laquelle tu ne l'avais pas quitté depuis longtemps, alors qu'il n'avait jamais été ton grand amour ?

Le petit amour. Le grand amour. N'était-il pas cruel, en vérité, que l'amour existe en différents formats ?

Quand Jean regardait Ida qui ne regrettait pas sa vie précédente, qui, en toute sincérité, ne regrettait rien, il n'était plus aussi sûr de lui.

– Et lui… Comment a-t-il perçu cette période que vous avez partagée ? demanda-t-il finalement.

– Après vingt-cinq ans, ce petit amour ne lui a plus suffi. Il a trouvé son grand amour, maintenant. Elle a dix-sept ans de moins que moi. Elle est souple, elle peut se vernir les ongles des orteils en tenant le pinceau entre ses dents.

Corinna et Anke éclatèrent de rire, suivies de peu par Ida.

Plus tard, ils jouèrent aux cartes. Autour de minuit, la radio se mit à produire du swing. Le joyeux « Bei mir bist Du schön », le plus rêveur « Cape Cod » mais aussi le mélancolique « We Have All the Time in the World » de Louis Armstrong.

Max Jordan dansa avec Ida – pour être plus exact, il déplaça ses pieds de quelques millimètres – tandis que Corinna et Anke valsaient ensemble. Jean quant à lui s'agrippait à sa chaise. La dernière fois qu'il avait entendu toutes ces chansons, Manon était encore en vie. Comme c'était affreux de se dire cela, « quand elle était encore en vie ».

Quand Ida s'aperçut qu'il luttait pour ne pas perdre

contenance, elle chuchota quelques mots à l'oreille de Jordan et se libéra de ses bras.

– Allez, viens, dit-elle à Jean.

Il valait mieux qu'il ne soit pas seul au moment de renouer avec ces mélodies qui éveillaient tant de souvenirs. Car il ne pouvait se faire à l'idée que Manon était partie alors que ces chansons, ces livres et la vie en général continuaient d'exister sans elle. Comment pouvaient-ils ? Comment tout cela pouvait-il encore exister ?

Il était terrifié par la mort, mais encore bien plus par la vie. Par toutes ces journées qu'il lui restait encore à traverser sans Manon. À chaque mélodie qui passait, il voyait Manon marcher, s'allonger, lire, danser seule, danser pour lui. Il la voyait dormir et rêver, et choisir son fromage préféré dans l'assiette.

« *C'est pour ça que tu as décidé de te priver de musique pour le restant de tes jours ? Mais enfin, Jean ! Tu aimais tellement la musique ! Tu as chanté pour moi, quand j'avais peur de m'endormir et de gaspiller de précieuses heures en ta compagnie. Tu as composé des chansons sur les doigts, sur mes orteils et sur mon nez. Tu es musique, Jean, de la tête aux pieds – comment as-tu pu te tuer de la sorte ?* »

Oui, comment ? Eh bien, je me suis entraîné.

Jean sentit la brise caresser sa peau, il entendit le rire des femmes, il était légèrement ivre, et surtout, il était infiniment reconnaissant qu'Ida le tienne fermement.

Manon m'a aimé. Ces étoiles, là-haut, elles ont été les témoins de notre amour.

20

Il rêvait d'être éveillé.

Il se trouvait sur le bateau-livre, mais tout changeait constamment autour de lui : la barre rompait, les fenêtres étaient couvertes de buée, les rames ne remplissaient pas leur office. L'air était si lourd qu'il lui semblait se mouvoir dans une sorte de purée de pois. Surtout, il ne cessait de se perdre dans le labyrinthe de tunnels aquatiques. Le bateau geignait et craquait.

Manon se tenait près de lui.

– Mais tu es morte, gémissait Perdu.

– Vraiment ? demandait-elle. Ah, c'est dommage.

Le bateau se brisait en deux et Jean tombait à l'eau.

– Manon ! hurlait-il.

Elle le regardait lutter contre le courant, se démener dans un tourbillon qui s'était formé dans l'eau noire. Elle le regardait. Sans lui tendre la main. Elle se contentait de le regarder se noyer. Sombrer, sombrer, sombrer.

Il ne se réveillait pas.

Résigné, Perdu inspirait, expirait – inspirait, expirait.

Je peux respirer sous l'eau !

Et soudain, il touchait le fond.

Perdu se réveilla. Allongé sur le côté, il vit un rond de lumière danser sur le pelage roux et blanc de Lindgren qui reposait contre ses pieds. La chatte se déroula aussitôt, fit quelques exercices pour se dégourdir les pattes et s'approcha du visage de Perdu. Elle le chatouilla avec ses moustaches tout en ronronnant. Son ronron était doux comme le vrombissement lointain d'un moteur de bateau.

Il se souvint s'être déjà réveillé par le passé avec cet étrange sentiment d'attente inquiète. Il n'était alors qu'un jeune homme, et il avait rêvé pour la première fois de voler. Après avoir sauté du toit, il avait plané, les bras tendus, avant d'atterrir au milieu de la cour intérieure d'un château. Ce rêve lui avait fait comprendre qu'il fallait oser sauter pour apprendre à voler.

Il grimpa sur le pont. Une brume blanche planait au-dessus du fleuve comme une toile d'araignée, une sorte de buée s'élevait des pelouses avoisinantes. À la luminosité ambiante, il devina que le jour venait à peine de se lever. Il savoura l'étendue de ciel qui se déployait au-dessus de sa tête et la multitude de couleurs qui se déclinaient autour de lui. Le brouillard blanc. Les taches grises, çà et là. Le rose tendre, le orange laiteux. Un silence ensommeillé entourait les bateaux amarrés dans la marina. Aucun bruit ne lui parvenait non plus du *Baluu*.

Jean Perdu contempla silencieusement Max. Le jeune écrivain s'était aménagé un campement de fortune sur l'un des canapés, au milieu des livres de la section que Perdu avait baptisée « Comment devenir homme ». C'était là, aussi, que se trouvait l'ouvrage de la spécialiste en divorces Sophie Marcelline, une collègue de son client du vendredi, le thérapeute Éric Lanson. Dans les cas de chagrins d'amour, Sophie recommandait de compter au moins un mois de deuil pour chaque année partagée. Pour les amitiés qui se brisaient, deux mois par année d'amitié. Et pour ceux qui partaient

166

pour toujours, pour les morts, « Comptez carrément toute une vie. Car les morts que nous avons aimés une fois, nous les aimerons toujours. Leur absence nous accompagne jusqu'à notre dernier jour. »

À côté de Max qui dormait comme un petit garçon, les genoux ramenés vers la poitrine, la bouche tordue en une moue qui semblait dire « Ah bon, et pourquoi ? », gisait *Lumières du Sud*, de Sanary.

Perdu ramassa l'ouvrage de forme longue et étroite. Max avait souligné quelques phrases au crayon à papier et noté quelques questions dans la marge. Il avait lu ce livre comme un livre demande à être lu.

Lire : un voyage sans fin. Un long, oui, un éternel voyage qui vous rendait plus doux, plus aimant, meilleur envers vos congénères.

Max avait entrepris ce voyage. Avec chaque livre qu'il lirait, il porterait en lui un peu plus du monde, des choses et des hommes.

Perdu reprit l'ouvrage depuis le début et retrouva bientôt le passage qui lui plaisait tout particulièrement.

« L'amour, c'est un appartement. Dans un appartement, tout est fait pour être utilisé, rien ne devrait être recouvert ou "protégé". Seul vit vraiment celui qui habite entièrement son amour et ne craint aucune pièce, aucune porte. Se disputer ou se caresser revêt exactement la même importance ; s'agripper l'un à l'autre et se rejeter l'instant d'après, aussi. Il est vital que chaque pièce de l'amour soit utilisée, pour éviter que les esprits et les mauvaises odeurs ne s'installent. Les pièces et les maisons que l'on néglige trop ne tardent pas à se détériorer ou à sentir le renfermé... »

Est-ce que l'amour m'en veut parce que je me refuse à ouvrir cette porte, de peur d'y trouver... quoi, après tout ? Qu'est-ce que je dois faire ? Est-ce que je dois

construire un autel en hommage à Manon ? Lui dire
adieu ? Qu'est-ce que je suis censé faire, bon sang ?

Jean Perdu reposa le livre à côté de Max endormi. Il
le regarda encore un moment, hésita un peu, puis chassa
une mèche rebelle du front du jeune homme. Ensuite,
il choisit en silence quelques ouvrages. Cela lui coûtait
de s'en servir comme d'une monnaie d'échange, car il
connaissait bien leur valeur. Les libraires n'oubliaient
jamais que les livres étaient encore un très jeune moyen
d'expression pour changer le monde et renverser les
tyrans. Quand Jean Perdu voyait des livres, il ne voyait
pas que des histoires, des prix de vente et des premiers
soins pour l'âme. Il voyait la liberté avec des ailes de
papier.

Peu de temps après, il emprunta l'un des vélos
hollandais d'Anke, Ida et Corinna et s'élança sur des
routes sinueuses et étroites qui s'enfonçaient à travers
les champs, les prairies où paissaient des chevaux et les
pâturages parsemés de vaches, jusqu'au prochain village.

La boulangerie se trouvait sur la place de l'église.
Quand il arriva, la fille du boulanger aux joues roses et
à l'humeur guillerette sortait justement des baguettes et
des croissants du grand four. Elle semblait heureuse de
se trouver précisément là où elle était : dans une petite
boulangerie prise d'assaut par les navigateurs d'eau douce
en été et par les paysans, les viticulteurs, les ouvriers, les
équarrisseurs et les citadins en mal de verdure venus de
Bourgogne, des Ardennes ou de Champagne en hiver. De
temps à autre s'organisait une soirée dansante au moulin,
une fête des vendanges, quelque concours de pâtisserie,
un rassemblement folklorique. Être aide-ménagère pour
les artistes qui résidaient dans le coin, dans des remises
et des étables réaménagées. Vivre au vert, dans le silence,
sous les étoiles et les lunes pourpres.

Est-ce que cela pouvait suffire à vous rassasier de vie ?

Au moment d'entrer dans la maison un peu vieillotte, Perdu prit une profonde inspiration. Il n'avait pas d'autre choix que de lui proposer son étrange marché.

– Bonjour, mademoiselle ! Permettez-moi de vous poser une question : est-ce que vous aimez lire ?

Après avoir brièvement pesé le pour et le contre, elle consentit enfin à lui « vendre » un journal, des timbres, des cartes postales de la marina de Saint-Mammès ainsi que des baguettes et des croissants – tout cela contre un seul livre : *Avril enchanté*, un ouvrage dans lequel quatre Anglaises partaient se réfugier dans un paradis en Italie.

– J'en ai largement pour mes frais, assura-t-elle innocemment.

Puis elle ouvrit le livre, le tint devant son nez et en renifla avidement les pages. Son visage réapparut bientôt, rose de plaisir.

– Je trouve que ça sent la crêpe.

Elle cacha soigneusement le livre dans la poche de son tablier et ajouta avec un sourire d'excuse :

– Mon père dit que la lecture rend impertinent.

Peu après, Jean s'assit sur la margelle du puits de l'église et attaqua son premier croissant. Comme il était chaud ! Comme l'intérieur doré et moelleux sentait bon ! Il savoura lentement chaque bouchée en observant le village qui s'éveillait.

La lecture rend impertinent. Oh oui, monsieur père que je ne connais pas, vous avez bien raison.

Puis il rédigea soigneusement quelques lignes à l'attention de Catherine. Sachant que Mme Rosalette s'arrangerait pour les lire, il décida d'écrire d'emblée à tout le monde.

Ma chère Catherine, chères Mme Rosalette (nouvelle

*couleur ? moka ? Cela vous va à ravir !), Mme Bomme
et l'ensemble des habitants du 27 !*

*Jusqu'à nouvel ordre, merci de bien vouloir comman-
der vos livres chez mon confrère de* Voltaire et Plus. *Je
ne vous ai pas quittés et encore moins oubliés. Cependant,
il existe quelques chapitres que je dois encore lire...
avant d'y mettre le point final. Dompter les esprits. JP*

Est-ce que c'était trop laconique, pas assez crous-
tillant ?

Ses pensées s'envolèrent par-delà les champs et le
fleuve, jusqu'à Paris. Le sourire de Catherine, ses soupirs.
Il se sentait soudain si plein d'émotions. Il ne savait plus
à qui attribuer cette nostalgie tenace de contact physique,
d'un corps, de nudité et de chaleur sous une couette
commune. Cette envie d'amitié, de chez-soi, d'un lieu
où il pourrait se poser et se rassasier. Est-ce que cela
venait de Manon ou de Catherine ? Il avait honte de leur
accorder à toutes deux une place égale. Et pourtant : ces
moments partagés avec Catherine lui avaient fait tant de
bien. Aurait-il mieux fait de s'en défendre, était-ce mal ?

*Je ne voulais plus jamais avoir besoin de quelqu'un...
Je suis un lâche.*

M. Perdu enfourcha son vélo et prit le chemin du
retour, escorté des buses et des sittelles qui planaient
haut dans le ciel. Nonchalantes, elles se laissaient porter
par les rafales, au-dessus des champs de blé. Il sentit
le vent traverser sa chemise. Il lui sembla soudain être
un autre homme que celui qui avait quitté la péniche,
une heure plus tôt.

Il suspendit au volant de la bicyclette d'Ida un
sachet avec des croissants chauds, un petit bouquet de
coquelicots et trois exemplaires de *La Nuit*, que Max
avait consciencieusement signés avant de s'endormir,
la veille au soir.

Puis il s'attela à préparer un café artisanal dans sa cambuse, nourrit les chats, contrôla l'humidité de l'air dans les étagères (suffisante), le niveau d'huile (préoccupant) et prépara *Lulu* au départ.

Alors que le bateau-livre glissait sur les eaux encore calmes du fleuve, Perdu aperçut Ida qui émergeait sur le pont du *Baluu*. Il leva la main en guise d'au revoir et demeura ainsi jusqu'à ce que le port disparaisse de sa vue. Il souhaitait de tout cœur qu'Ida trouve un jour un plus grand amour qui compense la perte de son petit amour.

Il s'engagea paisiblement dans cette matinée. La fraîcheur ne tarda pas à céder la place à une chaude brise estivale, qui caressait la peau comme de la soie.

– Saviez-vous que Bram Stoker avait rêvé son Dracula ? demanda-t-il joyeusement, une heure plus tard, tandis que Max s'emparait avec gratitude d'une tasse de café.

– Dracula ? On est où ? Est-ce qu'on est arrivé en Transylvanie ?

– On est sur le canal du Loing, on se dirige vers le canal de Briare. On prend la route du Bourbonnais, celle que vous avez choisie pour nous. Elle nous mène droit vers la Méditerranée.

Perdu avala une gorgée de café.

– C'était à cause de la salade de crabe. Stoker a mangé une salade de crabe avariée et il a passé la moitié de la nuit à lutter contre des hallucinations dues à son empoisonnement. C'est après cet épisode qu'il a rêvé pour la première fois du Seigneur des vampires. Cet incident a marqué la fin d'une grosse baisse d'inspiration créative.

– C'est vrai ? Je n'ai rêvé d'aucun best-seller, moi,

marmonna Max en trempant le bout de son croissant dans son café avant de l'engloutir avidement, en veillant bien à ne pas faire tomber de miettes. Au contraire : dans mon rêve, je voulais lire mon livre, mais les lettres tombaient des pages comme des flocons.

Il s'anima peu à peu.

— Vous croyez qu'il faut avoir une indigestion pour rêver d'une bonne histoire ?

— Peut-être, qui sait ?

— Don Quichotte aussi a été un cauchemar, avant de devenir un grand classique. Et *vous*, vous avez fait un rêve utilisable, cette nuit ?

— J'ai rêvé que je savais respirer sous l'eau.

— Waouh. J'imagine que vous savez ce que ça veut dire.

— Que dans mes rêves, je sais respirer sous l'eau.

La lèvre supérieure de Max s'étira en un sourire, digne d'Elvis. Puis il décréta d'un air solennel :

— Non. Cela veut dire que les sentiments ne vous coupent plus le souffle. Surtout pas ceux d'en bas.

— Ceux d'en bas ? Où est-ce que vous avez trouvé ça, dans le calendrier de l'épouse respectable de 1905 ?

— Non. Dans le *Grand dictionnaire de l'onirologue* de 1992. C'était un peu ma Bible, autrefois. Ma mère avait barré au marqueur noir tous les mots qu'elle ne trouvait pas convenables. J'ai déchiffré les rêves de tout mon entourage à l'aide de ce truc. Ceux de mes parents, des voisins, des garçons et des filles de ma classe... on s'est fait la totale de Freud.

Jordan s'étira, puis exécuta quelques mouvements de tai-chi avant de reprendre :

— Ça ne m'a apporté que des ennuis, surtout quand j'ai voulu interpréter le rêve de la directrice de l'école. Les femmes et les chevaux, vous savez, c'est un sacré truc.

172

– Je croirais entendre mon père.

Perdu se rappela soudain qu'au début de sa rencontre avec Manon, alors qu'ils faisaient encore connaissance, il avait rêvé qu'elle se transformait en aigle femelle et qu'il essayait de l'attraper, de la dompter. Il l'avait attirée dans l'eau parce qu'elle ne pouvait pas voler quand elle avait les ailes mouillées.

Nous sommes immortels dans les rêves de ceux qui nous aiment, et nos morts continuent de vivre dans nos rêves bien après leur disparition. Le monde des songes est la passerelle qui relie les différents mondes, le temps et l'espace.

Quand Max redressa la tête pour laisser la brise chasser le sommeil de son visage, Perdu lui annonça :

– Regardez là-bas : notre première écluse.

– Quoi ? Cette minuscule baignoire, à côté de la maison de poupée avec des fleurs ? On ne passera jamais !

– Et comment ! Vous allez voir.

– On est trop longs.

– C'est une péniche, et ses dimensions sont inférieures au gabarit Freycinet. Toutes les écluses de France sont construites en fonction de ces dimensions.

– Eh bien, pas celle-là. Elle est beaucoup trop étroite.

– Nous mesurons 5,04 mètres de largeur, ce qui nous laisse au moins six centimètres de marge. Trois à droite, trois à gauche.

– Eh bien, ça promet.

– Oui, d'autant plus que c'est vous qui allez nous faire passer par là.

Les deux hommes se regardèrent un instant avant d'éclater de rire.

L'éclusier leur adressait de grands signes pour leur dire d'approcher. Bien campé sur ses pattes, son chien aboyait dans leur direction. La femme de l'éclusier apparut également, chargée d'une plaque de tarte aux quetsches fumante qu'elle leur échangea contre le dernier John Irving.

— Et puis aussi un bisou du jeune écrivain, là.

— Je vous en supplie, donnez-lui plutôt un autre livre, siffla Jordan. Elle a les joues couvertes de barbe.

Mais la dame ne voulut rien entendre.

L'éclusier traita sa femme de monstre, son chien blond et hirsute aboya à s'en décrocher la mâchoire et pissa sur la main de Max quand ce dernier s'agrippa à l'échelle. En retour, la femme de l'éclusier aux joues piquantes traita son mari de fanfaron et de gardien amateur. Enfin, ce dernier s'écria, excédé :

— Mais avancez donc, bon sang !

Tourner la manivelle gauche, courir, tourner la manivelle droite : les deux côtés de l'écluse étaient fermés. Courir vers l'avant, ouvrir le sas avant, puis l'autre — laisser s'écouler l'eau. Ouvrir la partie droite de l'écluse, courir, ouvrir le côté haut, à gauche.

— Allez, filez !

Ce gardien peu amène savait sûrement donner des ordres dans des tas de langues différentes.

— Dites, il y a combien d'écluses, jusqu'au Rhône ?

— Environ cent cinquante, pourquoi ?

— Au retour, on ferait peut-être mieux de passer sur le canal qui traverse la Champagne et la Bourgogne, dit Jordan d'un ton suppliant.

Le retour ? s'étonna secrètement Perdu. *Il n'y aura pas de retour.*

21

Le Loing coulait à la même hauteur que ses berges. Sur le chemin de halage, ils apercevaient de temps à autre des cyclistes concentrés, des pêcheurs somnolents ou des joggeurs solitaires. Les prairies où paissaient de solides bœufs charolais blancs se partageaient le paysage avec des champs de tournesols et des forêts denses et verdoyantes. Il arrivait qu'un automobiliste les salue en passant d'un bref coup de Klaxon. Les villages qu'ils traversaient étaient dotés de charmants pontons où le mouillage était généralement gratuit, invitant les marins d'eau douce à amarrer et à dépenser un peu de leur argent dans les boutiques avoisinantes.

Puis le paysage changea. À certains endroits, le canal surélevé par rapport à ses berges offrait une vue plongeante sur les jardins qui le bordaient.

Quand, vers midi, ils s'enfoncèrent dans les larges territoires parsemés d'étangs à poisson de Champagne, Max maniait la péniche avec l'assurance d'un batelier bourbonnais.

Le canal se divisait en d'innombrables bras qui alimentaient les étangs avoisinants. Des mouettes rieuses surgissaient brusquement des étendues de roseaux et des buissons d'ajoncs et tournoyaient avec curiosité au-dessus de *La pharmacie littéraire*.

– Quel est le prochain port un peu plus important ? demanda Perdu.

– Montargis. Le canal traverse carrément la ville, répondit Max en feuilletant le plan qu'ils avaient trouvé sur la péniche. La ville des fleurs et celle où a été inventée la praline. On ferait bien d'y trouver un mouillage. Je ferais n'importe quoi pour un carré de chocolat.

Et moi, pour un peu de lessive et une chemise propre.

Depuis que Max avait lavé leurs chemises avec du savon liquide, ils sentaient tous les deux l'arôme artificiel de rose.

Tout d'un coup, Perdu eut une inspiration.

– Montargis ? On ferait bien de rendre visite à Per David Olson, alors.

– Olson ? Le grand P. D. Olson ? Vous le connaissez, lui aussi ?

Connaître, c'était un peu exagéré. Quand Per David Olson avait été en lice pour le prix Nobel de littérature, Perdu n'en était encore qu'à ses débuts dans la librairie.

Quel âge Olson pouvait-il bien avoir ? Quatre-vingt-deux ans, peut-être ? Il était arrivé en France trente ans plus tôt. Pour ce descendant d'une tribu de Vikings, la Grande Nation offrait un sol beaucoup plus supportable que ses compatriotes américains.

« Une nation qui ne peut même pas se vanter d'un millier d'années de culture développée ! Pas de mythes, pas de superstitions, pas de mémoire collective, pas de valeurs ou de hontes communes ! Tout ce qu'ils ont à offrir, c'est une pseudo-morale chrétienne militaire à la noix, du blé incestueux, un lobby de l'armement dénué de toute morale et un racisme sexiste, » voilà ce qu'il avait lâché dans un coup de gueule publié dans le *New York Times*. Peu après, il avait définitivement quitté le pays.

Mais l'élément le plus intéressant concernant cet homme était le suivant : P. D. Olson figurait dans la liste de Perdu, recensant les onze auteurs potentiels des *Lumières du Sud* de Sanary. Et P. D. habitait Cepoy, un village situé juste avant Montargis. Au bord du canal.

– Qu'est-ce qu'on fait ? On sonne et on dit : « Salut, P. D., vieille branche, est-ce que c'est toi qui as écrit *Lumières du Sud* ? » demanda Max.

– Oui, exactement. Vous avez une autre idée ?

Max gonfla ses joues d'air.

– Eh bien, les gens normaux s'annoncent générale-ment par e-mail.

Jean Perdu se retint de répondre quelque chose qui ressemblerait un peu trop à un « avant nous n'avions rien de toute cette technologie, et nous nous en por-tions aussi bien ».

Une fois arrivés à Cepoy, ils ne trouvèrent en guise de port que deux anneaux d'acier enfouis dans l'herbe, auxquels ils arrimèrent solidement les cordages du bateau-livre. Peu après, le propriétaire de l'auberge de jeunesse du bord du fleuve – un homme à la peau tannée par le soleil et à la nuque gonflée et rouge – les redirigeait vers le vieux presbytère. C'est là que résidait P. D. Olson.

Ils frappèrent à la porte et une femme qui semblait tout droit sortie d'un tableau de Pieter Brueghel leur ouvrit. Un visage plat, une chevelure semblable à du lin grossièrement enroulé autour d'un fuseau, un col de dentelle blanche sur une robe d'intérieur grise. Elle ne se donna pas la peine de les saluer, encore moins de leur demander ce qu'ils désiraient ou même de faire mine de refermer la porte avec un « Nous n'avons besoin de rien ». Après avoir ouvert, elle se contenta d'attendre en observant un silence aussi solide qu'une muraille.

– Bonjour, Madame. Nous aimerions parler à M. Olson, dit Perdu au bout de quelques instants.

– Nous n'avons pas annoncé notre venue, enchaîna aussitôt Max.

– Nous sommes arrivés en bateau depuis Paris. Malheureusement, nous ne possédons pas de téléphone.

– Pas d'argent, non plus.

Perdu donna un petit coup de coude à Max.

– Mais ce n'est pas la raison pour laquelle nous sommes ici.

– Est-ce qu'il est là, d'ailleurs ?

– Je suis libraire, nous nous sommes rencontrés sur un salon, il y a quelques temps de cela. C'était à Francfort, en 1985.

– Je suis onirologue. Et écrivain. Je m'appelle Max Jordan, enchanté. Est-ce que vous auriez quelques restes de votre déjeuner, par hasard ? Nous n'avons plus plus qu'une boîte de flageolets et du Whiskas sur le bateau.

– Vous pouvez lui confesser tout ce que vous voulez, messieurs, vous ne recevrez ni absolution, ni repas, lança soudain une voix. Margareta est sourde, depuis que son fiancé s'est jeté du clocher d'une église. En voulant le sauver, elle s'est infligé les cloches de midi. Elle n'arrive à lire que sur les lèvres des gens qu'elle connaît. Satanée église ! Elle apporte le malheur à ceux qui espèrent encore.

Voilà qu'il se tenait devant eux, le si célèbre contra-dicteur des États-Unis P. D. Olson, un Viking de taille réduite, en velours côtelé de paysan, chemise de maçon et veste rayée de serveur.

– Monsieur Olson, excusez-nous de faire irruption comme cela, s'il vous plaît. Nous aurions une question très urgente à vous…

– Oui, oui, bien sûr. Tout est toujours urgent, à Paris.

Mais ça ne marche pas ici, messieurs. Ici, le temps reprend sa mesure réelle. Les ennemis de l'humanité n'ont aucune chance, ici. Venez. On va commencer par boire un petit verre et faire connaissance, annonça-t-il à ses deux visiteurs.

– Ennemis de l'humanité ? murmura Max en un écho silencieux. L'expression de son visage indiquait clairement qu'il doutait de la raison de leur hôte. On dit que vous êtes une légende, avança-t-il néanmoins, dans l'espoir d'entamer une conversation, tandis qu'Olson attrapait un chapeau sur le porte-manteau et les entraînait jusqu'au bar-tabac.

– Oh, ne me traitez pas de légende, jeune homme. On dirait que vous parlez d'un cadavre.

Max se tut et Perdu décida de suivre son exemple.

Tout en les précédant à travers le village, d'un pas inégal qui trahissait le léger accident vasculaire cérébral dont il avait été victime, Olson poursuivait :

– Mais regardez-moi ça ! Cela fait des centaines d'années que les gens se battent pour leur patrie, ici. Là, vous voyez comme ces arbres ont été plantés ? Comme les toits ont été couverts ? Comme les grosses artères contournent le village ? Tout ça, c'est de la stratégie. Cela a été pensé et conçu des siècles en avance. Ici, personne ne se contente de penser à l'aujourd'hui.

Il salua un homme qui le dépassait au volant d'une Renault pétaradante, une chèvre assise sur le siège du passager.

– Ici, les gens travaillent et vivent pour l'avenir. Ils pensent à ceux qui viendront après eux. Et ceux-là, quand leur tour viendra, feront pareil. C'est quand une génération arrête de penser à la suivante et qu'elle veut tout changer pour elle-même que commence la déchéance d'un pays.

Ils étaient arrivés au bar-tabac. À l'intérieur, au-dessus du zinc, une télévision retransmettait un concours hippique. Olson commanda trois ballons de rouge.

– Les paris, les prairies et le pinard. Qu'est-ce qu'un homme peut bien désirer de plus ? dit-il avec satisfaction.

– Alors voilà, nous aurions une petite question à vous…, commença Max.

– Du calme, mon garçon, l'interrompit Olson. Tu sens l'antimites et tes écouteurs te donnent des airs de DJ, mais je te connais. Tu as écrit quelque chose, hein ? Des vérités dangereuses ! Pas mal, pour un début… pas mal.

Il invita Jordan à trinquer avec lui.

Le visage de Max s'empourpra de fierté et Perdu ressentit comme un pincement de jalousie envers le vieil écrivain.

– Et vous ? Vous êtes le libraire-pharmacien, pas vrai ? reprit Olson en se tournant vers lui. Que guérissent mes livres, alors ?

– Ils sont efficaces contre le syndrome du mari à la retraite, répondit Perdu d'un ton un peu plus acide qu'il ne l'aurait voulu.

Olson le dévisagea.

– Ah ? Comment cela ?

– Eh bien, au moment de la retraite, le mari se met généralement à traîner entre les pattes de sa femme au point que celle-ci ne rêve plus que de lui faire un sort. Dans ces moments-là, si elle lit vos livres, et sera prise d'une furieuse envie de vous faire la peau à vous. Il servent, en quelque sorte, à dévier leur agressivité de leur objet.

Max regarda Perdu d'un air stupéfait. Olson quant à lui fixa longuement le libraire, avant d'éclater de rire.

– Oh, mon Dieu, ça me rappelle quelque chose. Mon père n'arrêtait pas de traîner dans les pattes de ma mère, et il s'était même mis à la critiquer. Pourquoi est-ce que tu ne cuis pas les pommes de terre avec leur peau ? Regarde, chérie, j'ai réorganisé le frigo ! C'était affreux. Comme il était passionné par son travail, cet homme n'avait jamais songé à se trouver un passe-temps. Il n'a pas tardé à avoir envie de mourir à force d'ennui et de perte de dignité, mais ma mère ne l'entendait pas du tout de cette oreille. Elle le chassait tout le temps de l'appartement, l'envoyait s'occuper de ses petits-enfants, suivre des cours de bricolage ou faire du jardinage. Je crois qu'elle aurait terminé ses jours en prison pour homicide si elle ne l'avait pas fait.

Olson ricana.

– Nous les hommes, nous devenons vraiment pénibles si nous ne sommes bons que dans notre boulot.

Il vida son verre en trois longues gorgées.

– Bon, terminez vos verres, exigea-t-il alors tout en déposant six euros sur le zinc. Il faut qu'on y aille.

Espérant qu'il répondrait enfin à leur question, ils avalèrent également leur vin cul sec et lui emboîtèrent le pas.

Peu après, ils se retrouvèrent devant l'ancien bâtiment de l'école. De nombreux véhicules stationnaient dans la cour, la plupart immatriculés de la région de la Loire, d'autres d'Orléans ou de Chartres. Olson se dirigea d'un pas décidé vers le gymnase.

Une fois entrés, ils eurent soudain l'impression d'être en plein cœur de Buenos Aires. Sur le mur de gauche : les hommes. À droite, sur les chaises : les femmes. Au milieu : la piste de danse. À une extrémité de la salle, là où se trouvaient les anneaux d'escalade : un orchestre de tango. De l'autre, où ils se tenaient : un bar. Derrière celui-ci, un petit bonhomme rondouillet, aux bras musclés et doté d'une magnifique moustache noire, servait des boissons.

P. D. Olson se retourna et leur lança par-dessus son épaule :

– Dansez ! Après ça, je répondrai à toutes vos questions.

Aussitôt, il traversa la piste de danse d'un pas assuré et rejoignit une jeune femme à la chevelure blonde ramassée en un chignon sévère, et vêtue d'une jupe fendue. Le vieil homme semblait comme transfiguré. Tel un *tanguero* souple et sans âge, il guida avec assurance à travers la salle cette jeune femme qui pressait son corps contre le sien.

Tandis que Max considérait ce monde inattendu d'un œil atterré, Perdu comprit aussitôt de quoi il retournait : il avait lu une description de ces soirées dans un ouvrage de Jac. Toes. Ces fameuses *milongas* secrètes, organisées dans des salles de réunion, des gymnases, des granges désaffectées. Des danseurs de tous niveaux, de tous âges et de toutes nationalités s'y rencontraient régulièrement ; certains parcouraient des kilomètres pour partager ces quelques heures de plaisir. Tous étaient unis par un même dessein : ils devaient garder le secret sur leur passion du tango, car leur conjoint jaloux, ou même leur famille, ne voyait dans ces gestes lascifs, mélancoliques et frivoles qu'un motif de gêne, de dégoût ou de raideur embarrassée. Personne d'autre que ces *tangueras* ne devait connaître l'endroit de leur rendez-vous. Leurs proches les croyaient à la salle de sport ou en formation complémentaire, en réunion ou en train de faire les courses, au sauna, dans les champs ou même à la maison. Mais tous ces gens dansaient pour sauver leur vie. Danser était pour eux une raison de vivre.

Rares étaient ceux qui s'y rendaient pour rejoindre un amant ou une maîtresse, ce n'était pas de cela qu'il s'agissait au tango. Le tango était un tout.

Journal de Manon

Sur la route de Bonnieux
11 avril 1987

Cela fait huit mois maintenant que j'ai compris. Je ne voulais pas l'accepter, mais je suis devenue une autre femme. Je ne suis plus cette petite fille qui montait dans le nord, au mois de juillet dernier, et qui craignait tant d'aimer – deux hommes.

Je suis encore bouleversée de réaliser que l'amour ne doit pas obligatoirement se limiter à une personne pour être vrai.

En mai j'épouserai Luc, sous des milliers de fleurs, dans ce parfum doux qui annonce le renouveau et la confiance en l'avenir.

Je ne vais pas me séparer de Jean ; je vais lui laisser le choix de se séparer de moi, moi la vorace, moi, celle qui veut tout.

Est-ce que l'aspect éphémère des choses m'effraie au point que je veuille tout vivre, juste pour me rassurer, au cas où j'étais amenée à disparaître d'un coup, peut-être même demain ?

Me marier. Oui ? Non ? Remettre cela en question équivaudrait à tout remettre en question.

J'aimerais tant être la lumière de Provence, quand

183

le soleil se couche. Je pourrais être partout, dans tout ce qui est vivant, ce serait là ma nature et personne ne me haïrait.

Il faut que je me recompose un visage avant d'arriver en Avignon. J'espère que c'est Papa qui viendra me chercher et non Luc, ni Maman.

Chaque fois que je reste trop longtemps à Paris, mon visage semble vouloir mimer ces mines que j'observe chez ces gens des grandes villes. Ces gens qui se pressent les uns contre les autres sur les trottoirs, comme s'ils ne voyaient pas qu'ils ne sont pas seuls. Ce sont des visages qui disent : « Moi ? Je ne veux rien. Je n'ai besoin de rien. Rien ne peut m'impressionner, rien ne peut me choquer, me surprendre ou même me réjouir. La joie, c'est pour les simplets des banlieues ou des étables puantes. Ils peuvent bien se réjouir, eux, si cela les chante. Nous, on a mieux à faire. »

Mais mon visage indifférent n'est pas le problème. Mon problème, c'est mon « neuvième visage ».

Ma mère dit qu'il s'est ajouté aux autres. Elle connaît mes diverses mimiques depuis que je suis venue au monde. Et voilà que d'après elle, Paris m'aurait taillé un nouveau visage, un masque qui partirait de la raie de mes cheveux pour s'étendre jusqu'au menton. Elle s'en serait déjà aperçue lors de mon dernier retour à la maison, alors que je pensais à Jean, à sa bouche, à son rire, à ses « Tu devrais lire ça, ça te fera du bien. » Si tu étais ma rivale, je te craindrais, a-t-elle dit avant de s'effrayer d'avoir pu laisser échapper une chose pareille.

C'est toujours comme ça que nous manipulons la vérité, chez nous : on se dit les choses clairement, brièvement. Quand j'étais petite, j'ai appris que les meilleures relations étaient généralement « claires comme de l'eau de roche ». On pensait qu'une fois les choses graves exprimées, elles perdaient leur poison. Je crois que cela ne vaut pas pour tout.

Maman trouve mon « neuvième visage » effrayant. Je vois de quoi elle parle. Je l'ai vu dans le miroir de Jean, pendant qu'il me frottait le dos avec une serviette chaude. Il ferait un véritable papa-poule. Un visage voluptueux dissimulé sous un masque calme et composé, ce qui le rendait encore plus terrifiant.

Maman s'inquiète tant pour moi qu'elle me communiquerait presque son angoisse. Je me dis : bon, mais s'il devait en effet m'arriver quelque chose, je veux à tout prix vivre aussi intensément que possible jusqu'à ce jour, et je ne veux pas entendre de plaintes. Elle me pose peu de questions mais je parle beaucoup – j'ai une propension presque obsessionnelle à entrer dans les détails concernant ces semaines passées dans la capitale, et je dissimule Jean derrière une sorte de rideau de perles de verre façonné de mille détails colorés et transparents. Clairs comme de l'eau.

« Paris t'a éloignée de nous, mais elle t'a rapprochée de toi, n'est-ce pas ? » dit Maman, et quand elle prononce « Paris », je devine qu'en réalité, c'est un prénom d'homme qu'elle entend, un prénom d'homme que je ne suis pas prête à lui révéler. Je ne serais jamais prête à cela.

Je ne suis plus la même. Comme si Jean avait révélé un Moi plus profond, plus précis, et qui s'impose lentement à moi avec un sourire moqueur.

« Alors ? me dit-il. Tu croyais vraiment que tu étais une femme sans qualités ? » (Jean dit que citer Musil n'est pas un signe d'intelligence mais de bonne mémoire.)

Qu'est-ce qui nous arrive ?

Cette satanée liberté ! Elle exige que je garde le silence sur ce qui m'arrive quand la famille et Luc me croient sagement assise dans les amphis de la Sorbonne, ou en train de faire mes devoirs, le soir. Elle exige que je me maîtrise, que je me fasse tronc d'arbre mort, que je me détruise, que je me cache, que je me dédise dès que je pose le pied à Bonnieux, que je n'impose à personne ma confession et que, surtout, je n'essaie jamais de me rendre intéressante avec ma vie secrète.

C'est un peu comme si on m'avait déposée sur le Ventoux, exposée au mistral, au soleil, à la pluie, à l'immensité. Je vois plus loin qu'il m'a jamais été donné de voir auparavant, je respire plus librement que jamais – mais j'ai perdu toute protection. La liberté, c'est la perte de la sécurité, dit Jean. Mais sait-il seulement ce que je perds vraiment ?

Et moi, est-ce que je sais tout ce à quoi il renonce, s'il me choisit ? Il dit qu'il ne veut pas d'autre femme que moi. Il dit que c'est déjà suffisant que je mène deux vies en parallèle, qu'il ne veut pas s'y mettre aussi. Je pourrais sangloter de reconnaissance chaque fois qu'il me rend les choses plus faciles. Jamais un reproche, à peine une question dangereuse de temps en temps ; il me donne l'impression d'être un cadeau et non un être vil, qui exige trop de la vie.

Si je me confiais à quelqu'un, chez moi, je contraindrais cette personne à mentir avec moi, à dissimuler, à passer sous silence. C'est à moi que je dois imposer cela mais à personne d'autre, car telles sont les lois qui clouent les déchus.

Je n'ai jamais évoqué le nom de Jean, pas une seule fois. J'ai peur que Papa, Maman ou Luc devinent immédiatement ce qui se passe, à la façon dont je prononcerais son prénom.

Peut-être que, chacun à sa manière, ils feraient preuve de compréhension. Maman, parce qu'elle sait tout du désir des femmes. Il est en chacune de nous depuis que nous sommes toutes petites, depuis que nous atteignons tout juste la hauteur de la table, dans le coin de la cuisine, et que nous parlons à des peluches patientes et des chevaux sages.

Papa, parce qu'il connaît l'envie animale qui sommeille en chacun de nous. Il comprendrait la dimension sauvage, nourrissante, peut-être même qu'il y reconnaîtrait une sorte de pulsion ancrée dans notre héritage biologique. (C'est à lui que j'irais implorer de l'aide quand je ne saurai plus que faire. Ou alors à un Mamanpapa, comme c'est écrit dans le Sanary que m'a lu Jean.)

Luc me comprendrait, parce qu'il me connaît. Parce qu'il s'est décidé. Il a toujours été fidèle à ses décisions : ce qui vaut reste valable, peu importe si cela fait mal ou se révèle faux. Mais qu'est-ce qui se passera s'il m'avoue, trente ans plus tard, à quel point je l'ai blessé en ne gardant pas le silence ?

Je connais mon futur mari – il passerait des heures, des nuits entières à souffrir. En me regardant, il verrait cette inconnue qui se cache en moi. En me faisant l'amour, il se demanderait : « Pense-t-elle à lui ? Est-ce que c'est mieux avec lui ? À chaque fête, dans les villages voisins, à chaque bal des pompiers, le 14 Juillet, il se demanderait : « Est-ce là le suivant ? Quand est-ce qu'elle en aura assez ? »

Il se poserait toutes ces questions en son for intérieur et ne me ferait aucun reproche. Il le dit lui-même : « Nous n'avons que cette vie. Je veux passer la mienne à tes côtés mais je ne veux pas t'empêcher de vivre la tienne. »

C'est aussi pour Luc que je dois garder le silence. Et pour moi. Je veux garder Jean pour moi. Je déteste vouloir tout ça – c'est plus que tout ce que j'ai pu supporter jusqu'à ce jour...

Oh, satanée liberté, tu es toujours et encore beaucoup plus forte que moi !

La liberté exige que je me remette en question, que j'aie honte mais aussi que je sois aussi suffisamment fière pour ne renoncer à aucun de mes désirs dans cette vie.

Quand je serai vieille et que je ne pourrais plus me pencher assez bas pour toucher mes pieds, je serai heureuse de me souvenir de tout ce que nous avons vécu.

Ces nuits passées à sonder les étoiles, allongés au fort de Buoux. Ces semaines passées à vivre comme des sauvages, au milieu de la Camargue. Ah, et ces merveilleuses soirées pendant lesquelles Jean m'initie à la vie au milieu des livres ! Je ne savais pas qu'il existait autant de pensées, de points de vue et de singularités. Les maîtres de ce monde devraient être soumis à un contrôle de lecture, contraints de lire un minimum de cinq, non, dix mille livres avant de prétendre comprendre le monde et le comportement de l'humanité. Je me sentais souvent mieux, moins... méchante, fausse ou infidèle quand Jean me lisait des textes dans lesquels des personnes justes agissaient mal par amour, par nécessité ou par appétit de la vie.

« Croyais-tu que tu étais la seule, Manon ? » me demandait-il – et, oui, c'est l'affreux sentiment que j'avais. Celui d'être la seule à ne pas y arriver, à ne pas savoir faire preuve d'humilité.

Souvent, quand nous avons fini de faire l'amour et que nous n'avons pas encore recommencé, Jean me parle d'un livre qu'il a lu, qu'il veut lire ou qu'il aimerait que je lise. Il appelle ses livres des Libertés. Et aussi des Havres, car c'est également ce qu'ils sont. Ils conservent tous les bons mots que nous utilisons si rarement. La douceur. La bonté. La contradiction. L'indulgence.

Il sait tant de choses, cet homme. Il sait aimer de manière si désintéressée. Il ne vit que quand il aime. Il perd de l'assurance quand il est aimé. Est-ce la raison pour laquelle il se sent maladroit ? Il ne sait même pas ce qui se cache sous les différentes parties de son corps ! Le deuil, la peur, le rire – où ? J'ai enfoncé mon poing dans son ventre : « Ici, l'anxiété ? » J'ai soufflé juste en dessous de son nombril : « Là, la virilité ? » J'ai placé mes doigts autour de son cou : « Ici, les larmes ? » Son corps : gelé, paralysé.

Un soir, nous sommes allés danser. Un tango argentin. Quel désastre ! Nous avons dû interrompre la séance. Mon désespoir était immense : si je ne pouvais pas danser avec lui, qu'est-ce qui allait advenir de nous ?

Je devrais plutôt craindre des choses concrètes, comme ce nœud qu'ils ont découvert au creux de mon aisselle et qu'ils veulent extraire pour la biopsie, mais dans ces moments-là, une confusion et un calme étrange m'emplissent. Confuse, j'ai besoin de m'occuper ; mais quand je suis calme, si calme, je ne peux pas lire de livres sérieux ni écouter de grande musique. Je veux rester assise là et regarder la lumière de l'automne, la manière dont elle tombe sur les feuilles jaunes et rouges, je veux nettoyer la cheminée, je veux m'allonger et dormir, épuisée par ces pensées idiotes, décousues, dépourvues de toute substance. Oui, quand j'ai peur, j'ai envie de dormir – la meilleure manière de sauver mon âme face à la panique.

Mais lui ? Il semble de bois. Jean, dont le corps

est pareil à un porte-manteau sur lequel il suspend ses chemises, ses pantalons et ses gilets. Je me suis levée, il m'a suivie – je l'ai giflé. Ma main brûlait d'un feu – comme si j'avais touché de la braise.

– Hé ! s'est-il écrié. Pourquoi tu fais ça ?

Je lui ai donné une seconde gifle, mes paumes étaient du charbon incandescent.

– Arrête de penser. Ressens ! lui ai-je crié.

Je me suis approchée du tourne-disques et j'ai mis le « Libertango ». Un accordéon qui sonnait comme autant de coups de fouet, des coups de baguette, le craquement de bûches dans les flammes. Piazzolla et les violons poussés à bout.

– Danse avec moi. Danse, danse comme tu te sens ! Comment te sens-tu ?

– Je suis furieux. Tu m'as frappé, Manon !

– Alors danse furieusement ! Choisis dans ce morceau de musique l'instrument qui traduit le mieux ton sentiment et suis-le ! Touche-moi avec ta rage, fais-la-moi sentir !

À peine avais-je prononcé ces mots qu'il m'attrapait et me collait au mur, les deux bras en l'air, d'une poigne très, très ferme. Les violons criaient. Nous avons dansé nus, il avait choisi les violons pour exprimer son émotion. Sa fureur s'est transformée en désir, puis en tendresse, et quand je l'ai mordu et griffé, que j'ai refusé de le suivre, que je me suis dérobée quand il voulait me mater – alors mon homme s'est transformé en tanguero. Il avait repris possession de son corps.

Tout contre lui, cœur contre cœur, tandis qu'il m'exprimait tout ce qu'il ressentait pour moi, j'ai vu nos ombres se refléter sur le mur de la chambre bleu lavande. Elles dansaient dans l'embrasure de la fenêtre, elles dansaient comme un seul être et Castor, le chat, nous observait depuis le haut de l'armoire.

À partir de ce soir-là, nous n'avons plus jamais cessé de danser le tango. Nus au début, pour faciliter le mouvement de balancier, de rejet et de rattrapage. Nous avons dansé, la main posée sur le cœur, jusqu'à ce qu'un jour, les choses changent : chacun a posé sa main sur le cœur de l'autre.

Le tango est la drogue de la vérité. Il démasque tes problèmes, tes complexes mais aussi tes forces, celles que tu caches aux autres pour ne pas les blesser. Il montre ce qu'un couple peut représenter l'un pour l'autre, la manière dont chacun écoute l'autre. Si quelqu'un n'aime écouter que soi-même, il détestera le tango.

Quand il dansait, Jean n'avait pas d'autre choix que de sentir au lieu de se réfugier dans des idées abstraites. Il me sentait. Le duvet de mon ventre. Mes seins. Je n'ai jamais ressenti toute la féminité de mon corps avec autant de force que pendant ces heures passées à danser avec Jean, puis à faire l'amour sur le canapé, par terre, assis sur une chaise, partout. Il disait : « Tu es la source d'où ma vie jaillit quand tu es là et qui se tarit en ton absence. »

Ensuite, nous avons dansé le tango dans les bars de Paris. Jean a appris à me communiquer son énergie corporelle, il a su comment me faire comprendre quel tango il voulait danser. Nous avons appris l'espagnol, tout au moins les poèmes et les vers qu'un tanguero chuchote à sa tanguera pour la rendre un peu plus… tango. Quels jeux délicieux et inexplicables nous avons commencé à pratiquer là ! Nous avons appris à nous vouvoyer dans la chambre à coucher, et cette forme de politesse insolente, nous nous en sommes servis pour exiger des choses plutôt impolies.

Oh, Luc ! C'est différent avec lui... moins désespéré. Moins naturel, aussi. Avec Jean je n'ai jamais menti, depuis le début. Je cache à Luc mes désirs, mes envies de plus de fermeté ou plus de tendresse, plus de courage ou de jeu. J'ai honte de vouloir plus qu'il ne peut me donner – mais qui sait – peut-être pourrait-il si j'osais le lui demander ? Mais comment ?

– S'il t'arrive de danser avec un autre partenaire, veille à ne pas trahir le tango en te retenant, nous a dit Gitano, l'un de nos professeurs de danse, un soir dans un bar.

Il a dit, aussi, que Jean m'aimait et que je l'aimais tout autant. Il a dit que cela se voyait à chaque pas que nous esquissions – que nous ne faisions qu'un. Peut-être est-ce la vérité ?

Il faut que je sois avec Jean car il est ma part de virilité. Quand nous nous regardons, nous voyons la même chose.

Luc est l'homme qui regarde dans la même direction que moi, nous sommes côte à côte.

Nous, contrairement au professeur de tango, nous ne parlons pas d'amour.

« Je t'aime », ces mots-là ne doivent être prononcés que par les cœurs parfaitement libres, parfaitement purs. Roméo et Juliette. Mais pas Roméo, Juliette et... l'amant de Juliette.

Le temps vient toujours à manquer. Nous devons tout faire à la fois, sinon nous n'accomplissons rien. Faire l'amour tout en parlant de livres, grignoter, nous taire, nous disputer et nous réconcilier, danser et lire à voix haute, chanter et fouiller le ciel pour trouver notre étoile – tout cela en même temps et à toute vitesse. Il me tarde d'être l'été prochain, quand Jean viendra en Provence et que nous chercherons des étoiles.

Je vois le Palais des Papes luire au soleil, comme s'il était entièrement recouvert d'or. Enfin, je retrouve cette lumière ; enfin je vois des hommes et des femmes qui se comportent comme si les autres n'existaient pas, ni dans l'ascenseur, ni dans la rue ou dans le bus. Et puis ces abricots, cueillis directement sur leur arbre.

Oh, Avignon. Il m'est arrivé autrefois de me demander pourquoi cette ville, avec son méchant palais si froid et ombrageux, comptait tant de passages secrets. Je le sais désormais : ce doit être cette inquiétude du désir, qui semble exister depuis l'aube de l'humanité. Tonnelles, salons particuliers, loges ou labyrinthes de maïs – autant de décors pour un même jeu !

Un jeu dont tout le monde connaît l'existence, mais que chacun choisit d'ignorer ou de connaître à peine, par ouï-dire, de manière inoffensive, irréelle.

Tu parles.

Mon corps entier me fait ressentir la honte, le manque et la trahison.

Cher Mamanpapa, fais que je ne doive pas choisir, je t'en supplie.

Fais aussi que ce petit pois trouvé dans mon aisselle ne soit rien d'autre qu'une de ces miettes de calcaire que l'on découvre parfois, accrochées aux robinets de Valensole, dans mon pays où pousse la lavande et où vivent les chats sauvages.

22

Perdu sentit qu'on le dévisageait sous des cils lourds de mascara. S'il interceptait le regard d'une femme, s'il parvenait à le retenir et à le rendre, alors il serait déjà en plein *cabeceo*, l'échange muet de regards grâce auquel tout se négocie dans le tango. La « requête visuelle ».

– Baissez les paupières, Jordan. Ne regardez pas les femmes droit dans les yeux, chuchota-t-il. Si vous fixez une femme, celle-ci va croire que vous l'invitez à danser. Est-ce que vous dansez le tango argentin ?

– À l'époque, je n'étais pas trop mauvais en expression libre avec éventail.

– Le tango argentin est assez similaire. Il ne comprend que quelques enchaînements fixes. On colle le torse l'un contre l'autre, cœur à cœur, puis on écoute comment la femme souhaite être dirigée.

– On écoute quoi ? Vous ne parlez pas en dansant, tout de même !

Il avait raison. Aucun danseur, aucune danseuse ne gaspillait son souffle à parler sur la piste. Et pourtant, tout en eux était éloquent. *Guide-moi plus fermement ! Pas si vite ! Laisse-moi la place ! Laisse-toi séduire ! Joue avec moi !* Les femmes corrigeaient les hommes ; là par un frottement de pied sur un mollet – « Concentre-toi ! » –, ici, grâce au dessin stylisé d'un huit sur le parquet – « C'est moi qui mène le jeu. »

Ailleurs, au cours des quatre danses consécutives, certains hommes se servaient du pouvoir des mots pour attiser la passion de leur partenaire. Ils leur murmuraient à l'oreille des paroles espagnoles, des mots doux, dans le cou, dans la chevelure, là où le souffle excitait la peau : « Ta manière de danser le tango me rend fou. Tes mouvements me rendent dingue. Mon cœur va faire chanter le tien, tellement il se sentira libre... »

Mais ici, personne ne chuchotait. Toute communication passait par les yeux.

– Les hommes laissent discrètement flotter leur regard, dit Jean à Max, pour lui expliquer les règles du *cabeceo*.

– Comment savez-vous tout ça ? Ça aussi, ça vient d'un...

– Non. Ça ne vient pas d'un livre. Écoutez-moi : prenez le temps d'observer ce qu'il se passe autour de vous. C'est comme ça que vous allez choisir la personne avec laquelle vous voulez danser la prochaine *tanda*, la suite de quatre danses. Peut-être aussi que cela vous permettra de repérer qui veut danser avec vous. On formule sa demande par un long regard appuyé. Si la personne concernée répond favorablement, peut-être même avec un hochement de tête ou un demi-sourire, cela veut dire que votre demande a été acceptée. Si elle évite votre regard, cela veut dire : « Non, merci. »

– Ça me plaît, lui répondit Max. Un refus silencieux, ça évite la honte d'être éconduit.

– Exactement. Pour être galant, on se lève et on va chercher la femme. Par la même occasion, on peut vérifier en route si son regard s'adressait vraiment à nous, ou alors au type qui était assis juste derrière nous.

– Et après la danse ? Je l'invite à boire un verre ?

– Non. Vous la raccompagnez jusqu'à sa place, vous la remerciez et vous retournez du côté des hommes. Le tango ne vous engage à rien. Pendant trois ou quatre chansons, vous partagez vos désirs, vos espoirs et aussi vos envies. Certaines personnes disent que c'est comme le sexe, mais en mieux. Et plus fréquent. Mais après, c'est fini. Ce serait plutôt mal vu de danser plus d'une *tanda* avec une femme. Vous passeriez pour un malotru.

Les paupières mi-closes, ils se mirent à observer discrètement les couples qui tournoyaient sur la piste. Au bout d'un moment, Perdu désigna du menton une femme qui semblait âgée d'une cinquantaine, voire d'une soixantaine d'années. Des cheveux noirs striés de mèches grises et rassemblés en un nœud bas, à l'image des véritables danseuses de tango. Une robe spécialement choisie pour l'occasion, soigneusement repassée. Trois alliances au même doigt. Elle avait le port de tête d'une ballerine, son corps était mince. Elle semblait avoir la fois d'une force et la flexibilité d'un jeune mûrier. Une danseuse hors pair, précise et pleine d'assurance, mais avec un cœur tendre. Elle virevoltait autour de son partenaire immobile, sans doute intimidé, manifestement soucieuse de camoufler ses défauts derrière sa propre grâce. Elle veillait à ce que tout semble léger.

– Voilà votre partenaire, Jordan.

– Celle-là ? Elle est bien trop douée. Ça me fiche la trouille !

– Souvenez-vous bien de ce sentiment. Un jour, vous aurez envie d'écrire à ce sujet et vous serez bien content de vous souvenir de cette peur de danser – d'autant plus que vous allez la surmonter.

Tandis que Max, à moitié paniqué, à moitié enhardi,

essayait de capter l'attention de la fière danseuse, Jean se dirigea paisiblement vers le bar et se fit servir un fond de pastis qu'il noya d'eau et de glaçons. Il était… excité. Oui, vraiment excité. Comme s'il s'apprêtait à monter sur scène.

Comme il avait été impatient et agité avant chaque rendez-vous avec Manon ! Ses doigts tremblants transformaient chaque séance de rasage en un carnage. Il ne savait jamais comment se vêtir, il voulait avoir l'air fort, élancé, élégant et détendu à la fois. C'est à cette époque qu'il avait commencé à courir et à soulever des poids, il voulait être beau pour Manon.

Jean Perdu prit une première gorgée de pastis.

– *Grazie*, dit-il, cédant à une impulsion.

– *Prego, Signore Capitano*, lui répondit le petit moustachu rondouillard, avec un accent napolitain chantant.

– C'est trop d'honneur. Je ne suis pas un véritable capitaine…

– Oh, que si ! Vous en êtes un. Cuneo voit ce genre de choses.

De la musique de hit parade s'échappa soudain des haut-parleurs. C'était la *cortina* – le moment où les danseurs changeaient de partenaire. Dans trente secondes, l'orchestre entamerait la prochaine *tanda*.

Perdu vit la fière danseuse prendre pitié de ce pauvre Max, pâle comme un linge mais la tête haute, et l'entraîner vers le centre de la piste. Au bout de quelques pas seulement, elle retrouva sa posture de reine et insuffla de son énergie au jeune homme qui jusque-là s'était contenté de lui tenir mollement un bras. Il ôta ses protège-oreilles et les jeta de côté. Aussitôt il sembla plus grand, ses épaules plus larges, et son torse se gonfla comme celui d'un torero.

Elle adressa un bref coup d'œil à Perdu, de ses yeux

d'un bleu clair et cristallin. Son regard était jeune et ses yeux âgés, et son corps chantait au-delà de tous les temps la mélodie suave et nostalgique du tango. Perdu connaissait la fameuse *saudade*, ce deuil doux et chaud, qui teintait tout d'une sorte de tristesse, sans raison apparente.

Saudade. La nostalgie de l'époque où on se contentait d'être enfant, quand les journées se succédaient sans heurts et que l'éphémère n'avait pas de sens. C'est ce sentiment d'être aimé que l'on ne retrouve jamais. C'est ce don de soi que l'on a connu autrefois. Tout ce que l'homme ne peut décrire avec des mots. Elle devrait figurer dans son encyclopédie des sentiments.

P. D. Olson s'approcha du bar. Dès que ses pieds et ses jambes ne dansaient plus, il se déplaçait de nouveau comme un vieillard.

– Ce que tu ne sais pas expliquer, danse-le, marmonna Perdu dans sa barbe.

– Et ce que tu ne sais exprimer, note-le, enchaîna le vieux romancier dans un grognement.

Quand l'orchestra entonna « Por una cabeza », la reine danseuse se laissa retomber contre la poitrine de Max et ses lèvres lui soufflèrent quelques formules incantatoires à l'oreille tandis que sa main, son pied et sa hanche corrigeaient discrètement la posture du jeune homme. Elle s'arrangeait toujours pour qu'il ait l'air de la guider.

Jordan avait commencé à danser les yeux grands ouverts, puis, sur une injonction murmurée par sa partenaire, il avait baissé les paupières. Ils ne tardèrent pas à ressembler à un couple complice et rodé, l'étrangère et le garçon.

P. D. hocha la tête en direction de Cuneo, le barman rondouillard qui s'avançait aussi maintenant sur la piste de danse. À peine arrivé au milieu des danseurs, son corps sembla s'alléger. Ses gestes étaient aisés, galants, mesurés et pleins de déférence. Si sa partenaire était plus grande que lui, elle ne se laissait pas moins aller dans ses bras, dans une attitude de confiance totale.

À cet instant, P. D. Olson se pencha familièrement vers Perdu.

– C'est une merveilleuse figure littéraire, ce Salvatore Cuneo. Il est arrivé en Provence pour donner un coup de main pendant les vendanges et autres cueillettes. Cerises, pêches, abricots – tout ce qui requérait une poigne sensible. Il a passé une nuit avec une jeune navigatrice d'eau douce qui a disparu dès le lendemain, à la barre de sa péniche. Quelque chose avec *Lune*... En tout cas, depuis ce jour, Cuneo n'a jamais cessé de la chercher. Il a écumé tous les fleuves de France au cours des vingt dernières années. Il travaille un peu partout, je ne serais pas étonné de découvrir qu'il sait tout faire, depuis le temps. C'est surtout la cuisine, son domaine, mais il sait aussi peindre, réparer un camion-citerne, calculer un horoscope... il fait tout ce que vous voulez et le reste, il l'apprend en un rien de temps. Cet homme est un génie dans la peau d'un *pizzaiole* napolitain.

P. D. secoua la tête.

– Vingt ans, vous vous rendez compte ! Tout ça pour une femme !

– Et alors ? C'est la meilleure raison du monde, non ?

– Je ne suis pas surpris de vous entendre dire ça, John Lost.

– Pardon ? Comment m'avez-vous appelé, Olson ?

– Vous avez très bien entendu. Jean Perdu, John Lost, Giovanni Perdito – j'ai déjà rêvé de vous.

– Est-ce vous qui avez écrit *Lumières du Sud* ?

– Est-ce que vous avez déjà dansé ?

Jean Perdu avala cul sec le fond de pastis qui restait dans son verre. Puis il se retourna et laissa son regard glisser sur les femmes présentes. Certaines détournèrent les yeux, d'autres soutinrent son regard.

L'une d'elles, cependant, avait les yeux rivés sur lui. Elle devait avoir une vingtaine d'années. Les cheveux courts, la silhouette fine et musclée. Surtout, une flamme dévorante dans les yeux.

Perdu lui adressa un petit signe de la tête. Elle se leva aussitôt, sans sourire, et vint à son encontre. À mi-chemin moins un pas, très précisément, elle s'arrêta. Ce dernier pas, c'était à lui de le faire, semblait-elle estimer.

Au même moment, l'orchestre acheva sa première chanson, et Perdu put s'avancer vers cette femme féline qui semblait avide de vie.

Elle pressa tout son corps contre celui de Perdu – mais dès que retentirent les premières notes de musique, Jean lui renvoya d'un seul coup toute son énergie corporelle. Il la repoussa vers le bas, toujours plus bas, jusqu'à ce qu'ils aient tous deux un genou à terre et l'autre jambe tendue sur le côté.

Un murmure parcourut la rangée des femmes, mais il se tut dès que Perdu redressa la jeune femme d'une main et que celle-ci enroula sa jambe libre autour de ses genoux, avec autant de rapidité que de raffinement. Le creux de leurs genoux se croisèrent en une caresse. Seuls des corps d'amants nus se trouvaient habituellement si étroitement imbriqués l'un dans l'autre.

Jean sentit se réveiller en lui une pulsion oubliée depuis longtemps. En était-il encore capable ? Saurait-il retourner dans ce corps dont il ne s'était plus servi pendant tant d'années ?

– *Ne pense pas, Jean. Ressens.*

– *Oui, Manon.*

Mettre son cerveau en sourdine quand il s'agissait d'amour, du jeu de l'amour, de la danse ou de l'expression de ses émotions – voilà ce que Manon lui avait enseigné. Elle le qualifiait toujours de « typiquement nordique » à cause de sa manie de vouloir cacher les tourments de son âme derrière des phrases creuses et un visage impassible. Parce qu'il ne pouvait s'empêcher de penser à la bienséance pendant leurs ébats. Et, aussi, parce que quand ils dansaient, il poussait et tirait Manon comme un caddie au supermarché au lieu de se laisser porter par la musique, comme il l'aurait voulu. En suivant les impulsions de sa volonté, de sa réactivité et de son envie.

Manon avait cassé cette raideur comme une noix, entre ses mains, ses mains nues, ses doigts nus, ses cuisses nues…

Elle m'a libéré de tout ce qui est hostile à la nature humaine. Du silence et des inhibitions. De cette contrainte que je ressentais, de répondre toujours à ce qu'on attendait de moi.

On dit que les hommes qui sentent pleinement leur corps savent reconnaître à l'odeur qu'elles dégagent les femmes qui espèrent davantage de la vie que ce qu'elles reçoivent. La jeune femme qu'il tenait entre ses bras avait envie d'un étranger, d'un voyageur perpétuel. Il percevait tout cela en sentant son cœur battre contre sa poitrine. L'inconnu qui arrive dans la ville et lui livre en une seule nuit tout ce qu'il peut offrir d'aventureux, qui dépose tout cela à ses pieds, tout ce qui manque à ce village niché au cœur de champs de blé silencieux et de forêts ancestrales. C'est la seule protestation qu'elle s'autorise pour ne pas devenir amère, dans cette campagne isolée où tout, toujours, tourne autour de la terre, de la famille et de la descendance. Jamais autour d'elle, d'elle seule.

Jean Perdu donna à cette jeune femme ce qu'elle désirait. Il dansa avec son corps et avec sa féminité comme aucune, parmi toutes les personnes qu'elle connaissait depuis l'enfance et pour lesquelles elle n'était rien d'autre que Marie, « la fille du vieux forgeron », ne le ferait jamais.

Jean veilla à mettre tout son corps, tout son souffle et toute sa concentration dans chacun de leurs frôlements. Il lui murmura des mots, dans la langue du tango, un espagnol argentin que Manon et lui avaient appris autrefois, et qu'ils se soufflaient pendant leurs ébats. Ils s'étaient vouvoyés, comme les vieux couples traditionnels d'une Espagne disparue, et s'étaient chuchoté des mots impudiques.

Tout se superposait – le passé, le présent, cette jeune femme et cette autre qui s'était appelée Manon. Le jeune homme qu'il avait été et qui ne savait pas, alors, à quel point il pouvait être homme. Et puis cet homme plus âgé, sans pourtant être vieux, qui avait oublié ce que c'était que d'avoir des désirs. De tenir une femme dans ses bras.

Il était là maintenant, dans les bras de cette danseuse féline qui aimait se battre, être dominée et repartir au combat.

Manon, Manon, c'est ainsi que tu dansais, toi aussi. Affamée de conquérir quelque chose juste pour toi. Sans famille, sans sentir peser sur tes épaules le poids de la terre de tes ancêtres. Toi, toi seulement, sans avenir, toi et le tango. Toi et moi, tes lèvres, mes lèvres, ta langue, ma peau, ma vie, ta vie.

Aux premières notes de la chanson suivante, le

« Libertango », les portes de secours du gymnase s'ouvrirent à la volée.

– Les voilà, ces porcs ! hurla une voix d'homme, agitée et furibonde.

23

Cinq hommes firent irruption. Aussitôt, les femmes se mirent à crier.

Le premier arrivant se précipita immédiatement sur la partenaire de Cuneo, l'arracha des bras de ce dernier et fit mine de la gifler. Le robuste Italien s'interposa sans tarder mais un second trouble-fête se jeta sur lui et entreprit de le couvrir de coups de poings, tandis que son complice entraînait la femme à sa suite.

– Il y a de la trahison dans l'air, siffla P. D. Olson pendant que les deux hommes éloignaient la femme féline du groupe d'hommes manifestement émoussés et avinés, à en juger par leur odeur.

– Mon père est parmi eux, souffla la partenaire de Perdu, blanche comme un linge, tout en désignant l'un des hommes du troupeau, un type aux yeux rapprochés qui tenait une hache à la main.

– Ne le regardez pas. Passez devant moi, sortons d'ici, lui intima Perdu.

Max repoussa l'un des deux compères furieux. Ces hommes semblaient convaincus d'avoir découvert en Cuneo la personnification même des jeux sexuels sataniques de leurs femmes, de leurs filles et de leurs sœurs. Frappé à la bouche, le barman italien saignait. Max envoya un coup de pied dans le genou de l'un de ses agresseurs et renversa l'autre par une virevolte de kung-fu.

Puis il rejoignit hâtivement sa danseuse qui, droite et fière, se tenait calmement au milieu du chaos. Il lui embrassa galamment la main tout en esquissant une légère révérence.

– Merci à la reine de cette nuit inachevée, pour la plus belle danse de ma vie.

– Venez vite avant que ce ne soit la dernière ! l'interrompit P. D. en tirant Max par le bras.

Perdu vit la fière danseuse sourire en regardant s'éloigner Max. Elle ramassa les protège-oreilles et les serra contre son cœur.

Jordan, Perdu, P. D., la femme-féline et Cuneo rejoignirent en courant une vieille fourgonnette Renault bleue. Cuneo coinça son ventre protubérant derrière le volant tandis que P. D., soufflant lourdement, s'installait sur le siège du passager et que Max, Jean et la jeune femme s'aménageaient un peu de place à l'arrière, entre les boîtes à outils, une valise en cuir, un porte-bouteilles débordant d'épices, d'essences végétales et d'herbes aromatiques, mais aussi des montagnes d'ouvrages traitant des sujets les plus divers. Ils s'entrechoquèrent comme des quilles quand Cuneo appuya résolument sur l'accélérateur. Quand ils se retournèrent, ils aperçurent les poings furieux que brandissaient leurs poursuivants exaspérés par les pulsions dansantes secrètes de leurs femmes.

– Quels crétins ! lança P. D. tout en balançant par-dessus son épaule un ouvrage consacré aux papillons. Avec leur cerveau de la taille d'un petit pois, je suis sûr qu'ils nous prennent pour une horde d'échangistes qui commencent à danser tout habillés pour finir nus comme des vers. Vous imaginez, un peu ? Ce ne serait vraiment pas joli à voir, tous ces ventres ballonnés et ces jambes grêles de vieillards.

La femme-féline partit d'un grand éclat de rire, entraînant bientôt Max et Cuneo qui se secouèrent d'hilarité – de ce rire typique des personnes qui viennent d'en réchapper belle.

– Dites-moi, est-ce qu'on pourrait quand même s'arrêter dans une banque ? demanda Max avec une lueur espoir, quand ils s'engagèrent à quatre-vingts à l'heure sur la grand-route de Cepoy, en direction du bateau.

– Vous tenez vraiment à devenir castrat, marmonna P. D. en retour.

Peu après, ils s'arrêtèrent devant la péniche littéraire. Lindgren et Kafka s'étaient oisivement étendus devant la baie vitrée pour profiter du soleil couchant, indifférents à un couple de corbeaux qui croassait des injures depuis les hauteurs rassurantes d'un vieux pommier.

Perdu intercepta le regard chargé de nostalgie dont Cuneo gratifia son bateau.

– J'ai bien l'impression que vous n'êtes plus le bienvenu, ici, dit-il à l'Italien.

Ce dernier lâcha un soupir.

– Vous n'imaginez pas combien de fois j'ai déjà entendu cette phrase, *Capitano*.

– Venez donc avec nous. On descend vers la Provence.

– Ce vieux colleur de lettres vous a raconté mon histoire, *si* ? Il vous a dit que je cherchais la *signorina* qui a emporté mon cœur sur les fleuves, hein ?

– Oui, bon, tu ne vas pas en faire une maladie ! Le méchant Américain n'a pas su tenir sa langue, pour changer. Et alors ? Je suis un vieillard, je ne vais pas tarder à casser ma pipe, de toute manière, alors il faut bien que je fasse encore quelques faux pas avant de faire ma révérence, histoire d'en avoir assez. Tu peux t'estimer heureux que je ne l'aie pas posté sur Facebook.

– Vous êtes sur Facebook ? demanda Max, incrédule.

– Eh quoi ? Juste parce que c'est comme des signaux frappés au mur d'une prison ? ricana le vieux Olson. Bien sûr que j'y suis. Sinon, comment voulez-vous que je comprenne ce qui se passe dans le monde ? C'est grâce à ce genre de choses que la révolte du village peut prendre une dimension internationale en l'espace de quelques instants à peine.

– Ah. Bon. Eh bien c'est super, dit Max. Je vais vous demander d'être mon ami, alors.

– Vas-y, mon garçon. Tu me trouveras sur Internet tous les derniers vendredi du mois, entre onze et quinze heures.

– Vous nous devez encore une réponse, intervint Perdu. Après tout, nous avons tous les deux dansé, non ? Alors ? Répondez-moi sincèrement, je ne supporte pas les mensonges. Est-ce vous qui avez écrit les *Lumières du Sud* ? Êtes-vous Sanary ?

Olson tourna son visage ridé vers le soleil et enleva son incroyable chapeau avant de chasser les cheveux blancs de son front.

– Moi, Sanary… D'où vous vient cette idée ?

– La technique. Les mots.

– Ah, je vois ce que vous voulez dire ! Le grand *Mamanpapa*, quelle idée merveilleuse – la quête personnifiée de tous les êtres, celle du refuge absolu, du père maternel. Ou bien l'Amour d'une rose… elle se doit d'être en fleur et odorante, mais sans épines, ce qui trahit une méconnaissance de la nature véritable de la rose. C'est magnifique, oui, mais malheureusement ce n'est pas de moi. Si vous voulez mon avis, Sanary est un grand philanthrope, un humain, au-delà de toutes les conventions. Je ne peux pas dire cela de moi-même. Je n'aime pas beaucoup les hommes, et chaque fois que je dois respecter des règles sociales, cela me donne la colique. Non, mon cher John Lost – ce n'est pas moi. Et à mon grand regret, c'est la vérité.

P. D. sortit péniblement de la voiture et la contourna en clopinant.

– Écoute, Cuneo, je vais prendre soin de ta vieille bécane jusqu'à ton retour. Ou jusqu'à ce que tu ne reviennes pas, comme ça te chante.

Cuneo semblait hésiter, mais quand il vit Max s'emparer résolument de ses livres et de ses bouteilles pour les transporter à bord de *Lulu*, il attrapa à son tour la boîte à outils et la valise de cuir.

– *Capitano Perdito*, m'autorisez-vous à monter à bord ?

– Je vous en prie. Ce serait un honneur pour moi, *Signore* Cuneo.

Max relâcha les cordages, la femme féline s'adossa à la carrosserie de la voiture avec un regard insondable et Perdu serra la main de P. D. Olson.

– Est-ce que vous avez vraiment rêvé de moi, ou est-ce que c'était juste un jeu de mots ? demanda-t-il.

Per David Olson sourit d'un air moqueur.

– Un monde fait de mots ne peut jamais être vrai. J'ai lu ça chez un Allemand, je crois qu'il s'appelait Gerlach, Gunter Gerlach. Voilà un type qui avait les idées larges.

Il réfléchit avant de reprendre :

– Allez donc à Cuisery, sur la Seille. Peut-être que vous y trouverez Sanary. Si elle vit encore...

– Elle ? demanda Perdu.

– Enfin bon, qu'est-ce que j'en sais, moi. J'aime

bien m'imaginer que tout ce qui est intéressant vient d'une femme. Pas vous ?

Olson sourit et s'installa lourdement dans la vieille voiture de Cuneo. Puis il attendit la jeune femme. Celle-ci saisit la main de Perdu.

— Toi aussi, tu me dois quelque chose, dit-elle d'une voix rauque, avant de fermer la bouche de Perdu par un baiser.

C'était son premier baiser depuis vingt ans, et Jean n'aurait pas imaginé que cela puisse être aussi enivrant.

Comment est-ce que j'ai bien pu mériter ça ?

— Cuisery ? s'enquit Max. C'est quoi ?

— C'est le paradis, répondit Perdu.

24

Cuneo s'était installé dans la deuxième cabine avant de s'octroyer la cambuse comme territoire exclusif. Avec le contenu de sa valise et du porte-bouteilles, le bonhomme rondouillard au crâne à moitié chauve leur constitua une batterie d'épices, d'huiles diverses et variées ainsi que de mystérieux mélanges. Des compositions sorties tout droit de son imagination, pour relever les plats, affiner les sauces ou tout simplement « les humer et se sentir heureux ».

En découvrant le regard sceptique de Perdu, il demanda :

– Il y a quelque chose de mal à ça ?

– Non, non, *signore* Cuneo. C'est juste…

C'est juste que je ne suis pas habitué aux parfums bienfaisants. Ils sont trop beaux. Insupportablement beaux. Et pas « heureux » du tout.

– J'ai connu une femme, commença Cuneo tout en poursuivant son petit manège et en vérifiant soigneusement l'état de ses couteaux, que l'odeur de rose faisait pleurer. Et une autre, elle, qui semblait très émoustillée quand je préparais des pâtés. Les odeurs ont de drôles de pouvoirs sur l'âme…

La joie du pâté, se dit Perdu. Il la mettrait sous P, ou alors sous L, comme « Langage des odeurs ».

Commencerait-il vraiment son encyclopédie des émotions, un jour ?

Et pourquoi pas demain ? Ou maintenant ? Il lui suffirait de prendre un papier et un stylo. Puis, un jour, lettre après lettre, il réaliserait l'un de ses rêves. Suffirait, réaliserait…

Maintenant. Il n'existe que le maintenant. Allez, lance-toi, trouillard. Commence à respirer sous l'eau.

– Moi c'est la lavande, finit-il par avouer d'une voix hésitante.

– Et ça vous fait pleurer, ou autre chose ?

– Les deux à la fois. C'est l'odeur de mon plus grand échec. Et mon plus grand bonheur.

Cette fois, c'est un sachet rempli de cailloux que Cuneo vida sur une étagère avant de les disposer selon un savant arrangement.

– Ça, c'est *mon* échec et mon bonheur, expliqua-t-il sans y être invité. C'est le temps. Il arrondit les angles de tout ce qui fait mal. Et comme je l'oublie trop souvent, je garde ces cailloux qui proviennent de chaque fleuve que j'ai parcouru jusqu'à présent.

Du canal du Loing ils étaient passés à celui de Briare, l'un des tronçons les plus spectaculaires de la route du Bourbonnais. Son célèbre pont-canal passait au-dessus de la Loire tumultueuse et non navigable.

Ils larguèrent les amarres dans le port de plaisance de Briare, si richement décoré de fleurs que des douzaines de peintres s'étaient installés sur ses bords pour immortaliser le paysage.

La marina rappelait celle de Saint-Tropez, plus petite mais tout aussi densément fréquentée par des yachts coûteux et des flâneurs huppés. La pharmacie littéraire s'avéra la plus grande embarcation du port, et ne tarda pas à attirer l'attention des capitaines amateurs. On venait en étudier les remaniements et jeter un coup d'œil à son équipage. Perdu était conscient qu'ils devaient faire l'effet d'un groupe quelque peu insolite. Ils devaient passer pour des débutants, voire pire : des *amateurs*.

Loin de se laisser démonter, Cuneo demandait à chaque visiteur s'il lui était arrivé de croiser le cargo *Pleine Lune*. Un couple de Suisses, qui parcourait l'Europe depuis trente ans à bord d'un Luxe Motor hollandais, sembla se souvenir d'un bateau répondant à ce nom. Ils l'avaient croisé une dizaine d'années auparavant – douze, peut-être ?

Quand Cuneo entreprit de se consacrer à la préparation du dîner, il eut la surprise de découvrir un garde-manger béant et un réfrigérateur dans lequel de la nourriture pour chat se partageait la vedette avec la fameuse boîte de flageolets.

– Nous n'avons pas d'argent, *signore* Cuneo, et pas de provisions, non plus, commença Perdu. Il lui raconta leur départ précipité de Paris et leurs mésaventures successives.

– En général, les gens du fleuve sont très serviables. Et puis j'ai quelques économies, moi, remarqua le Napolitain. Je pourrais vous en donner une partie, cela fera office de paiement pour le voyage.

– C'est très louable, mais hors de question, dit Perdu. Il va falloir qu'on gagne de l'argent, c'est tout.

– Mais cette femme vous attend, non ? demanda innocemment Max. On ne devrait pas perdre trop de temps.

– Non, non, elle ne m'attend pas, répliqua vivement Perdu. On a tout le temps qu'on veut.

Oh, oui. *We have all the time in the world.* Ah,

Manon… Tu te souviens, ce bar niché dans une cave, Louis Armstrong, toi et moi…

– Vous allez la surprendre ? Vous êtes un vrai romantique, vous ! Et vous n'avez pas peur du risque !

– Qui ne risque rien, n'a rien, intervint Cuneo. Mais revenons à nos finances.

Perdu lui lança un regard reconnaissant.

Cuneo et Perdu se penchèrent sur la carte fluviale et l'Italien entreprit d'entourer le nom de quelques villages.

– Je connais des gens qui habitent là – à Apremont-sur-Allier, derrière Nevers. Javier cherche toujours de la main-d'œuvre pour l'aider dans ses travaux de rénovation de tombeaux… Et puis ici, à Fleury, j'ai déjà travaillé en tant que cuistot privé… À Digoin, j'étais peintre… et puis là, à Saint-Satur, euh, si elle a digéré le fait que je ne veuille pas… – Il rougit. – Enfin bon, en tout cas, on trouvera sûrement quelqu'un pour nous donner un peu de nourriture ou de carburant, ou bien du boulot.

– Vous connaissez quelqu'un, à Cuisery ?

– Le village du livre, au bord de la Seille ? Je n'y suis jamais allé. Mais après tout, c'est peut-être là que je trouverai ce que je cherche.

– Cette femme.

– Cette femme, oui.

Cuneo prit une profonde inspiration.

– Il n'existe que peu de femmes comme elle, vous savez. Peut-être qu'il en naît une tous les siècles. Elle est tout ce dont un homme peut rêver. Belle, intelligente, sage, indulgente, passionnée, tout.

C'est drôle, se dit Perdu. *Je ne pourrais pas parler de la même manière de Manon. Parler d'elle équivaudrait pour moi à la partager, à me confesser.*

Jean n'en était pas encore capable.

– La grande question, médita Max, c'est de savoir quel boulot nous rapportera le plus rapidement de l'argent. Je vous préviens tout de suite, je ne vaux pas un kopek en tant que gigolo.

Cuneo jeta un coup d'œil alentour.

– Et ces livres ? demanda-t-il prudemment. Est-ce que vous voulez tous les garder ?

Pourquoi n'y avait-il pas pensé lui-même ?

Cuneo utilisa son argent pour acheter des fruits, des légumes et de la viande aux agriculteurs de Briare. Il parvint même à embobiner un pêcheur pourtant rusé, qui finit par lui céder sa prise du jour. Jean ouvrit la librairie et Max entreprit de faire la publicité de leurs ouvrages à travers le village. Il flâna dans la marina et les ruelles en clamant : « Achetez nos livres ! Les nouveautés littéraires de la saison ! Frivoles, intelligentes et bon marché, venez faire de belles trouvailles ! »

Dès qu'il passait devant une table où des femmes étaient attablées, il lançait : « Lire rend beau, lire rend riche, lire fait mincir ! » À intervalles réguliers, il se postait devant le *Petit Saint-Trop* et clamait : « Vous avez un chagrin d'amour ? Nous avons le livre qu'il vous faut ! Vous avez des problèmes avec votre skipper ? Nous avons le livre qu'il vous faut ! Vous avez pêché un poisson et ne savez pas comment le vider ? Nos livres ont réponse à tout ! »

Certains reconnurent là l'auteur dont ils avaient lu un portrait dans le journal. D'autres se détournèrent avec agacement. Une poignée de badauds, cependant, se dirigea effectivement vers *La pharmacie littéraire* pour y quérir quelque bon conseil.

C'est ainsi que Max, Jean et Salvatore Cuneo gagnèrent leur première poignée d'euros. Pour couronner le tout, un sinistre et très grand moine de Rogny leur fit don de quelques pots de miel et épices fraîches en échange des ouvrages agnostiques de Perdu.

– Pourquoi a-t-il précisément choisi ceux-là ?

– À mon avis, il va les enterrer, dit Cuneo.

Après l'avoir également interrogé sur le *Pleine Lune*, il parvint à soutirer quelques boutures d'herbes aromatiques au capitaine de port et s'attela aussitôt à installer un jardin potager sur le bateau, grâce à quelques planches d'étagères. Ravis de son initiative, Kafka et Lindgren se jetèrent avec gourmandise sur la menthe. Peu après, ils commencèrent à se poursuivre à travers le bateau en donnant de grands coups de queue, hérissés comme des écouvillons.

À la tombée du jour, Cuneo fit son apparition vêtu d'un tablier à fleurettes et de gants de cuisine non moins fleuris, un plat fumant à la main.

– Messieurs, pour commencer, une variante moins touristique de la ratatouille : la bohémienne de légumes, expliqua-t-il en déposant le plat sur leur table improvisée, sur le pont du navire.

Ladite bohémienne se révéla être un mélange de légumes rouges coupés en minuscules dés, passés à la poêle avec une bonne poignée de thym. On la pressait ensuite dans une forme et on la renversait artistiquement sur l'assiette avant de verser dessus un filet d'huile d'olive. Pour accompagner celle-ci, Cuneo avait brièvement passé des côtelettes d'agneau sur la flamme ouverte du poêle, en les retournant trois fois. En sus, il avait préparé un flan à l'ail d'un blanc immaculé.

Quand Perdu en déposa la première bouchée sur sa langue, un phénomène étrange se produisit. Des flashs apparurent dans sa tête.

– C'est incroyable, Salvatore. Tu cuisines exactement comme Marcel Pagnol écrit.

– Ah, Pagnol. Un type bien. Lui aussi, il savait qu'on ne voit bien qu'avec sa langue. Avec son nez et son estomac, aussi, poursuivit Cuneo avec un soupir de satisfaction.

Puis il ajouta, entre deux bouchées :

– *Capitano Perdito*, je crois dur comme du fer qu'il faut manger l'âme d'un pays pour le comprendre. Pour sentir son peuple. L'âme d'un pays, c'est ce qui pousse dans sa terre. Ce que les hommes voient, reniflent et touchent tous les jours. Ce qui parcourt leur corps et les forme depuis l'intérieur.

– Vous voulez dire, par exemple, que les Italiens sont formés par les pâtes ? s'enquit Max, la bouche pleine.

– Dis donc, Massimo, fais bien attention à ce que tu dis ! La *pasta* donne de très belles formes aux femmes, *bellissime* !

De ses mains, Cuneo esquissa avec gourmandise les formes généreuses d'un corps féminin.

Ils dînèrent en riant. Le soleil se couchait à leur droite, la pleine lune montait à leur gauche, ils étaient entourés de l'odeur enivrante des fleurs qui embaumait tout le port. Les chats explorèrent prudemment les environs avant de revenir tenir compagnie aux hommes, trônant dignement sur une caisse de livres renversée.

Une paix nouvelle avait envahi Perdu. Est-ce que la nourriture peut guérir ? À chaque bouchée, à chaque gorgée des huiles et des épices provençales, il semblait absorber un peu plus de ce pays qu'il s'apprêtait à retrouver. Il mangeait aussi la terre qui s'étendait tout autour d'eux. Il percevait déjà la saveur corsée de la campagne environnant la Loire, la forêt et la vigne.

Il dormit très calmement, cette nuit-là. Kafka et Lindgren veillaient sur son sommeil. Le premier reposait près de la porte, Lindgren près de son épaule. De temps à autre, Jean sentait des coussinets tâter sa joue, comme pour vérifier qu'il était encore là.

Le lendemain matin, ils décidèrent de prolonger leur séjour dans le port de Briare. C'était un point de ralliement et de rencontre très apprécié, et la saison des péniches avait commencé. Des pénichettes arrivaient presque toutes les heures, et avec elles de potentiels acheteurs de livres.

Max proposa de partager les quelques vêtements qui lui restaient avec Jean, qui était parti avec pour seule tenue sa chemise blanche, son pantalon gris, sa veste et son pull. Or, les habits n'étaient vraiment pas en bonne place sur leur liste de courses à faire.

Pour la première fois depuis ce qui lui sembla être des siècles, Jean enfila une paire de jeans ainsi qu'un tee-shirt délavé. Il se reconnut à peine quand il s'aperçut dans le miroir. Cette barbe de trois jours, ce léger hâle qu'il avait attrapé en tenant la barre, ces vêtements décontractés... Il ne ressemblait plus à un vieillard, et il paraissait certainement moins coincé. Mais il n'avait pas non plus l'air d'un jeunot.

Max se laissa pousser une petite moustache insolente, comme un trait sur sa lèvre supérieure, et coiffa ses cheveux noirs et brillants en arrière, pour les nouer en une queue de cheval de pirate. Tous les matins, pieds et torse nus, il esquissait sur le pont quelques mouvements de kung-fu et de tai-chi. À l'heure des repas, il faisait un peu de lecture à Cuneo qui s'affairait aux fourneaux. La plupart du temps, leur cuistot autoproclamé demandait des récits de femmes.

– Les femmes en disent davantage sur le monde. Les hommes ne parlent que d'eux-mêmes.

Entre-temps, ils avaient modifié les horaires de *La*

pharmacie, ouverte jusque tard dans la nuit. Les journées se faisaient plus chaudes.

Les enfants des villages voisins et des péniches désormais amarrées dans le port passaient des heures accroupis dans le ventre de *Lulu*, à lire les aventures de Harry Potter, du Club des Cinq, *La Guerre des Clans* ou le *Carnet de bord de Greg Heffley*. Ou plutôt, à se les faire lire. Il n'était pas rare que Perdu dusse réprimer un sourire orgueilleux en découvrant Max installé par terre, au milieu d'un cercle de gamins, ses longues jambes repliées sous son corps, un ouvrage ouvert sur les genoux. Il lisait de mieux en mieux, donnant littéralement vie aux écrits. Perdu se réjouissait à l'idée que ces petits enfants qui écoutaient avec une concentration béate et des yeux grands ouverts deviendraient un jour des hommes et des femmes pour lesquels la lecture et l'imagination seraient aussi nécessaires que l'air qu'ils respiraient.

À tous ses visiteurs de moins de quatorze ans, il vendait des livres au poids : deux kilos pour dix euros.

– On y perd, non ? demanda Max.

Perdu haussa les épaules.

– Financièrement, à coup sûr. Mais c'est bien connu que lire rend impertinent, et le monde de demain a bien besoin de quelques grandes gueules courageuses, vous ne pensez pas ?

Les adolescents se glissaient généralement dans la section « Érotique » avec des gloussements étouffés avant de sombrer dans un grand silence. Perdu leur accordait le plaisir de faire un maximum de bruit lorsqu'il s'approchait de leur cachette, pour leur permettre de décoller leur bouche de celle de leur complice et d'afficher une mine concentrée, le visage rouge caché derrière la couverture d'un livre.

Max s'asseyait souvent au piano, attirant les passants à bord de *Lulu*.

Perdu prit bientôt l'habitude d'envoyer chaque jour une carte postale à Catherine, et de noter dans un cahier d'écolier de nouveaux sentiments pour son *Encyclopédie des petites et des moyennes émotions* à l'attention de futurs pharmaciens littéraires.

Tous les soirs, il s'installait sur le pont et regardait le ciel. La Voie lactée était toujours visible, et de temps à autre une étoile filante traversait la voûte céleste. Les grenouilles donnaient de véritables concerts *a cappella*, accompagnées du cri régulier des grillons, du léger claquement des cordages, le long des mâts des voiliers et, parfois, d'une sirène de bateau.

Des sentiments neufs l'envahissaient à tous les instants. Il était normal que Catherine en soit informée. Après tout, c'était avec elle que tout avait commencé. Toutes ces transformations qui allaient faire de lui un homme nouveau, dont il ne savait rien encore.

Catherine,

Aujourd'hui, Max a compris qu'un roman est comme un jardin : il faut prendre le temps de s'y reposer vraiment. Je sens monter en moi un curieux instinct paternel quand je regarde Max. Je t'embrasse, Perdito

Ce matin je me suis réveillé et pendant trois secondes, j'ai su que tu étais une sculptrice de l'âme. Que tu es une femme qui sait dompter la peur. Sous ton influence, la pierre redevient homme. John Lost, Menhir.

Les fleuves sont différents de la mer. La mer prend, les fleuves donnent. Ici, nous faisons des provisions de

satisfaction, de calme, de mélancolie et de cette paix
parfaite qu'offre la fin du jour, qui s'éteint sur mille
nuances de bleu grisé. J'ai gardé le petit hippocampe
que tu as modelé dans la mie de pain, avec ses yeux
en grains de poivre. Il cherche d'urgence un peu de
compagnie. C'est tout au moins l'avis de Jeannot P.

Les gens des fleuves n'arrivent à bon port que quand
ils sont en route. Ils adorent les ouvrages consacrés à
des îles lointaines. Si les gens de l'eau savaient où ils
jetteront l'ancre demain, ils en tomberaient malades.
Il ne les comprend que trop bien : J. P. de P., nulle
part en ce moment.

Il y avait autre chose, encore, que Perdu avait découvert en habitant les fleuves : les étoiles qui respiraient.
Un jour elles brillaient d'un éclat vif. Le lendemain, soudain, elles se faisaient pâles, puis de nouveau brillantes.
Cela n'avait aucun rapport avec le brouillard ou ses
lunettes de vue, mais plutôt avec le fait qu'il prenait
le temps de lever le nez de ses propres pieds.
   Ces étoiles semblaient vraiment respirer, dans un
rythme infiniment lent et profond. Elles respiraient et
regardaient comme le monde se créait et se délitait.
Certaines étoiles avaient déjà vu des dinosaures, des
hommes de Néandertal, elles avaient vu surgir des pyra-
mides et avaient assisté à la découverte des Amériques
par Christophe Colomb. Pour elles, la Terre n'était
qu'une île de plus dans l'univers incommensurable,
dans l'immensité des mers, et ses habitants étaient
incroyablement… petits.

25

Au bout d'une semaine, un employé de la ville de Briare les informa discrètement du fait qu'ils feraient mieux de déclarer une activité saisonnière s'ils n'avaient pas l'intention de poursuivre leur route dans les prochains jours. Au passage, il leur annonça que lui-même était d'ailleurs un fervent amateur de thrillers américains.

– Mais faites bien attention à l'endroit où vous jetez l'ancre, la prochaine fois. La bureaucratie française a balisé tout le territoire, conclut-il.

Équipés de victuailles, d'électricité, d'eau et d'une poignée de noms et de numéros de téléphone d'aimables navigateurs d'eau douce, ils s'engagèrent dans le canal latéral de la Loire. Ils ne tardèrent pas à dépasser des châteaux et des forêts touffues dégageant une forte odeur de sève fraîche, ainsi que des vignobles où poussaient les fruits du sancerre-sauvignon, du pouilly fumé et du pinot noir.

Plus ils avançaient vers le sud, plus l'été se faisait chaud. De temps à autre, ils croisaient des bateaux sur le pont duquel des femmes en bikini se doraient au soleil.

Dans les plaines, les aulnes, les buissons de mûres et les vignes sauvages formaient une forêt vierge magique transpercée de rais de lumière. Les mares étincelaient entre les troncs des arbres, les buissons de sureau et les hêtres penchés.

Chaque fois que Cuneo plongeait sa ligne dans l'eau murmurante, il en ressortait un poisson. Les longs bancs de sable servaient d'aires de repos aux hérons, aux balbuzards et aux sternes. Ici et là, un ragondin s'enfonçait dans les buissons touffus, dans l'espoir d'y dénicher une femelle. C'était la vieille, la riche France qui se dévoilait là, luxuriante, humide, majestueuse, verdoyante et solitaire.

Une nuit, ils amarrèrent dans une plaine sauvage, en friche. La nuit était parfaitement silencieuse, pas un clapotis ne rompait la quiétude alentour, pas un grondement de moteur. Hormis quelques chouettes, qui se lançaient des signaux d'une berge à l'autre, ils étaient parfaitement seuls.

Après leur habituel dîner aux chandelles, les trois hommes hissèrent leurs matelas sur le pont et s'allongèrent en cercle, formant ainsi une étoile à trois branches. La Voie lactée s'étendait au-dessus d'eux comme une traînée lumineuse, un condensé de planètes. Le calme était impressionnant et la profondeur bleue de la nuit semblait vouloir les aspirer.

Comme par magie, Max sortit un joint de sa poche.

— Je désapprouve totalement ce que tu t'apprêtes à faire, déclara mollement Perdu.

— Aïe, capitaine. J'ai bien compris le message, mais c'est un des Hollandais qui me l'a donné, il n'avait plus assez d'argent pour le Houellebecq.

Max alluma son pétard et Cuneo huma l'air.

— Ça sent la sauge brûlée…

Il accepta la cigarette sans se faire prier et en prit une courte et prudente bouffée.

224

– Beurk. J'ai l'impression d'avoir léché le tronc d'un sapin.

– Tu dois inspirer la fumée dans tes poumons et la garder là aussi longtemps que possible, lui conseilla Max.

Cuneo s'exécuta sans broncher.

– Nom d'une pipe ! s'exclama-t-il peu après en toussotant.

Jean à son tour prit une petite bouffée qu'il laissa prudemment ondoyer le long de son palais. Une part de lui craignait la perte de contrôle, l'autre cependant aspirait précisément à celle-ci. Il lui semblait toujours qu'un bouchon composé de temps, d'habitude et de peur l'empêchait de faire réellement son deuil. Il sentait les larmes fossilisées boucher ses artères, bloquant la voie à tout autre émotion. À ce jour, il n'avait confessé ni à Max, ni à Cuneo que la femme pour laquelle il avait levé les voiles du jour au lendemain était poussière depuis bien longtemps.

Il n'avait pas dit, non plus, à quel point il avait honte. Que c'était la honte qui le poussait en avant, mais qu'il n'avait pas la moindre idée de ce qu'il allait faire à Bonnieux, ni de ce qu'il espérait y trouver.

La Paix ? Il n'avait pas le sentiment de la mériter, loin s'en fallait.

Bon, une deuxième taffe de cette cigarette n'allait pas le tuer, non plus.

La fumée était brûlante et âcre. Cette fois, il l'aspira profondément. Jean eut l'impression d'être allongé au fond de la mer, une mer faite d'air pesant. Tout était silencieux maintenant, même les chouettes s'étaient tues.

– Tout est constellé d'étoiles, murmura Cuneo d'une voix pâteuse.

– On plane au-dessus du ciel, là, embraya Max. La Terre est un disque, voilà.

– Ou une assiette de charcuterie, gloussa Cuneo.

Max et lui partirent dans un grand éclat de rire qui se répercuta sur l'eau du fleuve, effrayant les lapereaux. Ceux-ci se tapirent dans leurs tanières, au fond des fourrés, le cœur battant.

La rosée se posa sur les paupières closes de Jean. Il ne rit pas. Il lui semblait que la masse d'air qui reposait sur lui l'empêchait ne serait-ce que de soulever sa poitrine.

– Elle était comment, la femme que tu cherches ? demanda Max une fois que les deux hommes se furent calmés.

– Belle. Jeune, aussi. Et très bronzée, ajouta Cuneo. Puis il observa un bref silence.

– Enfin, sauf là où tu penses. Là, elle était blanche comme de la crème de lait. Et elle était si sucrée, sur la langue…

Des étoiles filantes traversèrent leur champ de vision avant d'aller se perdre dans l'obscurité.

– Les bêtises de l'amour sont les plus belles. Mais c'est aussi celles pour lesquelles on paie le prix le plus fort, chuchota Cuneo avant de remonter sa couverture jusque sous son menton. Les petites comme les grosses bêtises, sans distinction.

Il lâcha un nouveau soupir.

– Nous n'avons eu qu'une seule nuit. Vivette était fiancée, à l'époque. Elle n'était pas libre, surtout pas pour un type comme moi.

– Un étranger ? demanda Max.

– Non, Massimo, ce n'était pas ça, le problème. Je n'étais pas marin d'eau douce, et ça, c'était tabou.

Cuneo prit une dernière bouffée du joint avant de le faire passer.

– Vivette m'a terrassée comme une fièvre qui ne se guérit pas. Mon sang se met à bouillir dès que je pense à elle. Je vois son visage dans toutes les ombres que je croise et dans chaque rayon de soleil qui se reflète dans l'eau. Je rêve d'elle, mais chaque nuit, le nombre de jours que nous pourrions encore partager se réduit.

– Je ne sais pas ce qui m'arrive, mais je me sens soudain incroyablement vieux et desséché, laissa échapper Max. Toutes ces passions que vous éprouvez ! Il y en a un qui cherche depuis vingt ans son coup d'un soir, et l'autre qui lâche tout pour retrouver...

Max s'interrompit.

Dans le silence qui s'ensuivit, quelque chose étincela, que l'esprit embrumé de Jean ne perçut qu'indistinctement. Qu'est-ce que Max avait évité de dire, à l'instant ? Entre-temps, le jeune homme s'était remis à parler et Jean oublia l'incident.

– Je ne sais même pas ce que je dois désirer, *moi*. Je n'ai encore jamais été aussi amoureux d'une femme. J'ai toujours commencé par voir... par voir ce qu'elles n'étaient *pas*, ces femmes. L'une était jolie mais elle traitait avec mépris les gens qui gagnaient moins que son père. L'autre était sympa mais il lui fallait un temps fou pour comprendre une blague. La suivante, de nouveau, était sublime mais elle pleurait chaque fois que je la déshabillais, je ne sais pas pourquoi. Du coup, au lieu de coucher avec elle, je l'ai emmitouflée dans un grand pull et je l'ai serrée dans mes bras toute la nuit. Vous savez, les femmes adorent dormir dans la position de la petite cuillère ! Pour le bonhomme, en revanche, cette position, c'est soit la vessie qui explose, soit un bras complètement ankylosé – quand ce n'est pas les deux.

Perdu prit une nouvelle bouffée de joint.

– Ta princesse aussi est déjà née, Massimo, lui assura Cuneo plein de conviction.

– Mais où est-ce qu'elle se cache, alors ?

– Peut-être que tu la cherches déjà mais que tu ne sais pas que tu es en route vers elle, intervint Jean dans un chuchotement.

Il en avait été ainsi pour Manon et lui. Il rentrait de Marseille, ce matin-là, et était monté dans le train sans se douter qu'une demi-heure plus tard, il trouverait la femme qui allait changer sa vie, à commencer par l'intégralité des socles sur lesquels celle-ci reposait. Il avait vingt-quatre ans à cette époque ; il était à peine plus vieux que Max aujourd'hui. Il n'avait eu que cinq années de moments cachés à partager avec Manon, et pour ces quelques années, il avait purgé deux décennies de douleur, de nostalgie et de solitude.

– Mais que je sois maudit si ces quelques heures n'en ont pas valu la peine.

– *Capitano ?* T'as dit quelque chose ?

– Non, j'ai pensé quelque chose. Vous pouvez déjà entendre mes pensées, ou quoi ? Si ça continue, je vais vous jeter par-dessus bord !

Ses compagnons de voyage ricanèrent.

Le silence de cette nuit à la campagne devenait de plus en plus irréel et éloignait les trois hommes du présent.

– Et ton grand amour, *Capitano*, demanda Cuneo. Comment elle s'appelle ?

Jean hésita un long moment.

– *Scusami*, je ne voulais pas…

– Manon. Elle s'appelle Manon.

228

– Je suis sûr qu'elle est très belle.

– Belle comme un cerisier au printemps.

C'était si facile de fermer les yeux et de répondre aux questions directes que Cuneo posait de sa voix douce, chargée d'amitié.

– Et intelligente, *si* ?

– Elle me connaît mieux que moi-même. C'est elle qui m'a appris à… ressentir. Et à danser. C'était facile de l'aimer.

– C'était ? souffla une voix, si doucement que Perdu se demanda si c'était celle de Max, de Salvatore ou son propre arbitre intérieur.

– Elle est mon lieu. Elle est mon rire. Elle est…

Il se tut. *Morte.* Et ça, il ne pouvait pas le dire. Il avait trop peur du deuil qui se cachait derrière ces mots.

– Qu'est-ce que tu vas lui dire, quand tu la verras ?

Jean garda le silence, en proie à un débat intérieur. Puis il opta pour la seule vérité qui s'accordait avec le silence sur la mort de Manon.

– Je vais lui demander pardon.

Les questions de Cuneo s'interrompirent.

– Je vous envie vraiment, tous les deux, reprit Max dans un murmure. Vous vivez vos amours. Vos désirs. Peu importe à quel point ils sont fous. Moi, je me sens complètement gaspillé. Je respire, mon cœur bat, mon sang coule, mais je suis incapable d'écrire une ligne. Le monde est en train de craquer par toutes les coutures, et moi je pleurniche comme un môme gâté. La vie est injuste.

– Il n'y a que la mort qui touche tout le monde, répondit sèchement Perdu.

– Ah, ça. Elle est démocratique, elle, renchérit Cuneo.

– Alors moi, je trouve que la mort est politiquement

surestimée, remarqua Max en passant le dernier bout de joint à Jean.

– Est-ce que c'est vrai, d'ailleurs, que les hommes choisissent les femmes de leur vie en fonction de leur ressemblance avec leur mère ?

– Hmmmm, marmonna Perdu avec une pensée pour Lirabelle Bernier.

– *Si, certo !* Dans ce cas, je devrais en chercher une qui passe son temps à me dire que je suis une véritable corvée et qui me gifle quand je lis ou quand je prononce des mots qu'elle ne comprend pas, répondit Cuneo avec un rire un peu amer.

– Et moi, une femme qui attendra d'avoir la cinquantaine bien sonnée avant d'oser dire non et de manger quelque chose qui lui fait vraiment plaisir plutôt que quelque chose bon marché.

Cuneo écrasa le joint.

– *Salvo*, dis-moi, relança Max alors qu'ils étaient presque endormis. Est-ce que tu me permettrais d'écrire ton histoire ?

– Bas les pattes, *amico*, répondit Salvatore. Tu vas me faire le plaisir de te chercher une *storia* bien à toi, mon bonhomme. Si tu me prends la mienne, il ne me restera plus rien.

Max laissa échapper un profond soupir.

– Bon, d'accord, bredouilla-t-il, somnolent. Mais vous auriez peut-être… un ou deux mots à me donner, tous les deux, non ? Vos mots préférés, quelque chose comme ça ? Pour m'aider à m'endormir ?

Cuneo fit claquer sa langue.

– Comme soufflé lacté, par exemple ? Pâte de baiser ?

– Moi, j'aime bien les mots qui ont la sonorité de ce qu'ils désignent, intervint Perdu, les paupières

230

closes. Une brise. Un somnambule. Une flaque. Buté. J'imagine une petite fille dans une armure imaginaire en train de se battre contre tout ce qu'elle ne veut pas être. Sage, maigre et silencieuse, beurk. La petite chevalière butée contre le sombre pouvoir de la raison.

— Les mots qui coupent le tympan et la langue, murmura Cuneo, comme des lames de rasoir. La discipline. Le stress. Mais aussi la sagesse.

— La sagesse prend tellement de place, dans la bouche, que les autres mots ont à peine la place de passer, se plaignit Max – puis il rit. Imaginez un peu qu'il faille acheter des jolis mots avant de pouvoir s'en servir.

— J'en connais certains qui seraient vite à sec, vu leur diarrhée verbale.

— Et les riches dirigeraient tout. Ils achèteraient tous les mots importants.

— Et le plus cher d'entre tous, ce serait « Je t'aime ».

— Tarif double si on s'en sert pour un mensonge !

— Les pauvres seraient obligés de voler des mots, ou alors ils devraient se les mimer plutôt que de les prononcer.

— De toute manière, tout le monde devrait le montrer avec des gestes. Aimer, c'est un verbe, non ? C'est donc une action. Il faut parler moins et agir davantage, sacrebleu. Vous ne trouvez pas ?

Bon sang, cette drogue a des vertus, tout de même.

Peu de temps après, Salvatore et Max se glissèrent hors de leurs couvertures et trottèrent jusqu'à leurs lits, sous le pont. Avant de disparaître complètement, Max se tourna une dernière fois vers Perdu.

— Qu'est-ce qu'il y a, jeune homme ? demanda celui-ci d'une voix fatiguée. Vous n'avez pas eu assez de mots pour vous endormir ?

– Ich... Non, non. Je voulais juste vous dire que...
Eh bien voilà, je vous aime bien, vous savez. Peu
importe ce que...

Max sembla vouloir ajouter quelque chose mais sans
réussir à l'exprimer correctement.

– Mais moi aussi, je vous aime bien, Jordan. Je
vous aime beaucoup, même. Je serais très heureux
d'être votre ami. Mister Max.

Les deux hommes se regardèrent. Seule la lueur
de la lune éclairait leurs visages, les yeux de Max
absorbaient toute l'obscurité.

– Oui, chuchota le jeune homme. Oui, Jean. Volontiers, je... veux bien être votre ami. Je vais essayer
d'être à la hauteur de votre amitié.

Perdu ne comprit pas ce qu'il entendait par là, mais
mit son emphase sur le compte du joint.

Une fois seul sur le pont, Perdu resta allongé en
silence. Les odeurs de la nuit commencèrent à changer.
Un parfum lui parvint de quelque part... Reconnaissait-
il la lavande ?

Quelque chose en lui se débloqua. Il se souvint que
tout jeune homme, alors qu'il ne connaissait pas encore
Manon, il avait ressentit cette même sensation en respirant de la lavande. Comme une vibration. Comme
si son cœur savait déjà que cette odeur serait, plus
tard, celle de la nostalgie. De la douleur. De l'amour.
D'une femme.

Il prit une profonde inspiration et laissa ce souvenir
le pénétrer de part en part. Oui, peut-être que bien avant
de rencontrer Manon, alors qu'il n'était pas plus vieux
que Max, il avait déjà ressenti le bouleversement que
cette femme allait infliger à sa vie, des années plus tard.

Jean Perdu ôta de la proue le drapeau que Manon
avait cousu et le lissa. Puis il s'agenouilla et posa son

front sur l'œil de l'oiseau-livre, exactement à l'endroit où le sang de Manon avait laissé une tache sombre.

Les nuits nous séparent, Manon.

Agenouillé il chuchota, la tête penchée.

– Des nuits, des jours, des pays et des mers. Mille vies sont venues et sont reparties pendant que toi, tu m'attendais.

Dans une chambre, quelque part, à deux pas de moi.

Tu es savante, tu es aimante.

Dans mes pensées, tu m'aimes encore.

Tu es la peur qui coupe la pierre en moi.

Tu es la vie qui m'attend encore, au fond de moi.

Tu es la mort que je redoute.

Tu m'es arrivée et je t'ai refusé mes mots. Mon deuil. Mon souvenir.

Ta place en moi, et tout ce temps que nous avons partagé.

J'ai perdu notre étoile.

Me pardonnes-tu ?

Manon ?

26

– Max ! Prochain couloir de la peur à l'horizon !

Jordan se traîna jusqu'au pont.

– On parie que le clebs du gardien va me pisser sur la main, comme aux mille dernières écluses ? Sans compter que j'ai les mains en sang, à force de tourner ces satanées manivelles et d'ouvrir les vannes. Est-ce que mes mains délicates seront un jour capables de manipuler à nouveau des lettres ?

Max tendit d'un air accusateur ses mains rougies par l'effort et couvertes de minuscules cloques.

Après avoir longé d'innombrables pâturages de bovins heureux s'abreuvant au rivage, après avoir admiré les superbes châteaux en tout genre, ils s'approchaient désormais de l'écluse de La Grange, peu avant Sancerre.

Trônant sur une colline visible de loin, le village viticole marquait les contreforts sud de la réserve naturelle de la allée de la Loire. Les branches des saules pleureurs trempaient dans l'eau comme autant de doigts joueurs. Des tunnels de verdure mouvante, de plus en plus épais et touffus, enlaçaient le bateau-livre à son passage.

En effet, à chaque écluse qu'ils avaient traversée depuis le matin, ils avaient été accueillis par un chien furibond, et aucun n'avait manqué de se soulager contre l'un des potelets autour desquels Max lançait les cordages de *Lulu*. Il fallait pourtant maintenir la péniche en place dans le sas pendant le remplissage ou l'évacuation des eaux. Entre-temps, Max avait pris l'habitude de manipuler les cordages du bout des doigts.

– Eh, *Capitano* ! Pas de problème, c'est Cuneo qui va s'occuper de l'écluse, cette fois.

L'Italien bas sur pattes mit de côté les ingrédients destinés au dîner et grimpa sur l'échelle vêtu de son tablier à fleurettes. Une fois sur le pont, il enfila une paire de gants de cuisine multicolores et balança le câble de mouillage à bout de bras, comme un serpent. À la vue de ce boa cordictor, le chien battit prudemment en retraite et s'aplatit à terre, l'œil méfiant.

D'une seule main, Cuneo tourna ensuite la barre métallique servant à ouvrir la soupape de ravitaillement. Ses muscles ronds comme des balles apparaissaient sous sa chemise rayée à manches courtes. Tout en s'agitant, il chantait d'une voix de gondolier : « *Que sera, sera…* » Il adressait des clins d'œil à l'éclusière ravie dès que son mari tournait le dos. À ce dernier, il offrit une bière et récolta en retour un sourire et une ribambelle de précieux renseignements : ce soir-là, Sancerre organisait une soirée dansante ; deux écluses plus loin, le capitaine de port avait épuisé son stock de diesel et non, le cargo *Pleine Lune* n'était pas passé par là depuis des lustres. La dernière fois qu'ils l'avaient aperçu, Mitterrand était encore en vie. Ou presque.

Perdu observa comment Cuneo encaissait cette réponse. Cela faisait une semaine maintenant que ce dernier entendait toujours la même rengaine : « Non, non, désolé, non. » Ils avaient interrogé chaque éclusier, chaque capitaine de port, chaque skipper et même les clients du bateau-livre qui les interpellaient à grands gestes depuis le rivage.

L'Italien remercia son interlocuteur, le visage parfaitement impassible. Pétrifié. Il devait porter en lui une réserve inépuisable d'espoir. À moins, peut-être, qu'il ne continuât ses recherches par simple habitude ?

L'habitude est une déesse dangereuse et vaniteuse. Elle ne tolère pas que l'on interrompe son règne. Elle tue dans l'œuf une envie après l'autre. L'envie de voyager, l'envie de changer de boulot, l'envie d'un nouvel amour. Elle empêche de vivre comme on le voudrait. Parce qu'à force d'habitude, nous oublions de nous demander si nous voulons vraiment ce que nous faisons.

Cuneo vint tenir compagnie à Perdu, derrière le gouvernail.

– Aïe, *Capitano*. J'ai perdu mon grand amour. Et notre garçon, dis-moi, qu'est-ce qu'il a perdu ?

Les deux hommes contemplèrent Max qui, appuyé à la rambarde, fixait l'eau d'un air parfaitement absent, manifestement à mille lieues d'ici. Max parlait de moins en moins, et avait complètement cessé de jouer du piano. « Je vais tâcher d'être à la hauteur de votre amitié », avait-il dit. Qu'entendait-il donc par « tâcher » ?

– Il lui manque une muse, *Signore* Salvatore. Max a signé un pacte avec elle, il a abandonné sa vie normale pour elle mais elle s'en est allée. Du coup, il n'a plus de vie, ni sa vie normale, ni sa vie artistique. C'est cela qu'il est venu chercher ici.

– *Sì, capisco.* Peut-être qu'il n'a pas suffisamment aimé sa muse, tu ne crois pas ? Il faut qu'il lui réitère sa demande, c'est tout.

Est-ce que des écrivains peuvent se remarier avec leurs muses ? se demanda Perdu. Est-ce que Max,

Cuneo et lui auraient intérêt à danser nus au milieu d'une prairie en fleurs, autour d'un feu fait de branches de vignes ?

– Elles sont comment, les muses ? questionna Cuneo. Elles sont du genre chat, toutes griffes sorties, détestant qu'on mendie l'amour ? Ou alors plutôt comme Médor ? Est-ce qu'il peut provoquer la jalousie de sa muse en batifolant avec d'autres filles ?

Perdu voulut lui répondre que les muses étaient comme des chevaux, mais ils furent interrompus par un hurlement de Max.

– Une biche ! Là, dans l'eau !

En effet : elle était là, sous leurs yeux, une biche visiblement épuisée, qui barbotait désespérément au beau milieu du canal. Elle paniqua de plus belle en apercevant la péniche se profiler derrière elle. Elle essayait sans cesse de prendre pied sur le rivage, mais les parois raides et lisses du canal artificiel transformaient l'étendue d'eau en piège infernal.

Max, quant à lui, s'était déjà penché autant que possible par-dessus bord et essayait d'attirer l'animal à bout de forces dans la bouée de sauvetage.

– *Massimo*, laisse tomber, tu vas finir dans l'eau, toi aussi.

– Mais il faut l'aider, enfin ! Elle ne va pas s'en sortir toute seule, elle va se noyer !

Maintenant, Max avait formé un nœud avec un cordage et le lançait inlassablement en direction du cervidé qui, plus terrifié que jamais, s'efforçait de lui échapper et sombrait incessamment pour réapparaître quelques instants plus tard à la surface de l'eau.

La peur immense qui se lisait dans les yeux de l'animal serra le cœur de Perdu.

Calme-toi, murmura-t-il secrètement à l'intention de

238

l'animal. *Calme-toi, fais-nous confiance… fais-nous confiance.*

Il ralentit progressivement le moteur de *Lulu* et enclencha la marche arrière pour arrêter la péniche, mais il ne faisait aucun doute que celle-ci allait avaler une douzaine de mètres supplémentaires avant de s'immobiliser.

Un instant plus tard, la biche se trouvait déjà loin du bateau. Plus la corde que Max lui lançait claquait sur la surface de l'eau, tout près de sa tête, plus ses mouvements se faisaient désespérés. Ses pupilles brunes étaient écarquillées de panique, de terreur de mourir quand elle tourna sa jeune tête vers eux. Puis elle se mit à crier. Un cri à mi-chemin entre le gémissement rauque et la plainte de supplication.

Manifestement décidé à se jeter dans le fleuve artificiel, Cuneo commença à enlever en toute hâte ses chaussures et sa chemise.

La biche bramait sans relâche.

Perdu quant à lui réfléchissait fiévreusement. Est-ce qu'ils avaient intérêt à jeter l'ancre ? Peut-être qu'ils parviendraient plus aisément à la sortir de l'eau en passant par le rivage ?

Il dirigea le bateau vers la berge et entendit les flancs de *Lulu* râper le bord du canal.

La biche continuait de pousser son cri rauque et plaintif. Ses mouvements se firent plus malaisés, ses pattes avant tentaient plus faiblement, désormais, de prendre appui sur le talus, sans jamais y parvenir.

Atterré, Cuneo se tenait en slip près de la rambarde. Il avait sans doute réalisé, entre-temps, qu'il ne pourrait venir en aide à la biche s'il n'était pas plus qu'elle en mesure de rejoindre la terre ferme. Les parois de *Lulu* quant à elles étaient trop élevées pour qu'il puisse hisser l'animal sur le pont, pas même en s'aidant de l'échelle, d'autant plus que la pauvre bête ne manquerait pas de se débattre.

Quand, enfin, ils parvinrent à jeter l'ancre, Max et Jean sautèrent à terre et coururent vers la biche en passant par le sous-bois. L'animal s'était à présent éloigné de cette rive et semblait vouloir tenter sa chance de l'autre côté du canal.

– Mais pourquoi est-ce qu'elle ne se laisse pas sauver ? chuchotait Max – des larmes coulaient le long de ses joues.

Allez, bon sang, rugissait-il intérieurement. *Saleté d'animal, allez, ramène-toi !*

Ils n'avaient pas d'autre choix que de le regarder se débattre. La biche soufflait et gémissait tout en essayant de grimper le long du talus opposé. Au bout d'un moment, elle abandonna la partie et se laissa glisser dans l'eau.

Muets, les trois hommes observaient la biche qui ne parvenait plus que péniblement à maintenir sa tête hors de l'eau. Elle ne cessait de leur jeter des coups d'œil tout en s'efforçant de s'éloigner d'eux. Son regard chargé de méfiance et de peur atteignit Perdu en plein cœur.

La biche lança un dernier brame désespéré, qui sembla se prolonger éternellement.

Puis le cri cessa.

Elle sombra.

– Oh mon Dieu, je vous en supplie, chuchota Max.

Quand elle réapparut, elle flottait sur le flanc, la tête immergée et les pattes avant tressautant hors de l'eau. Le soleil brillait, les moustiques dansaient et quelque part, un oiseau ricana dans les fourrés. Le corps sans vie de la biche se tourna sur lui-même.

Le visage de Max était strié de larmes. Il se laissa glisser dans l'eau et nagea jusqu'au cadavre.

En silence, Jean et Salvatore regardèrent le jeune homme tracter derrière lui le corps inerte de l'animal, jusqu'à la rive où se tenait Perdu. Avec une force insoupçonnée, Max souleva le corps mince et dégoulinant pour permettre à Jean de l'attraper. Il eut toutes les peines du monde à le hisser hors de l'eau.

La biche sentait l'eau saumâtre et la forêt, un monde infiniment lointain et ancien, très étranger aux villes. Son pelage mouillé était tout hérissé. En déposant précautionneusement la biche sur le sol chauffé par le soleil, près de lui, avant d'installer la tête de l'animal sur ses genoux, Perdu espéra un instant qu'un miracle s'accomplirait et que la biche se secouerait soudainement avant de se redresser sur ses pattes tremblantes et de disparaître dans les sous-bois.

Jean passa une main sur la poitrine de la jeune bête. Il caressa son dos, sa tête, comme si ce contact pouvait briser le sort. Il sentit le dernier reste de chaleur qui se nichait encore dans le corps mince.

S'il vous plaît, pria-t-il. *S'il vous plaît.*

Il n'arrivait pas à arrêter de caresser sa tête. Les yeux ternes de la biche fixaient un point, loin derrière lui.

Max nageait sur le dos, les bras en croix.

Sur le pont, Cuneo avait enfoui son visage dans ses mains jointes.

Aucun des hommes n'osait croiser le regard de ses compagnons.

27

Ils poursuivirent leur route en silence, parcourant le canal secondaire de la Loire vers le sud jusqu'à la Bourgogne, sous d'immenses arcades de verdure qui formaient comme une voûte au-dessus du canal. Certains vignobles étaient si étendus que leurs rangées de pieds de vigne semblaient se multiplier jusqu'à l'horizon. Les fleurs recouvraient tout, les écluses et les ponts eux-mêmes en étaient tapissés.

Les trois hommes mangèrent en silence, vendirent sans mot quelques livres à des clients et s'évitèrent soigneusement. Le soir venu, ils s'installèrent chacun dans un coin du bateau, un livre à la main. Déboussolés, les chats couraient de l'un à l'autre comme pour mendier une explication, mais aucun d'eux ne parvint à tirer les trois compagnons de leur solitude délibérée. Leurs petits coups de tête affectueux, leurs regards perçants et leurs miaulements interrogateurs restèrent sans réponse.

La mort de la biche avait brisé l'étoile à trois branches formée par les trois hommes, et chacun se laissait de nouveau dériver seul à travers le temps, ce temps pénible et infiniment compliqué.

Jean resta un long moment penché sur son cahier de notes pour l'*Encyclopédie des petites et des moyennes émotions*. Il laissait son regard errer par-delà la fenêtre, sans voir le ciel se colorer de toutes les nuances de rouge et d'orange. Il lui semblait patauger dans une sorte de sirop de pensées.

Le lendemain soir, ils dépassèrent Nevers et, après une brève discussion un peu tendue – « Pourquoi pas Nevers ? On pourrait y vendre des livres. – Il y a suffisamment de librairies à Nevers, mais on n'y trouvera pas de diesel » –, ils amarrèrent peu avant la fermeture des écluses dans les environs du lieu-dit appelé Apremont-sur-Allier, lequel se nichait dans les méandres du fleuve éponyme.

Cuneo y connaissait quelqu'un, un sculpteur et sa femme, qui vivaient dans une maison isolée, à mi-chemin entre l'Allier et le village. À partir de là, du « jardin de la France », ils n'en auraient plus pour longtemps jusqu'à Digoin, où ils rejoindraient le canal du Centre qui les mènerait vers le Rhône et sur la Seille à Cuisery, le village du livre.

À peine le bateau s'était-il immobilisé que Kafka et Lindgren filèrent dans la petite forêt vierge pour y chasser. Peu après, un nuage d'oiseaux s'en échappa en piaillant.

Quand les trois hommes traversèrent le village, il sembla à Jean qu'ils entraient dans le XVe siècle. Les hauts arbres à large couronne, les chemins à peine renforcés, la poignée de maisonnettes de grès jaune, d'ocre rose et de tuiles rouges, et même les fleurs qui parsemaient les jardins potagers et le lierre qui foisonnaient partout, tout cela ressemblait en tous points à un paysage de l'époque des chevaliers et des sorcières. Ce village d'anciens sculpteurs et maçons était dominé par un châtelet dont la façade rougeoyait d'une lueur dorée dans le soleil couchant. Seuls un groupe de vélos dernier cri se démarquaient dans cette image d'antan – un groupe de randonneurs avait installé son pique-nique sur les berges de l'Allier.

– Toute cette beauté, c'est à vomir, ronchonna Max.

Ils traversèrent un jardin niché au pied d'une vieille tour de garde massive, si richement fleuri de rose, de rouge et de blanc, si odorant que Jean en eut le vertige. D'imposantes glycines se recourbaient comme des char-milles au-dessus des sentiers, et au milieu d'un étang s'élevait une pagode solitaire, accessible uniquement grâce à quelques rochers qui surgissaient de l'eau.

– Ce sont des personnes réelles ou des figurants qui vivent ici ? demanda Max d'un ton agressif. C'est censé être quoi exactement, un village-témoin pour les Américains de passage ?

– Non, Max, des habitants tout ce qu'il y a de plus normaux, mais qui s'opposent un peu plus que d'autres à la réalité. Et Apremont n'est certainement pas un village pour Américains. C'est juste un coin qui se bat pour la beauté des choses, lui répondit Cuneo.

Il écarta les branches d'un épais rhododendron et poussa une vieille porte cachée dans une haute muraille de pierre.

Ils entrèrent dans un jardin aux dimensions géné-reuses et au gazon soigné, qui s'étendait à l'arrière d'une imposante bâtisse dotée de hautes fenêtres à deux battants, d'une tourelle, de deux ailes latérales et d'une grande terrasse.

Jean se sentit soudain coincé, mal à l'aise. Cela faisait un bout de temps qu'il ne s'était pas présenté au domicile de quelqu'un. Quand ils s'approchèrent, ils entendirent le son d'un piano entrecoupé d'éclats de rire, et après avoir traversé la pelouse, Perdu aperçut une femme installée sous un hêtre rouge. À l'exception d'un chapeau huppé, elle était entièrement nue. Assise sur une chaise, elle peignait sur une toile posée devant elle. À son côté, un homme revêtu d'un costume britannique largement passé de mode se tenait devant un piano monté sur roulettes.

– Eh, toi, là-bas ! Avec ta jolie bouche ! Tu sais jouer du piano ? cria la jeune femme nue en découvrant les trois hommes.

Max rougit, puis il hocha la tête.

– Alors joue-moi quelque chose. Ces couleurs ont besoin de danser un peu. Mon frère ne sait même pas différencier un la d'un sol.

Obéissant, Max s'assit au piano en évitant soigneusement de lorgner sur la poitrine de la jeune femme – d'autant plus qu'il venait de s'apercevoir qu'elle ne possédait plus que son sein gauche. De l'autre côté, un fin trait rouge trahissait l'existence passée de son jumeau, qui avait sans doute été tout aussi plein et rond.

– Ne t'interdis pas de regarder, intervint la jeune femme, c'est le meilleur moyen de faire passer la curiosité. Elle enleva son chapeau et s'exposa tout entière à son regard.

Son crâne chauve était couvert d'un fin duvet. Un corps blessé par le cancer, qui se battait pour regagner son droit de vivre.

– Est-ce que vous avez une chanson préférée ? demanda Max une fois qu'il eut digéré son embarras, sa fascination, et aussi sa compassion.

– Ah oui, jolie bouche. J'en ai plein. Des milliers !

Elle se pencha, murmura quelques mots à l'oreille de Max, remit son chapeau et plongea son pinceau dans la peinture rouge de sa palette, prête à démarrer.

– Je n'attend plus que toi, dit-elle. Et appelle-moi Elaia, s'il te plaît !

Quelques instants plus tard, les premières notes de « Fly Me to the Moon » s'élevèrent dans le jardin, dans une version jazz que Max interpréta merveilleusement. La jeune peintre en herbe se mit aussitôt à balancer son pinceau au rythme de la mélodie.

– C'est la fille de Javier, chuchota Cuneo. Elle se bat contre le cancer depuis qu'elle est toute petite. Je suis heureux de découvrir qu'elle a gardé le dessus, pour le moment.

– Non ?! Je n'y crois pas – tu as le toupet de réapparaître comme ça, sans crier gare, après tout ce temps !

Une femme qui semblait avoir l'âge de Jean surgit de la terrasse et se jeta dans les bras de Cuneo. Ses yeux étaient extraordinairement rieurs.

– Ah, satané *Pizzaiole* ! Javier, regarde qui voilà – le caresseur de pierres !

Un homme vêtu d'un pantalon de velours côtelé élimé et d'une chemise de maçon sortit de la maison. De près, celle-ci n'était certainement pas aussi imposante qu'elle en donnait l'impression à première vue, nota Perdu. Elle ressemblait davantage à une bâtisse qui avait connu des jours meilleurs il y avait bien longtemps.

La femme aux yeux rieurs se tourna ensuite vers Perdu.

– Bonjour, dit-elle. Soyez les bienvenus chez les Flintstones.

– Bonjour, commença Perdu, je suis…

– Allez, laissons tomber les noms. On n'en a pas besoin, ici. Ici, chacun porte le nom qu'il veut. Ou alors le nom qui désigne ce qu'il sait faire. Est-ce qu'il y a quelque chose que tu sais particulièrement bien faire ? Est-ce que tu es quelqu'un de spécial ?

Ses yeux d'un brun sombre étincelaient.

247

– Moi, je suis le caresseur de pierres ! intervint fièrement Cuneo, qui connaissait manifestement les règles du jeu.

– Eh bien, je suis…, commença Perdu.

– Ne l'écoute pas, Zelda. C'est un déchiffreur d'âmes, voilà ce qu'il est. Par ailleurs, il s'appelle Jean, et il est capable de te procurer tous les livres qu'il faut pour retrouver le sommeil.

Il se retourna quand le mari de Zelda lui tapa sur l'épaule.

La maîtresse de maison regarda un peu plus attentivement Perdu.

– Ah ? Tu sais faire ça ? Si c'est vrai, tu dois être une sorte de magicien.

Un pli amer se forma brièvement autour de sa bouche et son regard se posa sur Elaia, dans le jardin.

Max s'était désormais lancé dans une version endiablée de « Hit the Road, Jack » à l'attention de la fille malade de Zelda et Javier.

Cette mère devait être épuisée, se dit Perdu, épuisée de partager depuis tant d'année sa magnifique maison avec la mort.

– Est-ce… Est-ce que vous avez un nom pour lui ? demanda-t-il.

– Pour ce qui sommeille dans le corps d'Elaia, ou qui fait semblant de sommeiller ?

Zelda passa un doigt sur la barbe de trois jours de Perdu.

– Tu t'y connais avec la mort, hein ? – Elle sourit tristement. – Il s'appelle Lupo, son cancer. C'est Elaia qui l'a baptisé ainsi quand elle avait neuf ans. Lupo, comme le chien de la bande dessinée. Elle se dit qu'ils cohabitent tous les deux dans son corps comme dans une maison, et qu'ils se le partagent en toute bonne entente, comme dans une colocation. Elle respecte le fait qu'il ait parfois besoin d'un peu plus d'attention. Elle dit qu'elle dort mieux en imaginant cela qu'en se disant qu'il est là pour la détruire. Qui pourrait bien avoir envie de détruire sa propre maison ?

Zelda laissa reposer sur sa fille un sourire chargé d'amour.

– Cela fait plus de vingt ans que Lupo vit avec nous. Il va bien finir par se faire vieux et usé, lui aussi.

Elle se détourna brusquement de Jean pour faire face à Cuneo, comme si elle regrettait d'avoir été trop sincère.

– Et maintenant, parlons de toi. Où étais-tu pendant tout ce temps ? Est-ce que tu as retrouvé Vivette ? Au fait, vous comptez passer la nuit ici, ce soir ? Raconte-moi tout ! Et viens me donner un coup de main pour préparer le dîner, lança-t-elle au Napolitain.

Joignant le geste à la parole, elle passa un bras sous le sien et l'entraîna vers la maison. Javier s'empara du bras droit de leur invité et Léon, le frère d'Elaia, leur emboîta le pas.

Jean se sentit soudain de trop. Il partit faire quelques pas dans le jardin, sans but précis, et découvrit bientôt un vieux banc de pierre caché sous un hêtre, dans l'ombre. D'ici, personne ne pouvait le voir mais il jouissait, lui, d'une vue d'ensemble sur la maison et le jardin.

Il observa comme les lumières des différentes pièces s'allumaient les unes après les autres, selon les déplacements de ses habitants. Il vit Cuneo vaquer dans la cuisine en compagnie de Zelda. Javier fumait une cigarette, assis à la grande table avec Léon, auquel il semblait poser une question de temps en temps.

Max avait cessé de jouer du piano et s'entretenait désormais à voix basse avec Elaia, puis les deux jeunes gens s'embrassèrent.

L'instant d'après, Elaia l'emmenait dans les profondeurs de la maison. La lueur vacillante d'une bougie éclaira bientôt l'une des fenêtres des combles. Jean vit l'ombre d'Elaia s'agenouiller au-dessus de Max, prendre les mains du garçon et les déposer à l'endroit où battait son cœur, tout en commençant à se mouvoir sur lui. Jean la vit arracher à Lupo une nuit sur laquelle il n'aurait aucune emprise.

Max resta allongé là quand Elaia quitta la pièce d'un pas dansant. Elle émergea quelques instants plus tard dans la cuisine, vêtue d'un long tee-shirt de nuit, et alla s'asseoir sur le banc, à côté de son père.

Peu après, Max fit également son entrée dans la cuisine. Il donna un coup de main pour mettre la table, débouchonner le vin. Depuis sa cachette, Perdu vit Elaia suivre Max des yeux quand celui-ci tournait le dos, son visage empreint d'une expression moqueuse, comme si elle lui avait joué un bon tour. Quand c'était Elaia qui se détournait, en revanche, elle récoltait de son jeune amant des regards timides et veloutés.

– Garde-toi bien de tomber amoureux d'une femme qui va mourir, Max, tu ne sais pas à quel point c'est difficile à supporter…, chuchota Jean.

À cet instant, quelque chose se resserra dans sa poitrine. Une boule se fraya un chemin à travers sa gorge et emplit sa bouche.

Un spasme, un profond sanglot.

Comme elle a crié ! Comme cette biche a hurlé ! Oh, Manon.

Elles arrivaient enfin, les larmes.

Il eut tout juste le temps de s'appuyer au hêtre et de presser ses mains à droite et à gauche du tronc.

Il gémit, il pleura. Jean Perdu sanglota comme jamais auparavant.

Il s'agrippa à l'arbre, soudain en sueur, et entendit ses sons étranges sortir de sa bouche, comme si un barrage venait de céder.

Combien de temps cela avait-il duré ? Il n'en avait pas la moindre idée. Quelques minutes, un quart d'heure ? Plus longtemps, peut-être ?

La tête enfouie dans ses mains, il laissa couler les dernières larmes, le corps secoué de profonds sanglots, jusqu'à ce que la crise passe. C'était comme si une couche de sa peau s'était fissurée, laissant s'échapper tout le mal qui s'était accumulé en dessous pendant toutes ces années.

Ensuite, il se sentit vide, exsangue, mais envahi d'une étrange chaleur, comme si ses larmes avaient remis en marche un moteur intérieur. C'est ce dernier qui donna la force à Jean de se lever, de traverser le jardin, de plus en plus vite, et de faire irruption dans la grande cuisine, à bout de souffle.

Ils n'avaient pas encore commencé à dîner et, curieusement, il éprouva une joie fugace à l'idée que ces étrangers l'aient attendu pour entamer leur repas. Il n'était donc pas aussi superflu que cela.

— Et bien sûr, un pâté, tout comme une peinture…, déclamait alors Cuneo, non sans une certaine emphase.

Il s'interrompit et tous les regards se tournèrent vers Perdu.

— Ah, vous voilà ! s'écria Max. Où est-ce que vous étiez passé ?

— Max, Salvo, il faut que je vous avoue quelque chose, dit Jean.

28

Prononcer ces mots. Les formuler réellement, entendre comme ils résonnaient. Laisser cette phrase s'installer, en suspens dans la cuisine, devant Zelda et Javier, entre les saladiers et les verres à pied remplis de vin. Comprendre ce qu'elle signifiait.

– Elle est morte.

Ce qui voulait dire qu'il était seul. Ce qui voulait dire que la mort ne connaissait pas d'exception.

Il sentit une petite main s'emparer de la sienne. Elaia.

Elle tira sur son bras, l'obligeant à s'asseoir sur le banc. Ses genoux tremblaient. Jean regarda d'abord Cuneo, puis Max, droit dans les yeux.

– Je ne suis pas pressé, dit-il, parce que Manon est morte depuis vingt et un ans.

– *Dio mio*, laissa échapper Cuneo.

Max prit une profonde inspiration, puis il enfouit sa main dans la poche de sa chemise.

Il en sortit un extrait de journal plié en deux et le tendit à Jean.

– Je l'ai trouvé alors que nous étions encore à Briare. Il se trouvait entre les pages d'un livre de Proust.

Jean déplia la feuille.

La lettre de Manon.

Il caressa le papier, le replia et l'enfouit dans sa poche.

253

– Vous n'avez rien dit ! Vous saviez que je ne vous disais pas tout – ou plutôt, disons ce qui est : vous saviez que je vous mentais, et que je me mentais à moi aussi. Mais vous n'avez jamais dit. Jusqu'à ce que…

Je sois prêt.

Jordan haussa légèrement les épaules.

– Eh ben, évidemment, dit-il d'une voix basse. Qu'est-ce que vous auriez voulu que je fasse d'autre ?

Le tic-tac de l'horloge du couloir se fit entendre.

– Je… te remercie, *Max*, chuchota Perdu. Merci. Tu es un très bon ami.

Les deux hommes se levèrent de concert et s'enlacèrent maladroitement à travers la table. C'était plutôt inconfortable et pourtant, l'étreinte du jeune homme apporta à Jean un immense soulagement. Ils s'étaient retrouvés.

Les larmes surgirent à nouveau.

– Elle est morte, Max. Oh, mon Dieu ! murmura-t-il d'une voix sourde dans le cou de Max, si bien que le jeune homme resserra encore un peu plus son étreinte, posa un genou sur la table en repoussant d'autorité assiettes, verres et casseroles pour serrer bien fort son ami contre lui.

Jean pleura encore tandis que Zelda retenait ses sanglots derrière ses lèvres closes.

Elaia posait sur Max un regard infiniment tendre et essuyait ses larmes du revers de la main. Enfoncé dans son siège, son père observait leur petit manège tout en farfouillant dans sa barbe et en faisant tourner une cigarette entre les doigts de l'autre main. Cuneo gardait les yeux baissés sur son assiette.

– Bon, ça va, souffla Perdu d'une voix rauque une fois qu'il se fut calmé. Ça va aller. Tout va bien. Vraiment. J'ai un peu soif, d'ailleurs.

Il respira bruyamment. Curieusement, il avait maintenant envie de rire, d'embrasser Zelda, de danser avec Elaia.

Il pouvait à présent s'autoriser à porter le deuil de Manon.

Max redescendit de la table, chacun remit qui son verre, qui son assiette en place, une fourchette dégringola sur le sol carrelé.

— Eh, qu'à cela ne tienne, dit Javier, j'ai là un petit vin dont vous me direz des nouvelles…

L'ambiance se fit joyeuse, jusqu'à ce que la voix de Cuneo s'élève dans un chuchotement :

— Attendez un peu...

— Quoi ?

— J'aimerais que vous attendiez un instant.

Salvatore avait gardé les yeux rivés sur son assiette, et des gouttes tombaient de son menton jusque dans sa vinaigrette.

— *Capitano. Mio caro Massimo*. Chère Zelda, Javier, mon ami. Ma petite Elaia, ma chérie.

— T'as oublié Lupo, lui répondit l'intéressée dans un murmure.

— Moi aussi, j'ai quelque chose à… confesser.

Il gardait la tête penchée sur son imposante poitrine.

— Eh bien… *Ecco*. Vivette, cette fille que j'aimais et que je cherche depuis vingt ans, sur tous les fleuves de France, dans chaque port, dans chaque marina.

Tous hochèrent la tête.

— Et alors ? demanda Max prudemment.

— Eh bien… Elle est mariée. Au maire de Latour. Depuis vingt ans. Elle a deux fils et un triple cul, quelque chose de gigantesque. Je l'ai retrouvée il y a déjà quinze ans de cela.

— Oh ! laissa échapper Zelda.

255

– Elle s'est souvenue de moi, mais seulement après m'avoir confondu avec Mario, Giovanni et Arnaud.

Javier se pencha en avant. Ses yeux brillaient et il prit calmement une longue bouffée de sa cigarette. Zelda sourit nerveusement.

– C'est une blague, c'est ça ?

– Non, Zelda. Cela ne m'a pas empêché de continuer à chercher la Vivette que j'avais rencontrée cette nuit d'été au bord du fleuve, il y a très, très longtemps. Même si j'avais déjà trouvé la vraie Vivette depuis longtemps. Ou plutôt, c'est sans doute parce que j'avais trouvé la vraie Vivette que j'ai eu envie de continuer à la chercher. C'est...

– Complètement malade, l'interrompit Javier.

– Papa ! s'exclama Elaia, alarmée.

– Javier, mon ami, je suis désolé de devoir te dire ça...

– Ton ami ? Ça fait des années que tu nous mens ! Ici, dans ma maison. Tu es venu chez nous, il y a sept ans, et tu nous as servi ta... ta fable. On t'a donné du boulot, on t'a fait confiance, bon sang !

– Laisse-moi t'expliquer pourquoi...

– Tu as voulu gagner notre sympathie avec ton petit boniment. Si tu veux mon avis, je trouve ça infect !

– Arrêtez de crier, enfin, intervint Jean. Ce n'était certainement pas contre vous. Vous ne voyez pas combien c'est difficile pour lui de l'admettre ?

– Je crie si j'en ai envie. Et le fait que vous le compreniez... Eh bien, vous n'êtes pas complètement net non plus, vous, avec votre morte...

– Écoutez, ça suffit vraiment, là, monsieur ! s'énerva Max.

– Je ferais mieux de m'en aller.

– Mais non, Cuneo. Je t'en prie. Javier est remonté

comme une pendule parce que nous attendons des résultats d'analyses...

– Je ne suis pas remonté, Zelda, je suis dégoûté. Dégoûté, parfaitement !

– Bon, on va y aller, tous les trois, dit Perdu.

– C'est une excellente idée, siffla Javier.

Jean se leva, aussi imité par Max.

– Salvo ?

Enfin, Cuneo releva son visage couvert de larmes. Son regard trahissait à quel point il se sentait perdu.

– Merci beaucoup pour votre accueil, madame, dit Jean, qui récolta un petit sourire désespéré en retour.

– Bon courage dans votre lutte contre Lupo, Elaia. Ce que vous traversez me rend très, très triste et je penserai à vous, du fond du cœur. Quant à vous, monsieur, j'espère que vous serez toujours aimé de votre merveilleuse femme et qu'un jour, vous comprendrez que cet amour est quelque chose d'exceptionnel. Au revoir.

Le regard de Javier en disait long sur son désir de casser la figure à son visiteur importun. Elaia suivit les trois hommes dans le jardin sombre et silencieux. Hormis le chant des grillons, le seul bruit qui leur parvenait était celui de leurs propres pas dans l'herbe humide de rosée. Elaia marchait pieds nus au côté de Max. Il lui saisit doucement la main.

Une fois qu'ils furent arrivés devant le bateau, Cuneo dit :

– Merci de m'avoir... emmené. Je vais prendre mes affaires et poursuivre ma route de mon côté, si tu es d'accord, Giovanni Perdito.

– C'est quand même pas une raison pour me parler comme à un inconnu et partir s'aventurer seul dans la nuit, lui répondit tranquillement Jean en s'engageant sur la petite échelle du bateau.

Après une brève hésitation, Cuneo lui emboîta le pas.

– Un triple cul, répéta Perdu avec un petit rire pendant qu'ils récupéraient le drapeau sur le pont. Qu'est-ce que tu entends par là ?

Cuneo répondit d'une voix peu assurée :

– Eh bien, imagine un triple menton, mais… derrière.

– Ah non, je ne préfère pas, merci, répliqua Perdu en réprimant péniblement un grand éclat de rire.

– Tu ne prends pas la situation au sérieux, se plaignit aussitôt Cuneo. Imagine un peu que l'amour de ta vie se révèle être une illusion.

Ils échangèrent un sourire timide.

– Aimer ou ne pas aimer, on devrait pouvoir choisir, comme entre un thé ou un café. Comment pourrions-nous nous remettre de toutes les femmes que nous avons perdues ? murmura Cuneo, découragé.

– Peut-être que ce n'est pas notre rôle, après tout.

– Tu crois ? Tu crois qu'on ne doit pas digérer, mais plutôt… Plutôt quoi ? Quelle est la tâche que nous laissent nos défunts ?

C'était une question que Perdu s'était posée tout au long de ces années, sans jamais trouver de réponse.

Jusqu'à maintenant. Maintenant, il avait cette réponse.

– Nous devons les garder. Voilà notre mission. Nous les portons tous en nous, nos morts, nos amours avortées. Ce sont eux qui font de nous des hommes et des femmes entiers. Quand nous commençons à oublier, voire à bannir nos morts de notre mémoire… alors nous arrêtons d'exister.

Jean laissa son regard glisser sur l'Allier qui scintillait sous la lune.

– Tout cet amour. Tous ces morts. Tous ces hommes

et ces femmes de notre époque. Ils sont les fleuves qui alimentent la mer de notre âme. Si nous refusons leur souvenir, la mer aussi se tarira.

Il ressentait soudain une soif immense d'attraper ce qu'il pouvait encore prendre de la vie, à pleines mains, avant que le temps ne passe encore plus vite. Il ne voulait pas se dessécher, il voulait être libre et grand comme la mer, plein et profond. Il avait envie d'avoir des amis. Il voulait aimer. Il voulait sentir les derniers échos de Manon résonner en lui. Il voulait sentir comme elle s'agitait encore en lui, comme elle s'était mêlée à lui. Manon l'avait changé, modelé, sans retour possible – à quoi bon le nier ? C'est ainsi qu'il était devenu cet homme que Catherine avait accueilli dans ses bras.

Soudain, Perdu comprit que Catherine ne prendrait jamais la place de Manon.

Elle prenait sa propre place. Pas une meilleure place, pas une plus mauvaise, non plus. Une autre, c'est tout.

Il lui tardait tellement de montrer toute sa mer à Catherine !

Les deux hommes regardèrent Elaia et Max s'embrasser.

Jean savait qu'ils ne parleraient plus de leurs mensonges ni de leurs illusions. L'essentiel avait été dit.

29

Une semaine s'écoula. Prudemment, en tâtonnant, ils avaient fini par se livrer les grandes lignes de leur vie. Salvatore, surnommé la « corvée » par sa propre mère qui l'avait eu à la suite d'une aventure sans lendemain avec un professeur marié. Jean, le fruit d'un amour contrarié entre un ouvrier prolétariat et une aristocrate académicienne. Max, la dernière tentative de sauver un mariage pétrifié entre une ancienne béni-oui-oui et un petit boutiquier rongé par ses attentes et ses déceptions.

Ils avaient vendu des livres, fait la lecture aux enfants, offert des ouvrages à un accordeur de piano en échange de son expertise. Ils avaient chanté et ri. Jean avait appelé ses parents depuis une cabine téléphonique, et il avait même appelé le 27, rue Montagnard. Personne n'avait décroché, bien qu'il ait laissé passer vingt-six sonneries.

Il avait demandé à son père ce que ce dernier avait ressenti quand il était passé d'amant à père. À cette question, Joaquin Perdu était resté silencieux pendant un moment inhabituellement long, et tout d'un coup Jean l'avait entendu renifler.

– Eh bien, Jeannot… Avoir un enfant, c'est un peu comme de dire adieu à sa propre enfance, pour toujours. C'est seulement à partir de ce moment-là que tu comprends réellement ce que cela veut dire être un homme. Tu as peur que toutes tes faiblesses apparaissent soudainement au grand jour parce que la paternité exige bien plus de toi que tu ne peux donner… Je ressentais toujours le besoin de mériter ton amour. Je t'aimais tellement. Tellement !

Ils avaient tous deux reniflé dans le combiné.

– Mais pourquoi tu me poses toutes ces questions, Jeannot ? Tu voulais me dire que tu…

– Non.

Malheureusement non.

Jean avait l'impression que les larmes qu'il avait versées dans l'Allier avaient libéré de la place en lui. Il pouvait maintenant remplir cet espace d'odeurs, peut-être de contacts physiques. L'amour de son père. Catherine.

Il était tout aussi capable de comprendre l'affection qu'il éprouvait pour Cuneo et Max que la beauté de la Terre. Sous le deuil, il avait découvert en lui un lieu où l'émotivité et la joie pouvaient cohabiter, il avait pris conscience que d'autres pouvaient avoir envie de l'aimer, lui.

Ils avaient rejoint la Saône via le canal du Centre et se retrouvèrent soudain en plein cœur d'une tempête. Le ciel de Bourgogne avait semblé s'affaisser d'un coup, grondant et noir, sans cesse balafré d'éclairs qui s'abattaient sur la terre, entre Dijon et Lyon.

Dans le ventre de *Lulu*, les concerts de piano de Tchaïkovski éclairèrent l'obscurité menaçante, tout comme une flamme tremblante avait éclairé l'intérieur de la baleine de Jonas. Max s'agrippait courageusement aux montants de l'instrument pour rendre au mieux les ballades, valses et autres *scherzi* tandis le bateau tanguait sur une Saône tumultueuse.

C'était la première fois que Perdu entendait Tchaïkovski : accompagné des trompettes et des violons de la tempête, rehaussé du gémissement et du grondement des pompes du moteur, des cris du bois quand le vent s'engouffrait dans le navire et essayait de le pousser vers la terre. Les livres dégringolaient des étagères par rangées entières, Lindgren était allée se réfugier sous un canapé vissé au sol et Kafka observait le spectacle depuis une déchirure dans la housse du fauteuil, les oreilles aplaties sur la tête.

En remontant la Seille, un affluent de la Saône, Jean eut l'impression de voir s'étendre devant lui une buanderie opaque de vapeur. Il huma l'air chargé d'électricité, l'eau mousseuse et verte, il sentit le gouvernail tourner sous ses mains et savoura d'être vivant en cet instant, maintenant !

Il savourait même cette tempête.

Le vent affichait une force cinq sur l'échelle de Beaufort.

C'est du coin de l'œil, au milieu des flots agités, qu'il aperçut la femme.

Elle portait une cape de pluie transparente et un grand parapluie, comme ceux qu'arboraient les courtiers londoniens. Son regard semblait se perdre au-delà des roseaux couchés par les rafales. Elle leva une main pour lui adresser un petit signe, puis – il n'en crut pas ses yeux… mais si, c'était bien réel – elle ouvrit la fermeture Éclair de sa cape et s'en débarrassa dans un grand mouvement avant de se retourner et de tendre les bras, son parapluie toujours dans sa main droite. Puis, les bras en croix comme la statue du Christ

263

Rédempteur sur le Pain de Sucre, elle se laissa tomber à la renverse dans les flots.

— Bon sang, mais qu'est-ce qu'elle fabrique ? chuchota Perdu. Salvo ! Une femme à la mer ! À bâbord !

Cuneo apparut aussitôt à la porte de la cambuse.

— *Che ?* Tu es ivre, ou quoi ? demanda-t-il.

Mais en observant de plus près l'endroit que lui désignait Perdu, il distingua un corps balloté par les flots. Elle tenait encore son parapluie.

Le Napolitain jaugea le fleuve agité. Le parapluie disparut. Les maxillaires de Cuneo se tendirent. Il saisit les cordes et la bouée de sauvetage.

— Approche-toi ! cria-t-il. Massimo ! Laisse tomber le piano, j'ai besoin de toi tout de suite, *subito* !

Cuneo se posta près de la rambarde pendant que Perdu essayait péniblement de rapprocher le bateau-livre du rivage, attacha la bouée à une corde et cala solidement ses petites jambes potelées aux planches. Puis il prit de l'élan et lança la bouée en direction du baluchon qui flottait dans l'eau, avant d'en confier l'autre extrémité à Max, qui observait la scène, pâle comme un linge.

— Quand je l'aurai, il faudra que tu tires, mon garçon ! Tire fort !

Il ôta ses chaussures cirées et sauta dans l'eau, les bras tendus, la tête la première. Au-dessus de lui, les éclairs déchiraient le ciel.

Max et Perdu virent Cuneo traverser les flots agités à grandes brasses vigoureuses.

— Oh merde, merde, meeerde ! laissa échapper Max en tirant sur les manches de son anorak avant de resserrer sa poigne autour de la corde.

Perdu laissa bruyamment coulisser la chaîne de

l'ancre. Le navire se soulevait et s'abaissait comme dans le tambour d'un lave-linge.

Enfin, Cuneo rejoignit la femme et l'entoura de ses bras. Perdu et Max joignirent leurs forces pour tirer la corde, puis hisser les deux rescapés à bord. La barbe de Cuneo dégoulinait d'eau et le visage triangulaire de la femme était encadré de mèches de cheveux auburn, semblables à des algues bouclées.

Perdu se hâta de rejoindre la barre. Quand il saisit son poste radio pour appeler les secours, la lourde main de Cuneo se posa sur son épaule.

– Laisse tomber ! La femme ne veut pas. On va se débrouiller. Je m'en occupe, elle a surtout besoin d'être séchée et réchauffée.

Perdu décida de lui faire confiance et ne posa pas de question.

Il aperçut soudain la marina de Cuisery se détacher dans le brouillard et entreprit de diriger *Lulu* vers le port. Fouettés par la pluie et les vagues, Perdu et Max attachèrent le bateau au ponton.

– Il faut qu'on descende ! cria Max au milieu des sifflements et des hurlements du vent. On va être secoués comme des pruniers !

– Mais je ne vais pas abandonner les bouquins et les chats ici, tout de même ! répliqua Perdu.

L'eau coulait dans ses oreilles, dans sa nuque et ses manches.

– Et puis un capitaine ne quitte pas son navire ! reprit-il en hurlant.

– Bon, bon. Si c'est comme ça, je ne descends pas non plus.

À cet instant, le bateau gémit, comme pour leur signaler qu'ils commettaient une folie.

Cuneo avait installé une couche dans la cabine de

Perdu et ôté les vêtements de la rescapée. La femme au visage en forme de cœur était allongée là, nue sous une montagne de couvertures, l'air plutôt sereine. Cuneo quant à lui avait enfilé une tenue de jogging blanche qui lui donnait un air un tantinet ridicule.

Il s'agenouilla devant elle et versa un peu de pistou dans un bol, qu'il remplit ensuite d'un bouillon de légumes fumant.

Elle lui sourit entre deux gorgées.

— Salvo, donc. Salvatore Cuneo, de Naples, constata-t-elle.

— *Sì.*

— Je suis Samantha.

— Et vous êtes très belle, dit Salvo.

— Est-ce que ce n'est pas... affreux, dehors ? demanda-t-elle. Elle avait des yeux immenses, d'un bleu profond.

— Pas du tout, intervint Max qui les avait rejoints avant de se reprendre : Excusez-moi, de quoi parlez-vous exactement ?

— Ce n'est qu'une averse passagère. Il y a beaucoup d'humidité dans l'air, la rassura Cuneo.

— Vous voulez que je vous fasse la lecture ? proposa Perdu.

— On pourrait aussi chanter un peu, renchérit Max. On pourrait faire un canon.

— Ou alors je vous mitonne quelque chose, proposa Cuneo. Est-ce que vous aimez la daube ?

Elle hocha la tête.

— Avec de la joue de bœuf, hein ?

— Mais qu'est-ce que vous trouvez si affreux, alors ? demanda Max.

— La vie. L'eau. Les poissons-tortillons dans des boîtes de conserve.

Les trois hommes la considérèrent avec perplexité.

Perdu se dit que cette Samantha avait beau proférer des paroles étranges, elle semblait tout à fait sensée à première vue. Elle était juste un peu… particulière.

– Si vous voulez mon avis, c'est non, non et non, lui répondit-il. Mais qu'est-ce que vous entendez par poissons-tortillons ?

– Est-ce que vous avez… Eh bien, est-ce que vous avez fait exprès de tomber dans l'eau ? demanda Max.

– Exprès ? Oui, évidemment, répondit Samantha. Personne ne va se promener par un temps pareil, et personne ne glisse par hasard dans l'eau, si ? Ce serait vraiment idiot. Non, non. Ce sont des choses qui s'organisent à l'avance.

– Vous vouliez donc… Euh, vous vouliez vous…

– Manger les algues par la racine ? Me jeter dans le Styx ? Non. Pourquoi est-ce que je ferais une chose pareille ?

Son visage en cœur regarda les trois hommes l'un après l'autre.

– Ah, cela en avait donc l'air ? Non, non. J'aime beaucoup vivre, même si c'est parfois terriblement fatigant et que, du point de vue de l'univers, que je vive ou non n'a pas la moindre incidence. Mais non. J'avais juste envie de savoir comment c'était de se jeter dans le fleuve par ce temps. Je trouvais l'expérience intéressante. L'eau ressemblait à une sauce déchaînée. J'avais envie de savoir si cette sauce me faisait peur et si cette peur me communiquait quelque chose d'important.

Cuneo hocha la tête, comme s'il comprenait exactement ce qu'elle voulait dire.

– Et alors ? Qu'est-ce que vous avez appris ? demanda Max. Quelque chose comme : Dieu est mort, vive le sport ?

– Non, je voulais provoquer une sorte d'inspiration, j'ai besoin de savoir quoi faire de ma vie. Après tout, on ne regrette que ce qu'on n'a pas fait, non ?

Les trois hommes hochèrent simultanément la tête.

– Eh bien, en tout cas, je ne voulais pas prendre ce risque. Qui pourrait bien vouloir quitter ce monde en sachant qu'il n'a pas encore fait ce qui lui importait vraiment ? Non, non, ce serait trop déprimant.

– Bon, très bien, dit Jean. On peut évidemment faire l'effort de cerner ses véritables désirs, mais est-il vraiment nécessaire de se jeter dans un fleuve, pour cela ?

– Pourquoi pas ? Vous connaissez une méthode plus efficace ? Comment feriez-vous, vous ? Vous resteriez tranquillement assis sur votre canapé ? Il vous reste encore un peu de soupe ?

Cuneo adressa à Samantha un sourire charmé tout en caressant les pointes de sa moustache.

– Alléluia, dit-il en la resservant.

– Et puis, d'ailleurs, j'ai vraiment eu une inspiration importante, au moment où les flots ont commencé à jouer avec moi et que je me suis sentie comme un minuscule grain de sable sur une plage immergée. J'ai enfin compris ce qui manquait à ma vie, annonça-t-elle en avalant une cuillerée de soupe.

Puis une autre. Et encore une autre. Les trois hommes attendaient la suite avec impatience.

– J'ai envie d'embrasser un homme, mais vraiment, déclara leur étrange naufragée en terminant sa soupe. Mais d'abord, j'ai envie de dormir.

Elle attrapa la main de Cuneo et la déposa sur sa joue en fermant les yeux.

– Je me tiens à votre disposition, chuchota Cuneo, l'œil légèrement vitreux.

Il n'obtint pas d'autre réponse qu'un sourire et, peu après, elle s'endormit d'un sommeil profond.

Les trois hommes se consultèrent du regard, perplexes.

Puis Max éclata de rire et leva les deux pouces.

Cuneo essaya de s'asseoir plus confortablement sans troubler la rêverie de leur nouvelle passagère. Sa tête reposait sur sa main comme un chat sur un coussin.

30

Pendant que la tempête faisait rage sur le village du livre et la Seille, creusant des tranchées dans les forêts, retournant les voitures et mettant le feu aux fermes, le trio s'efforçait d'afficher un air détendu.

– Et pourquoi est-ce que Cuisery serait le paradis ? demanda Max à Jean, à voix basse. Tu as dit ça, un jour, il y a des années-lumière.

– Oh ! Cuisery ! Celui qui aime les livres y laisse forcément son cœur, c'est certain. Dans ce village, tout le monde est fou de littérature – ou bien juste fou, ce qui ne fait pas une grande différence. Presque toutes les boutiques sont des librairies, des imprimeries, des ateliers de reliure ou des maisons d'édition... Et puis, la plupart des maisons sont des communautés d'artistes. Cet endroit vibre littéralement de créativité et de fantaisie.

– Pour l'instant, ça ne saute pas vraiment aux yeux, remarqua Max. Le vent hurlait autour du bateau, arrachant tout ce qui n'était pas cloué ou fixé. Les chats s'étaient lovés contre le corps de Samantha, Lindgren dans le creux de son cou et Kafka entre ses mollets. Ils semblaient tous deux dire : « Elle nous appartient, maintenant. »

– Tous les bouquinistes de Cuisery sont spécialisés.

271

On y trouve tout, et quand je dis tout, c'est vraiment tout, expliqua Perdu.

Dans une autre vie, alors qu'il était encore libraire à Paris, il avait pris contact avec certains de ces collectionneurs – par exemple quand un client particulièrement solvable d'Hong Kong, Londres ou Washington décidait qu'il devait à tout prix posséder une première édition de Hemingway à cent mille euros, avec une jaquette cuir et une dédicace d'Ernest à son vieil ami Tobby Otto Bruce. Ou alors, une œuvre issue du fonds de Salvador Dalì, dont on disait qu'il l'aurait lue juste avant d'avoir ses rêves surréalistes de montres molles.

– On y trouve aussi des feuilles de palme, alors ? demanda Cuneo, toujours agenouillé devant Samantha, attentif à bien soutenir son visage.

– Non. Ils ont de la science-fiction, du fantastique et de la *fantasy* – eh oui, pour les spécialistes, il s'agit de genres très différents – et puis…

– Des feuilles de palme ? Qu'est-ce que c'est ? demanda Max.

Perdu lâcha un soupir.

– Rien, rien, s'empressa-t-il de dire.

– Tu n'as jamais entendu parler de la bibliothèque du destin ? Du… – l'Italien se mit à chuchoter – *du livre de la vie* ?

– Niom, niom, lâcha Samantha.

Perdu la connaissait lui aussi, cette légende. Le livre parmi les livres, le livre magique. La grande mémoire du monde, créée il y a plus de cinq mille ans, rédigée par sept sages dotés d'un don de voyance surnaturel. D'après la légende, ces sept Rishis auraient trouvé ces mystérieux écrits, dans lesquels l'ensemble du passé et de l'avenir du monde étaient inscrits. Le scénario de toute vie humaine, consigné par des êtres qui vivaient au-delà de limites aussi triviales que l'espace et le temps. Les Rishis auraient su traduire les destinées – il y en avait plusieurs millions – ainsi que les événements marquants de l'évolution du monde qui figuraient sur ces ouvrages surnaturels. Ils les avaient gravés dans le marbre, la pierre, ou des feuilles de palme.

Les yeux de Salvo Cuneo brillaient.

– Imagine un peu, *Massimo*. Ta vie entière est inscrite dans cette bibliothèque de feuilles de palme, sur une seule petite feuille de palmier. Tout y figure, ta naissance, ta mort et tout ce qui va se passer entre les deux. Quand tu aimeras, quand tu te marieras, ton métier, tout, même tes vies antérieures.

– Pfff… *King of the Road*, laissa échapper Samantha.

– Ta vie entière, y compris tes vies antérieures, sur un sous-bock. C'est crédible, murmura Perdu.

À l'époque où il était libraire, Perdu avait souvent découragé des collectionneurs prêts à tuer pour posséder ces documents, appelés Chroniques akasha.

– C'est pas vrai !? s'émerveilla Max. Écoutez, les amis, peut-être que j'étais Balzac dans une autre vie !

– Peut-être aussi que tu étais un tout petit ravioli.

– Quant à la mort, on peut aussi apprendre quand elle nous emportera. Peut-être pas au jour près, mais le mois et l'année. On ne peut pas savoir, en revanche, de quelle manière on mourra, compléta Cuneo.

– Super, merci, marmonna Max, dubitatif. À quoi ça servirait d'apprendre le jour de sa mort, franchement ? Je passerais le restant de mes jours à me rendre fou de terreur à l'idée de ce qui m'attend. Non merci, je préfère vivre dans l'illusion d'avoir pioché l'éternité, ça me va très bien.

Perdu s'éclaircit la voix.

– Revenons à Cuisery. La plupart de ses mille six

cent quarante et un habitants travaille dans l'imprimerie, les autres se consacrent à l'accueil des visiteurs. On dit que les fratries de bouquinistes ont tissé un réseau très dense tout autour du globe, et qu'il existe en dehors des modes de communication habituels. Apparemment, ils ne se serviraient même pas d'Internet – les sages lettrés protègent leur savoir au point qu'il mourra avec leur dernier membre.

À ce moment, Samantha siffla quelques notes dans son sommeil.

– C'est pour cette raison que chacun d'eux s'arrange pour avoir au moins un successeur, auquel il pourra transmettre oralement tout son savoir littéraire. Ils connaissent des histoires mystiques concernant la création d'œuvres célèbres, les éditions secrètes, les originaux de certains manuscrits, la Bible des Femmes…

– Wouah, c'est trop cool…, s'extasia Max.

– … ou alors des livres dans lesquels une tout autre histoire est inscrite entre les lignes, poursuivit Perdu sur un ton grave, presque conspirateur. On dit qu'il existe une femme, à Cuisery, qui sait la véritable fin d'innombrables œuvres célèbres. Elle aurait collectionné toutes les versions antérieures de leurs manuscrits et connaîtrait, par exemple, la première fin de *Roméo et Juliette*, celle où les deux jeunes gens survivent, se marient et ont beaucoup d'enfants.

– Beurk, dit Max. Roméo et Juliette qui survivraient et auraient des enfants ? Toute la dramaturgie serait fichue.

– Moi, ça me plaît, intervint Cuneo. La petite Juliette m'a toujours fait beaucoup de peine.

– Est-ce que l'un d'eux sait qui est Sanary ? demanda Max.

C'était là l'espoir que nourrissait Perdu. Il avait écrit

une carte postale au président de la Guilde des livres de Cuisery, Samy Le Trequesser, depuis Digoin, pour lui annoncer sa venue.

Vers deux heures, ils s'endormirent tous, épuisés par cette journée, bercés par les flots qui s'agitaient de plus en plus doucement à mesure que la tempête reculait.

Quand ils s'éveillèrent, le soleil dardait ses rayons fraîchement lavés sur cette nouvelle journée, s'efforçant manifestement de faire croire que rien ne s'était passé la nuit précédente. La tempête était partie – et la femme aussi.

Cuneo regarda sa main vide d'un air éberlué, puis il la présenta à ses compagnons d'un air de reproche.

– Ça recommence, ou quoi ? Pourquoi est-ce que je ne trouve que des femmes dans les fleuves ? se plaignit-il. J'ai à peine eu le temps de me remettre de la dernière !

– Ah oui, tu as raison. Quinze ans, c'est rien, ricana Max.

– Ah, les femmes, poursuivit Cuneo. Est-ce qu'elle n'aurait pas pu laisser son numéro de téléphone au rouge à lèvres sur le miroir, au moins ?

– Je vais nous chercher des croissants, décida Max.

– Je t'accompagne, *amico*, je vais essayer de voir où est passée notre chanteuse endormie.

– Mais non, vous ne connaissez rien à ce village. C'est moi qui y vais, décréta Perdu.

En fin de compte, ils s'y rendirent tous les trois.

Au moment où ils passaient les portes du village, juste après le camping, ils croisèrent un orque aux bras chargés de baguettes. À côté de lui marchait un elfe en train de pianoter sur son iPhone.

Perdu découvrit peu après un troupeau de Harry Potter qui se disputait bruyamment avec un garde de nuit, devant la façade bleue de la librairie *La Découverte*. Plus loin, deux femmes-vampires sur leur trente-et-un, qui venaient à leur rencontre, jetèrent un regard gourmand à Max. Au même moment, un couple de fans de Douglas Adams sortait de l'église en peignoir, une serviette de bain pendue autour du cou.

— Une convention ! cria Max.

— Une quoi ? demanda Cuneo en suivant les orques des yeux.

— Une convention de *fantasy* ! Le village entier se déguise en hommage à ses auteurs ou ses personnages préférés. C'est génial !

— Comment ça... Par exemple en Moby Dick, la baleine ? interrogea Cuneo.

Tout comme Perdu, il suivait des yeux les personnages de la Terre du milieu ou de Winterfell. C'était quand même incroyable, ce que les livres pouvaient faire.

À chaque costume qu'ils croisaient, Cuneo demandait de quel ouvrage il était tiré, et Max le renseignait, les joues rouges d'excitation. Quand ils virent s'approcher une femme vêtue d'un manteau de cuir rouge et de bottes à revers blancs, il sécha, et c'est Perdu qui expliqua :

— Cette dame, messieurs, n'est pas déguisée du tout. C'est la médium du village, qui est en communication directe avec Colette et George Sand. Elle ne veut pas dire comment cela se passe, elle prétend qu'elle les rencontre au cours de rêves dans lesquels elle voyage à travers le temps.

À Cuisery, tout ce qui avait un rapport avec la littérature était accepté. Il existait même un médecin spécialisé dans la schizophrénie littéraire, qui traitait les personnes convaincues d'être la réincarnation de Dostoïevski ou de Hildegarde de Bingen. Ou d'autres encore, qui ne s'y retrouvaient plus du tout parmi tous leurs personnages ou pseudonymes.

Perdu se dirigea résolument vers le siège du président de la Guilde et de l'association de Cuisery, Samy Le Trequesser. C'était lui qui décidait si on pouvait interroger les bouquinistes au sujet de Sanary. Le Trequesser vivait au-dessus de la vieille imprimerie.

– Est-ce que c'est une sorte de lecteur en chef, qui va nous donner un mot de passe ou quelque chose dans le genre ? demanda Max.

Il avait toutes les peines du monde à détacher les yeux des étalages des boutiques qui regorgeaient de livres, de recueils de photos et de cartes géographiques.

– Quelque chose dans le genre, plutôt.

Cuneo, quant à lui, s'arrêtait devant les menus de tous les bistrots qu'ils croisaient et prenait des notes dans son cahier de recettes. Ils se trouvaient dans la Bresse, une région qui revendiquait le statut de berceau de la cuisine créative.

Ils s'annoncèrent à l'accueil de l'imprimerie et on les fit patienter quelques instants devant le bureau du président. Quelle ne fut pas leur surprise, une fois qu'ils furent invités à rencontrer le président, de découvrir que Samy Le Trequesser n'était pas un, mais une présidente.

31

Assise en face d'eux, derrière son bureau qui semblait bricolé à partir de morceaux d'épave, se tenait la femme que Salvo avait tirée de la Seille la veille au soir.

Samy était Samantha. Elle portait une robe de lin blanc sous laquelle émergeaient des pieds de Hobbit, immenses et très poilus.

– Alors ? demanda Samy. Elle croisa ses jambes aux formes harmonieuses et balança son pied de Hobbit d'un air aguicheur. Qu'est-ce que je peux faire pour vous ?

– Euh… Eh bien, je cherche l'auteur d'une œuvre bien précise. C'est un pseudonyme très secret, et…

– Est-ce que vous vous sentez mieux ? intervint Cuneo.

– Mais oui.

Samy gratifia Cuneo d'un sourire.

– Merci beaucoup, d'ailleurs, de m'avoir proposé de vous embrasser avant de vieillir. J'y réfléchis encore.

– Est-ce qu'on peut trouver de jolis petons comme les vôtres, à Cuisery ? s'enquit Max.

– Bref, pour en revenir à l'ouvrage *Lumières du Sud*…

– Oui, à l'Eden. C'est un centre de loisirs, d'information, de tourisme et de babioles hors de prix où on trouve des pieds de Hobbit, des oreilles d'orque, des ventres éventrés…

– Il se pourrait, d'ailleurs, que ce soit une femme qui l'ait écr…

– J'aimerais vous mitonner un petit plat, *signorina* Samantha. Si cela vous tente de passer dîner après votre prochaine baignade, je vous en prie, n'hésitez pas.

– Je crois que je vais m'acheter des pieds de Hobbit, moi aussi. Je m'en servirai de chaussons. Ça va rendre Kafka dingue, vous ne croyez pas ?

Luttant pour garder son calme, Perdu regarda un moment par la fenêtre… puis il explosa.

– Mais fermez-la enfin, bon sang ! Sanary ! *Lumières du Sud !* J'ai besoin du véritable nom de l'auteur, madame, s'il vous plaît.

Il avait parlé plus fort qu'il ne le voulait. Max et Cuneo se tournèrent vers lui, surpris. Samy, au contraire, s'était enfoncée dans son fauteuil, comme si elle commençait vraiment à s'amuser.

– Je cherche son nom depuis vingt ans. Ce livre, c'est…

Perdu s'efforça de résumer en quelques mots ce qu'il en pensait, mais tout ce que ce livre lui inspirait, c'était l'image d'une lueur mouvante au-dessus de l'eau.

– Ce livre est exactement comme la femme que j'ai aimée. Il est ma passerelle vers elle. Il est l'amour, l'amour fluide. Il était la dose d'amour que j'étais tout juste capable de supporter. Que j'étais encore capable de ressentir. Il m'a permis de respirer pendant les vingt dernières années.

Jean s'essuya le visage.

Mais ce n'était pas toute la vérité. Pas la seule vérité, en tout cas.

– Il m'a aidé à survivre. Je n'ai plus besoin de ce livre, puisque j'ai réappris à… respirer. Mais j'aimerais remercier son auteur.

Max lui jeta un regard empreint de respect et d'étonnement. Le visage de Samy se fendit en un large sourire.

– Un livre pour reprendre son souffle. Je vois ce que vous voulez dire.

Elle regarda par la fenêtre. Dans les rues, les personnages de livres se faisaient de plus en plus nombreux.

– Je ne m'attendais plus à tomber un jour sur un type comme vous, soupira-t-elle.

Jean sentit les muscles de son dos se tendre.

– Bien entendu, vous n'êtes pas le premier. Mais vous n'êtes pas nombreux, non plus. Les autres sont tous repartis bredouilles. Aucun d'eux n'a posé les bonnes questions. Poser des questions, c'est un art en soi, voyez-vous.

Samy gardait les yeux rivés sur la fenêtre. De l'autre côté, on apercevait de petits morceaux de bois accrochés à des bouts de ficelle. En regardant plus attentivement, on finissait par reconnaître la forme d'un poisson en train de sauter, mais aussi un visage, celui d'un ange doté d'une unique aile…

– La plupart des gens ne me posent la question que pour s'écouter parler. Ou alors pour entendre quelque chose qu'ils peuvent supporter, mais surtout pas quelque chose de trop intense pour eux. La question « Est-ce que tu m'aimes ? » fait partie de ces interrogations. D'ailleurs, je trouve qu'elle devrait être interdite, de manière générale.

Elle cogna ses pieds de Hobbit l'un contre l'autre.

– Posez-moi votre question, l'enjoignit-elle.

– Est-ce que je n'ai droit qu'à une seule question ? s'enquit Perdu.

Samy esquissa un sourire chaleureux.

– Bien sûr que non. Vous avez le droit de poser autant de questions que vous le voulez. Il faut seulement que vous les posiez de telle manière que la réponse soit oui ou non, rien de plus.

– Vous le connaissez donc ?

– Non.

– La bonne question, ça veut dire que *chaque mot* doit être bien choisi, intervint Max, intrigué par l'exercice, en donnant un coup de coude à Perdu.

Jean se corrigea aussitôt.

– Vous *la* connaissez donc ?

– Oui.

Samy regarda Max d'un air affectueux.

– Je vois, cher monsieur Jordan, que vous avez bien saisi le principe des questions. Les bonnes questions peuvent rendre une personne très heureuse. Où en est votre prochain livre, d'ailleurs ? Ce sera le second, n'est-ce pas ? La damnation du petit deuxième, toutes ces attentes… Vous devriez vous laisser le temps sans trop vous inquiéter. Une vingtaine d'années, par exemple. Le mieux, c'est de faire le second quand on vous aura un peu oublié. Cela vous laissera une entière liberté.

Les oreilles de Max devinrent toute rouges.

– Prochaine question, monsieur le liseur d'âmes.

– Est-ce que c'est Brigitte Carno ?

– Non ! Dieu merci !

– Mais Sanary vit encore.

Samy sourit.

– Oh, oui.

– Est-ce que vous pourriez… m'aider à la rencontrer ?

Samy réfléchit.

– Oui.

– Comment ?

Elle haussa les épaules.

282

– Ce n'était pas une question oui-non, intervint encore Max.

– Je vais faire une bouillabaisse, ce soir, lança soudain Cuneo. Je passe vous chercher à dix-neuf heures trente. Comme ça, vous pourrez continuer votre petit jeu de questions avec le *Capitano* Perdito. *D'accordo ?* Vous n'êtes pas fiancée, tout de même ? Si vous voulez, je peux vous emmener faire un petit tour en bateau. Ça vous tente ?

Le regard de Samy passa de l'un à l'autre.

– Oui, non et oui, répondit-elle d'une voix ferme. Bon, comme ça tout est réglé. Excusez-moi, maintenant : il faut que j'aille saluer les merveilleuses créatures que vous voyez par la fenêtre. Je dois leur dire quelques mots d'accueil dans une langue inventée par Tolkien. Je me suis entraînée, mais franchement, on a l'impression d'entendre Chewbacca tenir un discours du Nouvel An.

Samy se leva et tous les regards se portèrent de nouveau sur ses pieds de Hobbit, extrêmement bien imités.

Une fois arrivée à la porte, elle se retourna une dernière fois.

– Max, saviez-vous qu'il faut compter une année entière pour que les étoiles atteignent leur taille réelle, à partir de leur naissance ? Elles passent les millions d'années suivantes à s'efforcer de briller bien fort. C'est étrange, non ? Est-ce que vous avez déjà tenté d'inventer une nouvelle langue ? Ou juste quelques mots nouveaux ? Je m'estimerais vraiment très heureuse si l'auteur vivant de moins de trente ans le plus célèbre pouvait m'offrir un nouveau mot, ce soir. Qu'en dites-vous ?

Ses yeux d'un bleu sombre lancèrent des éclairs joyeux tandis qu'une petite capsule de graines fertiles explosait dans le terreau secret de l'imagination de Max.

283

Quand Salvo Cuneo, vêtu de sa plus belle chemise à carreaux, d'un jean et de chaussures vernies, vient chercher Samy à l'imprimerie, le même soir, il la trouva entourée de trois valises, un pot contenant une branche de fougère dans une main et sa cape de pluie rouge dans l'autre.

Dès qu'elle l'aperçut, elle lui lança :

– J'espère que tu m'emmènes vraiment, Salvo, même si tu n'as pas complètement formulé ton invitation en ce sens. J'ai vécu ici assez longtemps. Ça fait presque dix ans. Une étape entière, si on s'en tient à la définition de Hermann Hesse. Il est grand temps, maintenant, que je mette le cap au sud et que je réapprenne à respirer, à regarder la mer et à embrasser un homme. Bon sang, j'atteins la fin de la cinquantaine, c'est la fleur de l'âge !

Cuneo plongea son regard dans les yeux bleus de la femme aux livres.

– Ma proposition est toujours valable, *signora* Samy Le Trequesser, dit-il. Je me tiens à votre disposition.

– Je ne l'ai pas oublié, Salvatore Cuneo de Naples.

Il se chargea de dénicher un taxi.

– Hmmm, ça alors…, commença Perdu quelques instants plus tard, perplexe, en voyant Cuneo tracter les valises de Samy sur la passerelle. Si je comprends bien, vous ne restez pas seulement pour le dîner ?

– Je vous en prie, mon ami, est-ce que vous me permettez de rester un peu plus longtemps ? Juste quelques jours ? Jusqu'à ce que vous leviez l'ancre et que vous me jetiez par-dessus bord ?

– Bien sûr. Il y a un canapé libre du côté des livres pour la jeunesse, dit Max.

– Est-ce que j'ai mon mot à dire ? demanda Perdu.

– Pourquoi ? Vous avez l'intention de dire autre chose que oui ?

– Euh… non.

– Merci, fit Samy visiblement touchée. Vous remarquerez à peine ma présence, vous verrez. Je ne chante que pendant mon sommeil.

Sur la carte postale que Perdu écrivit cette nuit-là à Catherine, il y avait les mots que Max avait inventés durant l'après-midi pour les offrir à Samy à l'occasion de ce dîner.

Samy les trouva si beaux qu'elle passa le reste de la soirée à les répéter en faisant rouler leur sonorité sur sa langue comme une sucrerie.

Selétoile (quand les étoiles se reflétaient dans les fleuves)

Bersoleil (la mer, berceau du soleil)

Ancrille (la table de la salle à manger, ancrage de la famille)

Taillecœur (le premier amant)

Brumâge (on se retourne une fois dans le bac à sable et voilà qu'on est un vieillard qui pisse dans sa culotte au moindre éclat de rire)

Versanrêve

Rêvabilité

Ce dernier nouveau mot devint le préféré de Samy.

– Nous vivons tous dans la rêvabilité, dit-elle, et chacun s'entoure de la sienne, pour couronner le tout.

32

– Pour dire les choses de manière diplomatique, le Rhône est un véritable cauchemar, dit Max en désignant la centrale atomique.

C'était la dix-septième qu'ils dépassaient depuis qu'ils étaient passés de la Saône au Rhône, près de Lyon. Les berges alternaient réacteurs, vignobles et autoroutes, et Cuneo avait cessé de pêcher.

Ils avaient passé trois jours supplémentaires à farfouiller dans les malles de livres de Cuisery et s'approchaient désormais de la Provence. Ils apercevaient déjà les montagnes de calcaire qui se succédaient autour d'Orange, comme l'antichambre du Sud de la France.

Le ciel avait changé. Il commençait à se teinter de ce bleu profond et lumineux qui s'installait au-dessus de la Méditerranée durant les grosses chaleurs estivales, quand l'eau et le ciel se reflétaient et se renforçaient l'un l'autre.

– Comme une pâte feuilletée, bleu sur bleu sur bleu. Un millefeuille bleu, murmura Max.

Il prenait dernièrement un plaisir évident à dénicher des combinaisons de mots et s'amusait sans cesse à inventer de nouvelles images. Parfois, Max se trompait dans un jeu de mots, ce qui faisait invariablement éclater de rire Samy. Jean trouvait que son rire claironnait comme le cri d'un héron.

Cuneo était littéralement épris de Samy, quand bien même elle n'avait pas encore répondu à ses avances. Elle voulait d'abord que Perdu trouve la bonne question.

Elle rejoignait souvent Jean à la barre et jouait à oui-non avec lui.

– Est-ce que Sanary a des enfants ?

– Non.

– Un mari ?

– Non.

– Deux ?

Son rire s'élevait comme une envolée de hérons.

– Est-ce qu'elle a écrit un second livre ?

– Non, répondit lentement Samy. Malheureusement pas.

– Est-ce qu'elle a écrit les *Lumières du Sud* quand elle était heureuse ?

Un silence, un peu plus long que les précédents.

Perdu laissa le paysage défiler sous ses yeux pendant que Samy méditait sa réponse.

Depuis Orange, ils rejoignirent rapidement Châteauneuf-du-Pape. Ils pourraient dîner en Avignon le soir même. Une fois dans la ville des papes, il ne faudrait pas plus d'une heure à Jean, avec une voiture de location, pour rejoindre Bonnieux, dans le Luberon.

C'est trop rapide, se dit-il. *Est-ce que je vais, comme dit Max, sonner chez Luc en disant : « Salut Basset, vieille branche, c'est moi, l'ancien amant de ta femme ! »*

– Oui et non, répondit Samy. Cette question est difficile. Il est rare qu'on se roule des journées entières dans son bonheur comme une pâte à pain dans la farine, si ? Le sentiment de bonheur est si fugace. Combien de temps d'affilée as-tu déjà été heureux ?

Jean réfléchit à son tour.

– Environ quatre heures. J'ai pris la voiture et j'ai roulé de Paris jusqu'à Mazan. Je voulais voir ma maîtresse, nous nous étions donné rendez-vous là, au petit hôtel *Le Siècle*, en face de l'église. J'ai été très heureux, ce jour-là. Pendant tout le trajet. J'ai chanté. J'ai imaginé chaque parcelle de son corps et je l'ai chanté.

– Pendant quatre heures ? C'est tellement beau que ça fait peur.

– Oh, oui. Pendant ces quatre heures, j'ai été bien plus heureux que pendant les quatre jours qui ont suivi. Mais quand je repense à ces quatre jours, aujourd'hui, je me rends compte que je suis vraiment heureux de les avoir vécus.

Jean hésita avant de demander :

– Est-ce que le bonheur est quelque chose qu'on ne décide qu'*a posteriori* ? Est-ce que nous ne remarquons même pas quand nous sommes heureux ? Est-ce que nous ne reconnaissons que plus tard que nous l'avons été ?

– Aïe, soupira Samy. Ce serait vraiment embêtant.

Cette notion de bonheur à retardement hanta les pensées de Perdu pendant les heures qui suivirent, tandis qu'il dirigeait hardiment *Lulu* à travers le Rhône. Sur ce tronçon, le fleuve avait tout d'une autoroute fluviale. Personne ne se tenait sur ses berges, à leur faire de grands signes pour leur acheter tel ou tel ouvrage. Complètement automatisées, les écluses permettaient à des dizaines de bateaux de passer en même temps.

Les paisibles journées passées sur les canaux étaient bien révolues.

Plus Jean s'approchait du pays de Manon, plus les souvenirs de ce qu'il avait vécu avec elle remontaient, comme les sentiments qui l'avaient envahi à l'époque.

Comme si elle avait perçu ses pensées, Samy médita à voix haute :

– N'est-il pas étonnant que l'amour soit aussi physique ? Le corps se souvient mieux que la tête. C'est surtout du corps de mon père dont je me rappelle. Son odeur, sa façon de marcher. Ce que je ressentais quand j'appuyais ma joue contre son épaule ou que j'enfouissais ma main dans le creux de la sienne. De sa voix, ne me reviennent quasiment que les moments où il disait « Sasa, ma petite… » La chaleur de son corps me manque et la colère de savoir qu'il ne répondra plus jamais au téléphone quand j'ai quelque chose d'important à lui dire ne s'est pas apaisée avec le temps. Mon Dieu, comme ça me met en colère ! Mais c'est surtout son corps qui me manque. Dans son fauteuil, il n'y a plus que de l'air. De l'air, stupide et vide.

Perdu hocha la tête.

– L'erreur de la plupart des gens, surtout des femmes, c'est de croire que le corps doit être parfait pour être digne d'amour. Alors qu'en fait, on ne lui demande rien d'autre que de savoir aimer. Et de se laisser aimer.

– Oh, Jean, redis-moi ça à voix haute, s'il te plaît, s'exclama Samy en riant, et elle lui tendit le microphone de bord. Celui qui aime sera aimé – voilà encore une de ces vérités qu'on oublie si facilement. Est-ce que tu as déjà remarqué que la plupart des gens veulent être aimés et qu'ils se donnent un mal fou pour y arriver ? Ils font des régimes, ils accumulent de l'argent, ils s'achètent des sous-vêtements rouges… s'ils mettaient la même ardeur à aimer, Alléluia, le monde serait beaucoup plus beau débarrassé de ces collants gainants !

Jean se laissa gagner par son hilarité. Puis il eut une pensée pour Catherine. Ils avaient tous deux été trop fragiles, trop vulnérables, ils avaient tous deux trop eu besoin d'être aimés, plutôt que la force et le courage d'aimer. L'amour avait besoin de tant de courage, bien plus que d'attentes. Réapprendrait-il un jour à aimer correctement ?

Est-ce que Catherine lit mes cartes postales ?

Samy était une personne qui savait écouter, absorber et renvoyer la balle. Elle leur avait raconté qu'elle avait été professeur, autrefois, en Suisse, à Melchnau. Puis elle avait été chercheuse, spécialisée dans le sommeil, à Zurich, et enfin dessinatrice technique pour des champs d'éoliennes sur l'Atlantique. Elle avait également élevé des chèvres dans le Vaucluse et produit du fromage.

Et puis elle avait une faiblesse congénitale : elle était incapable de mentir. Elle savait se taire, reporter des réponses – mais elle ne pouvait pas mentir sciemment.

– Imagine un peu ce que cela implique, dans notre société, disait-elle. Cela m'a attiré une quantité d'ennuis invraisemblable, quand j'étais jeune ! Tout le monde pensait que j'étais une vilaine petite fille qui prenait un malin plaisir à être malpolie. Quand le serveur d'un restaurant chic me demandait : « Est-ce que cela vous a plu ? » je répondais : « Pas tellement, non. » Quand la mère d'une camarade de classe me demandait après l'anniversaire de sa fille : « Est-ce que tu t'es bien amusée ? » et que j'essayais d'articuler un : « Oui, merci », tout ce qui sortait de ma bouche, c'était : « C'était pas terrible, je me suis ennuyée. Qu'est-ce que vous avez mauvaise haleine ! Vous puez l'alcool. »

Perdu rit. C'était étonnant à quel point on était proche du noyau de son être quand on était enfant, et à quel point on était capable de s'en éloigner dès qu'on cherchait à être aimé.

– À treize ans, je suis tombée d'un arbre. Quand ils m'ont passée au scanner pour voir si je n'avais rien de cassé, il ont découvert un espace vide dans mon cerveau : il me manque la machine à former des mensonges. Je serais incapable d'écrire une parabole de *fantasy*, à moins d'avoir effectivement rencontré une licorne parlante. Non, je ne sais parler que de ce que j'ai ressenti réellement. Je fais partie des gens qui doivent s'allonger dans la poêle à frire s'ils veulent parler de pommes de terre sautées.

Cuneo leur apporta une glace à la lavande faite maison, à la saveur à la fois acre et fleurie.

La piètre menteuse suivit le Napolitain des yeux.

– Si on regarde les choses bien en face, il est petit et gros. Pas vraiment le genre de types qu'on aimerait voir sur une affiche. Mais il est intelligent, fort et je suis sûre qu'il sait faire tout ce qu'il faut pour mener une vie amoureuse épanouie. À mes yeux, c'est le plus bel homme que je puisse embrasser. C'est tout de même étonnant, tu ne trouves pas, que des êtres aussi bons, aussi merveilleux ne soient pas aimés davantage ? Sont-ils tellement dissimulés sous leurs apparences que personne ne voit combien leur être, leur âme, leurs principes sont prêts pour l'amour et la bonté ?

Elle lâcha un long soupir d'aise avant de continuer :

– Curieusement, je n'ai jamais été aimée, moi non plus. Autrefois, je pensais que c'était peut-être lié à mon apparence étrange. Puis je me suis demandé pourquoi j'allais toujours dans des lieux où les rares hommes étaient déjà accompagnés ? Les producteurs de fromage du Vaucluse… mon Dieu, une accumulation de vieux bouquetins pour lesquels une femme n'est rien d'autre qu'une grande chèvre à deux pattes capable de laver le linge. C'est ton jour de chance quand ils se donnent la peine de te dire bonjour.

Samy savourait pensivement sa glace.

– Je crois – corrige-moi si je suis trop féminocentrée : d'abord, il y a l'amour qui s'anticipe dans la culotte.

Je connais bien, c'est sympa pendant un quart d'heure. Ensuite, il y a l'amour pensé avec la tête. Je connais aussi : tu cherches des hommes qui entrent bien dans ton cadre ou qui ne bousculent pas trop tes projets de vie. Mais ils ne t'émerveillent pas. Et enfin, il y a l'amour qui se passe dans la poitrine, dans le plexus solaire ou quelque part dans ce coin-là. Voilà l'amour que je veux. Ce doit être un enchantement qui éclaire mon système vital jusque dans mes tripes. Qu'est-ce que tu en penses ?

Il se dit qu'il connaissait désormais la bonne question.

Elle parlait différemment, mais c'était souvent le cas, après tout. Ce que les écrivains écrivaient, c'était le son de leur cœur, de leur âme.

– C'est toi qui as écrit *Lumières du Sud*, n'est-ce pas ?

33

Ce n'était certainement rien de plus qu'un hasard. Au même instant, le soleil perça entre deux accumulations de nuages et forma un faisceau lumineux qui vint se poser précisément sur les yeux de Samy, comme un doigt. Il les enflamma littéralement, comme deux bougies.

Le visage de Samy se mit en mouvement.

– Oui, convint-elle à voix basse, puis plus fort : Oui ! lança-t-elle dans un éclat de rire entrecoupé de larmes, les bras levés vers le ciel. Ce livre était censé m'envoyer mon homme, Jean ! Un homme qui m'aimerait là, entre sa poitrine et son nombril. Je voulais qu'il me trouve parce qu'il m'avait cherchée, parce qu'il m'avait rêvée, parce qu'il savourait exactement tout ce que j'étais et qu'il n'avait aucun besoin de ce que je n'étais pas – mais Jean Perdu, tu sais quoi ?

Elle n'avait pas cessé de rire et de pleurer à la fois.

– C'est toi qui m'as trouvée. Mais ce n'est pas toi.

Elle se retourna.

– Ce bonhomme avec son tablier fleuri et ses jolis muscles solides et ronds. Avec cette moustache qui va me chatouiller. C'est *lui*. Tu me l'as apporté. Toi et *Lumières du Sud*, vous l'avez amené à moi. D'une manière parfaitement magique.

Jean se laissa gagner par sa joie. Elle avait raison, même si cela pouvait sembler inconcevable.

Samy essuya du revers de la main son visage couvert de larmes salées.

— Il fallait que j'écrive ce livre. Il fallait que tu le lises. Tu devais traverser toutes ces expériences pour grimper enfin sur ton bateau et partir. J'ai envie d'y croire. Toi aussi ?

— Bien sûr, Samy. J'y crois, moi aussi. Il existe des livres qui n'ont été écrits que pour quelques personnes. *Lumières du Sud* m'était destiné.

Il rassembla tout son courage pour finalement admettre :

— Pendant tout ce temps, c'est ton livre qui m'a permis de survivre. J'ai compris toutes tes pensées. C'était comme si tu m'avais connu avant même que je me connaisse moi-même.

Sanary-Samy posa sa main sur sa bouche.

— C'est un peu effrayant de t'entendre dire cela, Jean. C'est la plus belle chose que j'aie jamais entendue.

Elle l'entoura de ses deux bras et l'embrassa à droite, à gauche, de nouveau sur la joue puis sur le front, sur le nez. Entre chaque baiser, elle murmurait :

— Je vais te dire une chose : je ne le ferai pas une deuxième fois, de conjurer l'amour. Tu sais combien de temps j'ai attendu ? Plus de vingt ans, bon sang ! Et maintenant, je te prie de m'excuser : il faut que j'aille embrasser mon homme comme il se doit ! C'est la dernière partie de mon expérience. Si cela ne marche pas, il y a de fortes chances pour que je sois de mauvaise humeur, ce soir.

Elle serra une dernière fois Perdu contre elle.

— Ouh là, j'ai la trouille ! C'est affreux ! Mais merveilleux. Je vis, toi aussi ? Tu le sens, là, en ce moment ?

Elle disparut dans le ventre de *Lulu*.

« Dis-moi, Salvo… », entendit Jean avant que sa voix ne se perde dans les profondeurs du bateau.

Au même instant, il réalisa qu'il le sentait, en effet. Il était vivant, et c'était formidable.

Journal de Manon

Paris, août 1992
Tu dors.

Je te regarde et je n'ai plus honte de la manière dont j'ai purement et simplement envie de m'enterrer dans le sable salé. Parce qu'un seul homme ne sera jamais tout pour moi. J'ai cessé de me le reprocher, comme je l'ai fait pendant ces cinq derniers étés. Et si l'on fait le calcul, nous n'avons pas passé tant de jours ensemble ; si je recompte, j'arrive à six mois au cours desquels nous avons respiré le même air, à cent soixante-neuf jours, ce qui est juste assez pour un collier à deux rangs de perles de jours.

Mais les jours et les nuits loin de toi, pendant lesquels j'ai pensé à toi et me suis réjouie de te revoir, comptent aussi. Double et triple, dans la joie et dans la culpabilité. Cela me paraît quinze ans. En fait : plusieurs vies. J'ai rêvé tant d'autres scénarios...

Je me suis souvent demandé : est-ce que j'ai mal agi, mal choisi ? Aurais-je pu avoir une « vraie » vie, avec Luc uniquement, ou avec une autre personne ? Est-ce que j'avais toutes les chances entre les mains, mais que je m'y suis mal prise ?

Pourtant, en matière de choix de vie, il n'y a pas de bonne ni de mauvaise réponse.

Et maintenant, il n'est plus utile que je me pose encore cette question. Pourquoi un seul ne m'a jamais suffi, un seul homme.

Il y avait tant de réponses.

À savoir : la soif de vivre ! Et aussi : le plaisir, ce plaisir incandescent, agité, humide et collant.

À savoir : laissez-moi encore vivre avant que je sois ridée et grise et que je finisse comme une maison à moitié vide, au bout d'une impasse.

À savoir : Paris.

À savoir : tu m'es arrivé, comme un navire s'échoue sur une île. (Ha ha. C'était ma phase : « Ce n'est pas ma faute, c'est la faute du destin. »)

À savoir : Luc m'aime-t-il vraiment assez pour pouvoir supporter ça ?

À savoir : je ne vaux rien, je suis mauvaise et ce que je fais n'a, de toute façon, aucune importance.

Oui, et naturellement, je ne considère l'un qu'avec l'autre. Vous deux, Luc et Jean, le mari et l'amant, le Sud et le Nord, l'amour et le sexe, la terre et le ciel, le corps et l'esprit, la campagne et la ville. Vous êtes les deux choses qui me manquent pour être entière. Inspirer, expirer, et entre les deux : exister enfin.

Il y a donc des globes à trois pôles.

Mais entre-temps, j'ai obtenu toutes les réponses. Maintenant, une autre question, la plus importante, se pose.

À savoir : quand ?

Quand te dirais-je ce qu'il se passe en moi ?

Jamais.

Jamais, jamais, jamais et jamais. Ou peut-être si, si je te frôle l'épaule, celle qui dépasse toujours de la couverture dans laquelle tu t'enroules. Si je te touchais, tu te réveillerais immédiatement et tu me demanderais : « Qu'est-ce qu'il y a ? Chaton, que se passe-t-il ? »

J'aimerais que tu te réveilles maintenant et que tu me sauves.

RÉVEILLE-TOI !

Pourquoi te réveillerais-tu ? Je t'ai si bien menti.

Quand est-ce que je te quitterai ?

Bientôt.

Pas encore cette nuit, je n'y arriverai pas. C'est comme si je devais essayer mille fois de me détacher de toi, de partir et de ne jamais me retourner – pour vraiment réussir.

Je me prends à imaginer. Je compte et je me dis : encore mille baisers… Encore quatre cent quatorze baisers… Encore dix… Encore quatre. Les trois derniers je les garde précieusement.

Comme trois dragées aux amandes, à Noël.

Il y a un décompte pour tout. Dormir ensemble. Rire ensemble.

On entame les dernières danses.

On peut d'ailleurs vraiment crier avec le cœur, mais cela fait trop mal.

La douleur rapetisse le monde. Je ne vois plus que toi et moi et Luc, et ce qui a surgi entre nous trois. Nous étions tous de mèche. Maintenant, je vais essayer de sauver ce qui peut encore l'être. Je ne vais pas ruminer la punition. Le malheur est démocratique, il est là pour tous.

Quand laisserai-je tomber ?

Seulement après, j'espère.

Je veux vivre pour voir si le sauvetage réussit.

Les médecins m'ont proposé de prendre de l'ibuprofène ou des opiacés. Apparemment, ils agissent

301

uniquement sur le cerveau et interrompent les signaux électriques qui se produisent à travers le système lymphatique entre l'aisselle, le poumon et la tête.

Certains jours, la conséquence est que je ne rêve plus en images. D'autres, je sens des choses qui me rappellent le passé. Quand je portais encore des chaussettes jusqu'au genou. Ou les choses ont une odeur différente. Les excréments sentent comme des fleurs. Le vin comme des pneus enflammés. Un baiser comme la mort.

Mais je veux être sûre et certaine. C'est pourquoi je m'abstiens.

Parfois, la douleur est si forte que j'en oublie les mots et que je n'arrive pas à t'atteindre. Alors je te mens. J'écris les phrases que je veux te dire et je les lis. Dans ma tête, les lettres ne viennent plus quand la douleur se fait sentir. Comme une soupe à l'alphabet. Aux lettres trop cuites, un goulasch à l'ABC.

Plusieurs fois, j'ai été offensée que tu acceptes mes mensonges. Plusieurs fois, j'ai été en colère de t'avoir rencontré. Ça n'a jamais suffi pour la haine.

Jean, je ne sais pas ce que je dois faire. Je ne sais pas si je dois te réveiller et te prier de m'aider. Je ne sais pas si je dois arracher ces pages ou les copier et te les envoyer. Maintenant. Ou jamais. J'écris pour mieux réfléchir.

Pour tout le reste, je ne sais pas quoi dire, de toute façon.

Je te parle maintenant encore plus avec mon corps. Ce bois du Sud, malade, fatigué, duquel monte une unique pulsion verte et tendre ; il peut tout au moins exprimer les désirs les plus rudimentaires.

Aime-moi.

Garde-moi.

Caresse-moi.

Les fleurs de la panique, disait papa. Juste avant que les grands bois passent, elles fleurissent une dernière fois. Elles pompent toutes leurs forces pour les injecter dans cette ultime pousse.

Tu m'as dit récemment que j'étais belle.

Je suis tout au début de la floraison de la panique.

L'autre soir, Vijaya a appelé de New York. Tu étais encore sur le bateau, tu vendais la dernière édition de Lumières du Sud. Tu voudrais que tout le monde le lise, ce charmant et étrange petit livre. Tu dis qu'il que ce n'est pas un livre de mensonge. Rien n'est inventé, rien n'est embelli par les mots. Tout est vrai.

Vijaya a de nouveaux employeurs, deux chercheurs bizarres qui travaillent sur les cellules. Ils pensent que c'est le corps qui forme l'âme et le caractère, pas le cerveau. Ils disent : ce sont les autres milliards de cellules. Et ce qui leur arrive constitue l'âme.

La douleur, dit-il, la douleur, par exemple, inverse les pôles de toutes les cellules. Après trois jours, déjà, ça commence. Les cellules d'excitation se transforment en cellules de la douleur. Les cellules sensorielles deviennent celles de la peur. Les cellules de la coordination deviennent des coussinets d'aiguilles. Et au bout du compte, toute tendresse n'est que malheur, chaque souffle de vent, chaque vibration musicale, chaque ombre qui s'approche sont autant d'éléments déclencheurs de peur. Et chaque mouvement, chaque muscle nourrit la douleur, qui est gourmande, et donne naissance à des millions de nouveaux récepteurs de la douleur. Tu es entièrement reconstruit de l'intérieur, remplacé, et personne ne peut le voir de l'extérieur. Et enfin, tu ne veux plus qu'on te touche, dit Vijaya. Tu deviens solitaire. La douleur est le cancer de l'âme, dit ton plus vieil ami, il le dit

303

comme les scientifiques voient la chose, il ne pense pas
à la nausée que déclenchent de telles phrases pour les
non-scientifiques. Il me dit d'avance toutes les choses
qui vont m'arriver. La douleur abêtit le corps, et la tête
aussi, selon Vijaya. On oublie, on ne pense plus de façon
logique, on n'est plus que panique. La douleur s'installe
dans le cerveau, dans un fossé dans lequel tombent
aussi toutes les idées lumineuses. Tous les espoirs. À
la fin, tu tombes dedans et c'est fini, l'ensemble de
ton être, dévoré par la douleur et la panique. Quand
vais-je mourir ? En termes de statistiques : la mort est
garantie. J'avais encore l'intention de manger les treize
desserts de Noël. Maman est une experte des biscuits et
de la mousse, papa va apporter quatre sortes de fruits,
Luc va polir les plus belles noix. Trois nappes, trois
chandeliers, trois morceaux de pain. Un pain pour les
vivants attablés. Un pain pour le bonheur à venir. Et un
pain que se partagent les pauvres et les morts. Je crains
devoir me partager les miettes avec les clochards. Luc
m'a fait jurer de suivre le traitement. En dehors du fait
que les chances sont aussi minces que de parier sur un
cheval, une partie de moi mourra de toute façon, aura
besoin qu'on commande une pierre tombale, qu'on lise
la messe, qu'on repasse les mouchoirs.

Sentirai-je la pierre tombale ?

Papa me comprend. Quand je lui ai dit pourquoi je
ne veux pas faire de chimio, il est entré dans la grange,
et il a pleuré. Il me semblait qu'il était en train de se
couper un bras.

Maman : pétrifiée. Elle ressemble à un olivier fos-
silisé, son menton est noueux et dur, ses yeux secs
comme l'écorce. Elle se demande ce qu'elle a fait de
mal, pourquoi elle ne pouvait pas changer cette prémo-
nition funeste qu'elle avait eue dans un mauvais rêve.

Dans son amour maternel, elle se tracasse davantage qu'il ne faudrait.

« Je savais que la mort attendait dans cette maudite ville de Paris », dit-elle. Mais elle ne peut se décider à m'attribuer la faute. C'est elle-même qu'elle blâme. Cette rigueur lui permet de continuer et d'organiser ma dernière chambre selon mes souhaits.

Tu es maintenant couché sur le dos, dans la position d'un danseur exécutant une pirouette. Une jambe étendue, l'autre repliée. Un bras au-dessus de la tête, l'autre presque sur la hanche.

Tu m'as toujours regardée comme si j'étais unique. Pendant cinq ans, pas une seule fois, tu m'as considérée d'un air ennuyé ou indifférent. Comment as-tu fait ?

Castor m'observe. On pourrait supposer que nous, les bipèdes, sommes des êtres très étranges du point de vue des chats.

L'éternité qui m'attend me paraît écrasante.

Parfois – mais c'est une très vilaine pensée –, parfois, j'ai souhaité que quelqu'un que j'aime s'en aille avant moi. Pour que je sache que je peux le faire, moi aussi.

Parfois, je pensais que tu allais partir avant moi pour que je puisse y arriver, moi aussi. Dans la certitude que tu m'attendrais…

Adieu, Jean Perdu.

Je t'envie, toi, et toutes les années que tu as encore devant toi.

Je vais dans ma dernière chambre, et de là dans le jardin. Oui, c'est ainsi que cela se déroule. Je passerai une haute porte menant sur la terrasse, et j'irai droit vers le soleil couchant. Ensuite je suivrai la lumière, ce pourra être n'importe où.

Cela deviendrait ma nature, je serais là pour toujours, tous les soirs.

34

La soirée fut mémorable. Salvo n'en finissait pas de remplir leurs assiettes de moules, Max s'en donnait à cœur joie au piano et l'un après l'autre, ils invitèrent Samy à danser sur le pont.

Plus tard dans la soirée, les quatre amis savourèrent la vue splendide sur Avignon et la moitié du pont Saint-Bénézet. Le mois de juillet s'exprimait dans toute sa splendeur et, bien après que le soleil se fut couché, les températures affichaient encore vingt-huit degrés.

Peu avant minuit, Jean leva son verre.

— Je vous remercie, dit-il. Pour votre amitié. Pour la vérité. Et pour ce dîner succulent.

Tous l'imitèrent. Quand leurs verres s'entrechoquèrent dans un tintement de cloches, ce fut comme s'ils sonnaient les derniers instants de leur aventure commune.

— Tu sais, je suis très heureuse, dit Samy, les joues brûlantes.

Une demi-heure plus tard, elle répétait : « Je suis toujours heureuse », et deux heures après encore… Et elle le répéta sans doute d'innombrables fois et de mille manières différentes, mais ni Perdu ni Max ne l'entendirent. D'un commun accord, les deux amis avaient décidé de ne pas déranger le tout jeune couple pendant ce qui allait, espéraient-ils, être la première d'une interminable série de nuits. Ils les laissèrent seuls sur *Lulu* et passèrent la porte de la ville la plus proche pour flâner à travers les rues d'Avignon.

Des promeneurs se serraient dans les ruelles étroites. Dans ces régions du Sud, la chaleur de l'été reportait naturellement toutes les activités jusque tard dans la nuit. Sur la place, devant l'imposante mairie, Max et Jean s'achetèrent une glace et regardèrent les artistes des rues se donner en spectacle. Les jongleurs faisaient virevolter des bâtons de feu, les danseurs se lançaient dans de grandes chorégraphies acrobatiques et le public attablé aux cafés et dans les bistrots avoisinants s'esclaffait de leurs plaisanteries burlesques. Jean n'aimait pas cette ville, qu'il considérait comme une pute hypocrite qui essayait coûte que coûte de redorer son blason.

Max rattrapa vite une coulée de glace du bout de sa langue. La bouche à moitié pleine, il dit d'un air volontairement distrait :

— Je vais écrire des livres pour enfants. J'ai quelques idées.

Jean le jaugea du coin de l'œil.

Nous y voilà, se dit-il, *c'est maintenant que Max commence à devenir ce qu'il sera plus tard.*

— Est-ce que tu veux bien m'en parler ? demanda-t-il après un bref instant d'étonnement attendri, tout heureux qu'il était d'assister à ce grand moment.

— Eh bien, tu en as mis du temps ! J'ai fini par croire que tu ne me poserais jamais la question.

Max sortit son calepin de sa poche arrière et lut : « Le vieux magicien se demanda quand arriverait enfin cette petite fille courageuse, capable de le déterrer du parterre de fraises où il avait été oublié depuis une centaine d'années... »

Max considéra Perdu, l'air rayonnant, parfaitement détendu.

– À moins que je n'écrive sur le jeune saint Bimbam.

– Saint Bimbam ?

– Oui, le saint qui doit s'occuper de tous les problèmes dont les autres n'ont pas envie de se charger. À mon avis, Bimbam aussi a eu une enfance, avant que quelqu'un ne lui dise : « Alors, sacré Bimbam, tu veux devenir *quoi*, plus tard ? Écrivain ? »

Max eut un large sourire.

– Oh, et puis j'en ai une sur Claire, aussi, qui change de peau avec Minou, son chat. Et puis…

Le futur héros de toutes les chambres d'enfants, se dit Jean tout en écoutant les merveilleuses idées de Max.

– … et puis celle du petit Bruno qui est dans le ciel et qui se plaint auprès de son supérieur d'avoir été placé dans une famille…

Jean savoura les éclosions de tendresse qui se produisaient dans son cœur en écoutant Max. Il aimait tant ce jeune homme ! Ses excentricités, son regard, son rire…

– … et quand les ombres reviennent dans l'enfance de leur propriétaire, pour y mettre de l'ordre…

Merveilleux, se dit Jean. *Je renvoie mon ombre dans le temps et je la charge de remettre ma vie en ordre. Comme c'est tentant… et malheureusement impossible.*

Ils ne reprirent le chemin du retour que tard dans la nuit, une heure avant l'aube.

Pendant que Max farfouillait encore dans ses affaires et prenait quelques dernières notes avant de s'endormir, Jean parcourut lentement son bateau qui se balançait doucement dans le courant. Les chats ne le quittaient pas d'une semelle et semblaient l'observer attentivement. Ils sentaient que les adieux étaient proches.

Quand il passait la main sur les rangées de livres, ses doigts rencontraient sans cesse des espaces vides. Il savait exactement où s'était trouvé quel ouvrage, avant qu'il le vende. Il gardait un souvenir aussi vivant de ses ouvrages que d'autres des champs ou des maisons de leur enfance, qu'ils continuaient de voir alors qu'ils avaient depuis longtemps cédé la place à une rocade ou un centre commercial.

Il avait toujours ressenti la proximité des livres comme une protection. Il avait trouvé le monde entier dans son bateau, tous les sentiments, chaque lieu, chaque époque. Il n'avait jamais ressenti le besoin de voyager, ses dialogues avec les livres lui avaient toujours suffi… Il lui était même arrivé de leur accorder davantage d'estime qu'aux hommes.

Ils étaient moins menaçants.

Il s'installa dans le fauteuil sur le pont et laissa son regard se perdre sur l'eau. Les deux chats bondirent sur ses genoux.

Voilà donc ce qu'avait été sa vie. Vingt-cinq mètres de longueur, cinq de largeur. Il avait commencé à la construire quand il avait l'âge de Max. Le bateau, sa collection de remèdes pour l'âme, sa réputation, cette chaîne avec son ancre. Jour après jour, il l'avait façonnée, renforcée, maillon après maillon. Et il s'y était enchaîné lui-même.

Mais il ne pouvait plus continuer ainsi. Si sa vie avait été un album photo, les clichés se seraient tous ressemblés. Ils le montreraient tous sur ce bateau, un livre à la main, et seuls ses cheveux auraient changé, se teintant de gris au fil du temps avant de se clair-semer lentement, mais sûrement. Au bout du compte, on aurait un portrait de lui sur lequel son regard fouil-lerait l'objectif d'un air suppliant au milieu d'un visage froissé par le passage du temps.

Non, il ne voulait pas finir ainsi. Il ne voulait pas devoir se demander un jour si cela n'avait été que ça, la vie.

Il n'y avait qu'une échappatoire. Il devait se montrer intraitable, briser ses chaînes.

Il devait quitter le bateau. L'abandonner, sans autre forme de procès. Cette perspective lui donnait la nausée… Pourtant, quand il se remit à respirer et qu'il s'imagina une vie sans *Lulu*, il ressentit également un grand soulagement.

Immédiatement, son sentiment se doubla de culpabilité. Rejeter *La pharmacie littéraire* comme une amante un peu trop collante ?

– Ce n'est pas du tout ça, murmura Perdu.

Les chats ronronnèrent sous ses caresses.

– Qu'est-ce que je vais faire de vous trois ? leur demanda-t-il, malheureux.

Quelque part, il entendit le chant de Samy, dans son sommeil.

Une image se forma alors dans son esprit. Peut-être qu'il n'avait aucun besoin d'abandonner *La pharmacie* ni de chercher péniblement un repreneur.

– Est-ce que Cuneo serait heureux, ici ?

Les chats enfouirent leur petite tête dans sa main. On avait coutume de dire que les ronronnements avaient le pouvoir de souder un tas d'os brisés ou de soigner une âme pétrifiée. Mais une fois que le miracle s'était accompli, les chats reprenaient la route, sans se retourner. Ils aimaient sans retenue, sans condition, mais aussi sans promesse.

Jean Perdu repensa aux *Étapes* de Hermann Hesse. La plupart des gens connaissaient, évidemment, la phrase « Dans chaque début habite un enchantement… », mais la suite du poème : « qui nous protège et qui nous aide à vivre », était beaucoup moins connue – et qu'il ne s'agissait, pour Hermann Hesse, pas d'un nouveau commencement, cela, presque personne ne le savait.

Il s'agissait bien davantage de la disposition à faire ses adieux.

Adieu à ses habitudes. Adieu à ses illusions.

Adieu à sa propre vie, passée depuis trop longtemps, et dont on n'était plus qu'une enveloppe, de temps à autre soulevée par un soupir.

35

Le jour les accueillit autour d'un petit déjeuner tardif, par trente-quatre degrés. Samy, partie dès l'aube faire des courses en compagnie de Cuneo, leur avait rapporté une surprise : un téléphone portable prépayé pour chacun.

Perdu contempla d'un air sceptique celui qu'elle lui glissa entre son croissant et sa tasse de café. Il aurait besoin de sa paire de lunettes pour lire les chiffres.

– Ces trucs-là existent depuis vingt ans, se moqua Max, tu peux y aller sans crainte.

– J'ai déjà enregistré nos numéros pour toi, lui signala Samy. Et j'aimerais que tu nous appelles. Par exemple pour nous dire que tu vas bien, pour demander comment on fait un œuf poché, mais aussi si tu t'ennuies et que tu hésites à sauter par la fenêtre pour éprouver enfin des grandes sensations.

Jean fut touché par le sérieux de Samy.

– Merci, dit-il d'un air embarrassé.

Son affection non dissimulée l'intimidait. Était-ce donc cela que les gens appréciaient tant dans l'amitié ?

Quand ils s'enlacèrent, la frêle Samy disparut presque entre ses bras.

– Je… Eh bien, j'aimerais vous faire cadeau de quelque chose, moi aussi, commença Perdu en tendant

313

les clés de la péniche à Cuneo. À une exécrable et très chère menteuse, au meilleur cuistot italien hors les frontières de son pays. Je vais devoir poursuivre ma route sans bateau, désormais, alors je vous confie *Lulu*. J'aimerais que vous y gardiez toujours une petite place pour les chats et les auteurs en mal d'inspiration. Est-ce que vous êtes d'accord ? Vous n'êtes pas obligés, évidemment, mais je serais heureux de le savoir entre vos mains. Un prêt à durée indéterminée, pour ainsi dire...

– Non ! C'est ton métier, ton bureau, ton cabinet médical pour les maux de l'âme, ton échappatoire, ton nid. Ce bateau, c'est toi, imbécile ! Ce n'est pas quelque chose que tu peux donner, comme ça, à de parfaits inconnus ! Même si ça leur plairait ! s'écria Samy.

Tous les regards se tournèrent vers elle, stupéfaits.

– 'scusez-moi, marmonna-t-elle. Mais bon, c'est vrai, quoi. C'est impossible. Échanger un bateau contre un téléphone portable, je rêve. C'est grotesque !

Samy ricana, soudain mal à l'aise.

– Eh bien, c'est un vrai cadeau que de ne pas savoir mentir, remarqua Max. Et puis, pendant que j'y suis, si jamais vous vouliez me le proposer, je vous le dis tout de suite : non, je n'ai pas besoin de bateau. Mais si tu pouvais m'avancer un peu en voiture, Jean, ça m'arrangerait.

Cuneo avait les larmes aux yeux.

– Mais, mais..., répétait-il sans parvenir à formuler ce qu'il avait sur le cœur. Enfin, *Capitano*, Enfin, bon sang. Je... *cazzo* ! C'est quand même trop fort !

Ils discutèrent longuement, pesant le pour et le contre. Plus Cuneo et Samy se montraient réticents, plus Jean insistait.

Max se tint en retrait. Une seule fois, il intervint :

– On appelle ça un hara-kiri, non ?

Perdu fit mine de ne pas l'entendre. Il sentait que c'était la bonne décision, il voulait qu'il en soit ainsi et il passa la moitié de la matinée à en convaincre Samy et Cuneo.

Finalement, l'Italien, manifestement très ému, se laissa persuader :

– Très bien, *Capitano*. Nous allons veiller sur ton bateau jusqu'à ce que tu veuilles le récupérer. Peu importe quand, que ce soit après-demain, dans un an ou dans trente ans. Et il y aura toujours de la place, ici, pour les chats et les écrivains.

Ils scellèrent leur pacte d'une chaleureuse étreinte à quatre.

Samy fut la dernière à se détacher de Jean, qu'elle contempla avec affection.

– Mon lecteur préféré, dit-elle en souriant. Je n'aurais pas pu m'imaginer de meilleur lecteur que toi.

Finalement, Max et Jean rangèrent leurs possessions dans la sacoche de sport de Max et quelques grands sacs en plastique, et quittèrent le bateau. En plus de ses vêtements, Perdu emportait l'œuvre qu'il venait d'entamer, *La Grande Encyclopédie des petites et des moyennes émotions*.

Quand Cuneo mit le moteur en marche et commença habilement à détacher *Lulu* du quai, Perdu ne ressentit rien.

Il voyait et entendait Max, à son côté, mais il lui semblait que ce dernier, tout comme le bateau, s'éloignait progressivement de lui. Max fit de grands signes en direction du bateau, lançant de grands « ciao ! » et « salut ! » à leurs amis. Perdu, lui, n'avait pas un bras libre pour saluer.

Il regarda s'éloigner le bateau-livre jusqu'à ce que

ce dernier disparaisse dans un lacet du fleuve, et il continua de l'horizon jusqu'à ce que cette sorte de torpeur qui l'avait saisi reflue, et qu'il soit de nouveau en mesure de ressentir quelque chose.

Quand il revient enfin à lui, il constata que Max s'était installé sur un banc et attendait paisiblement qu'il soit prêt.

– Allons-y, dit Perdu sèchement, d'une voix rauque.

Pour la première fois depuis cinq semaines, ils prélevèrent de l'argent dans les filiales avignonnaises de leurs banques respectives – peu importait que cela leur coûte des douzaines d'appels téléphoniques, de comparaisons de signatures faxées et de contrôles sévères de leurs papiers. Puis ils se rendirent à la gare de TGV, louèrent une petite voiture d'un blanc laiteux et se mirent en route vers le Luberon.

Au sud-est d'Avignon, ils passèrent sur la voie parallèle à la D900. Seulement quarante-quatre kilomètres les séparaient de Bonnieux.

Max regardait par sa fenêtre ouverte, manifestement émerveillé par le paysage. À droite et à gauche, des champs de tournesols, des vignes verdoyantes et des rangées de buissons de lavande coloraient le pays. Jaune, vert, violet, sous un ciel d'un bleu saturé, parsemé de flocons immaculés.

Au loin, le Petit et le Grand Luberon se détachaient de l'horizon : un impressionnant plateau rocheux et un tabouret, à sa droite. Le soleil tapait le pays, dévorait la terre et ses habitants, submergeait les champs et les villes d'une luminosité revendicative.

– Il va nous falloir des chapeaux de paille, se plaignit mollement Max. l'air satisfait. Et des pantalons en lin.

– Ou plutôt du déo et de la crème solaire, le reprit sévèrement Perdu.

Manifestement, Max se trouvait parfaitement heureux. Il se coulait sans effort dans ce cadre, comme une pièce manquante du puzzle. Pour Jean, c'était tout le contraire. Tout ce qu'il voyait lui semblait curieusement lointain, étranger. Il se sentait toujours aussi engourdi.

Les collines vertes étaient surmontées de villages, comme autant de couronnes. Le grès clair, les ardoises rouges sur les toits bravaient la chaleur. Des rapaces majestueux planaient fièrement au-dessus de la terre, surveillant l'espace aérien. Les rues étaient étroites et vides.

Manon avait admiré ces montagnes, ces collines et ces champs colorés. Elle avait humé l'air doux, connu les arbres centenaires dont le feuillage épais abritait d'innombrables cigales en train de se frotter les pattes. Un bruit assourdissant qui s'imposait aux oreilles de Perdu, mais ne lui évoquait rien.

Ce pays ne disait plus rien à Jean.

Déjà ils dépassaient Ménerbes et ses rochers couleur de curry. Ils approchaient de la vallée de Calavon et de Bonnieux, longeant les vignobles et les fermes.

« Bonnieux s'échelonne entre le Grand et le Petit Luberon, comme une pièce montée à cinq étages », voilà comment Manon avait décrit le pays d'où elle venait. « La vieille église se trouve tout en haut, avec les cèdres centenaires et le plus beau cimetière du Luberon. Tout en bas, il y a les viticulteurs, les fruiticulteurs et les maisons de vacances. Entre les deux, trois couches de maisons et de restaurants. Le tout est relié par des chemins pentus et des escaliers raides, c'est pour ça que toutes les filles du village ont de beaux mollets rebondis ! » avait-elle ajouté en montrant les siens à Jean, qui les avait embrassés.

– C'est plutôt joli par ici, je trouve, dit Max.

Ils parcoururent cahin-caha quelques chemins de terre, contournèrent un champ de tournesols, traversèrent un vignoble – pour réaliser au bout du compte qu'ils ne savaient absolument pas où ils étaient. Jean s'arrêta sur le bas-côté.

– On ne doit pas être très loin du Petit-Saint-Jean, murmura Max en scrutant la carte routière.

Les cigales crépitaient et, désormais, leur cri ressemblait davantage à un rire moqueur : *He he he he he*. Hormis celles-ci, le silence était complet, et seul le cliquetis du moteur au repos troublait la quiétude de la nature.

Puis ils entendirent le ronronnement d'un tracteur qui s'approchait rapidement depuis l'un des vignobles. Ils n'en avaient encore jamais vu de pareil : très étroit, il était monté sur des roues fines mais très hautes, qui lui permettaient de filer à travers les vignes. Au volant était assis un jeune homme coiffé d'une casquette de baseball et portant des lunettes de soleil, un jean découpé et un tee-shirt blanc déformé, qui les gratifia d'un bref signe de tête tout en passant son chemin en hoquetant. Quand Max lui fit de grands signes, il s'arrêta quelques mètres plus loin. Max courut vers le tracteur rouge.

– Excusez-moi, monsieur ! entendit Jean. Savez-vous où se trouve le Petit-Saint-Jean ? La maison de Brigitte Bonnet ?

L'homme coupa le moteur, ôta sa casquette de baseball et ses lunettes de soleil et s'essuya le front avec l'avant-bras, pendant que sa longue chevelure couleur chocolat se déversait sur ses épaules.

– Oh, *pardonnez-moi**, mademoiselle. J'ai cru que vous étiez un… homme, coassa Max, très gêné.

– Je suppose que vous imaginez davantage une

318

femme dans une robe moulante que sur un tracteur, répondit froidement l'étrangère en rangeant ses cheveux sous sa casquette.

– Ouais, ou alors enceinte et pieds nus devant les fourneaux, enchaîna Max.

La jeune femme hésita un instant, puis elle éclata de rire.

Quand Jean se retourna vers eux depuis le siège du conducteur, la jeune femme avait de nouveau chaussé ses lunettes et expliquait le chemin à Max. La propriété des Bonnet se trouvait de l'autre côté du vignoble, il leur suffisait de poursuivre sur la droite.

– Merci, mademoiselle !

Le reste de leur échange se perdit dans le grondement du moteur.

Perdu n'aperçut que la partie inférieure de son visage – y compris son sourire moqueur. Puis elle appuya sur l'accélérateur et les doubla dans un vrombissement, les abandonnant dans un gros nuage de poussière.

– C'est vraiment une belle région, ici, remarqua Max en remontant dans la voiture.

Il sembla à Jean que le jeune homme rayonnait.

– Il s'est passé quelque chose ? demanda-t-il.

– Avec cette fille ?

Max éclata d'un rire un peu trop bruyant, et très aigu. Max ressemblait à un lapin en peluche heureux, se dit Jean.

– Alors en gros, on continue tout droit, on est sur la bonne voie. Et, oui, elle était carrément jolie. Sale, tout en sueur, mais sacrément mignonne. Une vraie gourmandise. Mais sinon, non, sinon… il ne s'est rien passé. Elle a un beau tracteur. Pourquoi ? reprit Max l'air surpris.

– Juste comme ça, mentit Jean.

319

Quelques minutes plus tard, ils découvraient enfin le Petit-Saint-Jean. Une ferme du début du XVIIIe siècle qui semblait tout droit sortie d'un livre d'histoire. Une pierre d'un gris lumineux, de hautes fenêtres étroites, un jardin idyllique, sauvage et fleuri. C'est ici que Max avait déniché l'un des derniers couchages encore disponibles, sur le site Luberon-Web où il était tombé sur l'annonce de Mme Bonnet. Il lui restait de la place dans le pigeonnier réaménagé, le petit déjeuner était compris.

Brigitte Bonnet – une petite femme aux cheveux courts d'une cinquantaine d'années – les attendait, un sourire aimable aux lèvres et un panier plein d'abricots fraîchement cueillis à la main. Elle portait une chemise de corps d'homme et un bermuda vert pâle, un chapeau mou sur la tête. Sa peau était bronzée comme celle d'un marron et ses yeux brillaient d'un bleu vif.

Ses abricots étaient recouverts d'un duvet délicat, et son pigeonnier s'avéra un refuge de quatre mètres carrés augmenté d'un coin salle de bains, d'un WC de la taille d'un placard, de quelques crochets au mur pour accrocher des vêtements et d'un lit relativement étroit.

– Et le second lit ? demanda Jean.

– Oh, messieurs... Il n'y a que celui-ci. Vous n'êtes pas un couple, alors ?

– Je dormirai à la belle étoile, intervint rapidement Max.

Le pigeonnier était minuscule mais ravissant. Depuis une fenêtre de la hauteur d'une porte, la vue plongeait jusqu'au plateau de Valensole, juste en face. La bâtisse était entourée d'un immense verger et d'un champ de lavande, d'une terrasse recouverte de gravier et d'une large muraille de pierre naturelle, manifestement les vestiges d'une ancienne forteresse. À côté du pigeonnier gargouillait une gentille petite fontaine, dans laquelle on pouvait mettre une bouteille de vin au frais pendant qu'on admirait la vallée assis sur son muret en pierre, les pieds ballants. Les arbres fruitiers, les champs de légumes et les vignes se succédaient sans transition, on aurait pu croire qu'il n'existait ni rues, ni habitations. La personne qui avait choisi cet emplacement pour y construire sa demeure devait avoir un sens très développé de la perspective.

Max sauta sur le large mur et laissa son regard planer sur l'étendue infinie en protégeant d'une main ses yeux du soleil. Quand on mobilisait toute son attention, on pouvait déceler au loin le ronronnement d'un tracteur et apercevoir un petit nuage de poussière se déplacer de droite à gauche puis de gauche à droite avec une régularité de métronome.

Sur la terrasse du pigeonnier, également entourée de buissons de lavande, de rosiers et d'arbres fruitiers divers, un grand parasol abritait deux fauteuils aux coussins clairs et douillets ainsi qu'une table en mosaïque.

C'est là que leur hôte servit aux voyageurs deux Orangina glacés aux ventres rebondis et, comme petite attention pour les accueillir, un *bong veng* frais aux reflets mordorés – le « bon vin » prononcé à la provençale.

– C'est un *bong veng* d'ici, ça, commenta leur hôtesse gaiement, un Luc Basset. Leur propriété date du XVIIᵉ siècle, elle se trouve juste de l'autre côté de la D36. À pied, on en a pour un quart d'heure, d'ici. Cette année, le Manon-XVII a même récolté la médaille d'or !

– Le quoi ? Le Manon ? demanda Perdu, visiblement très affecté.

Max vint aussitôt à sa rescousse et remercia chaleureusement Mme Bonnet, qui semblait un peu troublée par la réaction de Perdu.

Tandis que Brigitte Bonnet s'éloignait en traversant les plates-bandes luxuriantes, se baissant de temps à autre pour arracher une mauvaise herbe, il étudia l'étiquette de la bouteille. Au-dessus de l'inscription « Manon », un visage était délicatement dessiné à l'encre. Auréolé de boucles douces, il affichait un demi-sourire, et son regard intense était rivé sur le spectateur.

– C'est elle, ta Manon ? demanda Max avec admiration.

Jean commença par hocher la tête puis il la secoua vivement. Non, bien sûr que non. Ce n'était pas Manon, et encore moins *sa* Manon.

Sa Manon à lui était belle, mais morte, et elle ne vivait que dans les souvenirs. Et voilà qu'elle le regardait droit dans les yeux, sans prévenir.

Il prit la bouteille des mains de Max et passa doucement un doigt sur le portrait de Manon. Ses cheveux. Sa joue. Son menton. Sa bouche. Son cou. Tous ces endroits qu'il avait caressés, autrefois, mais…

Le tremblement le prit sans crier gare. Cela commença aux genoux et se propagea jusqu'au ventre, à la poitrine, depuis l'intérieur, un frémissement, un tressautement qui atteignit bientôt ses bras, ses doigts et remonta jusqu'à ses lèvres et ses paupières.

Sa voix était sans timbre quand il chuchota :

– Elle adorait le bruit que font les abricots quand on les cueille. Il faut les saisir délicatement entre le pouce et deux doigts, tourner doucement le fruit et à un moment, cela fait *knk*. Son chat s'appelait Miaou et en hiver, il dormait sur sa tête, comme un bonnet. Le père de Manon lui avait donné ses orteils en héritage, disait-elle, des orteils de taille. Elle adorait son père. Elle adorait aussi les crêpes avec du banon et du miel de lavande. Et quand elle dormait, Max, il lui arrivait de rire dans son sommeil. Elle était mariée à Luc, moi je n'étais que son amant. Luc Basset, le vigneron.

Jean leva les yeux. Les mains tremblantes, il reposa la bouteille sur la table de mosaïque. Il aurait voulu la balancer de toutes ses forces contre le mur – s'il n'avait pas ressenti une douleur irrationnelle à l'idée de blesser le visage de Manon.

Jean pouvait à peine le supporter. Il pouvait à peine se supporter lui-même, à vrai dire. Il se trouvait dans l'un des plus beaux endroits du monde. Avec un ami qui était devenu à la fois son fils et son confident. Il avait brisé les ponts qu'il avait traversés et avait pris la route du Sud en affrontant larmes et fleuves.

Tout ça, pour réaliser qu'il n'était toujours pas prêt.

Dans sa tête, il se tenait encore dans son couloir, devant une paroi de livres qui l'emmurait. S'était-il attendu à ce que tout se résolve d'un coup une fois qu'il serait arrivé ici ? Qu'il pourrait noyer sa souffrance dans les fleuves qu'il avait parcourus, échanger les larmes qu'il n'avait pas versées contre l'absolution d'une femme morte ? Qu'il était allé suffisamment loin pour mériter l'absolution ?

Oui, c'était exactement ce à quoi il s'était attendu. Mais ce n'était pas si simple.

Ce n'est jamais si simple.

D'un geste rageur, il retourna la bouteille de telle manière que Manon ne puisse plus le regarder.

Non. Il ne pouvait pas se présenter à elle comme ça. Pas sous cette forme de non-homme qu'il était devenu, dont le cœur vagabondait sans but précis tant il avait peur d'aimer à nouveau et de perdre ce qu'il aimait.

Quand Max glissa sa main sur celle de Jean, ce dernier la saisit et la serra de toutes ses forces.

L'air soyeux du Sud s'engouffrait dans la voiture. Jean avait baissé toutes les vitres de la poussive Renault 5. Gérard Bonnet, le mari de Brigitte, lui avait cédé sa vieille voiture après qu'ils s'étaient séparés de leur véhicule de location, à Apt.

La portière droite était bleue, la gauche rouge, le reste de la voiture était en partie beige, en partie rouillé. C'était avec cette voiture et son petit sac de voyage que Perdu s'était mis en route. Après avoir dépassé Bonnieux, il était allé à Lourmarin, et de là jusqu'à Aix, en passant par Pertuis. Il avait poussé encore plus loin, optant pour la voie la plus rapide vers le sud, jusqu'à la mer. En contrebas devant ses yeux, Marseille trônait fièrement au milieu de sa baie. Cette grande ville dans laquelle l'Afrique, l'Europe et l'Asie s'embrassaient et guerroyaient simultanément. La ville portuaire ressemblait à un organisme qui scintillait et respirait à la tombée de la nuit, quand il déboucha sur l'A7 depuis les montagnes de Vitrolles.

À droite, les maisons blanches de la ville. À gauche, le bleu du ciel et de la mer. Cette vue était à couper le souffle.

La mer.

Comme elle brillait.

– Bonjour, la mer, murmura Jean Perdu.

Cette vision l'attirait irrésistiblement, comme si l'eau avait propulsé jusqu'à son cœur un hameçon relié à de solides cordes sur lesquelles elle tirait désormais, centimètre après centimètre, pour le rapprocher d'elle.

L'eau. Le ciel. Les bandes de condensation blanches dans l'azur en haut, les traces d'écume blanche dans le bleu en bas.

Oh, oui. Il avait très envie de plonger dans ce bleu infini. Descendre les falaises abruptes, et plus loin, plus loin, plus loin encore. Jusqu'à ce qu'il retrouve la paix et que ce tremblement qui le torturait de l'intérieur le laisse enfin en paix. Était-ce la séparation d'avec *Lulu* ? Ou, peut-être, la tristesse de constater qu'il n'avait pas encore atteint son objectif ?

Jean Perdu avait décidé de rouler jusqu'à ce qu'il soit certain. Il voulait trouver un lieu où il pourrait se retirer, comme un animal blessé.

Guérir. Il faut que je guérisse.

Il n'avait pas été conscient de cela quand il avait quitté Paris.

Craignant de réaliser d'un coup l'ampleur de tout ce qu'il ne savait pas en laissant Paris, il alluma la radio.

« Et si vous deviez raconter l'événement qui a fait de vous ce que vous êtes aujourd'hui, que diriez-vous ? Appelez et confiez-moi votre histoire – à moi, et à tous nos auditeurs du Var. »

Un numéro de téléphone s'ensuivit, puis l'animatrice à la voix aimable et feutrée laissa la place à un morceau de musique. Une chanson lente, qui roulait comme des vagues. Une guitare acoustique y insérait çà et là des soupirs mélancoliques, les tambours murmuraient en bruit de fond, comme la houle.

« Albatross » de Fleetwood Mac.

Une chanson qui amenait Perdu à évoquer le vol d'une mouette dans le coucher du soleil, une plage loin de ce monde sur laquelle brillaient des feux de camps faits de bois flotté.

Tandis que Jean gravissait l'autoroute de Marseille et se demandait quel avait bien pu être l'événement décisif de sa propre existence, une certaine Margot d'Aubagne relata le moment où elle avait commencé à être elle-même.

« C'était à la naissance de mon première enfant, ma fille. Elle s'appelle Fleur. L'accouchement a duré trente-six heures. Mais que la douleur puisse engendrer un tel bonheur, une telle paix… Après ça, je me suis sentie comme sauvée, délivrée de mes péchés. Tout avait un sens et moi, je n'avais plus peur de mourir. J'avais offert la vie, et la souffrance avait été le chemin vers le bonheur. »

Pendant quelques instants, Perdu comprit ce qu'elle voulait dire. Mais il restait néanmoins un homme. Il ne saurait jamais ce que cela voulait dire de partager son corps pendant neuf mois. Il ne pourrait jamais ressentir une part de son Moi se transformer pour toujours en un enfant et disparaître.

Il se trouvait maintenant dans le long tunnel de Marseille, sous les cathédrales, mais les ondes radio passaient néanmoins. L'auditeur qui prit la parole après Margot d'Aubagne fut Gilles, de Marseille. Il s'exprimait d'une voix dure et rauque d'ouvrier.

« Je suis devenu moi quand mon fils est mort, dit-il d'une voix hésitante, parce que le deuil m'a montré ce qui était important. Le deuil, c'est comme ça : au début, il nous suit partout. Il te réveille le matin, il est tout le temps là, avec toi. Il t'accompagne jusqu'au soir, il t'empêche de dormir. Il t'étouffe et te secoue comme un prunier. Mais il te réchauffe, aussi. Parfois il te lâche, mais jamais très longtemps. Il vient toujours te faire un coucou de temps en temps. Et ensuite, à la fin... eh bien, tout d'un coup, j'ai su ce qui était important dans la vie. C'est le deuil qui me l'a montré. C'est l'amour qui est important. La bonne bouffe. Garder le dos bien droit et ne pas se sentir obligé de dire oui quand on devrait dire non. »

Une nouvelle plage de musique. Jean s'éloignait désormais de Marseille.

Est-ce que j'ai cru que j'étais la seule personne à être en deuil ? À être bouleversé ? Ah, Manon. Ce dont j'ai manqué, c'est d'une personne avec laquelle je pouvais parler de toi.

Il se rappela soudain ce déclencheur pourtant banal qui l'avait amené à lever les amarres, à Paris. Les *Étapes* de Hesse comme serre-livres. Ce poème profondément intime, si intensément humain... comme produit de marketing.

Il comprit vaguement qu'il ne pouvait pas sauter d'étape, lui non plus.

Mais lesquelles avait-il déjà passées ? Était-il à la fin du parcours ? Était-il encore au début ? Tombait-il, avait-il perdu le rythme ?

Il éteignit la radio. Quand s'afficha la sortie en direction de Cassis, il déboîta et quitta l'autoroute, encore plongé dans ses réflexions. Il atteignit la petite ville peu après et engagea son automobile au moteur pétaradant dans les rues en pente raide regorgeant de touristes, d'animaux en plastique gonflable, de boucles d'oreilles en diamant assorties à toutes les robes du soir. Devant un restaurant d'apparence cossue, une grande pancarte invitait au « buffet balinais ».

Ce n'est pas un endroit pour moi.

Perdu pensa à Éric Lanson, son ami thérapeute des quartiers de l'Administration, à Paris, qui aimait tant lire des romans de *fantasy* et qui s'était essayé avec Jean à une psychanalyse littéraire, pour lui faire plaisir. Il aurait pu en parler, à Lanson, de son deuil et de sa peur ! Le médecin avait envoyé une carte provenant de Bali à Perdu, un jour. Là-bas, la mort était le point culminant de la vie. On l'accueillait, on la fêtait à grand renfort de danses, de concerts de cymbales et de buffets de fruits de mer. Jean se demanda ce que Max trouverait à dire à propos de ce genre de fête. Il aurait sûrement quelques mots irrespectueux, et drôles.

Au moment des adieux, Max lui avait dit deux choses. D'abord, qu'il fallait regarder les morts, puis les brûler et enterrer leurs cendres – et qu'ensuite, il fallait commencer à écrire leur histoire.

– Celui qui passe ses morts sous silence les reverra toujours en rêve.

Il lui avait aussi dit qu'il aimait *vraiment* cette région de Bonnieux et qu'il se voyait bien rester quelque temps dans son pigeonnier pour écrire.

Jean Perdu se doutait qu'un certain tracteur rouge avait également un rôle dans cette décision. Mais qu'est-ce qu'il avait dit, déjà ? Qu'il fallait raconter l'histoire des morts ?

Perdu s'éclaircit la voix et se lança, dans la solitude de l'habitacle :

– Elle parlait comme s'exprimerait la nature. Manon ne cachait jamais ses sentiments. Elle aimait le tango. Elle buvait la vie comme du champagne, l'accueillait de la même manière : elle a toujours su que la vie était une occasion particulière.

Il sentit un profond chagrin grossir en lui.

Il avait davantage pleuré au cours des deux dernières

semaines que pendant les vingt et une années précédentes. Mais toutes ces larmes étaient pour Manon, toutes, et il n'avait plus honte.

Perdu avait rapidement traversé les ruelles raides de Cassis. Il dépassa à sa droite le cap Canaille et ses falaises rouges spectaculaires et poursuivit à travers les collines et les forêts de pins, le long de l'ancienne route côtière qui reliait Marseille à Cannes. Les villages se fondaient les uns dans les autres, les rangées d'habitations se rejoignaient bien au-delà des frontières des villes, les palmiers et les pins, les fleurs et les rochers s'alternaient sur les bas-côtés. La Ciotat. Le Liouquet. Et enfin, Les Lecques.

Quand il découvrit un parking, non loin d'un accès à la plage, Jean se détacha spontanément de la colonne de voitures. Il avait faim.

Dans cette petite ville composée de villas marquées par le passage du temps et de nouvelles installations hôtelières plus pratiques, la bande côtière était largement occupée par des familles. Celles-ci flânaient le long de la plage et de la promenade, prenaient leurs repas dans les restaurants et les bistrots aux baies vitrées grandes ouvertes sur le large.

Quelques garçons au corps bruni par le soleil se lançaient un frisbee dans le ressac et, plus loin, derrière la rangée de bouées de démarquage jaunes, derrière le phare, un banc d'optimistes blancs se balançait au rythme des vagues.

Jean dénicha une place au bar du bistrot de plage *L'Équateur*, à deux mètres à peine de la plage, à dix mètres des flots. De grands parasols bleus secoués par le vent se dressaient au-dessus des tables nues, alignés en rangs serrés, comme sur toutes les terrasses de Provence à cette période de l'année. Les touristes se retrouvaient collés les uns contre les autres, comme dans une boîte de sardines à l'huile. Assis devant le zinc, Perdu était aux premières loges.

Tout en savourant ses moules à la crème et aux herbes fumantes dans leur poêlon en fonte noire, il ne quittait pas la mer des yeux. De temps à autre, il prenait une gorgée de bandol sec.

La mer était d'un bleu azuréen dans la lumière tardive. Quand le soleil commença à disparaître, elle prit une teinte d'un turquoise foncé. Le sable passa d'un blond doré à une couleur de lin sombre avant de prendre la teinte des ardoises. Les passantes se firent plus agitées, leurs jupes plus courtes, leurs rires plus joyeux. Une discothèque en plein air avait été installée sur la jetée et des groupes de trois ou quatre personnes en robes légères, jeans courts ou tee-shirts découvrant des épaules bronzées et luisantes se hâtaient dans cette direction.

Perdu les suivit des yeux. Il reconnaissait à leur pas rapide, à leur posture penchée en avant l'envie irrépressible si caractéristique de la jeunesse de vivre quelque nouvelle expérience, de se trouver dès que possible dans un lieu promettant des aventures. Des aventures érotiques ! Rire, être libre, danser jusqu'au matin, pieds nus dans le sable frais, une chaleur au creux du ventre. Et tous ces baisers inoubliables.

Au soleil couchant, Saint-Cyr et Les Lecques se transformaient en une aimable fête en plein air.

La vie estivale dans le Sud. C'était le moment de rattraper ces chaudes heures de l'après-midi, quand le sang stagnait dans les veines, épais et privé d'énergie.

La langue de terre recouverte de pins et de maisons, sur la gauche de la voiture, se trouva baignée d'une lueur d'un rouge doré, l'horizon se détacha, orange et bleu mêlés, la mer salée ondoyait doucement.

Il avait presque fini son caquelon de moules, il ne restait plus qu'un fond de crème mêlée d'eau de mer et de fines herbes dans lequel nageaient quelques morceaux de coquille d'un noir bleuté. À cet instant, la mer, le ciel et la terre se retrouvèrent pendant de longues minutes plongés dans un même bleu grisé qui colorait l'air, son vin, les murs blancs du restaurant et la promenade d'une même teinte froide. L'espace de ces quelques instants, les silhouettes des promeneurs ressemblèrent à autant de sculptures de pierre dotées de parole.

Un garçon bâti comme un surfeur débarrassa la table de Perdu et lui tendit en échange un bol d'eau chaude pour se rincer les mains.

– Vous prendrez un dessert ? demanda-t-il d'un ton aimable, mais qui cachait mal un second message : « Si vous n'en prenez pas, vous seriez bien gentil de déguerpir pour laisser le client suivant dépenser de l'argent chez nous. »

N'empêche, il se sentait bien, là. Il s'était autant nourri de son plat que de la vue. Il en avait eu tellement envie, de cette vision-là, et le tremblement de son être s'était un peu calmé depuis.

Perdu abandonna son verre de vin à moitié plein, jeta un billet à côté de l'addition et regagna sa Renault 5 multicolore. Un goût de crème salée sur les lèvres, il reprit sa route le long de la côte.

Quand la mer disparut de sa vue, il tourna à droite au prochain embranchement et quitta la route nationale, décidé à ne pas perdre de vue la grande étendue d'eau. Il la vit bientôt réapparaître, brillant doucement dans la lumière de la lune, entre les cyprès, les pins parasols et les maisons, les hôtels et les villas. Il traversa un ravissant quartier résidentiel, désert à cette heure. Les villas cossues arboraient des couleurs vives. Il n'avait pas la moindre idée de l'endroit où il se trouvait, mais il savait qu'il serait heureux de se réveiller là le lendemain matin, et de plonger dans la mer. Il était grand temps de chercher une pension ou un bout de plage où il pourrait faire un feu de camp pour dormir à la belle étoile.

Le moteur de la Renault émit un étrange sifflement, comme un « *vouiiiiih* », au moment où Perdu se laissant lentement glisser le long du boulevard Frédéric-Mistral. S'ensuivit un drôle de claquement, puis le moteur se mit à tousser. Profitant des derniers mètres de pente, Perdu se rangea sur le bas-côté.

Une fois arrivée là, la Renault rendit un dernier soupir. Elle n'émit pas même un cliquetis électrique quand Jean tourna la clé de contact. Manifestement, la voiture aussi avait décidé de prolonger son séjour dans ce coin de la côte.

Jean Perdu sortit du véhicule et jeta un coup d'œil alentour. En contrebas, il découvrit une petite crique surplombée par des appartements et des villas qui semblaient se densifier quelque cinq cents mètres plus loin, sans doute autour d'un petit centre-ville. L'ensemble baignait dans une lueur orange et bleue. Il prit son petit sac de voyage et se mit en route.

Un calme rédempteur régnait ici. Pas de discothèque en plein air. Pas de bouchons de voitures. Oui, même les mouvements de la mer paraissaient plus doux, ici.

Après dix minutes de marche le long de petites villas anciennes entourées de jardins fleuris, il atteignit une curieuse tour de garde carrée, autour de laquelle un hôtel avait été bâti une centaine d'années plus tôt. Il comprit alors où il avait atterri.

Quelle coïncidence ! Et pourtant, cela semblait si logique.

Il s'avança vers le quai, soudain envahi par une grande humilité, et ferma les yeux pour mieux s'imprégner de l'odeur des lieux. Le sel. Le grand large. La fraîcheur.

Il rouvrit les yeux. Le vieux port de pêche. Des douzaines de petits bateaux qui se balançaient sur la surface lisse et bleue de l'eau. Un peu plus loin vers le large flottaient des yachts d'un blanc immaculé. Les maisons – pas une ne dépassait quatre étages et leurs façades se déclinaient dans des tons pastel.

Ce magnifique et ancien village de marins dont les couleurs s'intensifiaient dans l'éclat du jour et se tamisaient sous le ciel nocturne étoilé, dans la lueur douce et rose des lanternes désuètes. Il apercevait le marché, les auvents jaunes et rouges de ses étalages nichés sous des platanes feuillus. Entre ceux-ci, les hommes et les femmes rassasiés de soleil et d'iode, le regard perdu dans le lointain, installés aux innombrables chaises des brasseries anciennes et des cafés nouveaux.

Un lieu qui avait servi de refuge à de nombreux fugitifs.

Sanary-sur-Mer.

37

À l'attention de : Catherine (nom de famille du célèbre Le P. – vous voyez de qui je parle), 27, rue Montagnard, 75011 Paris.

Sanary-sur-Mer, en août

Lointaine Catherine,

À ce jour, la mer s'est parée de vingt-sept couleurs différentes. Aujourd'hui, c'est un mélange de bleus et de verts. Dans les boutiques, les femmes qualifient cette teinte de « pétrole, » elles savent sûrement de quoi elles parlent. Quant à moi, je l'appelle « turquoise mouillé ».

Catherine, l'appel de la mer est bien réel. Elle griffe comme un chat. Elle te séduit et te caresse, elle t'offre le miroir le plus lisse et soudain elle se réveille, sauvage, et attire les surfeurs dans ses hautes vagues rugissantes. C'est chaque jour un spectacle différent, et les jours de tempête, les mouettes crient comme des petits enfants tandis qu'elles semblent annoncer des merveilles quand le soleil brille : « C'est beau ! C'est beau ! C'est beau ! » Sanary est si belle, on pourrait mourir sans même s'en apercevoir.

Mon séjour de célibataire dans la Belle Bleue, ma chambre bleue à la pension Beau Séjour d'André s'est terminé peu après le 14 juillet. Je n'ai plus besoin de rassembler mon linge dans ma housse de couette et d'aller faire les yeux doux à Mme Pauline, ni d'aller à la laverie de Six-Fours-les-Plages. Je possède désormais une machine à laver. C'était jour de paie dans la librairie et MM – Mme Minou Monfrère, le propriétaire et première libraire du coin – est contente de mon travail. Elle dit que je ne la dérange pas. Très bien. La première chef de ma vie m'a attribué la littérature jeunesse, les dictionnaires, les grands classiques. Elle m'a aussi chargé d'étoffer le département des écrivains allemands en exil. Je fais tout ce qu'elle me demande, et curieusement cela me fait du bien de ne pas devoir tirer la charrue moi-même.

J'ai également trouvé un logis pour le lave-linge et moi-même. La maison se trouve sur une colline, au-dessus du port, derrière la chapelle Notre-Dame-de-Pitié mais avant Portissol, cette minuscule crique où les baigneurs se disputent le moindre carré de plage avec leur serviette de bain. Il existe à Paris des appartements anciens qui sont plus grands que cette maison. Mais ils n'ont pas son charme.

Sa couleur oscille entre la teinte tendre d'un flamant rose et le jaune lumineux d'un curry chinois. L'une des chambres donne sur un palmier, un pin, une multitude de fleurs et l'arrière de la petite chapelle. Un peu plus loin, derrière les hibiscus, on aperçoit la mer. Un assortiment de couleurs que Gauguin aurait aimé. Rose et bleu pétrole. Rose et turquoise mouillé. J'ai cette étrange et très réelle impression d'apprendre à voir pour la première fois de ma vie, Catherine.

En guise de loyer, j'aide, depuis mon arrivée, à rénover la maison rose et jaune. Elle appartient également à André et à sa femme Pauline. Ils n'ont pas le temps, pas d'enfants non plus pour les aider. En été, *leur pension à neuf chambres, le* Beau Séjour, *affiche toujours complet.*

Elle me manque, la « chambre bleue, » la numéro 3, au premier étage, tout comme la voix rauque d'André, le petit déjeuner qu'il nous servait, sa cour silencieuse surmontée d'un toit fait de feuillage vert. André me rappelle un peu mon père. Il fait la cuisine pour les locataires de la pension pendant que Pauline joue au solitaire ou, si on lui demande, au tarot. Elle veille à la bonne humeur, ici. La plupart du temps, je la vois claquant des cartes sur la table en plastique, une cigarette à la bouche. Elle m'a proposé de me joindre à elle. Est-ce que je devrais accepter sa proposition ?

Leurs femmes de ménage – Aimée, une grosse dame blonde bruyante et drôle, et Sülüm, petite et frêle, coriace comme une olive desséchée et qui ne rate pas une occasion de rire silencieusement, de sa bouche édentée – portent au bras leurs seaux de linge sale comme les Parisiennes tiennent leur sac à main Vuitton ou Chanel. J'aperçois souvent Aimée à l'église, celle du port. Quand elle chante, ses yeux se remplissent de larmes. Ici, les services sont entièrement dédiés aux hommes et aux femmes. Les enfants de chœur sont tout jeunes, ils portent l'aube blanche et sourient chaleureusement. On ne rencontre pas, à Sanary, l'habituelle hypocrisie qui caractérise de nombreux autres lieux de villégiature.

C'est aussi comme cela qu'il faut chanter. En laissant couler ses larmes de joie. J'ai recommencé à chanter sous la douche en sautillant en pensée d'un jet d'eau à l'autre qui s'écoulait de la vieille pomme entamée par le calcaire. Parfois, pourtant, il me semble encore être enfermé en moi-même. Comme si je vivais dans une caisse invisible, une caisse qui me séquestrerait, et me couperait du reste du monde. Dans ces moments-là, même ma propre voix me semble superflue.

Je bâtis un toit au-dessus de la terrasse, pour nous protéger du soleil si constant ici. Il est comme l'immense salon d'une maison aristocratique : tu t'y sens réchauffé et en sécurité, luxueusement entouré d'éclat et de douceur mais aussi écrasé, menacé, étouffé quand la chaleur perdure. Entre quatorze et dix-sept heures, parfois dix-neuf heures, aucun habitant de Sanary ne sort de l'ombre. On préfère se réfugier dans le coin le plus frais de la maison, s'allonger nu sur les dalles froides de la cave et attendre que la beauté et la fournaise aient pitié de nous. Je pose des serviettes humides sur mon front et mon dos.

Devant la terrasse de la cuisine que je construis, on aperçoit les façades colorées du port entre les mâts des bateaux, mais surtout les yachts d'un blanc étincelant et, tout au bout de la jetée, le phare d'où les pompiers font partir leurs créations pyrotechniques, la nuit du 14 Juillet. En face, on distingue les collines et les montagnes aux pentes douces, et derrière celles-ci, Toulon et Hyères. Une poignée de maisonnettes blanches disséminées sur les montagnes aux cimes rocheuses. Si tu te hisses sur la pointe des pieds, tu reconnaîtras la tour de garde carrée de Sanary. L'hôtel de la Tour a été bâti autour de celle-ci, un bloc lisse dans lequel quelques écrivains allemands en exil ont survécu aux heures les plus noires de la guerre.

Les familles Mann, Feuchtwanger, Brecht. Les Bondy, et aussi Toller. L'un des Zweig et l'autre aussi, et puis Wolff, Seghers et Massary. Quel prénom merveilleux pour une femme : Fritzi.

(Je me lance dans une véritable conférence, pardon,

Catherine ! Le papier est patient. Un auteur ne l'est jamais.)

Fin juillet, j'étais près du vieux port, sur le quai Wilson, à jouer à la pétanque un peu moins mal qu'à mes débuts, un petit Napolitain rondouillard est apparu au coin de la rue, un panama sur la tête, la moustache tremblante comme celle d'un chat satisfait. Au bras il tenait une femme dont le cœur tendre se lit sur son visage : c'était Cuneo et Samy ! Ils sont restés une semaine. Ils avaient confié le bateau à la garde de la ville de Cuisery, où il a trouvé sa place. Lulu la fanatique de lecture parmi les siens.

Comment, pourquoi, grandes retrouvailles.

— Pourquoi n'allumes-tu jamais ton téléphone portable, espèce d'âne ? a braillé Samy.

Eh bien, cela ne les a pas empêché de me retrouver. Ils sont passés par Max et Mme Rosalette, bien sûr. Toujours aussi douée pour glaner des informations, celle-là. Apparemment, elle étudiait attentivement les timbres des lettres que je t'envoyais et elle a vite compris que je m'étais installé à Sanary pour un moment. Qu'est-ce que le monde des amis et des amants ferait sans les concierges, ici bas ? Qui sait, peut-être que chacun de nous a sa propre mission, dans le Grand Livre de la vie. Les uns aiment particulièrement bien, les autres savent prendre soin de ceux qui aiment.

Bien entendu, je sais pourquoi j'ai oublié le téléphone. Parce que j'ai passé trop de temps dans un monde de papier. Je commence tout juste à découvrir « tout ça ».

Durant quatre jours, Cuneo m'a aidé dans les travaux de maçonnerie. Il a essayé de me convaincre que cuisiner était comme faire l'amour. Il m'a fait des leçons et tenu des discours exceptionnels, à commencer par le marché. Tu devrais voir ces vendeuses immergées au milieu des tomates, des haricots, des melons, des fruits divers et variés, de l'ail, de plusieurs sortes de radis, de framboises, de pommes de terre, d'oignons dans leurs cageots. Nous avons mangé des glaces au caramel beurre salé chez le glacier, juste derrière le manège. Légèrement salées, avec un arrière-goût à la fois sucré et un peu brûlé, crémeuses. Je n'ai jamais goûté de glace aussi parfaite et j'ai pris l'habitude d'en manger tous les jours (parfois aussi la nuit).

Cuneo m'a appris à regarder avec les mains. Il m'a enseigné comment reconnaître la manière dont certaines choses demandent à être manipulées. Il m'a montré comment me servir de mon odorat, comment comprendre à partir de leur odeur quels aliments se marient bien et lesquels sont incompatibles. Il a déposé une tasse de poudre de café dans mon réfrigérateur et m'a expliqué que cela servait à recueillir toutes les odeurs malvenues. Nous avons cuisiné du poisson sous toutes les formes possibles : mariné, bouilli, cuit au four, grillé.

Si tu me redemandes de cuisiner pour toi, cette fois, je serai en mesure de te séduire avec tout ce que j'ai appris.

Quant à Samy, elle m'a offert une dernière de ses inénarrables sagesses. Ma grande amie, si petite en taille. Exceptionnellement, elle n'a pas crié – elle adore hurler. Au contraire, elle m'a serré dans ses bras pendant que je contemplais la mer dont je m'amuse à compter les couleurs. Elle m'a murmuré tout bas :

– Est-ce que tu savais qu'il existe un monde inter-médiaire, entre la fin et le nouveau départ ? C'est le temps blessé, Jean Perdu. C'est un marais dans lequel s'amassent les rêves, les soucis et les intentions

oubliées. Quand on traverse cette période, on avance d'un pas lourd. Ne sous-estime pas ce passage, Jean, entre les adieux et le recommencement. Prends ton temps. Parfois, ces seuils à passer sont si larges qu'on ne peut pas les traverser d'un seul pas.

Depuis, je réfléchis beaucoup à ce que Samy appelle le temps blessé, le monde intermédiaire. Ce passage qu'il faut traverser entre un adieu et un nouveau départ. Je me demande si mon deuil ne commence que maintenant... ou s'il dure depuis vingt ans, déjà.

Est-ce que tu connais aussi ce temps blessé ? Est-ce que le chagrin d'amour est un peu comme un deuil après un décès ? Est-ce que je peux me permettre de te poser ces questions ?

Sanary est sans doute l'un des rares endroits dans notre pays où les habitants sourient quand je leur conseille un auteur allemand. D'une certaine manière, ils sont fiers d'avoir offert un refuge à la première garde d'écrivains fuyant la dictature. Malheureusement, trop peu de maisons d'exilés ont été préservées, six ou sept tout au plus, et la maison de Mann a été reconstruite à l'identique. On trouve rarement leurs œuvres dans les librairies et pourtant, ils ont été des douzaines à venir s'installer ici. C'est moi qui me charge d'étoffer le rayon, MM me laisse carte blanche.

Figure-toi qu'elle m'a même recommandé aux notables de la ville. Le maire, un grand type en costume aux cheveux courts et argentés, qui a pris le plus grand plaisir à diriger le défilé des camions de pompier, le 14 Juillet. Ils ont tout sorti, Catherine. Les camions, les tanks, les Jeep, et même un vélo, et un bateau sur une remorque. C'était grandiose, sans parler des nouvelles recrues qui marchaient, fières et détendues, à leur suite. En revanche, la bibliothèque du maire est une piètre armoire à pharmacie. Des noms qui claquent, Camus, Baudelaire, Balzac, tout en cuir évidemment, pour que les visiteurs se disent : « Oh ! Montesquieu ! Et Proust, comme c'est ennuyeux. »

Je propose au maire de lire ce qu'il a envie de lire plutôt que ce qui est censé faire bonne impression et de ranger sa bibliothèque autrement qu'en fonction de la couleur des jaquettes, de l'alphabet ou de leur genre. Il devrait faire des groupes. Tout ce qui concerne l'Italie dans un coin : les livres de cuisine, les romans, les livres illustrés, les ouvrages pratiques sur Léonard de Vinci, les écrits religieux de saint François d'Assise, tout ce qu'il trouve. Dans un autre coin, tout ce qui a trait à la mer : de Hemingway jusqu'à l'Encyclopédie des requins, des chansons à la soupe de poisson.

À cause de mon métier, il me croit plus malin que je ne le suis.

Dans la librairie de MM, il y a un endroit que j'affectionne tout particulièrement. C'est tout près des dictionnaires, un endroit paisible où s'aventurent rarement quelques jeunes filles qui viennent consulter secrètement des mots que leurs parents ont refusé de leur expliquer : « Tu es trop jeune pour ça, je te l'expliquerai quand tu seras grande. » Moi, personnellement, je crois qu'il n'existe pas de question trop grande. Il faut seulement adapter ses réponses.

Je suis assis dans un coin, sur un escabeau, j'affiche un air intelligent et je respire. Je ne fais rien d'autre.

Depuis ma cachette, je vois le ciel qui se reflète dans la porte vitrée ouverte, et aussi un bout de mer, au loin. Tout est plus beau, plus doux que dans la réalité, bien qu'il soit difficile de faire plus beau qu'ici. Au milieu des villes aux maisons carrées et blanches de la côte, entre Marseille et Toulon, Sanary est le dernier coin où la vie continue quand les vacanciers sont repartis. Bien entendu, tout est fait pour eux, ici, entre juin et fin août, et il est impossible d'avoir une table au restaurant sans avoir réservé à l'avance. Mais une fois partis, les vacanciers ne laissent pas des maisons vides aux volets battants à chaque coup de vent et des parkings de supermarché déserts. La vie continue. Les ruelles sont étroites, les maisons colorées et petites. Les habitants se serrent les coudes et les pêcheurs vendent d'énormes poissons depuis le pont de leur bateau, à l'aube. Cette petite ville aurait tout aussi bien pu se trouver dans le Luberon, un village au caractère bien trempé, fier. Mais le Luberon est déjà le vingt et unième arrondissement de Paris. Sanary est un lieu de désir.

Depuis quelque temps, je joue à la pétanque tous les soirs. Pas au boulodrome mais sur le quai Wilson. Ils laissent les réverbères allumés jusqu'à vingt-trois heures. Ce sont les hommes calmes qui jouent là (certains diraient : les vieux), on n'y parle pas beaucoup.

C'est le plus beau coin de Sanary. De là, tu vois la mer, la ville, les lumières, les boules, les bateaux. Tu es au milieu de tout, et pourtant tout est paisible. Personne n'applaudit, on entend parfois un « aaah ! » et le cliquetis des boules, et quand le tireur, qui est aussi mon nouveau dentiste, touche le cochonnet, il lâche un « et toc ! ». Mon père adorerait cet endroit.

Ces derniers temps, je me suis souvent imaginé en train de jouer avec mon père. On papoterait en même temps. On rirait. Catherine, nous avons encore tant de choses à nous dire et tant de raisons de rire.

Où sont passées les vingt dernières années ?

Le Sud est d'un bleu multicolore, Catherine.

Ta couleur me manque ici. Elle ferait tout rayonner.

Jean

38

Perdu nageait tous les matins avant les grandes chaleurs et tous les soirs, juste avant le coucher du soleil. Il avait découvert que c'était pour lui le seul moyen de se laver de son deuil. Laisser la mer le nettoyer de sa tristesse, une parcelle de peau après l'autre.

Il avait aussi, bien sûr, tenté sa chance en allant prier à l'église. En chantant. Il avait marché des heures durant dans l'arrière-pays de Sanary. Il avait raconté l'histoire de Manon à voix haute, dans la cuisine, au cours de ses promenades matinales, il avait crié son nom aux mouettes et aux buses. Mais cela ne l'avait que rarement soulagé.

Le temps blessé.

Le deuil s'emparait souvent de lui au moment de s'endormir. Précisément quand il était détendu, quand il se sentait partir – c'était là qu'il s'imposait tout d'un coup. Allongé dans le noir, il pleurait amèrement, et alors, le monde était aussi petit que la pièce, isolé et dénué de toute notion de chez-soi. Dans ces instants-là, il craignait de ne jamais être capable de rire à nouveau, qu'une telle douleur ne finirait jamais. Pendant ces milliers d'heures sombres, son cœur et sa tête s'emplissaient de « Et si… ». Si son père mourait en pleine partie de pétanque. Si sa mère commençait à parler à son téléviseur et se flétrissait de tristesse. Il avait peur que Catherine ne lise ses lettres à ses amies et qu'elles en rient ensemble. Il avait peur de devoir toujours porter le deuil de quelqu'un qu'il aimerait, qu'il aimerait tant.

Allait-il pouvoir supporter cela pendant le restant de sa vie ? Est-ce que quelqu'un pouvait supporter cela ?

Il aurait aimé pouvoir s'abandonner quelque part dans un coin, comme un vieux balai.

Seule l'immensité de la mer avait été à la mesure de son chagrin.

Après un entraînement intensif, Perdu s'était laissé porter par l'eau, sur le dos, les pieds dirigés vers la plage. Là, sur les vagues, les doigts écartés laissant passer l'eau, il avait ressorti des profondeurs de sa mémoire chaque seconde passée avec Manon. Il l'avait contemplée le temps nécessaire pour ne plus ressentir de regrets. Puis il l'avait laissée partir.

Ainsi, Jean se laissa bercer par les vagues, soulever et transporter. Lentement, extrêmement lentement, il reprit confiance. Il ne faisait pas confiance à la mer, oh non ! Personne ne devrait commettre cette erreur. Jean Perdu avait repris confiance en lui.

Il ne se briserait pas. Il ne se noierait pas dans ses émotions.

Et après chaque nouvelle tentative de se livrer aux flots, il avait perdu un atome de peur.

Il avait trouvé sa façon de prier. Tout le mois de juillet, la moitié du mois d'août.

Un matin, la mer était douce et calme. Jean avait nagé plus loin encore que d'habitude. Là-bas, très loin de la plage, il s'était autorisé une pause après le crawl et la brasse. Un sentiment de paix intense l'avait réchauffé de l'intérieur.

Peut-être s'était-il endormi. Peut-être avait-il rêvé dans un demi-sommeil. L'eau céda le passage pendant qu'il se noyait, la mer se fit fraîche et accueillante. Une odeur de brise soyeuse était dans l'air, de cerises au mois de mai. Des moineaux sautillaient sur les accoudoirs de son transat.

Elle était là.

Manon. Elle souriait tendrement à Jean.

— Mais qu'est-ce que tu fais là ?

En guise de réponse, Jean s'était approché d'elle, s'était agenouillé et l'avait enlacée. Il avait posé sa tête sur son épaule, comme pour s'enfouir en elle.

Manon lui avait ébouriffé les cheveux. Elle n'avait pas vieilli, pas d'un seul jour. Elle était aussi jeune et rayonnante que la Manon qu'il avait vue un soir d'août, vingt et un ans plus tôt. Elle dégageait une chaleur vivante.

— Je suis désolé de t'avoir abandonnée. J'étais idiot.

— Mais bien sûr, Jean, avait-elle murmuré très doucement.

Quelque chose avait changé. C'était comme s'il pouvait se regarder avec les yeux de Manon. Comme s'il flottait au-dessus de lui-même, à travers toutes les époques de sa vie tordue. Il compta deux, trois, cinq versions de lui-même... toutes à des âges différents.

Là, comme c'était gênant ! Un Perdu penché sur son puzzle représentant un paysage, qui le détruisait à peine l'avait-il terminé pour le reprendre depuis le début.

Le Perdu suivant, seul dans sa cuisine frugale, fixant le mur terne, une ampoule nue au-dessus de sa tête. Mâchonnant un fromage sous vide et un bout de pain industriel. Parce qu'il s'interdisait de manger ce qu'il aimait. Parce qu'il avait peur de réveiller des émotions.

Le Perdu suivant, ignorant les femmes. Leur sourire. Leurs questions : « Et vous, qu'est-ce que vous faites, ce soir ? » Ou bien : « Passez-moi un coup de fil ! » Leur chaleur quand elles sentaient, grâce aux antennes que seules les femmes possèdent pour ces choses-là, qu'un grand trou vide l'habitait. Mais aussi leur énervement, leur incompréhension quant il refusait de séparer l'amour du sexe.

De nouveau, quelque chose changea.

Tout d'un coup, Jean eut l'impression d'être un arbre qui s'élevait voluptueusement vers le ciel. Il lui sembla au même moment se retrouver dans le vol titubant d'un papillon et dans la chute rapide d'une buse, sur la cime d'une montagne. Il sentit le vent s'engouffrer dans les plumes de son ventre – il volait ! Il plongea dans la mer, violemment, il arrivait à respirer sous l'eau.

Une énergie inconnue, puissante et saturée pulsait dans ses veines. Il comprit enfin ce qui lui arrivait...

Quand il se réveilla, les vagues l'avaient quasiment ramené sur le rivage.

Pour une raison qu'il ne s'expliquait pas, il n'avait ressenti aucune tristesse après cette matinée de natation, après ce rêve éveillé.

Il était furieux. Furibond !

Oui, il l'avait vue, oui elle lui avait montré quelle triste vie il s'était choisie. Comme elle était honteuse, cette solitude dans laquelle il s'était complu parce qu'il n'avait pas eu le courage de faire confiance une seconde fois. De faire confiance complètement, car rien d'autre n'était envisageable dans l'amour.

Il était encore plus en colère qu'à Bonnieux, quand le visage de Manon l'avait fixé, sur la bouteille. Plus furieux que jamais.

– Ah, merde ! avait-il hurlé en direction des flots.

Espèce d'idiote, espèce d'imbécile ! Qu'est-ce qui t'a pris de mourir comme ça, en plein cœur de la vie !

Derrière lui, sur le sentier asphalté, deux joggeurs intrigués se retournèrent à ses cris. Pendant un bref instant, il ressentit de l'embarras.

– Quoi, qu'est-ce qu'il y a ? aboya-t-il aussitôt après.

Il était plein jusqu'à ras bord d'une fureur brûlante, bouillonnante.

– Pourquoi tu ne m'as pas appelé, comme toute personne normalement constituée ? Qu'est-ce qui t'a pris de me cacher que tu étais malade ? Comment, Manon, *comment* as-tu pu partager toutes ces nuits avec moi, sans jamais dire un mot ? Merde, quoi... T'es vraiment une... Oh, bon Dieu !

Il ne savait que faire de toute cette rage. Il avait envie de casser quelque chose. Il s'agenouilla et frappa le sable de ses poings serrés, il en prit des poignées entières et les projeta derrière lui. Il s'énerva, mais cela ne suffit pas. Il recommença à fouiller furieusement le sable. Cela ne le soulageait pas. Il se releva et courut vers la mer, il frappa les vagues des deux poings, puis avec le plat de la main, à tour de bras. L'eau salée giclait dans ses yeux. Cela brûlait. Il continua de boxer.

– Pourquoi t'as fait ça ? Pourquoi ?

Peu importait à qui il adressait cette question, à lui, à Manon, à la mort, cela n'avait aucune importance, il était furieux.

– Je croyais qu'on se connaissait. Je croyais que tu étais de mon côté, je pensais...

Sa fureur se tarit. Elle sombra dans la mer, entre deux vagues, et se fit épave, ballottée jusqu'à un autre endroit où quelqu'un la trouverait et se mettrait en colère, brusquement furieux contre la mort qui vous sabotait la vie.

Jean sentit les cailloux sous ses pieds nus et se rendit compte qu'il avait froid.

– J'aurais tellement aimé que tu me le dises, Manon, avait-il répété une dernière fois, cette fois d'une voix posée, hors d'haleine, désenchantée – déçue.

Le roulis de la mer se poursuivit imperturbablement.

Les sanglots cessèrent. Il repensait de temps en temps aux moments partagés avec Manon, continua d'aller nager comme on va à l'église. Ensuite, cependant, il s'asseyait au bord de l'eau et se laissait sécher par le soleil en savourant le léger frissonnement qui le parcourait. Oui, il aimait longer l'écume, pieds nus, sur le chemin du retour. Il prenait plaisir à commander son premier café du matin et à le boire, la chevelure encore humide, en regardant la mer et ses mille couleurs.

Perdu s'essayait à la cuisine, nageait, buvait peu, dormait à heures régulières et retrouvait tous les jours le groupe de joueurs de pétanque. Il continuait d'écrire des lettres. Il avançait dans son *Encyclopédie des petites et des moyennes émotions* et, le soir venu, il vendait des livres à des touristes en bermuda.

Ici, il avait modifié la manière dont il associait les livres et les lecteurs. Il demandait souvent : « Comment aimeriez-vous vous sentir, au moment de vous endormir ? » La plupart de ses clients aspiraient à la légèreté et à la sécurité.

À d'autres, il demandait ce qu'ils aimaient le plus. Les cuisiniers aimaient leurs couteaux. Les promoteurs immobiliers aimaient le bruit des clés. Les dentistes aimaient tout particulièrement cette lueur d'effroi dans les yeux de leurs patients – ça, Perdu s'en serait douté.

Mais la plupart du temps, il demandait : « Quel goût devrait avoir le livre que vous cherchez ? Un goût de glace ? Épicé, carnassier ? Ou peut-être un goût de rosé frais ? »

La nourriture et les livres étaient étroitement liés, il avait fallu qu'il vienne à Sanary pour s'en apercevoir. Bientôt, on l'affubla du surnom de « mangeur de livres ».

Les rénovations de la petite maison prirent fin pendant la seconde moitié du mois d'août. Il l'habita en compagnie d'un chat errant tigré et plutôt ronchon qui ne miaulait ni ne ronronnait, et n'arrivait que le soir, où il s'installait invariablement au pied de son lit, son œil méfiant rivé sur la porte. Le chat surveillait ainsi le sommeil de Perdu.

Il le baptisa d'abord Olson, mais quand le chat se rebella en silence, il opta pour Psst.

Jean Perdu ne voulait pas commettre une seconde fois l'erreur de ne pas révéler ses sentiments à une femme. Peu importait que ses sentiments, justement, ne soient pas clairement définis. Il se trouvait toujours dans le temps blessé et tout indice de renouveau était encore caché dans un épais brouillard. Il n'avait pas la moindre idée de l'endroit où il serait l'année suivante à la même époque. Tout ce qu'il savait, c'était qu'il devait poursuivre sur cette voie pour découvrir quel était son but. Il avait donc écrit à Catherine. Exactement de la même manière qu'il l'avait fait sur les fleuves et depuis qu'il se trouvait à Sanary – tous les trois jours, parfois.

Samy lui avait dit : « Essaie avec ton téléphone, aussi, un jour. Tu verras, c'est très excitant ! Crois-moi. »

Un soir, il avait donc attrapé le téléphone et composé son propre numéro de téléphone parisien. Catherine voulait savoir qui il était : un homme entre l'ombre et la lumière. On devenait quelqu'un d'autre quand une personne aimée mourait.

— Oui, 27, rue Montagnard. Allô ? Qui est là ? Mais dites quelque chose !

— Madame Rosalette… Quelle est votre couleur de cheveux, en ce moment ? avait-il demandé d'une voix hésitante.

— Ah, monsieur Perdu ! Comment…

— Est-ce que vous connaissez le numéro de téléphone de Catherine, par hasard ?

— Bien sûr que je le connais, je connais tous les numéros de la maison, tous. Figurez-vous que Mlle Gulliver, là-haut, elle a de nouveau…

— J'aimerais lui parler…

— À Mlle Gulliver ? Pourquoi ça ?

— Non, ma chère. À Catherine. Je voudrais son numéro.

— Ah, d'accord. Oui. Vous lui écrivez souvent, hein ? Je sais qu'elle garde toutes vos lettres sur elle. Un jour, elles sont tombées de sa poche. Je n'ai pas pu ne pas les voir, puisque c'était le jour où M. Goldenberg…

Il n'insista pas à propos du numéro et se contenta, cette fois, d'écouter ce que Mme Rosalette avait à lui raconter. Sur Mlle Gulliver et ses nouvelles pantoufles d'un rouge corail, qui faisaient un vacarme épouvantable et inutile dans les couloirs – quelle vanité, tout de même ! Sur Kofi, qui manifestait le désir de faire des sciences politiques. Sur Mme Bomme, qui avait subi avec succès une opération des yeux et n'avait plus besoin de loupe pour lire. Sur le concert de balcon de Clara Violette – merveilleux. Quelqu'un en avait fait une… comment appelait-on cela, une vidéo, et l'avait postée sur Internet. Pleins de gens avaient appuyé dessus, ou quelque chose comme ça, et maintenant Clara Violette était célèbre.

– Cliqué ?

– C'est bien ce que je disais.

Et puis, ah oui, Mme Bernard avait fait aménager les combles, elle voulait y installer un artiste et son fiancé. Son fiancé, vous vous rendez compte ? Pourquoi pas un hippocampe, pendant qu'on y était !

Perdu éloigna le téléphone de son oreille pour qu'elle n'entende pas son rire. La concierge continua de bavarder sans discontinuer, mais lui ne pensait qu'à une chose : Catherine gardait toutes ses lettres sur elle. Mer-veil-leux, dirait la concierge.

– Vous nous manquez, vous savez, dit enfin Mme Rosalette. J'espère que vous n'êtes plus aussi horriblement triste ?

Il serra le téléphone dans ses mains.

– Non, je ne le suis plus. Merci, dit-il.

– Je vous en prie, lui répondit doucement la concierge avant de raccrocher.

Il composa le numéro de Catherine et ferma les yeux. Il attendit une sonnerie, puis deux…

– Oui ?

– Euh… C'est moi.

C'est moi ? Bon sang, mais comment peut-elle deviner qui c'est ? Quel imbécile…

– Jean ?

– Oui.

– Oh, seigneur.

Il entendit Catherine prendre une grande inspiration et poser le téléphone quelque part, avant de se moucher et de le reprendre tout de suite après.

– Je ne m'attendais pas à ce que tu appelles.

– Tu veux que je raccroche ?

– Surtout pas !

Il sourit. Le silence de Catherine aussi ressemblait à un sourire.

– Comment...

– Qu'est-ce que...

Ils éclatèrent de rire. Ils avaient parlé en même temps.

– Qu'est-ce que tu lis, en ce moment ? demanda-t-il doucement.

– Les livres que tu m'as apportés. Pour la cinquième fois je crois. Et je n'ai pas lavé la robe que je portais ce soir-là, notre dernière soirée. J'y sens encore un peu de ton eau de Cologne, tu sais, et chaque fois que je relis un livre, j'y découvre un autre message, et la nuit, je dors avec la robe sous ma joue pour sentir ton parfum.

Elle se tut et lui ne dit rien, submergé d'un bonheur nouveau.

Puis ils parlèrent. Ils s'écoutèrent l'un l'autre pendant un moment, et soudain, Perdu eut l'impression que Catherine était tout près, que Paris était tout contre son oreille. Il n'avait qu'à ouvrir les yeux et il se retrouverait certainement à côté de sa porte verte, en train d'écouter son souffle.

– Jean ? Ça va s'arranger, n'est-ce pas ?

– Oui, ça va s'arranger.

– Eh oui, le chagrin d'amour, c'est un peu comme un deuil. Tu meurs, ton avenir meurt et toi aussi, au sein de cet avenir... et puis il existe ce temps blessé, qui dure une éternité.

– Mais ça va de mieux en mieux. Je le sais maintenant.

– Je n'arrête pas de me dire que nous ne nous sommes même pas embrassés sur la bouche, chuchota-t-elle précipitamment.

Il garda le silence, ému.

– À demain, dit-elle avant de raccrocher.

Est-ce que c'était un message pour lui dire qu'il devait rappeler ?

Assis dans la cuisine sombre, il sourit.

39

Fin août, il se sentit plus léger. Il dut resserrer sa ceinture de deux crans, mais sa chemise tendait au niveau des biceps.

En s'habillant, il voyait dans le miroir un homme différent de celui qu'il avait été à Paris. Bronzé, musclé, debout. Sa chevelure sombre, striée de mèches grises, était négligemment peignée en arrière. Sa barbe de pirate, sa chemise de lin mal boutonnée, un peu délavée. Il avait cinquante ans maintenant.

Bientôt cinquante et un.

Jean s'approcha tout près du miroir. Il avait pris quelques rides au soleil. Surtout des pattes-d'oie, au coin des yeux, à force de rire. Il se doutait bien que certaines de ses taches de rousseur étaient en réalité des taches de vieillesse. Ce n'était pas grave… Il était en vie. C'était tout ce qui comptait.

Le soleil avait donné à sa peau une teinte brune, saine, brillante, qui faisait encore davantage ressortir ses yeux verts. MM, sa chef, trouvait que sa barbe de trois jours lui donnait des airs de bandit chic. Seules ses lunettes de vue démentaient cette impression.

Un soir, MM le prit à part. C'était une soirée calme, une marée de vacanciers venait d'arriver et était encore assommée par les douceurs de la vie estivale. Ils avaient autre chose à faire que de traîner dans les librairies. Ils seraient là dans trois ou quatre semaines, pour faire une provision des cartes postales obligatoires, à envoyer avant le retour.

– Et vous ? demanda MM. Quel goût a votre ouvrage favori ? Quel livre vous libère du mal ?

Elle avait posé la question en riant – et parce que ses amies brûlaient de le savoir. Elles étaient assez intriguées par le mangeur de livres.

À Sanary, il dormait merveilleusement bien, encore aujourd'hui. Son ouvrage favori aurait dû avoir le goût de petites pommes de terre au romarin, comme ce premier dîner qu'il avait partagé avec Catherine.

Mais lequel me libère ?

Quand la réponse lui vint, il dut réprimer un éclat de rire.

– Les livres ont beaucoup de pouvoir, mais ils ne peuvent pas tout faire. Il faut bien faire soi-même l'expérience des choses les plus importantes, et non les lire. Je dois… vivre mon livre.

La grande bouche de MM se fendit en un grand sourire radieux.

– Dommage que votre cœur soit aveugle aux femmes comme moi.

– Mais aussi aux autres femmes, madame.

– Ah, ça me rassure un peu, dit-elle.

Les après-midi où la chaleur se faisait presque menaçante, Perdu s'allongeait sur son lit et évitait tout mouvement, vêtu d'un simple short, le corps recouvert de serviettes humides.

La porte de la terrasse restait ouverte, les rideaux dansaient mollement dans la brise. Il laissait le vent caresser son corps et somnolait.

C'était bon de retourner dans son corps. Être un corps vivant, de nouveau, un corps qui savait ressentir. Qui ne se sentait ni engourdi, ni fané. Inutilisé, étranger, presque ennemi.

Perdu avait pris l'habitude de penser à travers son corps, comme s'il se promenait dans son âme et en visitait toutes les pièces.

Oui, le deuil habitait sa poitrine. Il le tenaillait quand il s'y aventurait, il l'empêchait de respirer et réduisait son monde. Mais il n'en avait plus peur. Quand le deuil était là, il le laissait parcourir son corps.

La peur, elle, habitait sa gorge. Quand il expirait lentement, longuement, elle prenait moins d'espace. Il arrivait à la réduire avec sa respiration, à en faire une boule et à se figurer qu'il lançait celle-ci à Psst, afin que le chat joue avec cette boule de peur et la chasse de la maison.

La joie dansait dans son plexus solaire, et il la laissait se mouvoir à sa guise. Il pensait à Samy et à Cuneo, aux lettres si amusantes de Max, dans lesquelles un nom apparaissait de plus en plus souvent : Vic. La fille au tracteur. Il s'imaginait Max en train de courir derrière l'engin rouge au milieu des vignes du Luberon, et cela le faisait rire.

Étonnamment, l'amour avait élu domicile sur la langue de Perdu. Il avait la saveur du creux de la gorge de Catherine.

Jean se surprit à sourire, les yeux clos. Ici, dans la lumière et dans la chaleur du Sud, quelque chose d'autre lui était revenu. Une tension. Une sensibilité. Le désir.

Certains jours, alors qu'il était assis sur un mur, derrière le port, plongé dans la contemplation de la mer ou dans la lecture d'un livre, la chaleur du soleil suffisait à susciter en lui une tension, une agitation agréable, qui le tirait vers quelque chose.

Là aussi, c'était son corps qui chassait la tristesse.

Il n'avait pas couché avec une femme depuis deux décennies.

Il en avait tellement envie.

Jean autorisait ses pensées à rejoindre Catherine. Il la sentait encore sous ses mains, il savait comment étaient ses cheveux, sa peau, ses muscles.

Jean s'imagina la texture de ses cuisses, de ses seins. Comme elle le regarderait, comme ils soupireraient. Comme ils s'approcheraient l'un de l'autre, leur peau, tout leur être, comme leurs ventres se colleraient l'un contre l'autre, joie contre joie.

Il s'imaginait tout cela.

– Je suis de retour, soupirait-il.

Tandis qu'il vivait, se nourrissait, nageait et vendait des livres, tandis qu'il faisait tourner son linge dans son nouveau lave-linge, l'heure avait sonné où quelque chose, en lui, avait fait un pas de plus.

Juste comme ça. À la fin des vacances, le 28 août.

Quelques instants plus tôt, il avait savouré sa salade du déjeuner en se demandant s'il ferait mieux d'aller allumer un cierge pour Manon dans la chapelle Notre-Dame-de-Pitié ou d'aller faire un plongeon dans la mer depuis Portissol.

Soudain, il s'aperçut que plus rien, en lui, ne sourdait. Rien ne brûlait. Rien ne faisait monter à ses yeux des larmes de colère ou de regret. Il se leva et se rendit sur la terrasse, tout à coup nerveux.

Était-ce possible ?

À moins que le deuil ne lui joue un tour, et qu'il menace de revenir aussitôt par la grande porte ?

Il avait touché le fond de son chagrin amer et triste. Il avait écopé, écopé, écopé encore. Et voilà qu'un espace nouveau s'était libéré.

Il rentra dans la maison d'un pas vif. Il gardait toujours du papier et un stylo sur la commode. Il écrivit avec impatience.

Catherine,

Je ne sais pas si nous allons gagner, si nous parviendrons à ne jamais nous faire de mal. Sans doute pas, puisque, après tout, nous sommes des êtres humains comme les autres.

Mais ce que je sais, en cet instant que j'ai rêvé mille fois, c'est que l'idée d'une vie avec toi m'aide à mieux m'endormir. À mieux me réveiller. À mieux aimer.

J'ai envie de te cuisiner des petits plats quand tu commences à devenir grincheuse tellement la faim te tenaille, toutes les faims, la faim de vivre, la faim d'aimer, la faim de clarté, de mer, de voyage, de lire et de dormir.

Je veux enduire tes mains de crème quand tu auras manipulé trop longtemps la pierre rêche – je rêve de toi comme d'une sauveteuse de pierres, capable de voir les élans du cœur sous la surface minérale.

Je veux te regarder parcourir un chemin sablonneux, te retourner tout d'un coup et m'attendre.

Je veux toutes les petites et les grandes choses : je veux me disputer avec toi et éclater de rire en pleine discussion, je veux verser du cacao dans ta tasse favorite, les jours de pluie, je veux t'ouvrir la porte de la voiture après une fête avec des amis sympathiques et joyeux, et te voir monter dans la voiture, comblée.

Je veux te sentir coller tes petites fesses à mon ventre chaud.

Je veux mille grandes et petites choses avec toi, avec nous, toi, moi, nous ensemble, toi en moi et moi en toi.

Catherine, je t'en prie, viens ! Viens vite !

Viens me retrouver !

L'amour est mieux que son appel.

Jean

PS : vraiment !

40

Le 4 septembre, Jean se mit en marche tôt. Comme d'habitude, il avait prévu de passer par la rue de la Promenade et de faire le tour du port de pêche avant d'arriver à la librairie.

L'automne approchait, et avec celui-ci les clients qui préféraient bâtir des tours de livres plutôt que des châteaux de sable. Cela avait toujours été sa saison préférée. De nouveaux livres, de nouvelles amitiés, de nouvelles idées, de nouvelles aventures.

La lumière brûlante de l'été se fit plus douce avec la venue de l'automne. Plus tendre. Comme un voile, elle protégeait Sanary de l'arrière-pays aride.

Il prenait alternativement son petit déjeuner au *Lyon*, au *Nautique* ou au *Marine*, sur le port. Bien entendu, ces lieux n'avaient plus rien en commun avec ce qu'ils étaient à l'époque où Brecht y clamait ses chansons satiriques sur les nazis. Et pourtant : on y sentait comme un air d'exil. Les cafés étaient pour lui des îlots d'agitation bienfaisante dans l'océan de sa vie solitaire avec Psst, le chat. Les cafés lui tenaient en quelque sorte lieu de famille, et puis ils lui rappelaient Paris. Ils étaient confessionnal et maison de presse, un endroit où l'on apprenait toujours précisément ce qu'il se passait dans les coulisses de Sanary, comment la pêche se déroulait à la saison des algues ou comment les joueurs de boules se préparaient pour la compétition d'hiver. Les joueurs du quai Wilson lui avaient proposé d'occuper le poste de remplaçant-placeur. C'était un honneur que de se voir offrir un poste de remplaçant pour une compétition. Les cafés étaient des lieux où Perdu pouvait être en vie sans qu'on s'aperçoive qu'il parlait peu et se mêlait rarement aux choses qui l'entouraient.

Parfois, il choisissait le coin le plus retiré du café pour passer tranquillement un coup de fil à Joaquin. C'est ce qu'il fit ce matin. Quand son père entendit parler des tournois de pétanque de La Ciotat, il ne parla plus que de lustrer ses boules et de se mettre en route.

– Je t'en prie, ne viens pas, le supplia Perdu.

– Ah, non ? Bon, bon. Elle s'appelle comment ?

– Il faut vraiment qu'une femme justifie tout ?

– Donc, c'est la même que la dernière fois ?

Perdu, père et fils, rirent de concert.

– Est-ce que tu aimais les tracteurs, quand tu étais jeune ?

– Mon Jeannot, mais j'adore les tracteurs ! Pourquoi tu me poses cette question ?

– Max a rencontré quelqu'un. Une fille qui conduit un tracteur.

– Une fille qui fait du tracteur ? Mais c'est formidable ! Quand est-ce qu'on va le rencontrer, d'ailleurs, ce Max ? Tu l'aimes bien, non ?

– Nous ? De qui tu parles, quand tu dis nous ? De ta copine qui n'aime pas cuisiner ?

– Ah, patati patata ! Mais non, de ta mère. Oui, oui, allez, tu as le droit d'en penser ce que tu veux. Tu as le droit de ne rien dire, aussi. Mme Bernier et moi, parfaitement. Et alors ? On a bien le droit de passer un peu de temps avec son ex-femme, non ? Depuis le 14 juillet… eh bien… on ne se contente pas de se voir. Elle voit ça d'un autre œil, tu penses bien. Elle dit que c'est juste une passade, que je ne dois surtout pas me faire de films.

Joaquin laissa échapper un de ses éclats de rires rauques de fumeur qui se mua aussitôt en toux joyeuse.

– Enfin bon, reprit-il. Lirabelle est ma meilleure amie. J'aime bien son odeur, et puis elle n'a jamais essayé de me changer. En plus, elle cuisine tellement bien que ça me rend heureux. Et puis, tu sais, Jeannot, quand on vieillit, on a envie d'être avec quelqu'un avec qui on peut parler et rire.

Son père aurait très certainement approuvé les trois conditions à remplir, selon la philosophie de Cuneo, pour être « parfaitement heureux ».

Premièrement : bien manger. Pas de malbouffe, qui rend malheureux, paresseux et gras.

Deuxièmement : bien dormir (grâce à davantage de sport, moins d'alcool et des pensées plus positives).

Troisièmement : passer du temps avec les gens qui sont gentils et essaient de vous comprendre, à leur manière.

Et aussi : davantage de sexe, mais ça, c'était Samy qui l'avait dit, et Perdu ne ressentait pas la nécessité immédiate d'en parler à son père.

Un peu plus tard, sur le chemin de la librairie, il avait l'habitude d'échanger quelques mots avec sa mère. Il tenait régulièrement le téléphone en l'air pour qu'elle puisse entendre le bruit des vagues et le cri des mouettes ; ce matin de septembre, la mer était calme. Jean lui demanda :

– J'ai cru comprendre que Papa passait pas mal de temps chez toi, en ce moment ?

– Bah, tu le connais. Il ne sait même pas se faire cuire un œuf. Je n'ai pas tellement le choix.

– Pour le dîner et le petit déjeuner, c'est bien ça ? Nourri, logé. Il n'a plus de lit, le pauvre bougre ?

– Tu dis ça comme si on faisait quelque chose d'immoral.

– Je ne t'ai jamais dit que je t'aimais, hein, Maman.

– Ah, mon gentil garçon...

Perdu entendu le claquement d'une boîte qu'on ouvre et qu'on referme. Il connaissait bien ce bruit, tout comme la boîte qui le produisait. C'était la boîte à mouchoirs. Toujours distinguée, Mme Bernier, même quand elle se faisait sentimentale.

– Moi aussi je t'aime, mon Jean. J'ai l'impression de ne jamais te l'avoir dit, que j'ai gardé tout ça pour moi pendant toutes ces années. Est-ce que j'ai raison ?

En effet. Mais il répondit :

– Je m'en suis quand même aperçu, tu sais. Tu n'es pas obligée de me le dire tous les jours.

Elle rit et le traita de chenapan.

Merveilleux. J'ai cinquante et un ans mais je reste un gamin.

Lirabelle se plaignit encore quelques instants au sujet de son ex-mari, mais sa voix prenait des intonations tendres quand elle l'évoquait. Elle râla un peu, aussi, au sujet de la rentrée littéraire, mais c'était plutôt par habitude.

Tout était comme toujours – et pourtant tout était très différent.

Quand Jean s'avança vers la librairie, en traversant le quai, MM était déjà occupée à sortir les stands de cartes postales.

– Le journée s'annonce belle ! lui lança sa patronne.

Il tendit un sachet de croissants à Mme Monfrère.

– Oui, j'ai bien l'impression.

366

Peu avant le coucher du soleil, il se retira dans son coin préféré, celui d'où il apercevait la porte, le reflet du ciel et un bout de mer. Et tout d'un coup, au beau milieu d'une rêverie, il l'aperçut.

Il observa son reflet. Elle semblait tout droit sortie des nuages et de l'eau.

Une joie immense le submergea.

Il se leva.

Son pouls s'emballa.

Il était plus prêt que jamais.

C'est parti ! se dit-il.

Les différents temps de sa vie se rejoignaient enfin pour composer une durée unique. Enfin, il sortait de la torpeur, de l'immobilité du temps blessé. Cela se passait maintenant.

Catherine portait une robe d'un bleu grisé qui rehaussait la couleur de ses yeux. Elle marchait d'un pas chaloupé, droite, son attitude semblait plus ferme que dans son souvenir...

Dans son souvenir ?

Elle aussi avait refait tout le chemin en sens inverse.

Elle s'immobilisa un instant près du comptoir, comme pour s'orienter.

MM lui demanda :

— Est-ce que vous cherchez quelque chose en particulier, madame ?

— Oui, merci. J'ai cherché pendant longtemps, mais ça y est. J'ai trouvé ce quelque chose en particulier, répondit Catherine en plantant son regard dans celui de Jean, à travers la salle, un sourire radieux aux lèvres.

Elle se dirigea vers lui d'un pas décidé, et Jean, de son côté, se précipita à sa rencontre.

— Tu ne peux pas savoir combien de fois j'ai rêvé que tu me demandes de te rejoindre.

— Vraiment ?

— Oh oui. Et je crève de faim, dit Catherine.

Jean comprit très bien de quoi elle parlait.

Ce soir-là, ils s'embrassèrent pour la première fois. Après le dîner, après une magnifique promenade le long de la mer, après de longues conversations enjouées, dans le jardin aux hibiscus, sous le auvent. Ils burent peu de vin et beaucoup d'eau, et savourèrent avant tout la présence de l'autre.

— La chaleur est réconfortante, ici, dit Catherine au bout d'un moment.

C'était vrai. Le soleil de Sanary l'avait débarrassé de toute la froideur qu'il gardait au fond de lui, séché toutes ses larmes.

— Et puis, il rend courageux, chuchota-il. Il donne le courage de faire confiance.

Quand la brise du soir se leva, étourdis et émerveillés par le courage retrouvé de refaire confiance, ils s'embrassèrent enfin.

Jean eut l'impression d'embrasser pour la première fois de sa vie. Les lèvres de Catherine étaient douces, elles s'accordaient si merveilleusement au mouvement de ses propres lèvres. C'était une telle joie de la dévorer enfin, de la boire, de la sentir, de l'embrasser... et ce désir qui les envahissait tous deux !

Il l'entoura de ses bras et l'embrassa, mordit tendrement sa bouche, suivit le tracé de ses lèvres, remonta le long de ses joues jusqu'à ses tempes délicates et parfumées. Il attira Catherine contre lui, il était plein de tendresse et de soulagement. Jamais plus il ne dormirait mal si cette femme était auprès de lui, jamais.

Jamais plus la solitude ne le rendrait amer. Il était sauvé. Debout, là, ils se tenaient l'un l'autre.

– Tu sais quoi ? demanda-t-elle au bout d'un moment.

– Quoi ?

– J'ai vérifié. La dernière fois que j'ai couché avec mon ex-mari, c'était en 2003. J'avais trente-huit ans. Je crois que c'était par erreur.

– Formidable. Avec ça, tu es la plus expérimentée de nous deux.

Ils éclatèrent de rire.

Comme c'est étrange, se dit Perdu. Comme toutes les privations, toutes les souffrances peuvent s'effacer avec un seul éclat de rire. Juste un éclat de rire, et les années passées se fondaient en une seule masse pour disparaître aussitôt.

– Mais il y a une chose dont je me souviens, quand même, concéda-t-il. C'est qu'on a tendance à surestimer l'amour sur la plage.

– On se retrouve avec du sable partout, surtout là où on n'en a vraiment pas besoin.

– Et les moustiques !

– Les moustiques ? À la plage, tu es sûr ?

– Tu vois bien, Catherine, je n'en ai vraiment plus la moindre idée.

– Bon, alors je vais te montrer quelque chose, murmura-t-elle.

Son visage semblait jeune et audacieux quand elle l'attira dans la seconde chambre à coucher.

Il vit une ombre quadrupède filer dans la clarté de la lune. Psst s'installa sur la terrasse et leur tourna le dos, comme s'il comprenait qu'ils avaient besoin d'intimité.

J'espère qu'elle aimera mon corps. J'espère que je ne vais pas perdre mes moyens. J'espère que j'arriverais à la toucher comme elle aime être touchée, et surtout...

— Arrête de réfléchir, Jean Perdu ! lui intima tendrement Catherine.

— Tu as remarqué ?

— Je te lis très facilement, mon chéri, chuchota-t-elle. Mon chéri, j'aimerais tant que tu... et que tu...

Ils continuèrent de se murmurer des phrases sans queue ni tête.

Il déshabilla Catherine, et sous sa robe elle ne portait qu'une simple culotte blanche.

Elle déboutonna sa chemise et enfouit son visage dans son cou, contre son torse, remplissant ses poumons de son odeur. Son souffle le caressait et, non, il n'y avait pas lieu de s'inquiéter pour sa puissance car elle fut au rendez-vous quand il vit le simple triangle de coton blanc dans la pénombre et quand il sentit son corps se mouvoir entre ses mains.

Ils savourèrent tout le mois de septembre à Sanary-sur-Mer, et à la fin de leur séjour, Jean avait engrangé suffisamment de lumière du Sud. Il s'était égaré et s'était retrouvé.

Le temps blessé était passé, il pouvait désormais retourner à Bonnieux et clore cette étape.

41

Quand Catherine et Jean quittèrent Sanary, le village de pêcheurs était devenu leur nouvelle patrie
secrète. Il était suffisamment petit pour trouver tout
entier de la place dans leurs cœurs. Il était assez beau
pour rester éternellement un lieu de désir et abriter
leur recherche du plaisir mutuel. Sanary, ce nom était
désormais synonyme de bonheur, de paix, de calme. Il
désignait cette envie de partager les sentiments d'une
personne inconnue, qu'on se mettait à aimer sans en
comprendre les raisons. Qui es-tu, comment es-tu, que
ressens-tu, quelles variations connaît ton humeur sur une
durée de soixante minutes, d'un jour ou d'un mois ? Ils
avaient vite trouvé la réponse à toutes ces questions,
là, dans cette nouvelle patrie de cœur. C'étaient les
heures silencieuses pendant lesquelles Jean et Catherine
s'étaient peu à peu rapprochés l'un de l'autre, et ils
avaient soigneusement évité les moments bruyants et
denses – la kermesse, le marché, le théâtre, les signatures à la librairie.

Le mois de septembre avait coloré leur apprentissage
de l'amour de toutes les teintes allant du jaune au mauve
en passant par l'or et le violet. Les bougainvilliers, la
mer toujours en mouvement, les fières maisons cha-
marrées et chargées d'histoire, sur le port, le gravier

doré et crissant des emplacements de pétanque – tout cela formait la toile de fond sur laquelle s'épanouirent leur tendresse, leur amitié, leur profonde compréhension mutuelle.

Ils se manipulaient avec lenteur.

Les choses importantes devraient toujours être faites au ralenti, se disait souvent Jean au moment où ils commençaient à se séduire. Ils s'embrassaient avec émotion, se déshabillaient paisiblement, se laissaient le temps de s'étirer et encore plus de temps pour se fondre l'un dans l'autre. Cette profonde concentration, l'intérêt réel qu'ils se consacraient l'un à l'autre réveillait en eux une passion particulièrement intense, dans leur corps, dans leur âme, dans leur sentiment. Ils se touchaient totalement.

À chaque moment intime que Perdu partageait avec Catherine, il lui semblait également s'approcher un peu plus du fil de la vie. Il avait passé vingt et un ans à l'écart des flots, des couleurs et des tendresses, fuyant les odeurs et la musique, pétrifié, isolé et décidé à rester muré en lui-même.

Et voilà qu'il nageait à nouveau.

Jean revivait parce qu'il aimait. Il savait déjà mille détails concernant cette femme. Il savait que Catherine restait perdue dans ses rêves un long moment après s'être levée, le matin. Parfois, elle était pénétrée de mélancolie onirique, elle se sentait encore irritée, honteuse, agacée ou angoissée par ce qu'elle avait vécu en rêve. C'était son combat quotidien pour sortir du monde intermédiaire. Jean découvrit qu'il avait le pouvoir de chasser les démons de ses songes en préparant un café qu'il apportait au bord de la mer, où elle le buvait.

– J'apprends à m'aimer parce que tu m'aimes, lui avait-elle dit pendant l'une de ces matinées, quand la mer était encore plongée dans un gris bleuté, encore endormie elle aussi. J'ai toujours pris ce que la vie m'offrait… Mais moi, je ne me suis jamais rien donné. Je n'étais pas très douée pour m'occuper de moi.

Tout en l'attirant tendrement contre lui, Jean se dit qu'il en avait été de même pour lui. Il n'était capable de s'aimer que parce que Catherine lui offrait son amour.

Puis vint la nuit où elle le serra contre elle, parce qu'une seconde vague de colère le terrassa. Cette fois, cependant, il était furieux contre lui-même.

Comme il avait juré contre lui-même ! Grossier, désespéré, avec la rage de celui qui comprend douloureusement que le temps gaspillé ne reviendra jamais et que le temps qui le séparait de la fin était atrocement court. Catherine ne l'interrompit pas, elle ne l'apaisa pas et ne se détourna pas de lui.

Et comme le calme revint en lui ! Parce que ce court laps de temps allait suffire, en fin de compte. Parce que quelques jours pouvaient contenir une vie entière.

Mais nous en étions à Bonnieux. Le lieu de son passé lointain. Un passé qui séjournait encore en lui, mais qui n'était plus son unique indicateur d'humeur. Enfin, il avait un présent qu'il pouvait opposer au passé.

C'est pour ça que cela me semble plus facile d'y retourner, se dit Jean quand Catherine et lui s'engagèrent sur l'étroite route de Lourmarin, une fin d'après-midi du début du mois d'octobre, pour rejoindre Bonnieux. Cette ville est une tique qui s'attaque consciencieusement aux touristes, se dit Perdu. Sur la route, ils doublèrent des cyclistes et entendirent l'écho des fusils de chasse, dans les montagnes escarpées. Ici et là, un arbre sans feuilles jetait des ombres déchirées, mais la plupart du temps le soleil avalait toutes les couleurs. Après le mouvement incessant et vivant de la mer, l'immobilité massive des montagnes du Luberon sembla inhospitalière et sévère à Jean. Il se réjouissait de revoir Max. Cette perspective le rendait même très heureux. Il avait réservé une grande chambre chez Mme Bonnet, dans son ancienne cachette pour les résistants, sous les toits, au milieu du lierre.

C'est là que Max vint les chercher une fois qu'ils furent installés, pour les emmener dans son pigeonnier. Il avait préparé un pique-nique rafraîchissant sur le large muret, près du puits : du vin, des fruits, du jambon et de la baguette. C'était l'époque des truffes et des vendanges, le pays sentait les herbes sauvages, tout illuminé des teintes de l'automne, d'un rouge de rouille au jaune du vin.

Max avait bruni, constata Perdu. Il avait bruni et mûri.

Pendant ces deux mois de solitude dans le Luberon, il s'était si bien fondu dans le paysage, à croire qu'au fond de lui, il avait toujours été un homme du Sud. Mais il semblait également très fatigué.

– Qui peut dormir, quand la terre tourne ? avait murmuré Max d'un air mystérieux quand Jean lui en avait demandé la raison.

Max leur raconta finalement que Mme Bonnet et son mari l'avaient employé comme homme à tout faire pendant toute la durée de sa « maladie ». Elle et son mari Gérard avaient plus de soixante ans désormais, et le terrain, avec ses trois maisons de vacances et les appartements, était vaste. Ils ne se voyaient pas y vieillir seuls. Ils avaient planté des légumes, des fruits et quelques vignes, et Max leur avait donné un coup de main en échange du gîte et du couvert. Son pigeonnier débordait de blocs de papier recouverts de notes, d'histoires et de brouillons. Il écrivait la nuit et s'affairait sur leur propriété luxuriante le matin jusqu'à midi ainsi qu'en fin de journée. Il effectuait toutes les tâches dont Gérard le chargeait. Tailler les vignes, arracher les mauvaises herbes, cueillir des fruits, réparer les toitures, semer des graines, récolter des légumes, retourner la terre, charger la bétaillère et se rendre sur les marchés. Mais aussi chercher des champignons à taches, nettoyer les truffes, secouer les figuiers, tailler les cyprès en forme de menhirs végétaux, entretenir les piscines et chercher le pain frais pour les invités, le matin.

– Je sais conduire un tracteur, maintenant, et je reconnais toutes les grenouilles des étangs à leur chant, claironna-t-il avec un demi-sourire, comme pour se moquer de lui-même.

Le soleil, les vents et le fait de ramper sur la terre de Provence avaient taillé son visage poupin de garçon des villes, il semblait plus viril.

– La maladie ? répéta Jean, quand Max eut terminé et s'attela à leur verser du vin du Ventoux. Tu ne m'as jamais dit que tu avais été malade !

Le visage hâlé de Max s'empourpra et il s'agita, visiblement mal à l'aise.

– Eh bien, la maladie qu'on attrape quand on tombe sérieusement amoureux, avoua-t-il. On dort mal, on fait des rêves débiles, on perd la tête. On ne peut pas lire, on ne peut pas écrire, rien manger. Je crois que Brigitte et Gérard n'en pouvaient plus de me voir comme ça, ils m'ont donné des activités pour m'empêcher de devenir fou. C'est pour ça que je travaille pour eux. Ça m'aide, je leur rends service, on ne parle jamais d'argent, tout le monde y trouve son compte.

– La fille sur son tracteur rouge ? questionna Jean.

Max hocha la tête. Puis il prit une profonde inspiration, comme pour se donner du courage.

– Exactement, oui. La fille sur le tracteur rouge. C'est un détail important, d'ailleurs, parce qu'il faut que je te dise quelque chose à son...

– Attention, voilà le mistral ! leur lança Mme Bonnet d'un air inquiet depuis le lointain, interrompant ainsi la confession de Max.

La petite silhouette sèche de la propriétaire s'approcha d'eux, comme toujours vêtue d'un short et d'une chemise d'homme, un petit panier regorgeant de fruits à la main. Elle leva un doigt en direction des éoliennes qui tournaient près des champs de lavande. Pour l'instant, seule une brise innocente pliait les herbes folles, mais le ciel était d'un bleu d'encre. Tous les nuages étaient comme effacés du ciel et l'horizon semblait s'être rapproché. Le mont Ventoux et les Cévennes se détachaient clairement, au loin. Un signe typique pour annoncer le vent rugissant du nord-ouest.

Ils se saluèrent les uns les autres. Puis Brigitte leur demanda :

– Est-ce que vous êtes au courant de ce que le mistral peut vous faire ?

Catherine, Jean et Max se consultèrent du regard, intrigués.

– Nous l'appelons *maestrale*. Le souverain. Ou bien, aussi, le *vent du fada*. Le vent qui rend fou, en somme. Nos maisons lui opposent leur façade la plus étroite... – elle indiqua l'orientation de leur propriété – pour qu'il les laisse tranquilles. Quand il est là, non seulement la température baisse, mais le bruit augmente et chaque mouvement est plus difficile. On devient tous un peu fous, jusqu'à ce qu'il soit reparti. Alors écoutez mon

376

conseil : ne parlez pas de sujets qui fâchent ! Vous allez vous disputer, c'est certain.

– Tiens, tiens… dit Max à voix basse.

Mme Bonnet le regarda, un sourire doux illuminant son visage tanné par le soleil.

– Oh oui. Comme l'amour, quand on ne sait pas s'il est réciproque ! Ça vous rend aussi fou, crétin et nerveux que le *vent du fada*. Mais une fois qu'il est passé, c'est comme si la terre avait été lavée, et le cerveau par la même occasion. Tout est propre et limpide, on recommence à zéro.

Elle prit congé en ajoutant :

– Je vais aller fermer les parasols et attacher les chaises.

Jean se tourna alors vers Max :

– Qu'est-ce que tu voulais me dire ?

– Euh… j'ai oublié, rétorqua Max vivement, vous avez faim ?

Ils passèrent la soirée dans le restaurant *Un petit coin de cuisine*, à Bonnieux, qui offrait une vue imprenable sur la vallée et un coucher de soleil rougeoyant, magnifique. Bientôt, ce dernier fut remplacé par un ciel étoilé si clair et brillant que l'éclat des astres semblait presque glacial. Tom, leur serveur empressé, leur servit de la pizza provençale sur des planchettes de bois et de l'agneau dans des cassolettes. Ils étaient réunis autour de la table rouge un peu branlante, sous la voûte rocheuse qui donnait au cadre une atmosphère chaleureuse, et Catherine apportait au lien chimique qui liait Jean à Max un élément nouveau et bienfaisant. Sa présence leur conférait de l'harmonie, de la chaleur. Catherine avait une manière particulière de regarder les gens, comme si elle prenait tout au sérieux. Max parla de lui, de son enfance, de ses déconfitures avec les filles, de sa terreur du bruit – des choses dont il n'avait jamais parlé à Jean, et sans doute à aucun autre homme non plus.

Jean profitait de leurs bavardages pour s'absenter mentalement de temps à autre. Le cimetière se trouvait à cent mètres à peine au-dessus de l'endroit où ils se tenaient, sur la colline où s'élevait l'église. Seules quelques tonnes de pierraille et d'appréhension les séparaient.

Ce n'est que sur le chemin du retour, quand ils entreprirent de redescendre la montagne alors que le vent se faisait plus violent, que Jean se demanda si Max leur avait raconté toutes ces choses dans le seul but de ne pas approfondir ses confidences au sujet de la jeune fille au tracteur.

Max raccompagna ses visiteurs jusqu'à leur chambre.

– Vas-y en premier, je te rejoins, fit Jean à Catherine.

Max et lui s'arrêtèrent dans l'ombre, entre le corps de ferme et la grange. Le vent gémissait et hurlait sourdement, sans vouloir s'arrêter.

– Qu'est-ce que tu voulais me dire, Max ? interrogea doucement Jean.

Jordan se tut.

– Tu ne veux pas qu'on attende la fin du mistral ? demanda-t-il au bout d'un moment.

– C'est si grave que ça ?

– Suffisamment grave pour que j'attende que tu sois là pour te le dire. Mais pas mortel, non plus… enfin j'espère.

– Allez, parle, Max, sinon mon imagination va se mettre à galoper. S'il te plaît.

Je risquerais par exemple de m'imaginer que Manon est encore en vie et qu'elle m'a joué un mauvais tour.

Max hocha la tête. Le mistral rugit encore plus fort.

— Le mari de Manon, Luc Basset, s'est remarié trois ans après la mort de Manon. Il a épousé Mila, une cuisinière assez connue dans la région, commença Max. Il avait reçu le vignoble du père de Manon, à l'occasion de leur mariage. Ils font du blanc et du rouge, tous deux très... appréciés. Tout comme le restaurant de Mila.

Jean sentit un léger pincement de jalousie.

À eux deux, Luc et Mila possédaient des vignobles, une propriété, un restaurant. Sans doute, aussi, un jardin. Ils avaient la douceur fleurie de la Provence et quelqu'un à qui ils pouvaient faire part de tout ce qui leur tenait à cœur – Luc s'était tout simplement réapproprié le bonheur. Enfin, sans doute pas si simplement, mais Jean n'était pas en mesure de faire de telles nuances pour le moment.

— Eh bien, c'est fabuleux, marmonna-t-il d'un ton plus sarcastique que ce qu'il aurait voulu.

Max renifla.

— Tu t'attendais à quoi ? Tu voulais que Luc se flagelle éternellement, qu'il ne regarde plus jamais une autre femme et qu'il attende la mort en bouffant du pain sec, des olives fripées et de l'ail ?

— Qu'est-ce que tu veux dire ?

— Oui, eh bien, quoi, à ton avis ? siffla Max en retour. Chacun fait son deuil à sa manière. Le viticulteur a choisi l'option « nouvelle femme ». Et alors ? Tu trouves qu'on peut le lui reprocher ? Il aurait dû faire comme... toi, peut-être ?

Une indignation brûlante s'éleva en Perdu.

— J'ai bien envie de t'en claquer une, Max, répondit-il.

— Je sais. Mais je sais aussi que ça ne nous empêchera pas de rester amis jusqu'à la fin des temps, crétin.

— Et voilà, c'est l'effet du mistral, intervint Mme Bonnet qui s'approchait sur le gravier et les avait entendus se disputer.

La mine grave, la propriétaire disparut dans la maison.

— Bon, je suis désolé, dit Jean.

— Moi aussi. Satané vent.

Ils se turent encore un moment. Peut-être que le vent n'était rien de plus qu'un bon prétexte, après tout.

— Tu vas quand même aller chez Luc ? s'enquit Max.

— Oui. Bien sûr.

— Il y a autre chose que je dois te dire. Depuis que tu es arrivé, d'ailleurs.

Quand Max lui révéla ce qui l'avait rendu malade, au cours des dernières semaines, Jean n'en crut pas ses oreilles. Ce devait vraiment être un effet déformant du vent hurlant. Oui, ce ne pouvait être que cela, car ce qu'il entendit était si beau et si cruel à la fois, que cela semblait irréel.

42

Max reprit un peu des œufs brouillés aux truffes que Mme Bonnet leur avait préparés pour le petit déjeuner. Comme le voulait la tradition provençale, elle avait déposé neuf œufs frais dans un bocal avec une des truffes de l'hiver et les avait laissés là pendant trois jours, jusqu'à ce que les œufs soient imprégnés du parfum des champignons. Puis elle les avait délicatement battus avant de les garnir de quelques fines lamelles de truffe. La saveur ainsi obtenue était sensuelle, sauvage et presque terreuse à la fois.

Quel beau repas du condamné, se dit soudain Jean. Il craignait que cette journée ne soit la plus difficile et la plus longue de sa vie.

Il se nourrit comme d'autres font leur prière. Sans mot dire, il savourait chaque bouchée et se concentrait pour garder ses moments en mémoire et y puiser, plus tard, la force dont il aurait besoin.

À côté des œufs brouillés trônaient de juteux melons de Cavaillon blanc et orange. Un café à l'arôme puissant avec du lait brûlant et sucré dans de grandes tasses ornées de fleurs. Sans oublier la confiture de quetsches maison avec sa touche de lavande, la baguette encore tiède et les croissants au beurre que Max rapportait toujours de Bonnieux sur sa mobylette pétaradante.

Jean leva les yeux de son assiette. La vieille église romane de Bonnieux s'élevait là haut, et non loin d'elle le mur du cimetière baigné dans une lumière aveuglante. Des croix de pierre s'érigeaient vers le ciel. Il se rappela la promesse qu'il avait brisée.

J'aimerais que tu meures avant moi.

Aujourd'hui, il en avait la certitude : à cette époque, déjà, Manon savait qu'il ne pourrait pas tenir son serment.

Je ne veux pas que tu fasses seul le chemin jusqu'à ma tombe.

Après le petit déjeuner, ils se mirent en route ensemble, tous les trois. Leur pèlerinage les mena à travers des forêts de cyprès et des vergers, des potagers et des vignes.

La propriété des Basset, une construction allongée à trois étages, peinte dans un jaune tendre, leur apparut une demi-heure plus tard, entre les rangées de vignes. C'était une vraie maison de maître, flanquée de hauts et larges marronniers, de hêtres et de chênes.

Agité, Perdu ne cessait de contempler son opulence éblouissante. Le vent jouait avec les buissons et les arbres.

Quelque chose se déplaça en lui. Ce n'était pas de la jalousie, ni de l'envie, ni même l'indignation qu'il avait ressentie la veille. C'était…

Les choses se passent souvent autrement qu'on se l'était imaginé.

De l'attachement. Oui, il ressentait une sorte d'attachement lointain pour ce lieu, pour les personnes qui avaient baptisé leur vin *Manon* et qui s'étaient attelés à reconstruire leur bonheur.

Max eut l'intelligence de rester silencieux, ce matin-là.

Jean saisit la main de Catherine.

– Merci, dit-il, et elle comprit ce qu'il entendait par là.

À droite de la propriété se dressait un nouveau hangar qui accueillait les remorques, les grands et les petits tracteurs et ces engins tout spécialement dédiés aux vignes, ceux qui avaient de grandes roues fines.

Deux jambes vêtues d'un bleu de travail émergeaient entre les pneus d'un tracteur rouge, et des jurons fleuris tout comme le cliquetis familier d'outils leur parvenaient des profondeurs de l'engin.

– Salut, Victoria ! lança Max, et dans sa voix se mêlaient la joie et la douleur.

– Ah, voilà notre ami Propret, lança une voix de femme juvénile.

Un instant plus tard, la jeune femme se dégagea de la machine en roulant par terre. Un peu embarrassée, elle essuya son visage expressif, ce qui eut l'effet contraire : elle y étala soigneusement les taches de poussière et d'huile de moteur.

Jean s'était préparé, mais le choc n'en fut pas moindre. Devant lui se tenait une Manon âgée de vingt ans. Elle n'était pas maquillée et ses cheveux étaient plus longs, son corps plus androgyne.

Et, bien sûr, elle ne ressemblait pas à Manon – quand Perdu regardait cette fille pleine de force, ravissante et sûre d'elle, l'image se troublait. Neuf fois, il ne reconnut pas Manon, mais la dixième fois, ses traits apparurent dans ce jeune visage étranger.

Victoria quant à elle se concentrait entièrement sur Max, le détaillait de la tête aux pieds. Ses chaussures de travail, son pantalon élimé, sa chemise délavée. Il y avait comme de la reconnaissance dans son regard. Elle hocha la tête avec satisfaction.

– Vous l'appelez Propret ?

Journal de Manon

Bonnieux, 24 décembre 1992

Maman a préparé les treize desserts. Différents types de fruits, des raisins secs, des noix, du nougat de deux couleurs, une pompe à l'huile d'olive, un gâteau au beurre avec du lait à la cannelle.

Victoria est dans le berceau, elle a les joues roses et un regard curieux. Elle ressemble à son père.

Luc ne me reproche plus de partir en lui laissant Victoria. Il ne souhaite plus que ce soit l'inverse.

Elle deviendra une lumière du Sud, elle brillera de tous ses feux.

Ma petite lumière du Sud. Je n'ai eu que quarante-huit jours avec Vic quand je rêvais d'années, j'ai imaginé tant de vies pour ma fille.

C'est Maman qui écrit ces mots pour moi, il me manque la force de tenir la plume. J'ai tout fait pour arriver jusqu'ici, pour manger les treize desserts et éviter le pain des morts.

Je dispose de moins en moins de mots. Ils sont tous partis. Dans le monde entier. Plein de crayons de couleur parmi les crayons de papier. Plein de lumière dans l'obscurité.

Il y a beaucoup d'amour, ici, dans la maison. Ils s'aiment tous les uns les autres et m'aiment, moi aussi. Ils sont tous courageux et follement amoureux de l'enfant.

(Ma fille veut porter sa fille. Manon et Victoria sont couchées, là, ensemble, et dans le feu de cheminée crépitent les brindilles. Luc arrive et prend ses deux femmes dans les bras. Manon me signifie qu'elle veut que j'écrive encore quelques mots pour elle. Autour du stylo, ma main est glacée. Mon mari me tend un brandy chaud, mais mes doigts ne sentent pas la chaleur.)

Chère Victoria, ma fille, ma belle. C'était facile de me donner pour toi. C'est ainsi, tu peux en rire, tu seras aimée, toujours.

Pour le reste, ma fille, pour ma vie à Paris, lit ce qui est écrit et soit clémente dans ton verdict.

(Manon a des silences, j'écris seulement ce qu'elle murmure. Elle grimace quand elle entend une porte. Elle l'attend toujours, l'homme de Paris. Elle espère encore.)

Je me demande pourquoi Jean n'est pas venu.

Trop de douleur ? Oui. Trop de douleur.

La douleur abrutit les hommes. Un homme abruti a peur.

Le cancer de la vie, voilà ce qu'il avait, mon corbeau.

(Ma fille se dissout devant mes yeux. J'écris en luttant pour ne pas pleurer. Elle demande si elle passera encore la nuit. Je lui mens et dis : oui. Elle dit que je mens, moi aussi, comme Luc.

Elle s'endort un peu. Luc prend l'enfant. Manon se réveille.)

Il a reçu la lettre, dit cette brave Mlle Rosalette. Elle veillera sur lui autant que possible, dans la mesure où il le permet. Je lui dis : Fierté ! Bêtise ! Douleur !

Et elle a aussi dit qu'il a brisé tous ses meubles, qu'il est amorphe. Amorphe, complètement. C'est presque comme s'il était mort, dit-elle.

Alors, nous sommes deux.

(Ma fille rit.)

Maman a écrit discrètement quelque chose qu'elle ne devait pas. Elle ne veut pas me montrer quoi.

Nous parcourons ensemble les derniers mètres.

À quoi bon, que faire d'autre ? Attendre, silencieux et endimanchés, que la faucheuse m'emporte ?

(Elle rit de nouveau et tousse. Dehors, la neige habille les cèdres de l'Atlas comme un linceul. Mon Dieu, je vous déteste, parce que vous me prenez ma fille avant l'heure. Parce que vous me laissez son enfant en plein deuil. Comment pensez-vous que cela fonctionnera ? Remplacer un chat mort par un chaton, une fille morte par une petite-fille ?)

Ne doit-on pas vivre comme toujours, jusqu'à la fin, parce que cela agace justement la mort : vivre jusqu'au dernier souffle ?

(Ma fille tousse, et il se passe vingt minutes avant qu'elle ne parle de nouveau. Elle cherche les mots.

« Sucre », ai-je l'impression, mais ce n'est pas ça. Elle est en colère.

« Tango », murmure-t-elle.

« Porte de la tasse », crie-t-elle. Je sais qu'elle veut dire : porte de la terrasse.)

Jean. Luc. Les deux. Vous

Finalement, je vais juste à côté.

Au bout du couloir, dans ma plus belle chambre.

Et de là, dans le jardin. Et à partir de là je deviens lumière et je vais où je veux.

Parfois, je m'assois ici dans la soirée, et je regarde la maison dans laquelle nous avons vécu ensemble.

Je te vois, Luc, homme aimé, errer dans les pièces, et toi, Jean, je te vois dans les autres.

Tu me cherches.

Naturellement, je ne suis plus dans les chambres fermées.

Regarde-moi ! Là, dehors.

Lève les yeux, je suis là !

Pense à moi et crie mon nom !

Tout cela n'en existe pas moins, seulement parce que je suis partie.

La mort ne signifie rien.

Elle ne change rien à la vie.

Nous restons toujours ce que nous étions l'un pour l'autre.

La signature de Manon était fantomatique et faible. Plus de vingt ans plus tard, Jean Perdu se pencha sur les lettres griffonnées et les embrassa.

43

Le troisième jour, le mistral s'arrêta simplement de souffler. C'était toujours comme ça. Il avait mis en pièces les rideaux, redistribué équitablement les sacs en plastique qui traînaient sur les trottoirs, fait aboyer les chiens et pleurer les gens.

Maintenant, il avait disparu, et avec lui la poussière, la moiteur et la fatigue. Le pays était également dépouillé des touristes qui, toujours un peu trop vite, trop agités, trop affamés, inondaient les petites villes.

À présent, le Luberon avait rebasculé dans son rythme, respectant uniquement les cycles de la nature. Fleurir, semer, s'accoupler, attendre, patienter, récolter et faire les choses au bon moment, sans hésitation.

La chaleur revint, mais c'était cette chaleur d'automne douce, souriante, qui se réjouit des orages de début de soirée et de la fraîcheur matinale, celle qui avait fait défaut pendant les mois d'été étouffants, qui donne soif au pays.

Plus Jean Perdu avançait sur le chemin de grès escarpé et raviné, plus le silence pesait. Seuls les grillons, les cigales et les faibles gémissements du vent l'accompagnaient alors qu'il arrivait à bout de l'imposante colline de l'église de Bonnieux. Il avait le journal de Manon avec lui, une bouteille de vin de Luc, déjà ouverte mais vaguement rebouchée, et un verre.

Il avait suivi le tracé que le chemin abrupt et accidenté imposait à tous, courbé dans une posture de pénitent, à petits pas, attentif à la douleur qui remontait le long de ses mollets, ses jambes, son dos, jusqu'à la tête.

Il passa l'église dont les marches ressemblaient presque à une échelle de pierre, puis les cèdres. Il était arrivé en haut. La vue lui donna le vertige. Le pays s'étalait à ses pieds, loin en dessous de lui. La journée, radieuse après le mistral, avait fait saigner le ciel. Là où Jean plaçait Avignon, l'horizon était presque blanc.

Il apercevait des maisons couleur sable, éparpillées çà et là entre le vert, le rouge et le jaune, comme dans un tableau historique. De longues rangées de vignes, droites comme des soldats, aux fruits mûrs et juteux. De vastes parterres de lavande fanée. Des champs verts, brun, couleur de curry, et entre eux le vert des arbres s'agitant et saluant. C'était un si beau pays, et la vue était majestueuse – elle faisait succomber tous ceux qui avait une âme.

C'était comme si ce calvaire, avec ses murs épais, les sarcophages massifs, les croix en pierre dressées vers le ciel, traversait le premier palier du ciel.

C'est à cette hauteur que Dieu, secrètement, s'assoit certainement et observe. Seuls les morts et lui peuvent jouir de ce vaste et solennel panorama.

Jean traversa le gravier grossier pour atteindre la haute grille en fer forgé, tête baissée et cœur battant. L'espace était long et étroit, sur deux niveaux, chacun avec deux rangées de tombes. Des reliquaires érodés couleur sable et des sarcophages de marbre gris-noir sur la partie supérieure, et deux rangées supplémentaires sur la partie inférieure. Des pierres tombales aussi hautes

que des portes, larges comme des lits, la plupart surmontées d'une croix imposante. Pratiquement que des
tombes familiales, des cercueils profonds dans lesquels
des siècles entiers de douleur avaient trouvé leur place.

Entre les tombes, les cyprès élancés et élagués ne
donnaient aucune ombre. Ici, tout était nu et dépouillé,
il n'y avait pas de protection, nulle part.

Lentement, toujours à bout de souffle, Perdu s'avança
dans la première rangée et lut les noms. Les grands
sarcophages étaient parés de fleurs en porcelaine, de
livres stylisés en pierre, polis et décorés de photos
ou de courts versets. Certains les ornaient de petites
figurines pour représenter les passe-temps du défunt.

Un homme – Bruno – avec un setter irlandais et
en habit de chasse. Une autre tombe avec une main
de cartes à jouer. La suivante montrait les contours
d'une île, La Gomera, manifestement un lieu chéri du
défunt. Des coffres en pierre avec des photos, cartes et
bibelots résistants aux chocs. Les vivants de Bonnieux
envoyaient de nombreux messages à leurs morts pour
leur dernier voyage.

Les décorations rappelèrent Clara Violette à Perdu.
Elle couvrait toujours son piano à queue Pleyel d'un
improbable bric-à-brac, qu'il avait eu le droit de ranger
avant qu'elle ne donne ses récitals.

Perdu réalisa soudain que les résidents du 27, rue
Montagnard lui manquaient. Se pourrait-il qu'il ait été
entouré d'amis pendant toutes ses années et qu'il ne
l'ait jamais remarqué ?

Au milieu de la deuxième rangée, avec une vue plongeante sur la vallée, Jean trouva Manon. Elle reposait
avec son père, Arnoul Morello.

Au moins, elle n'est pas seule là-dedans.

Il tomba à genoux et posa sa joue contre la pierre.

Entoura le sarcophage de ses bras, comme pour l'embrasser.

Le marbre était froid, même si le soleil se reflétait sur lui.

Les grillons chantaient.

Le vent gémissait.

Perdu s'attendait à sentir quelque chose. À sentir sa présence.

Cependant, tout ce que ses sens percevaient, c'étaient la sueur qui coulait le long de son dos, les battements douloureux de son pouls dans ses oreilles, le gravier pointu sous ses genoux.

Il rouvrit les yeux, regarda son nom, Manon Basset (née Morello), les années 1967-1992, le cadre portant une portrait d'elle, en noir et blanc.

Il ne se passa rien.

Elle n'est pas là.

Une rafale de vent balaya un cyprès.

Elle n'est pas là !

Déçu et perplexe, il se leva.

– Où es-tu ? murmura-t-il dans le vent.

La pierre tombale familiale était chargée. Fleurs en porcelaine, figurines de chats, une sculpture qui ressemblait à un livre ouvert. Certains objets contenaient des photos. Des images de Manon que Perdu ne connaissait pas. Sa photo de mariage et, juste en dessous, le message : « Avec amour, aucun regret, Luc. » Un autre cliché montrant Manon, son chat dans ses bras, sous lequel était inscrit : « La porte de la terrasse est toujours ouverte – Maman. » Sur une troisième : « Je suis venue parce que tu es partie – Victoria. »

Avec précaution, Jean saisit la sculpture qui ressemblait à un livre ouvert, et lut l'inscription. « La mort ne signifie rien. Nous restons toujours ce que nous étions l'un pour l'autre. »

Jean relut ces lignes, cette fois à haute voix.

C'était les mots que Manon avait prononcés à Buoux, quand ils avaient cherché leur étoile entre les montagnes sombres.

Il caressa le sarcophage.

Elle n'était pas là.

Manon n'était pas là, pas enfermée dans la pierre, entourée de terre et d'une morne solitude. Pas une fraction de seconde, elle n'avait suivi son corps abandonné dans la tombe.

— Où es-tu ? demanda-t-il à nouveau.

Il alla jusqu'au parapet de pierre et contempla le vaste et magnifique pays qui s'étalait sous lui, la vallée du Calavon. Tout était si petit. Il lui sembla voler, comme une buse. Il sentait l'air, l'inspirait et l'expirait complètement. Il sentait la chaleur et entendait le vent jouer dans les cèdres de l'Atlas. Il pouvait même voir le vignoble de Manon. Près de l'un des cyprès, à côté des tuyaux d'arrosage, un large escalier de pierre menait au niveau supérieur.

Il s'assit là, déboucha le vin blanc, le Manon-XV, et le versa dans le verre. Précautionneusement, Jean en prit une gorgée. Il huma le vin qui respirait la bonne humeur. Le Manon avait un goût de miel, de fruits du soleil, de tendre soupir juste avant de s'endormir. Un vin animé et contradictoire, un vin plein d'amour. Luc avait fait du bon travail.

Il posa le verre à côté de lui, sur les marches de pierre, et ouvrit le journal de Manon. Au cours de ces derniers jours et nuits, il n'avait cessé d'en lire des fragments tandis que Max, Catherine et Victoria travaillaient dans les vignobles. Il connaissait déjà certains passages par cœur, d'autres l'avaient surpris.

Certains l'avaient offensé, et beaucoup l'avaient imprégné de gratitude. Il n'avait pas réalisé à quel point il avait compté pour Manon. Il l'avait sans doute souhaité par le passé, mais c'était seulement maintenant, maintenant qu'il avait fait la paix avec lui-même et qu'il était de nouveau amoureux, qu'il apprenait la vérité qui guérissait de vieilles blessures.

À présent, il cherchait les pages qu'elle avait rédigées pendant l'attente.

J'ai vécu suffisamment longtemps, avait écrit Manon à la fin de l'automne, un jour d'octobre comme celui-ci. J'ai vécu, aimé, j'ai donc profité de tout ce qu'il y a de meilleur au monde. Pourquoi regretter la fin ? Pourquoi s'accrocher au reste ? En entrant dans la mort, je cesserai de la craindre. Elle apporte aussi la paix.

Il tourna la page. C'était là les passages qui lui brisaient le cœur de compassion. Ceux dans lesquels elle parlait des peurs qui terrassaient son corps comme des vagues. La nuit, quand Manon se réveillait dans l'obscurité silencieuse et écoutait la mort se rapprocher. Le soir aussi, quand Manon, enceinte jusqu'aux yeux, s'était réfugiée dans la chambre de Luc et qu'il l'avait tenue dans ses bras jusqu'au matin, se contrôlant pour ne pas pleurer.

Il l'avait fait quand même, mais sous la douche, espérant qu'elle ne l'entendrait pas. Bien sûr, elle l'avait entendu. Manon avait toujours exprimé sa perplexité face à la force de Luc.

Il l'avait nourrie et lavée. Il avait vu la façon dont elle s'amoindrissait, à l'exception de son ventre rond.

Perdu se resservit un verre avant de poursuivre sa lecture.

Mon enfant se nourrit de moi. Elle consomme la chair saine. Mon ventre est rose, dodu et vivant. Une portée de petits chats, aussi vifs qu'on peut se l'imaginer, patiente certainement à l'intérieur. Le reste de moi a pris mille ans. Gris, sale et sec, comme ces pains suédois dont les gens du Nord raffolent. Ma fille aura le droit de manger des croissants dorés, brillants de gras. Elle vaincra, elle sera victorieuse de la mort, nous lui ferons un pied de nez, mon enfant et moi. Je l'appellerai Victoria.

Elle avait tant aimé son enfant à naître ! Manon l'avait nourri en abondance de l'amour qui brûlait en elle. Pas étonnant que Victoria soit si forte, pensa-t-il.

Manon s'était donnée entièrement à sa fille.

Il feuilleta le carnet pour revenir à une nuit du mois d'août, la nuit où Manon avait décidé de le quitter.

Tu es maintenant couché sur le dos, dans la position d'un danseur exécutant une pirouette. Une jambe étendue, l'autre repliée. Un bras au-dessus de la tête, l'autre presque sur la hanche.

Tu m'as toujours regardée comme si j'étais unique. Pendant cinq ans, pas une seule fois, tu m'as considérée d'un air ennuyé ou indifférent. Comment as-tu fait ?

Castor m'observe. On pourrait supposer que nous, les bipèdes, sommes des êtres très étranges du point de vue des chats.

L'éternité qui m'attend me paraît écrasante.

Parfois – mais c'est une très vilaine pensée –, parfois, j'ai souhaité que quelqu'un que j'aime s'en aille avant moi. Pour que je sache que je peux le faire, moi aussi.

Parfois, je pensais que tu allais partir avant moi pour que je puisse y arriver, moi aussi. Dans la certitude que tu m'attendrais...

Adieu, Jean Perdu.

Je t'envie, toi, et toutes les années que tu as encore devant toi.

Je vais dans ma dernière chambre, et de là dans le jardin. Oui, c'est ainsi que cela se déroule. Je passerai une haute porte menant sur la terrasse, et j'irai droit vers le soleil couchant. Ensuite je suivrai la lumière, ce pourra être n'importe où.

Cela deviendrait ma nature, je serais là pour toujours, tous les soirs.

Jean Perdu se versa encore un verre.

Le soleil se couchait lentement. Sa lumière rose se diffusait sur le pays et colorait les façades d'une lumière d'or, faisait scintiller les verres et les fenêtres comme des diamants. Soudain, enfin, le miracle se produisit. L'air commença à s'embraser. Alors que des milliards de gouttes se détachaient, brillaient et dansaient, un voile de lumière se déposa sur la vallée, les montagnes et sur lui, une lumière qui semblait rire.

Jamais, jamais Jean Perdu n'avait vu un tel coucher de soleil.

Il prit une autre gorgée, tandis que les nuages se teintaient de toutes les nuances de rouge : cerise, framboise, pêche et melon.

Et enfin, Jean Perdu comprit.

Elle est ici.

Là !

L'âme de Manon, l'énergie de Manon, tout l'être de Manon libéré de son corps, oui, ils étaient la terre et le vent, elle était partout et en tout, elle étincelait, elle lui apparaissait enfin dans tout ce qu'elle était ...

Parce que tout est en nous. Et rien ne passe.

Jean Perdu eut un bref rire qui lui fit mal au cœur,

il se tut et écouta en son for intérieur, où son rire continuait de danser.

Manon, tu as raison. Tout est encore là, toujours là. Les moments partagés sont impérissables, immortels. Et la vie ne s'arrête jamais. La mort de nos proches n'est qu'un seuil entre une fin et un nouveau commencement.

Jean prit une profonde inspiration, puis il expira très lentement. Il demanderait à Catherine de suivre avec lui cette autre étape, de découvrir cette autre vie. Cette nouvelle journée ensoleillée, après une longue nuit obscure qui avait commencé il y avait plus de vingt ans.

– Au revoir, Manon Morello. Au revoir, murmura Jean Perdu. Quelle belle chose que tu aies existé.

Le soleil se coucha derrière les collines du Vaucluse, et le ciel s'embrasa, baigné dans le feu liquide. Quand les couleurs se fanèrent et que le monde redevint ombre, enfin, Perdu vida le verre de Manon jusqu'à la dernière goutte.

Épilogue

C'était déjà la deuxième fois qu'ils partageaient les treize desserts de Noël, dressaient ensemble la table, sans oublier les trois couverts supplémentaires : ceux pour les morts, ceux pour les vivants et ceux pour le bonheur de l'année à venir. Trois sièges restant toujours libres à la longue table de Luc Basset.

Ils avaient écoutés le « Rituel des Cendres », l'invocation occitane aux morts, que Victoria avait lue devant la cheminée ouverte de la cuisine. Elle demandait à le faire à chaque anniversaire de la mort de sa mère, pour Manon et pour elle-même. C'était le message de leurs proches défunts.

« Je suis la barque qui t'amène à moi, commença Vic d'une voix claire. Je suis le sel sur tes lèvres engourdies, je suis la saveur, l'essence de tous les aliments… Je suis l'aube surprise et le coucher de soleil bavard. Je suis l'île inébranlable, qui fuit la mer. Je suis ce que tu trouves et ce qui lentement me libère. Je suis les bonnes frontières de ta solitude. »

À ces derniers mots, Vic pleura. Jean et Catherine l'imitèrent en se tenant la main. Et aussi Joaquin Albert Perdu et Lirabelle Bernier, occasionnellement Perdu. Ici, à Bonnieux, dans une sorte de trêve de leur statut d'amant et de maîtresse. Ces habitants du Nord, austères, que rien ne touchait si facilement, certainement pas les mots. Max, leur petit-fils « adoptif », si cher à leur cœur désormais, tout comme l'ensemble de la famille Basset. Leurs vies à tous étaient maintenant liées par l'amour, la mort et la douleur. L'espace de brèves vacances, les proches de Perdu étaient unis par les même sentiments extraordinaires. Au lit, à table, dans l'habitacle des voitures qu'ils partageaient.

Le reste de l'année, Jean continuait, bien sûr, d'écouter sa mère se plaindre de son ex-mari, ce « dyslexique de la décence », ou de supporter les lamentations amusées de son père sur Madame la Professeure.

Selon Catherine, ces deux-là ne se chauffaient à coup de moqueries acerbes que pour mieux tomber dans les bras l'un de l'autre à la fête nationale, à Noël et, récemment, à l'anniversaire de Jean.

Les Perdu seniors, Jean et Catherine passèrent à Bonnieux la période allant du 23 décembre à l'Épiphanie.

Les journées entre Noël et Nouvel An furent chargées de bon plats, de rires et de discussions, de longues promenades et de dégustations de vin, de conversations entre femmes et de longs moments de silence entre hommes. Et maintenant, la nouvelle année approchait. Une fois de plus.

La floraison des pêchers, à la fin de l'hiver, quand le printemps imminent faisait fleurir les arbres fruitiers le long du Rhône, était synonyme de nouveau départ, en Provence. Max et Vic avaient choisi la période où la floraison se déclinait dans des nuances de blanc et de rouge pour se marier. Elle l'avait fait attendre douze mois avant de lui accorder un baiser – mais à partir de là, tout s'était passé très vite.

Peu après, le livre pour enfants de Max fut publié :

Le Magicien dans le jardin. Un livre de héros pour enfants.

L'ouvrage déconcerta le public, laissa les adultes désemparés et les enfants et adolescents enchantés, ravis de voir combien le livre mettait leurs parents en colère. Il invitait en effet à remettre en question tout ce que les adultes classaient dans la catégorie du « ça ne se fait pas ! ».

Catherine avait fini par dénicher un studio. Ses recherches l'avaient menée à sillonner la Provence de long en large avec Jean. L'espace n'était pas le problème, mais ils voulaient un terrain qui corresponde exactement, aussi, à leur paysage spirituel. Ils trouvèrent finalement, entre Sault et Mazan, une grange située juste à côté d'un adorable mas provençal un peu délabré. À droite, un champ de lavande, à gauche, une montagne et, en face, une vue imprenable sur les vignes et le mont Ventoux. Derrière la maison, un bosquet d'arbres fruitiers dans lequel leurs chats Rodin et Némirovsky pourraient errer à loisir.

— C'est comme revenir chez soi, avait expliqué Catherine en confiant au notaire la plus grande partie de ses indemnités de divorce. C'est comme si j'avais enfin reconnu, à la fin d'un long chemin tortueux, la demeure où j'ai toujours été chez moi.

Les sculptures de Catherine avaient presque le double de la taille humaine. Elle semblait capable de déceler les personnages emprisonnés dans la pierre, de voir leur âme dans la pierre de taille brute, d'entendre leurs cris, de sentir leur cœur battre. Catherine libérait ces êtres enfermés à coup de burin. Ce n'était pas que des créatures aimables. La haine. Le sort. L'indulgence. L'homme qui lit dans les âmes. Un instant ! Voilà que Catherine sortait d'une caisse grande comme un carton de bananes deux mains qui semblaient avoir été formées avec les doigts. Ces mains lisaient-elles ? Caressaient-elles, cherchaient-elles à tâtons des mots ? À qui appartenaient-elles ? Sortaient-elles de quelque chose ou se recroquevillaient-elles ? En approchant son visage de la pierre, on pouvait croire qu'une porte murée et cachée allait s'ouvrir. Une porte… Ouvrait-elle sur une chambre ?

– Tout le monde dispose d'une alcôve intérieure, un recoin où se cachent ses démons. Ce n'est qu'à condition de l'ouvrir et de les affronter que l'homme devient libre, disait Catherine.

Jean Perdu veillait à son bien-être, que ce soit en Provence ou à Paris, quand ils partageaient tous deux son ancien appartement de la rue Montagnard. Il veillait à ce que Catherine s'alimente et dorme bien, qu'elle voie ses amies et qu'elle sorte de son cocon onirique, tout au moins pendant la matinée.

Ils faisaient souvent l'amour, toujours avec cette même lenteur concentrée. Il connaissait tout d'elle, chaque endroit parfait ou imparfait de son corps. Il caressait et cajolait ses imperfections jusqu'à ce que le corps de Catherine comprenne qu'elle était la plus belle à ses yeux.

En plus d'un emploi à temps partiel à la librairie de Banon, Perdu s'était mis à la chasse. Pendant que Catherine s'affairait seule à ses sculptures, donnait des cours, vendait de l'art, limait, ponçait, corrigeait – il prospectait. Il s'était donné pour mission de rassembler les livres les plus passionnants du monde. Il fouillait dans les bibliothèques scolaires, les remises de professeurs efflanqués, chez des producteurs de fruits bavards, dans des coffres oubliés ou d'anciens abris vides et improvisés de la guerre froide.

Le commerce des livres uniques de Perdu avait

démarré avec la découverte d'un fac-similé du manuscrit écrit à la main de Sanary, qui s'était retrouvé en sa possession par des voies mystérieuses. Samy avait insisté pour rester cachée sous un pseudonyme.

Avec l'aide de Claudine Gulliver, sa voisine du 27, rue Montagnard, il ne tarda pas à trouver un collectionneur solvable pour cette œuvre singulière.

Mais quand Perdu poussa le vice jusqu'à le soumettre à une sorte d'examen de cœur avant de lui vendre le livre, il commença à se forger une réputation d'amateur de livres excentrique qui ne vendait pas des ouvrages que pour l'argent.

Parfois, des dizaines de collectionneurs briguaient un livre, mais Perdu choisissait celui qui paraissait le meilleur amant, ami, apprenti ou patient pour le recueil en question. L'argent était secondaire.

Perdu voyagea d'Istanbul à Stockholm, de Lisbonne à Hong Kong et découvrit les livres les plus délicieux, intelligents, dangereux – et aussi les meilleurs pour s'endormir.

Il n'était pas rare, comme en cet instant, de voir Jean Perdu s'asseoir dans la cuisine d'été du mas, écraser du romarin et des fleurs de lavande, respirer, les yeux fermés, ce parfum aimé de la Provence, et écrire sa *Grande Encyclopédie des petites et des moyennes émotions*, un guide de référence pour les libraires, amateurs et autres pharmaciens littéraires.

Sous C, il ajoutait justement l'entrée suivante : « Consolation culinaire : certitude qu'un plat délicieux mijote sur le feu, embuant les fenêtres de la cuisine, et qu'on sera bientôt attablé dans cette cuisine, entouré d'êtres aimés, échangeant des regards satisfaits entre deux coups de cuillères (voir aussi : Vie). »

Remerciements

De son premier jet (9 août 2010) jusqu'à sa version finale imprimée (début avril 2013), ce roman a traversé plusieurs étapes de recherche, de désespoir, d'écriture et de rejet, de révisions multiples et de créativité enthousiaste, ainsi qu'une pause d'un an pour cause de maladie.

Toutes les personnes qui se sont tenues à mes côtés pendant ce processus intense ont contribué à l'influencer. De plus, chaque projet de livre implique le travail de nombre de professionnels – parfois jusqu'à dix – invisibles des lecteurs, qui s'efforcent de créer une œuvre d'art, de générer l'amour de la lecture, la détente et l'enchantement. J'en cite certains ici – aux autres, ceux qui travaillent au graphisme, au marketing, à la production et relecture, j'envoie mes remerciements à distance. La culture est un travail de groupe, et un écrivain seul ne sera jamais aussi bon sans l'équipe qui l'entoure. J'élabore, je sens et j'écris l'histoire, mais c'est ma précieuse équipe qui la met au monde en bonne santé et fait d'elle une œuvre qui mérite d'être lue.

Sans parler, bien sûr, du lecteur. Les lettres attachantes qui me sont parvenues pendant la période d'écriture m'ont beaucoup touchée. Pour certains lecteurs, de petits messages sont tissés dans le roman.

Merci beaucoup …

… à mon mari, l'écrivain J. Wofür. Je ne peux pas tout dire, mais merci pour la nourriture, le réconfort et l'amour. Et pour ton enthousiasme pour l'écriture, qui t'aide à pardonner que j'invite constamment sous notre toit des personnages inventés. Tu n'as jamais trouvé cela étrange.

... à Hans-Peter, pour ta patience pendant un an.

... à Adrian et Nane, qui pendant huit mois ont malaxé la douleur hors de mon corps, de sorte que je puisse m'asseoir et écrire à nouveau, et à Bernhard et Claudia, mes « instructeurs » pour les « instruments de torture ».

... à Angelika, pour ton amitié, si claire et si présente.

... à madame K., la grande rédactrice qui remet les virgules au bon endroit et discipline mon orthographe créative.

... à Brigitte, la charmante hôtesse de mon pigeonnier, à Bonnieux, et Dédé, mon hôte de la pension de Sanary-sur-Mer.

... à Patricia, pour ta confiance et ta passion.

... au café *Elbgold : this book is powered by coffee.*

... à Doris G., qui m'a laissé me cacher toutes ces semaines dans son jardin pour y rédiger les journaux de Manon. Remuer le sol luxuriant a imbibé le texte.

Et surtout, je remercie ma relectrice Andrea Müller. Elle veille à ce que les bons livres deviennent meilleurs. Elle tue les longueurs aussi infailliblement qu'elle condense les épanchements littéraires sentimentaux ; elle pose des questions dangereuses et ne dort, selon moi, jamais. Les professionnels comme elle font des bons écrivains de meilleurs conteurs.

Nina George, janvier 2013

PS : ... et merci à tous les libraires qui contribuent à m'enchanter. Les livres me permettent tout simplement de mieux respirer.

RÉALISATION : NORD COMPO À VILLENEUVE-D'ASCQ
IMPRESSION : CPI FRANCE
DÉPÔT LÉGAL : MAI 2015. N° 123256-3 (2020267)
IMPRIMÉ EN FRANCE